KB093089

잘못된 가족

The Wrong Family

태린 피셔 장편소설

잘못된 가족

정은희
옮김

아마존의나비

잘못된 가족

발행일 2022년 8월 30일

지은이 태린 피셔 **옮긴이** 정은희

펴낸이 오성준 **펴낸곳** 아마존의나비
등록 2014년11월19일(제2020-000073호)
주소 서울 은평구 통일로73길 31 **전화** 02-3144-8755 **팩스** 02-3144-8757
이메일 info@chaosbook.co.kr
책임편집 김호경 김재관 **표지 디자인** LUTO **본문 디자인** BookMaster**K**
인쇄 이산문화사

ISBN 979-11-90263-19-1 03840
정가 14,500원

아마존의나비는 카오스북의 문학 및 인문학 임프린트입니다.
파본 도서는 구입한 서점에서 교환됩니다.

차례

1부

동거

1

주노

허기를 느꼈다. 하지만 뭐라도 먹으려면 다치지 않게 냉장고로 가야 했다. 유리 조각이 어수선한 섬을 지나 제일 큰 유리 조각을 통과할 수 있는 안전한 길을 탐색했다. 얇은 양말을 신은 탓에 조심스레 검정에서 흰색 타일 위로 발을 내딛는 모습이 인간 체스를 하는 모양새였다. 소리는 들었지만, 바닥에 이빨처럼 드러내고 있는 하얀 자기 파편들이 전날 밤의 장면을 그대로 보여주고 있었다. 이것들을 건드리면 안 되고, 당연히 다치면 안 될 것이다. 사건 장소 주변을 살피는데 초록색 와인 병이 보였다. 깨진 병 옆구리 틈으로 와인이 스토브 아래로 흘러 강을 이루었다.

주노는 목적지인 냉장고 앞에 이르러 이 모든 광경을 호기심 띤 눈으로 둘러보았다. 오래된 제너럴일렉트릭 냉장고 문을 열자 윙윙대는 소리에 맞춰 양념 통과 병들이 냉장고 문 선반에서 덜덜 떨었다. 냉장고 속 선반은 거의 비어 있었다. 깔끔해 보이는 이 집 안의 본질이 사실은 비어 있는 게 아닐까 생각했다. 무참히 조각난 디너 식기 세트를 돌아보며 '이번은 심했네'라고 생각했다. 손가락으로 입술을 꾹 누르고 있었지만, 냉장고 안을 들여다보는 주노의 입에서 한숨이 새 나왔다. 마트에도 안 다녀온 것이다. 주노는 이 집 부부가 마지막으로 장바구니를 들고 온 게 언제였던가 생각해 보았다. 위니의 에코 장바구니들은 마치 주노의 젖가슴처럼 축 늘어져 있었다.

"이제 곧 장을 보겠지."

이 집에는 제대로 먹여야 할 아들이 있기 때문이다. 새뮤얼. 13살짜리 아들인데, 이 아이는 많이 먹었다. 하지만 주노에겐 여전히 해결되지 않은 걱정거리가 있었다. 선반에 달랑 남아 있는 터퍼웨어 그릇 두 개를 꺼내 전등 아래로 치켜들어 보았다. 사흘은 지났을 스파게티였다. 말라비틀어진 채 덩어리져 오늘 저녁에는 쓰레기통으로 버려질 것이다. 그것을 식탁 위에 올려 놓았다. 또 다른 그릇에는 먹다 남은 볶음밥이 들어 있었다. 볶음밥 그릇을 든 주노가 잠시 멍하니 섰다. 어젯밤엔 자리에 누운 채 풍겨오는 냄새만으로 어떤 재료가 들어가는지 상상하며 주린 배를 달랬다. '바질, 양파, 마늘, 그리고 위니가 정원에서 키운 연한 풋고추가 들어가고

있을 거야.'

그릇 뚜껑을 열고 빼꼼히 어젯밤의 상상을 끄집어내며 킁킁거리다 뒷마당이 내려다보이는 작은 식탁에 앉아 데우는 수고도 없이 윗부분을 대충 걷어내고 먹기 시작했다. 집 문제, 그리고 돈 문제로 부부싸움 하던 중 위니가 캐서롤* 접시를 어디엔가 쾅 내던졌다. 오늘 아침 멀쩡히 살아 있었으니 나이젤의 머리는 아니었다. 그리고 몇 초 후에 와인 병이 넘어졌을 것이다.

현관 위 시계가 10시 17분을 가리켰다. 숨을 깊게 내쉬었다. 시간을 제대로 못 맞추는 바람에 오늘은 샤워를 할 수 없다. 서둘러 식사를 마치고 포크를 닦아 말렸다. 조각난 채 널려 있는 캐서롤 접시 주변을 발끝으로 살금살금 내딛는 주노의 얼굴이 찌푸려졌다. 며칠 전부터 손에 잡았던 책을 이어서 읽고 싶었다. 인생의 낙이랄 게 거의 없는 예순일곱 나이에 그나마 독서는 하나의 즐거움이었다.

다시 고개를 돌려 주방 상태를 점검하며 이 난장판을 도대체 누가 치울지 궁금했다. 나이젤이 우드 타일로 교체하자고 우겨댔지만 주노는 이 흑백 체스판 무늬 바닥이 좋았다. 올리브그린색 냉장고는 한때 시어즈 백화점 판매대에 위풍당당 서 있었을 것이다. 주방에 들어설 때마다 주노는 냉장고 때문에 가슴이 파닥거렸다. 이 집 주방이야말로 살아 있는 공간이었다. 대개 무슨무슨 나무 이름을 따 붙인, 그런 주방에서 볼 수 있는 밋밋한 모더니즘 분위기

---

* 오븐에 넣어 천천히 익혀 만드는 한국의 찌개나 찜 같은 요리.

따위는 전혀 없다. 그러니 여기서 지낼 수 있는 건 행운이었다. 그린레이크는 적지 않은 금액의 주거비용을 기꺼이 지불할 만한 가치가 있는 동네였다. 그 사실을 잘 알고 있기에 주노가 제일 피하고 싶은 상황은 크라우치 가족과 함께하는 삶이 어그러지는 것이다. 전등 스위치를 끄고 현관 쪽으로 걸어가며 알아서들 하겠지, 생각했다. 와인이 지저분하게 흘러내려 닦는 데 애를 먹을 것이다.

주노가 선 자리에서 왼편 아래 현관 쪽으로 2m쯤 가면 이 집의 중앙 거실이 있었다. 거실 한쪽 벽 모퉁이로 쑥 들어간 자리에 공원이 내려다보이는 스테인드글라스 창문이 하나 있는데 어쩌면 암울한 느낌을 갖게 했다. 창문의 나무 패널은 원래 짙은 색이었으나 위니가 흰색 페인트로 칠해서 그나마 전체적으로 나아진 느낌이 들기는 했다. 거실에 진열해 놓은 가족 사진들 중에 샘의 사진도 있는데 자라면서 잇몸에서 치아가 솟아나온 모습이 마치 키보드에 솟아나온 하나하나의 키처럼 보였다. 그리고 나이젤과 위니 부부의 결혼 사진이 있다. 나이젤은 검정 넥타이를 맸고, 위니는 로버트 케네디 주니어와 결혼했던 캐롤린 비세트에게서 영감받았을 게 틀림없는 심플한 디자인의 슬립 드레스를 입고 있었다. 나름 발랄하게 연출해 보려는 의도에도 거실은 왠지 교회당같은 분위기를 풍긴다. 위니도 거실이 주는 우울한 느낌을 토로하곤 했었는데, 그럴 때면 늘 나이젤을 향해 뭐라도 좀 해 보라고 채근했다.

"현관 밖의 나무를 베어버리면 좋을 텐데. 그러면 햇빛이 조금이라도 더 들어오지 않을까?"

그러나 위니의 진지한 제안들은 하도 산만해 귓등으로 흘려듣는 남편에게는 또 하나의 궁시렁일 뿐이었다. 위니는 항상 현관 위불을 켜 놓았다. 주노도 이 점에 대해서는 위니 편이었다. 현관 입구에서 들어오는 통로는 침울해 보이기 때문이었다. 그런데 문을 나가 울타리 없는 자그마한 마당을 지나면 바로 그린레이크 공원이다. 이 점이 바로 이 집의 가장 큰 장점이었다. 시애틀에 자리잡고 있는 그린레이크는 근린공원으로, 한가운데 있는 호수 이름을 따 붙인 공원이다. 둥그런 호수 주변을 약 4.5km의 자연 산책로가 둘러싸고 있다. 노숙인이건 백만장자건 가리지 않는다. 누구든 산책하며 공간을 나눠 차지할 수 있었다.

주노는 현관을 등지고 느릿느릿 안쪽을 향해 걸었다. 복도는 한쪽으로 가족 식당, 다른 한쪽으로 커다란 방과 연결되어 있다. 처음 이 집에 들어왔을 때, 이 커다란 방에 전혀 어울리지 않는 형형색색의 컬러와 무늬가 뒤섞인 모습에 깜짝 놀랐다.

바닥에 떨어진 작은 쿠션을 살살 비껴 책꽂이로 느릿느릿 걸어가던 주노는 갑자기 찾아든 엉덩이 통증에 움찔했다. 절뚝거리는 지금 모습은 어느 모로 보나 예순일곱 노파였다. 너댓 걸음만 더 가면 책꽂이가 있는데도 반쯤 가다 통증이 없어질 때까지 꼼짝 않고 멈춰서 눈을 감았다. 결국 책꽂이가 있는 데까지 가긴 갈 것이다. 늘 그랬다. 욱신거리는 통증이 가신 후 발을 질질 끌며 앞으로 걸어가자니 이번에는 비명이 나올 만큼 관절통이 도졌다. 정말 컨디션이 안 좋은 날이었다. 요즘 들어 이런 날들이 계속되었다. 책장까지만 갈 수 있어도….

이런 증상은 꽤 오래 지속되었고 병은 관절 마디마디를 갈퀴로 긁어댔다. 처음엔 감기처럼 왔다가 뼈에 화끈한 통증으로 새겨질 때까지 가라앉질 않았다. 움직임 탓에 삐걱대는 가벼운 통증이 아니라 마치 관절에 불이 난 듯 뜨겁고 격렬한 통증이었다. 통증이 너무 심한 날은 차라리 죽었으면 했다. 손발은 늘 부어 있었고, 푸르스름한 손가락은 〈윌리 웡카와 찰리, 그리고 초콜릿 공장〉에 나오는 바이올렛 보르가르드의 얼굴색과 같았다. 설상가상 하루에도 대여섯 번 도지는 통증은 매번 심해져 지탱하기 힘들었다. 컴퓨터가 없는 주노는 크라우치네 컴퓨터로 들어가 지금 상태에 좋은 음식이 무엇인지, 또 어떤 음식은 먹어선 안 되는지 검색한 적이 있었다. 생선이나 콩 같은 음식 위주로 섭취하고 가능한 한 우유를 많이 마시라고 했다. 그 뒤로 생선까지는 아니어도 하루에 콩 한 캔 정도는 꼭 챙겨 먹었다. 위니 때문에 부아가 돋기라도 한 날은 냉장고 앞에 버려선 채 아예 우유통에 입을 대고 들이마셨다.

방은 책장이 쑥 들어앉은 쪽으로 살짝 기울어져 있었다. 바로 그 지점에서 때아닌 어지럼증이 발작하면서 제때 발가락에 힘을 주지 못하는 바람에 비틀거리다 사이드 테이블의 날카로운 모서리에 허벅지를 쾅 부딪혔다. 날카로운 통증이 타올랐지만 벌어진 입에서 나온 소리라고는 목이 졸린 듯 새나온 크르륵 하는 신음뿐이었다. 그 고통의 순간에 읽으려고 했던 책등이 눈에 띄었다.

천천히 일어나 앉았다. 입안은 말라 있었고, 눈을 뜨려 했지만 아팠다. 보는 사람은 아무도 없는데 수치심이 앞섰다. 움찔거리며 부딪친 허벅지를 문질렀다. 자고 나면 자두만 한 멍이 생길 것이다.

몇 년 만에 처음으로 술이 당겼다. 기왕이면 독한 술. 주정뱅이처럼 여기저기 넘어질 작정이라면 그래도 됐다. 하지만 기분일 뿐, 오로지 오래 살아야겠다는 생각에 몇 년 전부터 주노는 일절 술을 입에 대지 않고 있었다. 게다가 나이젤의 술들은 주노의 입 천장을 아리게 했다.

'노인네 궁상 이만하면 됐어. 이제 일어나야 해.'

다리를 접을 수 있게 몸을 돌아눕고, 손과 무릎을 디뎌 엉거주춤 일어날 수 있게 앞으로 몸을 내밀었다.

지난 주에는 화장실에서 넘어지면서 세면기 구석에 이마를 부딪쳐 험한 상처를 입었다. 그때의 어지러움은 정신을 잃을 정도까지는 아니었지만 무릎이 절로 꺾일 정도였다. 개처럼 머리를 아래로 꺾은 채 질질 기어가는데 이마에 난 상처가 욱신거렸다.

무릎의 고통은 신음으로 흘러나왔고, 부어오른 손과 발은 화덕에 굽기 전 밀가루 반죽 같았다. 긴 안락의자에 도달해 마지막 힘을 몰아 일어선 주노는 의자 위로 몸을 던졌다. 마디마다 아픈 것이 며칠 동안 넘어진 값을 톡톡히 치를 것이다.

"하아!"

화난 눈초리로 책들을 노려보며 소리 냈다. 그러곤 찾던 책을 더미에서 끄집어내 겨드랑이에 끼고 가장 가까이 있는 의자로 다리를 끌었다. 주노는 긴 안락의자를 싫어했다. 거기에 앉으면 마치 위니가 된 듯한 불편한 기분이 밀려들기 때문이다. 겨우 한 페이지를 넘겼을 뿐인데 기진맥진한 몸에 극도의 피로감이 몰려왔다.

소스라치게 놀라 잠에서 깼다. 보라색 흰털발제비가 창문 근처 나뭇가지에서 깔깔대며 지저귀고 있었다. 겨울이 오기 전 뭇새들이 떠난 후 한 마리도 보이지 않았었다. 입가에 고인 침을 빨아들이려 하는데 아랫입술이 떨렸다. 나른해진 몸에 뻣뻣한 팔다리는 물에 젖은 듯 무거웠다. 빌어먹을 혈액순환이 또 말썽을 부렸다. 반점투성이 손으로 허벅지를 찰싹찰싹 때려 촉감을 되살리려 했다. 그야말로 기진맥진이었다.

의자에 앉은 몸을 앞으로 밀자, 카펫 위로 툭 떨어진 책의 페이지들이 서로 부딪쳐 오리가미처럼 접혔다. 불안스럽게 책을 내려다보던 주노는 무언가 집안에 드리워진 그림자를 느꼈다. 무언가 이상했다. 뒤뜰로 나 있는 동향 창문으로 고개를 홱 돌렸다. 정원 뒤로 이어진 골목길로 통하는 문이 보였다. 나이젤은 종종 이 문으로 집으로 들어오곤 했으나, 문은 닫혀 있고 빗장도 그대로였다.

지금이 몇 시지? 그녀의 눈이 시간을 깜박이는 셋톱박스를 향했다. 표시된 숫자가 믿을 수 없었다. 갑자기 호흡이 힘들어졌다. 급하게 비틀거리며 계단을 내려가는 주노의 기억 속에 방금 전 무릎에서 떨어진 책은 지워지고 없었다. 오늘 이 집 가족들과 맞닥뜨리는 상황만은 정말 피하고 싶었다.

다행히 때를 맞추었다. 나이젤은 오늘 여느 때보다 일찍 돌아왔다. 테이블 위에 열쇠 놓는 소리가 달그락거렸다. 현관 붙박이장 문이 열리고 가방 집어넣는 소리가 들리더니 곧장 주방으로 향하는 발걸음 소리가 이어졌다. 아마도 맥주를 가지러 가고 있겠지. 몸을 숨기고 누워, 또다시 싸우는 소리를 들어야 하나, 걱정하는데 나이젤의 욕지거리가 들렸다. 어린 시절 이후 쭉 마음을 편안하게 해주는 귓바퀴 뒤 점을 집게손가락으로 더듬었다. 지난 밤 어느 쪽도 자존심을 내려놓고 기꺼이 걸레를 꺼내 싸움으로 엉망이 된 현장을 치우려 하지 않았다. 주노는 오늘은 나이젤이 일찍 들어오지 않는 편이 나았을 거라 확신했다. 캐서롤 접시 위를 지나는 나이젤의 신발에 눌려 자기 파편들이 가루로 부숴지는 소리가 들렸다.

냉장고 문이 열리는가 싶더니 "빌어먹을!" 소리가 크게 들렸다. 나이젤이 맥주를 넣어두는 선반은 비어 있었다. 대신에 식료품 저장고로 향하는 발자국 소리가 들렸다. 주노는 나이젤이 그곳 양념통 뒤에 잭 대니얼스를 감춰둔 걸 알고 있었다. 이 집에 온 지 얼마 안 되어 주노는 위니가 나이젤 입에서 나는 술냄새를 정말 싫어한다는 걸 알게 되었다. 위니 아버지는 어느 돈 많은 음주 운전자의 차에 치어 세상을 달리했다. 위니는 술 냄새가 자기를 겨누는 방아쇠나 마찬가지라며 울분을 쏟아냈다. 아버지의 죽음을 대신한 합의금은 어마어마했다. 위니와 그 형제자매들은 아버지를 잃은 대가로 거액의 위자료를 받았다. 그랬기에 위니는 나이젤에게 맥주나 와인 이상의 독한 술은 그 어떤 것도 마시게 할 수 없었다.

주노는 숨죽이고 누워 상상했다. 나이젤은 지금 술병에 입을 대고 마시며 엎질러진 와인을 짜증스런 눈초리로 바라보고 있을 것이다. 생각건대 나이젤에겐 짜증날 만한 요인들이 많았다. 이틀 전에는 위니가 냉장고 벽에 해야 할 일의 목록을 주욱 적어 붙여 놓았다. 우두커니 서서 읽던 주노의 기분조차 움찔하게 만드는 목록이었다. 물론, 그 목록이 직접 요구하는 것은 아니었으나, 당연히 나이젤이 해야 할 일들이었다. 세 줄이나 밑줄 친 '과제'라는 제목 아래 해야 될 내용이 주욱 나열돼 있었다.

1. 초인종 고치기
2. 장마 전에 뒤 베란다 얼룩 지우기
3. 계단 옆 침실의 벽지 떼어 내기
4. 자두나무 파 내기. 나무가 죽었음!
5. 지붕의 홈통 청소하기

캐비닛 여닫는 소리가 들렸다. 헐거운 경첩 소리가 싱크대 아래 캐비닛이라는 걸 알려주었다. 나이젤이 행주 뭉치를 찾아 쥐고 있을 것이다. 그러고 나서 수돗물 소리가 들렸고 빳빳한 검정 쓰레기 봉투를 흔드는지 부스럭대는 소리가 났다. 이윽고 서드 아이 블라인드*의 노래를 크게 틀어 놓고 간밤에 아내가 엉망으로 해 놓은 것들을 닦는 듯했다. 닦는 데 15분이 걸렸으며 진공청소기 돌리는 소리도 한 번 들렸다. 다 끝나고 현관문 근처에서 서성대는 소리가 들렸는데, 아마도 초인종을 또 고칠지 말지 고민하고 있으리라.

사실 초인종은 문제없이 완벽하게 작동하고 있었다. 주노는 위니의 투정이라 생각했다. 위니가 불평을 늘어 놓았었다.

"벨 소리가 너무 커요. 벨이 울릴 때마다 강도가 총부리를 겨누

---

* 미국 캘리포니아주 샌프란시스코 출신의 록밴드.

고 들어오는 기분이 든단 말이에요."

강도가 총부리를 들이대며 들어올 만한 벨 소리는 도대체 어떤 소리인지 주노로선 알 수 없었다. 하지만 이 집 안주인은 벨 소리를 '좀 위로받는 분위기'로 바꾸고 싶어 했다.

그동안 주노는 크라우치 가족들에 관한 한두 사실을 알게 되었다. 그중 하나는 위니는 (적당히가 없는)과잉녀란 사실이었다. 요리엔 온갖 양념이 넘쳤고, 샌드위치엔 머스타드를 과하게 발랐고, 나이젤에겐 지나치게 향수를 강요했다. 나이젤이 제 취향대로 향수를 뿌리기라도 하면, 위니는 매의 눈초리로 지켜보곤 했다. 그런 위니 앞에 나이젤은 결국 실수를 저지르고 만다. 늘 그런 식이었다. 위니는 집집마다 찾아다니는 방문 판매원 같았다. 그게 누구든 자기 의도대로 움직이게 만들고 만다. 일단 청산유수 늘어놓기 시작하면, 상대는 결국 그녀의 말에 따를 수밖에 없었다.

그리고 또 하나, 나이젤은 컬러풀한 것을 정말 싫어했다. 위니조차 '소굴'이라고 부르며 인정하는 나이젤만의 공간은 무언가 결핍된 듯 꾸밈이 없어 집안 전체를 수놓은 위니의 화려한 장식에 반기를 드는 듯했다. 미스터 크라우치는 매사에 수동적이지만 정작 해야 된다면 공격적으로 나섰다. 주노는 이 수동적이면서 공격적인 성향을 아주 존중했다. 이런 부류의 사람들은 매사를 자기 식대로 처리하지만, 자제되지 않는 경우 종종 말썽을 일으키기도 한다. 주노는 서로에게 지쳐 찾아 왔던 어느 부부에게서 그것을 보았었다. 그들은 서로 상대의 문제를 고쳐달라고 요청했다. 그때 주노는 그들에게 말해주었다.

"고장난 줄 모르면 고칠 수도 없어요."

나이젤 역시 제 스스로를 정확히 알지 못했다. 그가 살아가는 방식과 원칙은 편모슬하 무녀독남으로 살아오면서 굳어진 것이었다. 나이젤에게 있어 위니는 가장 우선순위였다. 그는 선천적으로 여자들, 특히 자신의 여자를 보살펴야 한다는 의무감에 찬 남자였다. 때론 그래서 억울해 하기도 했다. 물론 처음부터 그러진 않았지만 지금은 그랬다.

주노가 문 앞에 배달된 종이 상자를 봤을 때, 거기엔 '반짝, 반짝, 작은 별'이라는 글자가 박혀 있었다. 나이젤이 새로 주문한 초인종이었다. 그걸 본 위니는 좋다며 활짝 웃었고, 주노는 혼자서 피식거렸다. 주노는 나이젤의 선택이 매우 냉소적이었다는 사실을 알았지만, 나이젤의 발랄한 금발머리 아내는 뛸 듯이 기뻐했다.

주노는 나이젤이 한동안 머뭇거리고 있음을 알았다. 그래, 오늘 저녁에 초인종을 새로 다는 일은 없을 거야.

2

위니

오후 6시 47분에 위니는 네빈스의 오래된 타호*를 지나 진입로로 차를 몰고 들어왔다. 주차하자마자 짜증스러운 표정으로 백미러를 보았다. 범퍼에 커다란 스티커를 붙인 녹슨 타호는 바로 그녀의 거실 창밖에 주차되어 있었다. 3주 전부터 그곳에 그렇게 서 있었는데, '형제여 화나는가?'라는 문구의 노란 사각 스티커를 볼 때마다 위니는 짜증스러웠다. 네빈스는 술에 취

---

* 제너럴 모터에서 생산하는 SUV.

하면 뒷좌석 창문을 철썩철썩 때리곤 했는데, 창밖으로 보이는 그 모습이 또한 위니의 짜증을 유발했다. 그러나 오늘 저녁은 이웃들에게 화를 내서는 안 될 축하의 시간이었다.

룸미러를 통해 출근 전 화사했던 화장이 어떤지 확인했다. 물론 지금은 거의 화장이 옅어져 자연스러워 보였다. 위니는 그랬다. 매사 노고에 지쳐 있었지만 남들에게는 편안히 보이고 싶어 했다.

진입로에 들어서 차에서 내린 위니는 하이힐 굽이 흙 속에 박히지 않도록 조심조심 발끝으로 자갈 길을 걸었다. 핸드백을 팔에 걸친 채, 보이지는 않았지만 나이젤이 돌아다니는 소리를 들으며 쪽문을 열었다. 간밤의 일이 마음에 걸렸다. 지난 밤 자신이 지나쳤다고 생각하던 참이었다. 지금 계획은 바로 사과하여 털어내고 아이가 없는 오늘 밤을 즐기는 것이다. 어젯밤, 사실 그렇게 열을 내려던 것은 아니었으나, 요즘 들어 정서적 균형이 무너지고 있었다. 자기 잘못이었다. 때로는 내가 일부러 화낼 일을 찾아다니나 싶기도 했다. 마치 화낼 일이 없는 게 더 문제인 것처럼. 늘 그런 것은 아니지만 나이젤은 매사 뭐가 문제인데, 했다. 그는 충돌을 회피하는 남편이었으며, 그 점이 위니에겐 다행일지도 몰랐다. 부엌 창문을 바라보며 위니는 나이젤이 뒷문을 열어놓았구나 생각했다.

이 집의 가장 편안한 공간에 들어선 위니의 입에서 위안의 숨이 새 나왔다. 바닥에 유리 파편 하나 없이 걸레로 닦았는지 간밤에 엎질러져 흘러 내렸던 와인의 흔적도 없었다. 불과 5초 전의 복잡한 마음이 긍정적 감정으로 대체됐다. 나이젤은 좋은 사람이었다. 싸움을 건 사람은 자기였는데, 나이젤이 깨끗이 치워놓은 것이다.

위니가 등 뒤로 조용히 문을 닫는 동안 나이젤은 등을 보인 채 냉장고 안 내용물들을 살펴보고 있었다. 위니는 감동에 젖은 눈길로 잠시 나이젤을 바라보았다. 나이젤은 플리트우드 맥*의 '드림즈' 소리에 위니가 들어오는 것을 깨닫지 못하고 있었다. 흥을 방해하고 싶지 않아 테이블 가장자리에 엉덩이를 기대고 기다렸다. 결혼한 지 10년이 넘었으므로 이러는 모습이 어색할 법도 한데, 때때로 위니는 남편에게 어떻게 행동해야 할지 알지 못했다.

나이젤은 대체로 매력적이고, 재미있으며, 말 붙이기 편한 상대였다. 매사에 "좋아. 됐어, 됐어." 이런 식이었다. 사람들이 나이젤에 대해 절대로 알지 못하는 한 가지가 있다면, 어떻게든 자기 얘기를 하지 않으려 한다는 사실이었다. 자기에 대해 사소한 거라도 물으려 들면, 얼른 화제를 돌려 상대 얘기를 하게 만들었다. 그래서 위니는 때때로 남편을 제대로 알고 있긴 한 건가, 하는 느낌이 들기도 했다. 나이젤은 다만 남들에게 자신을 드러내고 싶지 않을 뿐이었다. 나이젤의 그런 점이 때론 못마땅해도 위니는 자기가 나이젤의 일부를 차지하고 있다는 사실에 만족했다.

나이젤이 돌아섰을 때, 위니는 이미 최고의 미소를 보낼 준비가 되어 있었다. 나이젤이 놀라 펄쩍 뛰었다.

"이런, 놀랐잖아."

"미안. 놀라게 하려던 건 아니었는데."

나이젤은 따라 웃지 않았다. 딴생각을 하는 모양이었다. 위니

---

* 1967년에 결성된 영미 혼성의 로큰롤 그룹.

는 눈을 들어 그의 표정을 읽으려 했다. 오늘 저녁 나이젤은 자기 감정에 충실했다. 문제가 있을 때면 나이젤은 무거워진다. 표정과 몸짓은 처지고, 무너진 좌절감이 냉랭하게 드러나곤 한다.

위니는 총총거리며 나이젤에게 팔을 둘렀다. 그에게서 좋은 냄새가 났다. 오드콜로뉴나 애프터쉐이브 때문은 아니었다. 나이젤에게서는 그냥 좋은 냄새가 난다. 그들이 처음 데이트를 시작했을 때, 나이젤은 위니의 정렬적인 애정 표현을 마치 새로 입양한 강아지를 반기는 주인처럼 재미있게 받아들였다. 위니 또한 나이젤의 새로운 강아지가 되고 싶어했다.

그녀의 그러한 성격 덕에 나이젤이 느끼는 기쁨은 위니에게도 나날의 의미를 가져다 주었다. 나이젤은 장난 삼아 '곰돌이 푸'를 빗대 위니에게 푸라는 별명을 붙여 주었다.

그런데 그 후 '그 일'이 벌어졌다.

그 일이 있은 후, 위니를 비추던 나이젤의 장밋빛 조명은 마치 대형 마트의 거친 조명으로 대체된 듯했다. 위니는 더 이상 곰돌이 푸가 아니었다. 그저 나이 들어가는 평범한 여자였다. 나이젤을 향한 위니의 시선 또한 이전과 같은 애정은 사라지고 없었다. 그게 무엇이건 자신들이 합의한 암묵적 범주에 자리잡고 안주해 있었다. 그럼에도 위니는 남편을 많이 사랑했으며, 이제는 인간의 눈으로 그를 보고 있었다.

"저녁거리가 아무것도 없네?"

나이젤이 위니 등에 손을 얹으며 말했지만 시선은 모로 돌려 어깨 너머 냉장고를 향하고 있었다. 위니는 나이젤의 말을 농담으로 생각했다. 여전히 미소를 머금은 채, 저녁 먹으러 어디로 갈 건지 말해주기를 기다렸다.

그런데 나이젤은 플라스틱 그릇들이 포개져 있는 휑한 신반을 손가락으로 가리켰다. 스파게티와 볶음밥마저 없었다면 선반은 텅 비었을 것이다.

"스파게티는 오래됐고."

그리고 볶음밥이 들어 있는 터퍼웨어를 손으로 들어올렸다.

"겨우 일인분밖에 없어. 분명 이보다는 많이 남아 있었는데…."

위니의 얼굴이 찌푸려졌고, 두 사람은 동시에 터퍼웨어를 살폈다. 위니는 울지 않으려 애썼다. 나이젤이 결혼기념일을 까먹은 것이다. 결혼 초에도 한 번 잊은 적이 있었는데, 그때 나이젤은 진심으로 미안해 했었다. 위니는 나이젤이 이번엔 미안해 할 거란 생각도 하지 않았다.

"아, 달걀…."

나이젤이 불쑥 위니의 화를 돋우었다.

"당신 동생이 준 서바이벌 키트에 달걀가루가 한 박스 있잖아."

"결혼기념일에 달걀가루라고?"

위니의 입이 딱 벌어졌다. 그녀는 결혼이라는 단어에서 남편이 무엇인가를 눈치채길 바랐다. 하지만 나이젤은 대답 없이 식품 저장실에서 음식통과 박스들을 이리저리 옮길 뿐이었다.

"우리 그냥 시켜 먹으면 안 될까?"

대답이 없었다. 식품 저장실에서 돌아온 그의 손엔 달걀가루 박스가 들려 있었고, 그걸 보는 위니의 심장은 떨렸다. 실제 상황이었고 심각한 일이었다. 15년이나 묵은 달걀가루를 저녁으로 먹자니…. 위니가 입을 열고 혀끝에 담아 두었던 말들을 날리는 순간, 남편 이마 위에 내려뜨려진 검은 곱슬머리가 눈에 띄었다. 마치 새 뮤얼인 듯, 나이젤이 남자아이처럼 보였다. 하필이면 이 순간에 왜 목소리가 안 나왔는지, 아니면 이전에 백 번은 더 되었을 다른 상황에서도 목소리가 안 나왔는지 위니는 알 수 없었다. 위니는 이 남자를 지독히 사랑했다. 나이젤이 자기를 여전히 사랑하는지는 확신할 수 없었다. 어쨌든 오늘은 결혼 15주년 기념일이며, 남편은 저녁으로 달걀가루를 먹으려 하고 있는 것이다.

저녁을 먹는 동안 나이젤이 어떤 책에 대해 이야기를 꺼냈다. 대개의 경우 위니는 듣는 편을 택했다. 그러나 오늘은 나이젤이 결혼 기념일을 까먹었다는 사실 때문에 매우 화가 났다. 그리고 이제 나이젤은 위니가 조금도 관심 없는 얘기를 늘어놓으려 하고 있었다. 그 책을 읽었다고 생각하는 걸까? 기가 막히게도, 그 책은 스티븐 킹이었다. 벽돌만 한 그 책들에서 위니가 끌어낼 수 있는 기분이라곤 정신적 고통과 자포자기뿐이었다. 말장난이었고, 모든 게 의도적이었다.

위니는 자신의 불편한 심기에 아랑곳없이 미련스레 달걀을 입에 넣는 나이젤의 모습을 물끄러미 지켜볼 뿐이었다. 나이젤은 매우 배 고픈 사람처럼 보였다. 왜 그렇게 배가 고팠을까? 위니는 애먼 캐첩을 자신들의 결혼기념일 저녁 식탁을 범죄 현장처럼 느끼게 만든 주범이라 속으로 지목했다. 물잔을 들고 싶게 들이마시며 조여드는 목구멍을 열어보고자 했다. 주방은 추웠다. 일어나 문을 닫고 싶었지만 너무 피곤했다. 나이젤의 목소리는 재미 없는 드럼 소리 같아서, 말보다는 차라리 그 박자에 귀기울였다. 위니는 나이젤에게 주려고 산 선물을 꺼내 건네야 하는 건지 고민했다. 나이젤의 기분을 상하게 할지도 모르는 일이겠지만, 그렇게 생각하니 오히려 흥분이 일었다. 결국 그녀는 아무 말도 하지 않았고, 애꿎은 가짜 달걀만 접시 위에 굴리다 쓰레기통에 모두 버렸다. 나이젤을 화나게 하고 싶지는 않았다.

위니는 자궁의 기능이 다하기 전에 마지막으로 임신을 시도해 보고 싶었다. 친구들은 미쳤다고 했다. 완벽한 13살 아들이 있는데 그 일을 다시 시작하겠다고? 식기세척기 선반에 접시들을 쌓으면서 위니는 자신의 결심에 대한 이유들을 주욱 늘어놓아 보았다. 첫 임신의 행복은 끝까지 이어지지 못했다. 그리고 새뮤얼에게 엄마 아빠 외의 다른 관계를 만들어주지 못한 데 대한 부담감이 있었다. 그리고…, 자신을 조건 없이 사랑해 줄 존재를 원했다.

단촐하고 우울한 저녁 식사 접시들을 세척기에 집어넣을 때까지, 그녀의 몸짓은 처졌고 눈물을 참느라 뻣뻣했다. 나이젤은 여전히 식탁에 앉아 무표정한 눈으로 휴대폰을 아래 위로 스크롤하고 있었다. 위니는 발목을 무릎 위에 얹고 앉은 그의 자세가 싫었다.

그녀는 이젠 뺨을 타고 흘러내리는 눈물을 감추느라 냉장고를 마주하고 서 있었다.

1년, 4년, 그리고 15년. 이 세월은 그들의 결혼 후 매우 힘든 시기였다. 문제의 원인 제공자는 때론 위니이기도, 때론 나이젤이기도 했었다. 앞으로 15년 후까지 더 많은 문제를 겪을 수도 있을 것이다. 그러나 아무리 나이젤이 일을 저지르고, 또 결혼 생활에 어떤 문제를 일으킨다 해도, 위니가 저지른 일만큼 심각한 일은 아닐 것이다. 위니는 그걸 알고 있었고 나이젤 또한 알았다.

두 사람을 뭉치게 만들어 주는 그 일이 또한 그들을 분리시키는 일이기도 했다.

3

위니

위니와 나이젤의 첫 데이트는 "어떤 남자를 알고 있다"는 위니의 사촌 앰버가 주선했다. 앰버가 알고 있다는 남자는 나이젤 앵거스 크라우치였다. 위니가 만약 데이트에 응하기 전에 그 이름을 들었다면 "절대 안 돼"라고 했을 것이다. 앰버는 중매를 서면서도 그 이름을 먼저 알려주지 않았다. 앰버는 바로 그 전해에 뉴욕에서 워싱턴으로 이사 갔다. 뉴욕에서 자란 그녀는 위니보다 많은 사람들을 알고 있었다.

"어떤 남자인데? 그 사람을 어떻게 알게 된 건데?"

"케빈이 아는 사람이야. 다시 시작하려고 한대."

"다시 시작한다고? 그게 무슨 말이야?"

위니는 사실 앰버의 남자 취향을 믿지 않았다. 그녀의 마지막 남자 친구는 뱀을 애완용으로 키웠다. 앰버의 남자 친구가 뱀을 두르게 했던 일을 생각하면 위니는 치가 떨렸다. 비늘로 덮인 스카프가 끔찍한 무게로 목을 감쌌었다. 담배를 길게 빨아들인 앰버의 대답이 3초 후 돌아왔다.

"약혼했었대. 내가 보기에는 안 좋게 깨어진 것 같아."

담배연기를 내뿜는 앰버의 입술이 만화처럼 O자를 만들고 있었다. 위니는 담배연기에 손을 흔들었다.

"그 사람 약혼녀가 애를 원치 않았대. 그런데 말야, 괜찮은 남자야. 괴짜스러울 때도 있지만 인상이 좋아. 언니도 좋아할 걸."

어쨌거나 위니는 6개월간 한 번도 데이트를 못해 이대로 말라 버리는 건 아닌가 생각할 즈음이었으므로 앰버의 제의를 받아들였다. 앰버가 이번엔 담배연기를 멀리 내뿜으면서 잔디밭 의자에 모로 앉아 문자로 데이트를 주선했다. 그 남자는 즉시 응해왔다. 위니는 이 남자도 메말라가고 있을 거라 짐작했다. 저녁 약속을 잡아놓은 시내 레스토랑에서 그 남자를 만나기로 되어 있었다. 일이 잘되면, 저녁식사 후 본즈라는 술집에서 술을 마실 수도 있었다. 그런데 약속 날짜가 다가오면서 위니의 마음이 변덕스럽게 변했다. 친구들이 메이무어 공원에서 열리는 콘서트에 가기로 했는데, 한 명이 빠지는 바람에 티켓 한 장이 남는다고 했다. 위니가 막 약속 취소 메시지를 보내려는데, 그 남자가 먼저 메시지를 보내왔다.

방금 당신의 소셜미디어를 봤는데, 오래된 가죽 재킷과 정장 중 어떤 게 당신에게 호감을 줄지 결정할 수가 없네요.

침대 위에 누워 있던 위니는 이 데이트에 대한 강한 의지가 발동해 벌떡 일어나 앉았다. 위니는 열성적 동물보호주의자였다. 그녀는 언제고 동물들이 인간으로부터 자기들의 세상을 되찾으려 할 정도로 화가 날 것이라 주장했다. 살아남을 자들은 채식주의자들이 분명하다. 이런 이유로 그녀는 고기도 안 먹고, 동물 가죽으로 된 옷도 안 입으며, 동물들을 우리 속에 가두는 행위를 혐오했다.

위니가 답장을 보냈다.

└ 인조 가죽인가요? 아니면, 진짜 가죽?

니르바나 브랜드의 후드 티셔츠를 입고 있던 위니는 방긋 웃는 노란 얼굴의 이모티콘 미소를 머금고 후드 끈을 손가락에 감으며 상대의 답을 기다렸다. 답이 왔다.

└ 인조 가죽을 입고 가짜처럼 보이려고요.

위니는 그의 이런 진지한 유머가 마음에 들었고, 한편으론 자기의 소셜미디어를 들여다봤다고 털어놓는 그의 태도가 마음에 들었다. 위니도 나이젤의 소셜미디어에 들어가 봤지만, 유일한 사진은 남자 다섯이 찍은 사진이라 누가 나이젤인지 알 수도 없었다.

위니는 결국 친구들에게 못 간다는 메시지를 보내고, 저녁 약속에 나갈 준비를 했다.

나이젤은 위니가 상상했던 모습과는 정반대였다. 체구는 작았지만 체조 선수처럼 균형이 잘 잡혀 대칭을 이루고 있었다. 풍성한 검은 머리는 멋들어지게 넘겨져 있었다. 레스토랑 로비에서 위니와 인사를 나눈 그는 하얀 티셔츠 위로 어두운 면재킷을 걸치고 있었다. 위니는 속으로 실망했다. 사실 그녀는 좀 더 말쑥한 모습을 상상했었다. 그러나 앞에 선 나이젤은, 평범한 얼굴에 눈은 지루해보이는 갈색이었다. 위니는 속으로 그의 모습을 고쳐보았다. 수염을 붙이고, 피부 톤에 어울리는 색상의 옷을 입혔다. 위니가 이런 상상에 잠시 정신이 나가 있는 동안 나이젤은 미소 지었다. 위니는 멋지게 변신시킨 그의 모습을 상상하던 자신이 갑자기 부끄러워졌다. 위니는 목덜미에 찰싹 달라붙게 손으로 머리를 슥슥 빗어 내렸다. 나이젤의 눈은 마치 춤추는 풀들을 관찰하듯 위니의 모든 행동을 지켜보았다. 유쾌함이 그의 얼굴 위로 드러났다.

"소심한 척하는 거예요, 아니면 진짜로 그런 거예요?"

그의 육감적인 입이 곡선을 이루며 질문하다 여유로운 미소로 번졌다. 위니의 가슴이 벌렁거렸다. 나이젤이 그런 자기의 감정을 알아챘다 해도 부끄럽지 않았다. 오히려 그런 나이젤의 모습에서 성숙미와 성적 매력이 더 느껴졌다.

"한 잔 마신 후에 다시 물어보세요."

위니가 분명한 어조로 말했다.

저녁 식사가 나왔을 때, 위니는 칵테일을 세 잔째 마시고 있었으며, 나이젤의 얼굴보다 자기의 무릎 위로 슬슬 올라오는 그의 손에 더 집중했다. 더 이상 나이젤이 지루하게 느껴지지 않았다. 사실 위니는 여태 그렇게 짜릿한 전류를 느껴본 적이 없었다. 성적으로 끌렸지만, 오로지 그것만 있었던 건 아니었다. 외모만으로는 썩 훌륭하다고 할 수는 없지만 미소 띠는 그의 얼굴은 여러 면에서 보기 드문 사람이었다. 그날 저녁 내내 나이젤은 위니 얼굴에서 눈을 떼지 않았다. 심지어 몸에 착 달라붙은 옷을 입은 종업원이 그와 눈을 마주치려 애쓰는 동안에도 마찬가지였다. 위니가 말을 하는 동안, 그의 눈이 그녀 입술로 향할 때마다 위니는 앉은 채 몸을 꼬았다. 나이젤의 질문들은 지능적이었다. 질문들이 워낙 진지해 위니는 대답하는 게 슬프기도 하면서 동시에 위안이 되기도 했다.

"아버지의 죽음이 당신이나 엄마에게 어떤 영향을 끼쳤어요?"

나이젤을 만나기 전 위니의 데이트 상대는 오로지 운동선수들뿐이었다. 그들 중에는 대학 대표 선수도 있었다. 럭비 선수, 테니스 선수, 쿼터백, 프로 낚시꾼 등이었다. 위니는 종종 자신의 타입이 아니었던 나이젤에게 어떻게 끌렸는지 의아해 했다. 어쩌면 '위니, 나야말로 바로 당신의 타입이야'라고 밀어붙이는 나이젤의 자신감이 섹시했던 건지도 몰랐다. 그의 자신감은 너무나 대담해, 칙칙한 이목구비와 작은 키에 어울리지 않을 정도였는데, 그게 위니를 매료시켜 묘한 흥분을 불러일으켰다. 그들의 데이트는 그 다음 날 저녁에도 계속 이어졌다. 한 달이 채 되기 전에 위니는 나이젤의 아파트(위니 아파트보다 시내에 더 가까웠다)로 옮겼고, 6개월 후 약혼했다. 위니를 만나지 않았다면, 나이젤은 술이나 진탕 마셔대며 생활했을지도 모른다. 하지만 15년이 지났고, 지금은 위니의 드림하우스에서 같이 살고 있다. 친구들조차 이젠 위니의 말을 믿었다. 그러면서도 그들은 간혹 나이젤이 여전히 멋에 대한 열정이 부족하다는 평을 늘어 놓았다. 위니 생각에 친구들이 자기들이 가진 보트나 사치스러운 유럽 여행을 떠벌리는 동안 짓는 나이젤의 지루한 표정이 우스꽝스러워 보였을 것이다.

"적어도 관심 있는 척이라도 해주면 안 돼요?"

친구들이 가고 나면 위니는 나이젤에게 힐난했다.

"겉멋에 사는 위선자들이야, 위니. 그런 친구들을 받아주는 것만으로도 만족할 수 없어? 오늘은 이쯤에서 끝내자."

그러고 나면 잠자리를 같이했다. 나이젤은 영리했고 위니는 멋있었다. 그녀는 완벽한 삶을 일구었다. 그렇다고 과거를 지울 수는 없었다.

이 집이 없었다면 나이젤은 행복했을지 모른다. '바꿔 말해' 이 집이 아니었다면, 위니는 나이젤이 '자신'을 사랑하고 행복해 할 거라 생각했다. 나이젤은 이 집이 저주받았다고 농담조로 말했으나, 위니는 그가 진짜로 그렇게 생각하는 거라 믿었다. 남편은 그의 어머니로부터 대물림받아 미신을 믿었고, 자신들 문제의 대부분은 이 집 때문이라고 믿었기 때문이다. 나이젤이 아무리 싫어해도 위니는 털린 가에 자리 잡은 이 집을 좋아했다. 어쩌면 이 집이 자신들을 선택한 것이기도 했다. 모서리들이 울퉁불퉁해서 어떤 방들은 들어가고 싶지 않기도 했다. 하지만 아주 좋은 집이었다. 그리고 더 중요한 이유는 친구들이 이 집을 샘낸다는 데 있었다.

"그린레이크 호수에 집이 있다니! 아니, 레이크워싱턴 호수에 있는 집처럼 아름답잖아!"

모두들 이렇게 말하는 바람에 위니는 뿌듯하고 즐거웠다. 물론 15년 전의 얘기였고, 지금은 친구들 대부분 애들 셋에 진짜로 레이크워싱턴 호수에 집을 갖고 있었다.

욕조로 들어간 위니는 어깨 위로 물이 찰 때까지 눈을 감았다. 나이젤의 기분을 맞추는 건 이제 그만. 결혼기념일에 적어도 뜨거운 목욕 정도는 즐겨도 되잖아.

위니는 무엇인가 갖고 싶은 게 있으면 그대로 밀고 나갔다. 문제는 거기서 비롯되었던 건지도 모른다. 털린 가에 자리잡은 이 집을 자신이 원했고, 나이젤이 싫어 하는 이 집에서 살기 위해 상당한 돈을 지불해야 했다. 나이젤은 시내에서 살고 싶어 했다. 하늘이 보이고 스타벅스와 체육관이 딸린 빌딩 한곳에서 무언가 새로운 삶을 원했던 것이다. 나이젤은 쌍둥이 남동생, 세 명의 자매들과 더불어 대가족 속에서 자란 위니와는 다른 환경에서 성장했다. 그의 모친은 워낙 부지런해 삶의 여정에 지친 외골수였다. 집을 구입보다는 아담하고 모던한 집에 세 들어 살기를 좋아했다.

이 집은 자신들, 혹은 아마도 위니의 수중에 거의 굴러 들어온 돌이었다. 몇 개월 간의 입찰 전쟁과 온갖 모델 하우스를 전전하던 끝자락에, 위니는 머리를 식히려 나이젤 없이 혼자 그린레이크를 드라이브하고 있었다. 둘은 늘 집 문제로 다퉜다. 집 주인이 잔디밭 가장자리에 'For Sale' 팻말을 박고 있을 때, 위니는 마침 연석에 나란히 차를 대려던 참이었다. 위니는 시동도 끌 새 없이 차문을 박차고 나와 잔디밭을 가로질러 달렸다.

"제가 이 집을 살게요."

숨쉴 틈 없이 말했다.

"댁의 집이 저에게 팔린 거예요!"

전 주인이 이때의 상황을 얘기하길, 위니가 팻말을 쥐고 땅에서 냉큼 뽑아내더니 자기의 BMW 트렁크에 실어버렸다고 했다. 그렇게 3개월 만에 산 집이었다. 그 12주간의 기억은 지금 흐릿했다. 마침내 거래가 성사되고, 어느날 갑자기 아주 고풍스럽고 커다란 저택의 주인이 되기까지 결론 없는 논쟁은 많았다. 위치는 최고였다.

"나이젤. 그린레이크에서 살고 싶지 않은 사람이 있겠어요?"

위니는 거래가 성사된 지 불과 20분 만에 나이젤의 팔짱을 끼고 새로 구입한 집으로 들어가며 말했었다. 그녀의 눈은 나이젤이 프러포즈했던 그날처럼 커져 있었다.

이사온 지 채 일 년도 안 되었을 때, 지붕에서 심하게 물이 샜다. 나이젤은 지붕을 갈기 위해 퇴직연금을 일시불로 찾아야 했다.

그리고 새뮤얼을 집으로 데려오자마자 다락방에 검게 핀 곰팡이를 발견하고는 제거하느라 고생했다. 집 수리를 하는 동안 아기와 더불어 한 달간 호텔에서 지냈다. 몇 년 후, 나이젤은 자기만의 소굴에서 이어진 별채를 증축하고자 했다.

"그럴 거면 뭐하러 출입문을 따로 내요?"

위니는 반문했다.

"혹시 알아. 돈 문제라도 생길 때 별채를 세 놓을 수도 있잖아. 솔직히 우린 이 집에 돈을 많이 쏟아부었어. 어쩌면 곧 경제적 문제에 봉착하게 될지도 몰라."

아내의 얼굴에서 핏기가 사라져가는 것을 보면서도 나이젤은 그런 말을 서슴지 않았다. 그리곤 덧붙였다.

"별채를 지으면 이 집의 자산 가치도 높아질 거야."

그건 위니도 관심을 가질 만한 말이었다. 돈 얘기에 속으로는 뜨끔했다. 돈에 관한 한 위니는 언제나 소비하는 사람이었다.

"내가 우리 집 재정 상태를 살펴봤는데…"
"알았으니 그냥 그렇게 해요. 당신이 알아서 처리하겠죠."

그리고 그녀는 바로 앰버에게 전화를 걸었다.

"나이젤 말이 맞아."

앰버 쪽에서 텅, 하는 차문 닫는 소리가 들렸다. 부동산 중개업을 하는 앰버는 어떤 고객에게 집을 보여주려던 참이었을 것이다.

"그렇게 하면, 그 집 가격이 올라갈 거야. 아, 그리고. 있잖아, 별채를 에어비앤비에 올려놓을 수도 있으니 괜찮은 아이디어인데."

"내 마음이 편치 않아서 하는 말이지."

위니는 딱 잘라 말했지만 그 문제에 관한 한 나이젤에게 양보했다. 오히려 한술 더 떠 좋은 비즈니스 결정이라며 나이젤을 응원했다. 나이젤이 모르는 사람을 집에 입주시키고 싶어 안달할 사람은 아니었지만, 그래도 여지가 전혀 없는 것은 아니었다.

욕조에서 나왔을 때 나이젤은 아래층에서 자기가 사 온 것들을 꺼내고 있었다. 위니는 혹시 카드나 캔디 박스라도 없는지 살폈다. 그러나 새로 산 병따개 말고 자기를 즐겁게 해줄 만한 물건은 하나도 없었다. 문득 자신을 책망했다.

'뭘 바라는 거야, 폭죽? 샴페인?'

나이젤은 위니를 사랑하는 좋은 남편이었고, 위니는 그것으로 만족해야 했다. 나이젤이 사 온 물건 정리를 도우면서 그에게 미소를 지어 보였다. 잠자리에서 나이젤이 달라붙을 때도 뻣뻣이 굴지 않았다. 내심 먼저 원했었지만 위니는 저녁부터 체념하고 있었다. 하는 대로 내버려두었고, 몇 분 후 나이젤은 천진난만하게 잠에 빠졌다. 위니가 그밤 내내 흐느껴 우는 것은 알지 못했다.

하지만 바로 이 집에서 그 끔찍스런 일이 일어나기까지 그 어떤 일도 오히려 소소하다는 사실을 지금 그녀로선 전혀 알 수 없었다.

4

주노

주노는 4년 전에 뉴멕시코 주 앨버커키에서 시애틀로 옮겼다. 워싱턴 주에서도 살았었는데 완전히 다른 두 개의 삶이었다. 뉴멕시코에서의 주노에겐 직업과 가정, 남편과 두 명의 아들이 있었다. 주노는 통통하고 가슴이 풍만했으며, 자신만의 패션 스타일을 보여주는 페이즐리 무늬 옷을 즐겼다. 길가 점포를 얻어 사무실로 개조해 일을 시작했는데, 두 명의 치료사 친구와 함께였다. 5년간 정신건강센터라는 3인조의 작은 사업을 운영하는 동안 자기 건물도 갖게 되었다. 시내 변두리 파산 직전의 오래된 버거킹 건물을 사들여 가족상담소로 개조했다. 자기 삶을 다 불태워 끝내기 전 워싱턴에서의 이야기다.

　시애틀은 아주 덥거나 아주 춥지 않아 쪄 죽거나 얼어 죽을 일은 없다는 얘기가 주노를 시애틀로 이끌었다. 시애틀에서 가장 망할 놈의 날씨는 축축하고 졸음을 몰고 오는 이슬비였다. 앨버커키를 떠날 때 챙길 물건이 별로 없었기에 중고 여행가방 하나가 들고 온 유일한 짐이었다. 그 안에 든 것들은 다만 한 줌 추억으로 남을 만한 것들로 남편 크레거의 독서 안경도 그중 하나인데, 주노는 때때로 그 안경을 사용했다.

　위니와 나이젤이 집을 매입한 지 15년이 지났을 때, 주노는 털린 가의 이들 부부집으로 옮겨왔다. 그때 쯤 집 수리는 이미 끝났고, 아래층에는 출입문이 따로 나 있는 조그만 별채도 완성되어 있었다. 주노가 회보라색 구름을 배경으로 우뚝 선 붉은 벽돌집을 처음 봤을 때, 한 폭의 그림같이 느껴 탄식이 절로 나올 정도였다. 들어가 살고자 했던 건 아니었고, 다만 집의 고딕적 양식의 아름다움을 감상하러 갔을 뿐이었다. 그런데 기회는 저절로 굴러들었고 주노는 그 기회를 잡았다. 주노는 변화의 욕구가 있었고, 털린 가의 그 집은 주노를 향해 손짓했다. 주노가 보도 위에 꼼짝 않고 서서 집을 바라보고 있을 때, 노래를 크게 틀어 제낀 차가 지나갔고, 쾅쾅 울리는 박자를 탄 노랫말이 주노의 귀에 박혔다.

　"지금이 아니면 절대 못한다는 걸 난 알았어요…."

　자기에게 손짓하는 집을 향해 주노는 첫 걸음을 내디뎠다.

엷은 갈색 머리와 블론드 눈썹의 마른 콩 같은 이들 부부의 아들은 부모를 이해하지 못했으며, 그것은 주노 역시 마찬가지였다. 주노는 부모가 딴 데 보고 있을 때, 부모의 어리석음을 믿을 수 없다는 듯 간혹 머리를 절레절레 흔드는 아이의 모습을 봤다. 주노는 샘이 웩슬러 지능검사를 받으면 아마도 엄마 아빠를 합친 것보다 더 높은 지수가 나오지 않을까 생각했다. 주노는 수년간 아이들을 복잡한 개인으로 여기지 않고, 고장난 기기 수리하듯 고쳐보려고 데려오는 부모들을 자주 보아왔다. 자식을 고칠 수는 없다. 박스에서 갓 꺼낸 기계처럼, 고쳐야 될 필요도 고쳐야 할 이유도 전혀 없다. 아이들에겐 먹고 자랄 건강한 사랑의 본보기가 필요할 뿐. 이 집 아들은 바로 어제 호숫가 벤치에 앉아 있는 주노를 발견했고, 둘은 진지하게 마음 맞는 대화를 나눴다. 주노는 샘이 누구에게나 충격적일 수 있는 자신의 관심사를 털어놓고 나눌 수 있는 사람은 자기밖에 없다고 확신했다. 둘이 호숫가에 나란히 앉았을 때 주노는 "호수가 쌀을 깔아 놓은 것처럼 잔잔하다"고 말했다.

"쌀처럼 잔잔하다구요?"

샘이 머리를 흔들며 배를 움켜쥐고 웃었다.

"그렇지, 쌀처럼 잔잔해."
"그런 말은 정말 처음 들어요."

옆에 앉은 샘의 눈썹이 처져 보였다. 여느 때와 달리 자신 없어 보였고, 자기 주장 강한 소년의 모습은 찾을 수 없었다.

"예나 지금이나 유명한 연쇄살인범 대부분이 워싱턴 주에서 나왔다는 사실 아세요?"

주노는 벤치에 기대앉아 점점 누렇게 변해 가는 하늘을 향해 얼굴을 찌푸렸다.

"글쎄. 테드 번디*가 있지!"

주노는 머리를 열심히 끄덕이는 샘을 바라보았다.

"그린리버의 살인자. 그놈 이름이 뭐였더라? 게리…, 뭐였는데."
"리지웨이요. 게리 레지웨이."
"그래, 맞다."

주노는 고개를 끄덕였다.

"예이츠, 그리고 음…, 아 그래. 정말 악질 같은 놈이 있었지. 아이들을 목표로 했던 정말 역겨운 도드라는 놈."

주노가 쯧쯧 거리며 말했다.

"우리 부모님은 제가 인터넷으로 그딴 것들 보면 기겁하세요."
"글쎄다. 그게 못마땅하니? 엄마가 매일 밤 주무시기 전 끔찍한 자동차 사고에 대한 강박이 있다면, 너 같으면 걱정 안 하겠니?"
"엄마는 저와 관계되는 것이면 뭐든 걱정을 많이 하세요."

샘의 표정은 멍해 보였으나 주노는 그 눈에서 익살을 보았다.

---

* 1989년 사망한 미국의 연쇄살인범.

주노는 웃지 않을 수 없었다. 이 아이는 어른과 같은 풍자적 유머감각을 갖고 있었다.

"엄마들은 엄마들 나름대로 걱정이고 자식들은 자식들 나름대로 걱정인 거지. 관심사가 서로 다르다고 잘못된 건 아니고 서로를 사랑하는 마음은 다 같은 거야"

주노는 몇 년이 흘렀음에도 이리 쉽게 카운슬링할 수 있다는 사실에 스스로 놀랐다. 어쩌면 그렇게도 자기 말이 빤하게 들리는지도 놀라웠다.

"어떨 땐 제가 친자식이 아닌 것 같은 기분이 들어요."
"아마 그럴지도 모르지."

대수롭지 않게 받아주는 주노의 어조는 가벼웠다. 그만 한 시절에 자신이 입양되었다고 생각해본 적 없는 사람이 있을까?

'샘은 특별한 데가 있는 아이야.' 욕실 출입구에 서서 생각에 잠긴 주노의 시선이 욕조 옆 뉴욕 지하철 벽 타일같이 하얀 세라믹 타일 위의 향수와 로션 병에 멈추었다. 그녀는 거울에 비친 자기 모습을 철저히 외면했다. 거기 비춰지는 모습이 어떨지 이미 알고 있었고, 보고 싶지도 않았다. 코와 뺨에 도드라져 보이는 붉은 버터플라이 마크*, 부어 오른, 황달에 걸린 눈을 마주하고 싶지 않았고, 얼룩얼룩 오리알 같은 점 투성이 피부도 보기 싫었다.

---

* 병으로 인해 생기는 부푼 듯한 나비 모양의 불그스름한 반점

전등 스위치를 켜고 욕실로 들어갔다. 어젯밤 잠을 잘못 자는 바람에 등이 아직도 뻣뻣하여 발을 질질 끌며 유리병들이 은쟁반 위에 가지런한 세면대로 갔다. 유칼립투스 오일, 차나무 오일, 재스민이 있었다. 오일을 골라 욕조로 가져갔다. 하루 중 이때가 가장 좋은 시간이었다. 몸의 통증을 물로 완화시키는 시간이었다. 욕조가 찰 만큼 물을 받아 몸을 담그자 늙고 한없이 지친 여자의 신음이 새 나왔다. 욕조 바닥으로 몸이 가라앉는 동안 자기 몸을 보지 않으려 했다. 앙상한 허벅지의 움직임 때문에 물이 튀었다. 피부는 양피지처럼 너무 얇아 보지 않으려 고개를 외로 꼬아버렸다.

어제 공원에서 샘과 나눴던 대화가 좋았다. 욕조에 누워 샘과의 순간들을 회상하면서, 주노는 몇 년 전 은퇴한 심리치료사 본능이 안에 살아 움직이는 것을 느꼈다. 샘은 "어떨 땐 제가 친자식이 아니라는 기분이 들어요"라고 말했었다. 주노는 혼잣말을 했다.

"별다른 뜻으로 그런 건 아닐 거야. 목욕이나 즐기자."

눈을 떴다. 욕실엔 시계가 없었으나 벽에 비친 빛이 시간을 알려주고 있었다. 이제 욕조에서 나가 다음 단계로 옮길 시간이었다.

늦은 오후였다. 말라 뻗친 주노의 백발이 가라앉지 않고 불규칙하게 삐죽삐죽 솟았다. 차를 끓이는 동안 머리를 하나로 틀어 올렸는데, 어릴 적부터의 버릇이었다. 주노의 머리는 한때 붉은 빛이었다. 오래전 진 마티니를 마시고 인도네시아산 클로브 담배를 피우던 시절이었다. 지금과는 다른 삶을 살던 다른 여자였다. 누구나 다 주노의 머리를 만져보고 싶어 했다. 허리까지 내려오는 숱이 풍성한 붉은 머리칼이었다. 노파들은 종종 주노를 보도 위에 불러 세워 머리 색깔을 평하고, 똑같은 색깔을 내려고 돈을 썼다는 얘기를 했다. 이제 어느덧 주노 자신이 예의 노파가 된 것이다. 홀짝홀짝 차를 마시는 동안 자기 생각이 우스운지 입꼬리가 실룩거렸다. 어차피 늙어가므로 하등 이상해 보일 건 없었다. 어쩌면, 눈에 문제가 있는 건지도 몰랐다. 차 맛이 강하면서도 달짝지근했다. 아래층 피난처에 놓아둔 진통제가 떠올라 성급히 차를 마셨다. 지난 번에 봤을 때는 여섯 개였다. 부부가 진통제를 더 사다 놓았기를 바랐다. 문득 언짢아졌다. 마시던 차 맛도 입안에서 변했다. 사람들한테 기대는 자신이 싫었다. 남은 차를 싱크대에 부어버리고 어질러 놓은 것들을 치우려 했다. 새로운 걱정거리가 머릿속을 스쳤다.

4시가 되자 옆집 네빈스 씨가 바로 이 집 거실 밖에 주차했다. 주노는 위스키를 좋아하지도 않았고, 끊은 지도 꽤 지났지만 잔을 꺼내 나이젤의 위스키를 1인치 정도 부어 들고 이층으로 올라 공원이 내려다 보이는 거실에 앉았다. 하루 중 이맘때면 이 집 식구들이 곧 집으로 온다는 것을 알기에 신경이 곤두섰다. 그들은 때론 야하게 때론 추하게 벌거벗은 몸으로 집을 긴장감으로 채웠다.

이층 거실은 이 집에서 가장 멋진 곳으로, 여기서 보이는 전망은 번화하면서도 평화로웠다. 그린레이크 공원 주변 번화가 한 곳에 자리잡은 이 집은 I-5번가에 있었다. 주노는 흔들의자에 깊숙이 들어앉아 퇴근길 차량들이 기어가기 시작하는 모습을 바라보면서, 위스키가 달아오르게 내버려 두었다. 요즘은 이 거실 창문이 이젠 거의 걸을 일이 없는 바깥 구경 장소가 되어 있었다. 거기서 내다보이는 장면만으로도 주노는 소리와 냄새까지 알 수 있을 만한 상상력을 동원했다. 말티즈가 두 여자 주변 풀밭에서 킁킁 냄새 맡는 동안, 두 여자가 셀피를 찍으려고 보도 위에 멈춰 섰는데, 꽉 끼는 노란 형광색 반바지 차림의 남자가 이 여자들과 부딪칠 뻔했다. 막판에 남자가 옆으로 비껴 간신히 부딪치는 것을 피했고, 그러다 말티즈 위로 넘어질 뻔했다. 셀피를 찍던 여자들은 몸을 똑바로 했는데, 그 어느 편도 잘했다고 볼 수 없었다.

공원 잔디밭 위에 세 명의 십대 아이들과 함께 자리잡은 가족이 스타벅스 컵을 들고 옹기종기 웃고 있었다. 추워 보였다. 샘은 운동 때문에 몇 시간은 있어야 돌아올 것이었다. 주노는 샘이 집에 있기를 바랐다. 그 애가 있으면 집안 분위기를 누그러뜨려 부모들 사이에 빛을 만들어 주기 때문이었다. 주노는 식구들 발소리로 누구인지 알았다. 샘은 모난 데 없는 소년의 투박한 발소리로 쿵쿵, 거렸다. 이리저리 미끄러지고 구석구석 부딪치는 새끼 얼룩말 같았다. 그 발자국 소리가 너무 귀여워 주노는 아들들을 생각했다. 이제 태양이 호수 위로 내려오고 있었다. 햇빛이 주노가 앉은 창가로 비춰 들었다. 의자에 등을 기대 햇빛이 온몸을 매만지게 놔두었다.

아래층으로 내려갈 시간이 되었다.

현관문 근처에는 나이젤이 초인종을 바꾸려 했던 흔적으로 부품들이 벽 쪽에 처박혀 있었다. 주노는 어지러이 널린 부품들을 보면서 염증이 있는 오른쪽 어금니를 혀로 어루만졌다. 철사, 전깃줄, 나사못 등이 나무판자 위에 어지럽게 흩어져 있었으며 망쳐버린 시트지들도 있었다. 주노는 그 위를 밟고 지나갔다.

5

위니

"**잠**깐." 나이젤이 억지로 감정을 가라앉히려 했다. 위니는 나이젤이 전화기를 한쪽 귀에서 다른 쪽 귀로 옮기며 하는 얘기를 들었다. 다시 돌아온 나이젤의 목소리는 긴장된 듯했다.

"당신 동생더러 우리 집에 와 있으라 했다고?"

다코타에 대해 말하려는 순간, 위니는 뱃속이 가라앉는 걸 느꼈다. 카르멘이 하얀 종이 백을 팔에 끼고 엘리베이터에서 내리고 있었다. 책상을 지나치며 손을 흔들었으나, 위니는 보통 때 대충

지어 보이는 미소조차 보내지 않았다.

"경마장에서 3연승 단식 경기에 모두 걸고 수표를 썼대요. 그래서 만다가 다코타를 쫓아냈단 말이에요."

"만다로서는 당연히 그랬겠지."

나이젤이 말했다.

"하지만, 다코타는 정말…. 잠깐 동안 만이에요."

위니는 쉭쉭대는 수화기에 대고 조심스레 말했다.

"지난 번엔 쉘리 언니네 집에 있었으니 이번은 우리 차례예요."

위니는 남편이 지금 자신의 얼굴을 볼 수 없는 걸 다행이라 생각했다. 컴퓨터 모니터에 비친 얼굴은 창백하고 겁에 질려 있었다. 쉘리는 스트롭(위니의 본가 성씨) 자매 중 맏이었다. 나이젤은 쉘리를 싫어했다. 쉘리와 눈이 마주쳤던 그 순간부터였다.

"동생이 눈이 삔 모양이네요."

쉘리가 슬며시 웃으며 말을 끝내고 상대의 기분은 대수롭지 않다는 듯 시선을 비껴가는 모습에서 나이젤은 모욕감을 느꼈다. 어쨌든 나이젤은 쉘리가 싫었다. 쉘리는 나이젤과의 첫 대면을 별로 중요시 하지 않았고, 위니에겐 그것이야말로 언니다운 행동이었다. 쉘리는 누군가에게 호감을 주는 경우는 거의 없었다. 만일 있다면 돈과 관계된 일뿐이었다.

제부를 향한 형편없는 쉘리의 경멸에도 위니는 다른 자매들이 그러하듯 두말 없이 따랐다. 아버지 사망 후 엄마는 자식들을 눈물 어린 애정으로 숨막히게 만드는 것 말고는 부모 노릇이 도대체 어떤 건지 잊어버린 듯 처신했다. 동생들을 키운 사람은 쉘리였다. 끼니 챙기랴, 잠 재우랴, 때론 엄마가 해야 할 학교 통신문 서명까지 위조해 보냈다. 그런 쉘리가 위니에게 이번엔 네가 다코타를 받아줄 차례라고 했다면, 불평 없이 승낙해야 했다. 제아무리 다코타가 위니의 쌍둥이 남동생이라 하더라도 어머니의 자궁을 공유했다는 사실 하나로 그와 더불어 사는 게 편한 일은 아니었다. 반면 나이젤은 불만이 있었고, 위니도 그걸 알고 있었다. 사실, 나이젤은 그의 직장 상사에게 사정 얘기를 털어놓고 싶었다. 그러나 160cm 남짓한 키에 실용적인 치노*를 입은 장군 출신의 스포츠 머리 매니저는 나이젤이 무슨 생각을 하는지 따위엔 전혀 관심이 없었다. 맏이인 쉘리는 스트롭 집안의 군주였다.

위니는 숨을 깊게 들이쉬며 방어와 정당성을 늘어놓을 준비를 했다. 수년간 인내심을 발휘해 시어머니를 대하지 않았던가? 외동의 엄마들이란 자식들이 독신일 때는 유난히 자식에게 들러붙어 삶의 모든 것을 전적으로 의지했다. 위니는 시어머니가 힘들게 했던 모든 순간을 기록해두었다. 죄의식이 들기도 했으나, 그런 죄의식 탓에 위니는 오히려 제할 바를 다했다.

"당신은 정말 한집에 다코타가 새뮤얼과 같이 지내는 게 괜찮은 거야? 지난 번 다코타가 와 있을 때의 일 기억 안 나?"

---

* 카키색의 튼튼한 면바지.

위니의 가슴이 무너졌다. 새뮤얼을 들추는 순간, 합리화를 가장한 자신의 모든 말들은 무너져 내렸다.

2년 전, 만다는 남편 다코타가 동료 여자와 잤다고 집에서 내쫓았다. 만다가 대들자 화난 다코타가 그릇을 모두 부엌 바닥에 깨뜨려 버리고 나서 깨진 접시 조각으로 자해를 시도했다. 다코타는 자신이 그렇게 무너진 걸 만다 탓으로 돌리며 아내가 자기를 화나게 만든다고 했다. 그러고 나서 요란 떨며 병원으로 가 팔뚝 위 상처를 네 바늘 꿰맸다. 그때 다코타는 쉘리 집에 한동안 머물렀었다. 위니는 그때 쉘리가 한 말을 똑똑히 기억하고 있었다.

"그래서 어쨌다는 거야, 안 그래? 심지어 다코타는 그 여자랑 자지도 않았다는데."

그렇게 애지중지하는 남동생을 자기 집으로 데려갔다.

"좋다고. 그런데 언니, 만약에 마이크 형부가 그랬다면…."

위니는 반박했다.

"하아! 그건 마이크가 더 잘 알걸, 어쨌건 말이야, 만다가 일을 이 지경으로 만들어 놓은 거야."

쉘리는 입 가장자리를 씰룩거리며 말했다.

그 다음 만다가 다시 다코타를 내쫓은 건 그의 지갑에서 하얀 가루가 든 조그만 봉지를 발견했을 때였다. 그때 위니와 나이젤이 다코타를 받아줬다. 엄밀히 따지면 첼시 차례였지만, 그녀는 그녀의 아내 메리와 결혼 10주년 기념으로 하와이에 가 있었다. 일주일

동안 쪽방에 숨어 지내던 다코타가 어느 날 밤, 위니가 저녁식사를 준비하느라 방심한 사이에 약과 술에 취해 팬티 바람으로 거실에 넘어지고 만 것이다. 그때 새뮤얼은 거실에서 TV를 보던 참이었다. 소파에 앉아 있던 새뮤얼의 눈이 휘둥그래졌고, 외삼촌 다코타는 새뮤얼의 플레이 스테이션 위에 토하고 나서 설사까지 했다.

만다는 늘 다코타와 싸웠다. 어쩌면 다코타가 기다렸다는 듯 애들 앞에서 과음하고 변덕을 부리는 때문이었다. 자기 아들 대신 다코타는 위니 아들 앞에서 술을 마셨고, 당연히 나이젤과 한바탕 엄청난 싸움을 일으켰던 것이다.

말을 잇지 못하던 위니가 마침내 짜증 섞인 말을 내뱉었다.

"젠장, 내가 어떻게 그 일을 잊을 수 있겠어요? 주말에 새뮤얼을 어머님 댁에 보내도 돼요. 일요일에 다시 생각해보죠."

누나들 모두 한결같이 다코타를 갓난아기 대하듯 했다. 동생이 아기가 아니라는 걸 알면서도 만다가 이번만큼은 다코타를 용서하지 않으리라는 느낌에 위니의 기분은 까부라지고 있었다.

"아마도 그때쯤이면 다코타와 만다가 수습하겠죠. 늘 그래 왔듯이 말이에요."

위니는 그렇게 말하면서 스크린 세이버를 빤히 쳐다보았다. 지난해 도미니카공화국 여행 때 나이젤, 새뮤얼과 함께 해변에 서 있는 사진이었다.

"이렇게 상황이 안 좋은 적은 없어. 이번엔 만다가 다코타를 쉽사리 받아주지 않을 거야. 지난 10년간 술 먹고 흥청거리는 대학생 녀석 같았잖아, 위니."

위니는 긴 숨을 내뱉었다. 어릴 적 다코타는 감정 폭발이 잦았다. 위니 기억에 다코타는 늘 뿌루퉁해 있었고 요구 사항이 많았다. 아버지의 죽음이 그의 머리를 미치게 했던 걸까. 그는 슬픔을 주먹으로 다뤘고 17살에는 자살 시도까지 했었다. 늘 화가 나 있었으며 위니는 그 이유를 알지 못했다. 다코타는 늘 방아쇠를 당길 대상을 고르는 사람처럼 행동했다. 10살 되던 해, 둘의 생일파티에서 다코타는 쌍둥이 누나와 파티를 공유해야 하는 것에 화 난다는 이유로 엄마가 300달러 주고 마련한 시트 케이크를 풀장으로 집어던져 버렸다. 형광 오렌지색 단의 군복 무늬 수영복을 입고 서 있던 그 모습이 아직도 머릿속에 훤했다. 그리고 그 커다란 시트 케이크 꼭대기에서 지워져 가던 쌍둥이의 웃는 얼굴도 생생했다. 풀장 깊숙이 웃음짓는 얼굴을 처넣기 전 다코타는 잠시 위니와 눈을 마주쳤었다. 물론 그는 어떤 벌도 받지 않았고, 엄마 아빠는 친구들에게 웃음 지어 보이는 것으로 마무리했다.

13살 생일에는 둘 다 쉐이 이모로부터 베타*가 헤엄치는 어항을 하나씩 받았다. 일주일 후 다코타의 베타가 하늘나라로 가 버린 걸 보았다. 그는 위니가 첼시와 함께 쓰던 방으로 돌진하여 위니 책상 위에 있던 어항을 잡아챘다. 위니가 그를 말리려 했지만

---

* 태국에서 서식하는 민물고기.

자신보다 30cm 정도 큰 키의 다코타가 어항을 머리 위로 들어 올렸다. 어항을 잡으려 몸싸움하는 위니의 얼굴 위로 물이 쏟아져 내렸다. 위니가 몸부림치며 울부짖는 동안 화장실로 쏜살같이 달려간 다코타는 위니의 살아있는 물고기를 자기의 죽은 것과 함께 변기로 흘려 보냈다.

"이래야 공평하지."

변기 손잡이를 잡아당기며 말을 꺼낸 그가 그제야 잘못을 느낀 건지 울음을 터뜨렸다. 물론 위니는 그를 용서했으나, 때론 이 모든 기억들이 매우 불편하게 떠올랐다. 쌍둥이 누이한테 그런 짓을 할 정도면 아내인 만다한테는 오죽했을까?

나이젤은 그녀가 무슨 말이든 해주길 바랐다. 그녀는 이런저런 생각들을 떨쳐버렸다.

"알아요, 제길. 안다구요. 아버지의 죽음으로부터 헤어나지 못했어요. 하지만 걔는 가족이잖아요. 그러니 우리가 해결해줘야죠. 제발 좀 도와주세요. 누구나 조금씩 양보해야 되는 거잖아요."

위니는 가능한 한 긍정적 목소리로 가장했다. 마치 술 취한 치어리더의 말소리나 다름없었다. 다코타는 그냥 가족이 아니라 자신의 쌍둥이 남동생이었다. 더 많은 책임이 따라야 했다.

결혼한 지 15년이 지난 지금, 위니가 그럴 필요가 없다는 게 나이젤의 입장이었다. 나이젤은 찬성하지 않았다. 그는 다코타와 만다 사이의 일이 이제는 해결되지 않을 거라고 생각했다. 이건 나이젤 자신의 문제가 아니며 다코타가 자기 남동생도 아닐 뿐더러 쌍둥이 간 유대관계 또한 그는 믿지 않았다. 어쨌든 그들 일에 끼고 싶지 않았다. '외동의 특전이겠지'라고 생각하는 위니의 기분이 씁쓸했다. 다코타가 집에 들어와 지내는 일은 위니에겐 당연한 일이었지만, 나이젤에게는 극심한 프라이버시 침해라는 것을 모르는 바 아니었다. 손님으로 존중해 주기엔 다코타는 부족한 인간이었다. 게으름뱅이였다. 먹고 난 더러운 접시들을 온통 쌓아둬 먹다 남은 냉동 부리토가 붉게 엉겨붙어 덩어리졌다. 빈 맥주 캔들은 테이블 위에 나뒹굴고 티슈들은 여기저기 널려 있었다. 게다가 위니네 집에 있을 때마다 다코타는 지겹게도 울어댔다. 나이젤은 다코타가 널어놓은 티슈들을 '눈송이'라 불렀다. 마치 크리스마스 장식으로 꾸며진 집마냥 하얀 티슈 뭉치가 딱딱히 굳어 있었다. 게다가 음주 문제가 결국 새뮤얼에게 끔찍한 순간으로 이어졌다.

"저어…, 당신이 집에 도착할 쯤에는 다코타가 와 있을 거예요. 열쇠 가지러 여기 왔다 갔어요. 블루 침실을 쓸 거예요."

"어…, 어…."

"당신 화났어요? 화난 것 같네요."

"화나지. 하지만 당신이 나와 상의도 없이 이미 다코타를 집안으로 끌어들인 이상 달라질 게 뭐가 있을까?"

위니는 아무 말도 하지 않았다.

"다코타가 나를 삐딱하게 대한다면, 위니…."

"알아요. 안다구요."

위니가 말했다. 그녀는 훅, 숨을 내쉬었다. 턱은 내려가고 눈은 가늘어지며 혀가 앞니를 밀고 당기며 감정을 어쩌지 못하고 있는 나이젤의 모습을 상상하며 위니가 말했다.

"나도 이미 다코타에게 경고했어요. 괜찮을 거라고 약속해요. 걔가 지금은 안 좋은 상태에 있지만 점잖게 처신할 거예요."

30분 후 집에 도착했을 때, 나이젤이 몇 주 동안 달지 못하고 놔뒀던 초인종을 달려고 무릎 꿇어 작업하는 다코타의 모습이 보였다. 뭐야, 평화 제의인 거야? 위니는 몇 초 간 다코타를 지켜보며 밤새 벌어질 상황을 걱정했다. 나이젤에게는 상당한 죄책감을 감수해야 하고, 새뮤얼은 침울함을 속으로 삼킬 것이다. 아들에 대한 걱정이 이미 위니를 휘감고 있었고, 상황은 더 악화될 것이다. 위니는 왜 이런 상황을 받아들여야 했는지 알 수 없었다. 사실 모르는 건 아니었다. 언니는 막무가내였고, 그런 언니에게 위니는 배고픈 개만큼이나 다루기 쉬운 존재였다. 다코타는 초인종을 달면서 징징대는 컨트리송을 틀어놓았는데, 흥얼거리며 따라 부르는 모습에 위니의 마음이 누그러졌다. 그랬다. 위니의 눈에 남동생은 아직도 어린 소년이었다.

"야, 너!"

위니의 부름에 다코타가 벌떡 일어났다. 여전히 회사 유니폼을 입고 있었다. 나이젤은 택배회사 유니폼을 입은 처남의 모습이 구운 감자 같다고 말했었다. 벌떡 일어선 다코타를 보며 위니는 동생이 얼마나 키가 큰지 새삼 느꼈다. 아버지를 닮아 190이 넘는 키에 체격은 우람했다. 위니는 깊이 뉘우치는 남동생 얼굴을 확인하러 고개를 뒤로 젖혀야 했다. 입술을 움찔거리는 다코타의 가장자리 붉어진 눈이 위니의 눈을 마주하지 않으려 애쓰고 있었다.

"여기 있게 해 줘서 정말 고마워. 만다는…."

아내 이름을 말하는, 큰 키의 야수 같은 남자가 눈물을 터뜨렸다. 그때 나이젤의 차가 진입로로 들어왔다.

위니는 다코타를 작은 식당에 앉히고, 나이젤은 세 사람을 위해 차를 만들었다. 누군가 화 나 있을 때 나이젤 엄마가 하던 일이었다. 나이젤이 작은 티백과 각설탕을 준비하는 걸 바라만 봤다. 나이젤은 자기 머그잔과 위니 머그잔에 두어 차례 위스키를 따랐다. 다코타의 잔은 확실히 건너뛰었고 위니는 하고 싶은 말을 참았다. 다코타를 떠맡게 한 주제에, 특히 술 마시는 일에 대해 나이젤을 곤란하게 하지 않을 정도의 지각은 있었다. 자신이야말로 지금 알코올이 당겼다. 다코타는 감사히 머그잔을 들었다.

위니는 따뜻한 액체를 치아 사이로 빨아들이면서 머그잔 가장자리 너머로 다코타에게 눈길을 보냈다. 위니의 자매들은 아직도 다코타가 얼마나 잘생겼는지 노래를 했다. 하지만 위니의 눈에는 오히려 꾀죄죄한 남자의 긴박함이 보이기 시작했다. 다코타는 고등학교와 대학을 다니는 동안 복부 근육 덕에 춥고 비가 많은 주(州)에서 살면서도 그 시절의 대부분을 셔츠 없이 지낸 것을 누구나 알고 있었다. 이제 그 옆에 앉아보니 머리카락은 가늘어졌고 코도 둥글 납작해 풍상에 찌든, 영락없는 알코올 중독 초기 모습이었다.

"샤워랑 면도 좀 해라, 이 녀석아. 기분이 좀 나아질 테니까."

나이젤이 위니와 달리 거리낌이라곤 전혀 없는 눈으로 다코타를 쳐다보고 있었다. 위니가 나이젤에게 선을 넘었다는 표정을 지으려 했으나 다코타는 진지하게 고개를 끄덕였다.

"오늘 해고당했어요."

나이젤의 머그잔이 테이블 위에 쿵 내려 앉았다. 위니는 눈을 질끈 감았다. '안 돼, 안 돼, 안 돼.'

"왜?"

터져 나오다 끊긴 한마디가 그녀가 할 수 있는 말의 전부였다.

"어떤 녀석과 싸움이 붙었어요."

나이젤이 믿기지 않는 듯 몸을 앞으로 숙이며 재쳐 물었다.

"어떤 녀석과 싸웠어? 직장에서?"

다코타는 고개를 끄덕였다.

"그 녀석이 그렇게 만들었어요."

다코타가 진지하게 말했다. 위니는 남편 주먹이 불끈 쥐어지는 걸 보며 생각했다. '오, 이를 어째. 올 것이 왔구나.'

"다코타, 지금 농담하는 거지? 네 결혼생활은 지금 일촉즉발이라고. 그런데 대출금 갚을 돈으로 도박한데다 이젠 일터에서 깡패 노릇으로 해고까지?"

이번에 말한 사람은 위니여서 남동생과 남편 둘 다 놀란 눈으로 그녀를 쳐다보았다. 그랬다. 위니도 악역을 해낼 수 있었다. 다코타는 거의 빈 머그잔 위로 그 큰 머리를 내려뜨리고 다시 울기 시작했다.

다코타가 10학년이었을 때 니콜라스 보우캠프와 싸우다 콧마루에 생긴 상처가 위니 눈에 띄었다. 그때의 싸움은 니콜라스가 그 당시 돌아가신 지 얼마 지나지 않은 아버지에 대해 이러쿵저러쿵 말한 때문이었다. 다코타가 닉을 밀치자 닉이 라이트 훅을 날려 다코타의 코를 부러뜨렸다. 위니는 학교 계단에 서서 모든 일이 일어나는 과정을 처음부터 지켜보았고, 남동생이 니콜라스를 포장된 길 위로 때려눕히는 걸 보았을 때 토할 것 같았던 느낌이 떠올랐다. 그 사건이 지금 일어났다면, 수백 수천 개의 영상으로 인터넷에 퍼졌을 것이다. 그때 두 소년은 엄밀히 말하면 퇴학 감이었다. 니콜라스는 뇌진탕으로 병원에서 이틀을 보냈다.

"우리 아이는 그저 아버지를 잃은 것뿐이라고요."

니콜라스 가족은 독실한 가톨릭 신자들로서 교구 신부님과 의논하여 다코타가 상담을 받겠다면 고발하지 않겠다고 결정했다. 얼마 동안은 상담 효과를 보는 듯했다. 다코타는 종파에 관계 없이 교회의 청소년부에 들어가기도 했고 멕시코로 선교 여행도 갔다. 여름방학 내내 성경 구절도 늘어 놓고 지역 동물보호소에서 자원봉사도 했다. 그러는 동안 그에게서 항상 물에 젖은 개 냄새가 났던 것을 위니는 기억했다. 고등학교 졸업반이 될 때까지만 해도 괜찮았고 멋있었다. 어느 날 밤 사이에 갑자기 변하더니 종교는 무시하고 그 자리에 깊은 우울증이 들어섰다. 담배를 피우기 시작했고 싸움으로 3개월 동안 두 번이나 정학을 당했다.

위니가 다코타를 위로해주려던 찰나에 현관문 열리는 소리가 들리더니 새뮤얼이 축구공을 옆에 끼고 부엌으로 깡충깡충 뛰어들어왔다. 새뮤얼의 얼굴은 위니 말마따나 "배고픈 사자"의 모습이었다. 아이는 아빠와 삼촌이 앉아 있는 테이블을 힐끗 보더니 곧장 냉장고로 향했다.

"새뮤얼, 삼촌한테 인사해야지."

나이젤이 말했다.

놀라 몸을 돌리는 새뮤얼의 입에 게토레이 병이 물려 있었다.

"삼촌, 오셨어요?"

앵무새처럼 건성으로 말했다.

"그런데 삼촌, 지금 우는 거예요?"

다코타는 손으로 얼굴을 가린 채, 새롭게 눈물을 뽑아내며 흐느꼈다. 새뮤얼은 아빠를 향해 눈썹을 치켜 올리면서 위니에겐 알은체도 않고 거실을 나갔다.

"자네 방으로 들어가게, 다코타."

나이젤이 엄하게 말했다.

"그리고 그놈의 샤워나 하면서 울든지 말든지."

보상심리가 발동한 건지 위니가 늦은 시간이었으나 새뮤얼을 데리고 저녁 먹으러 밖으로 나섰다. 둘만이었다. 나이젤은 집에 남아 다코타를 감시하겠다고 했다. 하지만 그가 진짜 하고 싶은 것은 숨겨둔 잭 대니엘스 병을 꺼내 술로 화를 누르고 싶은 거라는 걸 모르지 않았다. 마주하고 싶지 않은 현실이 그녀 앞에 그렇게 다가온 것이다. 위니와 샘은 공원을 걸어 창문에 '비건 프렌들리'라고 쓰여진 식당들이 줄지어 선 곳으로 가로질러 갔다. 걷는 동안 새뮤얼은 말없이 나뒹구는 돌멩이들을 발로 차며 위니가 무슨 말을 할 때마다 한숨을 쉬었다.

"뭐 먹고 싶어?"

물어보는 위니의 목소리가 짐짓 밝고 쾌활했다. 바로 그때 새뮤얼이 쿼터 덱이라는 식당을 가리키지 않았다면 울음이 터졌을지도 몰랐다. 오케이, 좋아. 그랬다. 적어도 아이는 그렇게 자기 의견을 표현해 주었다. 위니는 새뮤얼이 예의 바르게 2인용 테이블을 요청하는 주문대까지 아들의 뒤를 따랐다. 골치 아픈 생각들이 씻겨 나갔다. 새뮤얼은 착한 아이였다. 뾰루퉁해 있긴 했지만 제 할 일을 하고 있었다. 그리고 솔직히 조금의 화라도 없을 십대들이 어디 있겠는가? 테이블에 앉아 물과 메뉴가 앞에 왔을 때 위니의 기분은 한결 나아져 있었다. 새뮤얼보다 몇 살 더 먹은 듯한 소년이 엄마인 듯한 여자와 음식을 입에 쑤셔 넣는 모습이 보였다. 그들은 서로 활기차게 얘기를 나누고 있었다. 소년은 엄마가 입을 약간 벌리고 자신을 바라보는 동안 머리 위로 손짓을 했다. 엄마는 자유분방한 예술인 타입이었다. 위니가 바라보는 동안에도 엄마는 터키석 반지가 치장된 손으로 버거를 입에 가져갔다. 그들은 각자 버거를 먼저 한입씩 먹고 나서 서로 바꿔 먹더니 맛이 괜찮다는 의미인지 고개를 끄덕거렸다. 위니가 새뮤얼에게 몸을 돌렸다.

"그릴드 치즈 시켜 나눠 먹을까? 샐러드는 네가 고르렴."

"난 샐러드 먹기 싫은데."

"그래? 그러면 퀴노아*는?"

새뮤얼은 안에 매달린 TV를 보며 손가락 마디를 딱딱거렸다.

"아들, 너한테 얘기하잖니."

위니는 시무룩해지는 새뮤얼의 표정을 보았다. 금방이라도 뛰쳐나갈 준비가 된 아이처럼 보였다. 위니의 머릿속에 서로 다른 방향을 바라보는 두 사람의 얼굴이 그려졌다. 새뮤얼에게 미안한 미소를 지어 보이며 위니는 생각했다. '다시, 다시….'

"배고파. 주문해야겠다!"

아까와는 다른 쾌활한 목소리로 말하며 메뉴판을 새뮤얼 쪽으

---

* 남미에서 식용이나 술 제조용으로 기르는 작물.

로 밀어놓았다. 이번엔 건너편의 그 모자가 자기들을 바라보고 있었다. 새뮤얼은 위니의 사과를 받아들이는 척하기 전에 속눈썹 너머로 그녀를 쳐다보았다.

"버거를 먹을까 생각 중이에요."

쳐다보지도 않은 채 말했지만, 위니는 기뻤다. 위니의 입꼬리가 살짝 올라갔다. 새뮤얼도 건너편 모자를 주목하고 있다는 걸 위니는 알았다. 버거라니, 그래 좋은 생각이었다.

"좋은 생각이야. 나도 그거 먹을래."

메뉴를 흘끗 보며 위니가 말했다.

종업원이 오자 위니는 임파서블 버거* 두 개와 감자칩을 시켰다. 위니는 샐러드에 눈이 갔으나 새뮤얼이 머리카락이 흩날릴 정도로 메뉴판을 확 접어 버렸다. 이게 바로 부모가 된다는 것, 희생이라는 것들이었다. 아들과의 유대관계를 위해서라면 그녀는 가짜 붉은 고기라도 먹을 것이다.

감자칩이 위니 입 천장을 찔렀다. 새뮤얼이 눈치채지 않게 움찔했다. 13살짜리에게 평가받기는 싫었다. 새뮤얼은 감자칩을 부드러운 치즈 먹듯 씹었다. 산등성이처럼 날카로운 모서리의 칩들이 아이의 입 속에서 종이처럼 접히는 모양을 경이롭게 바라보았다. 위니는 자기의 부드러운 입이 칩에 학대당한다고 느꼈다. 칩 대신 버거에 손을 뻗었다. 새뮤얼은 아직 버거에 손도 대지 않고 있었다.

---

* 식물성 재료를 사용한 베지 버거.

와작와작 그 잔인한 작은 칩들을 먹어대느라 바쁜 탓이려니. 위니는 아무 말도 하지 않으려 애썼다. 대신 버거를 열심히 씹었다.

"버거 먹어 봐. 맛있네."

"척하는 거 치고 제 맛인 건 없어요."

위니가 상을 찌푸리며 먹던 버거를 내려놓았다. 입가의 케첩을 톡톡 두드려 닦아내며 말했다.

"무슨 말이니? 네가 버거 먹고 싶어 하는 줄 알았는데."

새뮤얼이 싸움을 걸 듯 턱을 기울이며 위니를 바라보았다.

"진짜 버거를 먹고 싶었단 말이예요."

"새뮤얼!"

위니가 짜증내며 말했다.

"그러지 마. 너 여태까지 베지 버거를 백 개는 먹었잖아."

"좋아했던 적은 한 번도 없었어요."

위니는 자기 버거를 접시에 다시 놓고 빤히 아들을 쳐다보았다.

"그래서 더 안 먹겠다는 거야?"

"안 먹을래요."

새뮤얼이 말했다.

"난 비건이 아니니까 지금부턴 진짜 고기를 먹을 거예요."

위니가 삼킨 음식들이 뱃속에서 난리를 쳤다. 구토가 나올 것 같았다. 이 아이를 나름 최상의 방법으로 키우는 데 13년을 보냈다. 이제 이 아이는 그게 아무런 의미가 없다는 듯 그간 살아온 방식과 시간을 대수롭지 않게 묵살하고 있었다.

"나중에 얘기하자. 지금 배 안 고프면 됐어. 하지만 아빠가…."

"나 배고파요. 칩을 다 먹었는데도 배고프단 말이에요."

새뮤얼에게 베지 버거를 먹으라고 한다면 싸움이 계속될 것이고 남은 저녁시간은 망칠 게 뻔하다는 것을 알았다. 새뮤얼은 이제 휴대폰을 스크롤하고 있었는데, 〈시애틀타임즈〉의 노숙인들에 관한 기사였다.

"디저트 먹을래?"

위니가 먹던 버거를 옆으로 밀어 놓으며 물었다. 아들의 얼굴에 나타난 유일한 반응은 마치 엄마가 일부러 짓궂게 대하는 것을 알고 있다는 듯 눈썹을 들어올리는 것이었다. 위니는 새뮤얼에게서 눈을 떼지 않은 채 손가락을 들고 종업원을 불렀다.

"여기 메뉴에 있는 디저트 하나씩 다 주세요. 나눠 먹으려고요."

흘낏 살핀 아들의 얼굴에 믿을 수 없다는 표정이 역력했다.

"진짜 고기가 들어간 게 아니라면 전부요."

새뮤얼의 입가에 미소가 스쳤다. '휴전하자!' 위니 생각이었다.

"메뉴 안 보시겠어요?"

종업원이 묻는데 아주 잠깐 위니의 입가에 미묘한 웃음이 흘렀다. 이 둔한 아가씨가 방금 자기가 한 말을 못 들었나? 화통한 엄마이고 싶었는데…. 위니가 딱 잘랐다.

"여기 있는 거 전부 하나씩 주세요."

젊은 여자 종업원이 고개를 끄덕이더니 걸어가버렸다. 그녀의 표정은 '당신 돈으로 사는 거니까 뭐. 짜증나는 여편네 같으니'라고 얘기하고 있었다.

"뭘 읽고 있는 거니?"

짐짓 위니가 물었다.

"아무것도 아니에요. 학교에 관한 기사예요."

새뮤얼이 바로 휴대폰 화면을 닫더니 테이블 위에 엎어 놓았다.

"알지? 네가 태어나기 전에 엄마가 노숙인 관련 일했던 거."

위니는 새뮤얼이 자기 말을 무시할 거라 생각했다. 어쩌면, 개인적으로 별로 좋아하지 않던 일이었음을 아들에게 암시하고자 했던 의도도 있었다. 하지만 새뮤얼은 눈을 굴리며 오히려 흥미로운 표정으로 그녀를 바라보았다.

"어떤 역할이었어요?"

'역할이라니!' 새뮤얼이 기분 상할까 봐 풋, 웃음이 터질 뻔한 순간에 애써 입술을 닫았다. 자신이 새뮤얼만 한 나이였을 때도 '역할' 같은 어휘를 사용했었나 궁금했다. 게다가 위니는 아들이 사용하는 방대한 어휘력에 익숙해 있었다. 위니는 애써 자연스러운 표정을 유지하며 말을 이었다.

"글쎄, 정신건강 문제가 있는 사람들을 위한 상담 관리자였지. 어떤 사례 중에는 노숙인 문제도 있었어."

"진짜요? 그 사람들은 몇 살 정도였어요?"

이제 그의 주의를 끈 이상 놓치고 싶은 생각은 없었다. 가능하면 태연해 보이고자 어깨를 으쓱하며 말을 이었다.

"모든 연령대였어. 어떤 경우는 너처럼 어린아이도 있었고, 어쨌든 할머니 연령대까지 다양했단다."

"그 사람들은 왜 집이 없었죠?"

위니는 적절한 대답, 새뮤얼의 관심을 끌 만한 대답을 찾아 곰곰이 생각했다.

"어떤 청년이 있었는데 이름이 아담이었지. 24살에 시애틀에 왔는데 감옥에서 나온 직후였어. 어떤 사람을 때려 눕혔는데 그것 때문에 감옥에 간 거지."

새뮤얼의 얼굴에 쓰여 있는 질문을 짐작하며 말을 이었다.

"그는 실업계 학교 학생이었지. 싸워서 감옥에 가기 전에는 말이야. 그렇지만 석방되었을 때는 그의 엄마가 인연을 끊어버리는 바람에 그 지역에 다른 가족은 아무도 없었어."

"그러니까 갈 데가 아무 데도 없던 거네."

새뮤얼이 결론을 내렸다.

"맞아. 그는 시애틀에선 일자리를 잡을 수 있다는 얘길 듣고 온 거야. 하지만 뜻대로 일이 풀리진 않았어. 그래서 노숙인이 되었지."

오랫동안 새뮤얼이 침묵해서 위니는 노숙인에 대한 얘기는 끝났다고 생각했다. 그러나 곧이어 가냘픈 팔꿈치를 테이블 위에 괴고 턱을 양손으로 받친 새뮤얼이 물었다.

"그 사람 정신병이 있었나요?"

"너와는 상관없는 일이잖니."

위니가 엄격하게 말했다. 새뮤얼이 바로 시선을 회피하는 바람에 엄마 역할로 돌아가는 게 아이에겐 아픔일 수 있겠구나, 하며 잠시 안타까움에 싸였다. 아담이 정신분열증 진단을 받았고, 26번째 생일날 사라져 버렸다고 새뮤얼에게 말해줘야 할 것인가? 경찰은 애써 그 노숙인 청년을 찾으려 하지도 않았다. 그리고 나서 경찰들은 위니에게 보고서를 보내면서 안녕하라는 인사를 덧붙였다.

"노숙인들은 힘들단다, 새뮤얼."

위니는 부드럽게 얘기를 꺼냈다.

"그 사람들의 병력에 대해 얘기하는 것은 적절치 못한 일이야."

그러나 새뮤얼은 마치 위니를 바보같다는 듯한 표정으로 바라보며 물었다.

"15년 전 일이잖아요?"

"13년이야."

위니는 인상을 쓰며 정정했다.

"엄마를 나이 든 사람으로 만들지 마라."

위니의 농담에 아들이 엄마의 얼굴을 살피려는 듯 힐끗 한번 올려다보더니 긴장을 푸는 듯했다. 위니의 셔츠 아래로 땀이 흘렀다. 부모가 된다는 게 이렇게 힘든 일일 줄 미처 몰랐었다. 사람들은 어떤 이유에서건 좋은 부분만을 골라 돋보이게 만들고자 한다. 귀엽고 통통한 뺨과 귀엽고 조그만 양말 같은 것만을 생각한다. 아이에게 양말을 신기려고 울화통을 경험해야 하며, 막대사탕을 뇌물로 줘야 한다는 것들은 생각지 않는다.

"네 말이 맞아. 아담은 정신적으로 병이 들었어. 감옥에서 어떤 일이 있었는데 그로 인해 심리적 외상 후 스트레스 장애가 생겼어."

샘에게 그 일이 실제 얼마나 폭력적이었는지는 말하지 않았다.

"그리고 성격 장애가 생기고…, 그밖에도 많은 일들이 있었어."
"거기서 일하는 거 왜 그만뒀어요?"
"네가 생겼잖니, 얘야. 엄마가 되고 싶었어."
"왜 두 가지를 함께하지 못했어요?"

새뮤얼의 이 말은 거의 힐난으로 들렸다. 위니는 그렇게 비난받는 느낌을 떨쳐버리고 싶었다. 자기 느낌을 아들 탓으로 돌리기는 싫었다.

"글쎄다…. 두 가지를 다 하고 싶진 않았단다. 몇 년 전에 성경

공부하면서 배운 한나* 이야기 기억나니?"

"네. 자기는 아이를 갖지 못하는데 다른 아내는 아이들을 낳으니 하느님께 아기를 낳게 해 달라고 기도하는 여자죠."

위니는 생각했다. '불임, 이 얼마나 기가 막힌 말인가.'

"그래, 바로 그 인물이지. 엄마는 자신을 한나처럼 생각했던 것 같아. 아기를 오랫동안 기다렸고 기도했지. 그러더니 네가 생겼어."

위니는 자신의 간결한 대답이 짜증났다. 마치 모든 일들이 쉽게 이루어졌다는 의미라고 여겨질 것 같아서였다. 하지만 새뮤얼은 다행히 그녀의 말을 그대로 받아들이는 것 같았다.

"엄마는 그 일을 다시 할 수 있어요."

새뮤얼이 말했다. 위니가 간신히 엷은 미소를 지었다. 그녀는 일루미네이션즈 건강센터에 대해 얘기하는 게 싫었다. 옛 직장에 대한 향수 같은 건 전혀 없었다. 그곳을 떠날 수 있었던 게 천만다행이었으며, 그건 오로지 그때 일어났던 그 일 때문만은 아니었다. 정신건강센터 상담사는 일은 많고 보수는 적었다. 새뮤얼의 제안은 생각만으로도 힘겨웠다. 그 일을 그만둔 지 얼마 안 되어 다른 담당자 중 한 명인 댄 래퍼와 우연히 마주쳤던 기억이 떠올랐다. 댄 래퍼는 농산물 직판장에서 진열대의 물건들을 둘러보던 위니가 자기 쪽으로 다가가는 걸 곁눈질로 보고 있었다. 위니가 모른 체 바로 자리를 뜨려고 블루베리를 사서 20불짜리 지폐를 판매자의

---

* 성경에 나오는 엘가나의 두 아내 중 한 사람으로 새뮤얼의 어머니.

손에 밀어 넣는데, 댄이 콧소리로 자기를 불렀다.

블루베리 상자를 엉덩이에 떠받친 채 대화가 시작되었다. 위니는 대화가 끝날 때까지 오른쪽 엉덩이에서 왼쪽 엉덩이로 블루베리 상자를 열두 번은 옮긴 것 같았다. 댄은 위니가 그만두면서 위니가 담당했던 일의 절반 이상을 자기가 떠맡았다고 했다. 일루미네이션즈에는 상담사가 부족했으므로 업무량을 디이라는 상담사와 나눠 맡았다는 것이다. 원망 섞인 듯 쏟아내는 댄의 말에 위니는 즉시 사과했다. 그렇게 해서라도 상황을 벗어날 수 있다면, 그 자리에서 노래라도 했을 것이다. 그러나 댄에겐 할 말이 아직 남아 있었다.

"위니, 당신을 찾는 여자가 사무실로 왔어요. 당신이 자기의 상담사였다고 했는데, 이름은 말하려 하지 않더군요."

"뭣 때문에 그랬대요?"

위니는 떨어뜨리지 않으려고 들고 선 블루베리 상자를 향해 골든 리트리버가 킁킁대며 멈춰서자, 개에게 미소 지으면서 자연스런 목소리를 유지하려 애썼다.

"당신 집 주소를 알려달라 하더라구요."

댄의 말은 맹수의 차가운 이빨이 되어 위니의 머릿속에 박혔다. 위니는 마음이 너무 흔들려 8월 중순의 열기에도 덜덜거리는 자신을 댄이 눈치채지 않을까 불안했다.

"어쨌든, 접수 창구에 있던 뷸라가…, 뷸라 기억하죠?"

그녀에겐 위니가 대답할 여유를 줄 아량조차 없었다.

"불라는 그 여자에게 어떤 상황에서도 상담사 개인 주소는 알려줄 수 없다고 했지요. 그랬더니 그 여자는 자기가 직접 알아내겠다며 나갔대요."

위니는 새뮤얼에게 대답도 하기 전에 마음이 동요되었다.

"난 일이 있잖니. 엄마가 된 것 말이야."

새뮤얼은 어깨를 으쓱했다.

"사람들을 도와주는 건 멋있는 일일 텐데."
"글쎄, 지금도 돕고 있단다."

위니가 재빨리 말을 이었다.

"방식이 다를 뿐이지."

위니는 방어적으로 내뱉는 듯한 자신의 목소리가 싫었으며, 그런 목소리를 아들이 듣는 것도 싫었다.

"긴장 푸세요, 엄마. 알겠어요. 파티를 계획하는 거죠, 그렇죠? 노숙인들을 위한 돈을 모금하기 위해서요."
"글쎄, 그런 건 아니란다."

위니는 긴장하면서 말했다.

"때때로 자선 이벤트를 지원하기도 하지만, 이젠 그런 사람들을 관리해. 음, 뭐랄까. 사람들을 관리하는 사람들을 관리하는 일인데, 이해가 됐으면 좋겠다."

종업원이 접시 다섯 개를 테이블 위에 내려놓았다. 눈앞에 달콤한 음식이 놓이자 새뮤얼은 질문을 멈췄다. 새뮤얼이 아직은 아이였으므로 어떤 상황들은 위니가 컨트롤할 수 있었다. 그러나 새뮤얼이 아빠가 자기 아내 눈을 절대 똑바로 쳐다보지 않는 이유를 묻기까지는 얼마의 세월이 걸릴까?

6

주노

일년이라는 짧고도 끔찍한 시간 동안 주노와 크레거는 알래스카에서 살았다. 1970년대였고, 그 10년간 욕망이 미국 사회를 지배했다. 주노와 크레거는 모험에 몸을 던졌고 여정은 힘들었다. 둘은 작은 원룸 아파트에 있던 모든 것을 팔아 치웠다. 키우던 앵무새들과 선인장은 친구들에게 주고 앵커리지행 편도 비행기표 두 장을 샀다. 끌어당기는 힘은 서부 개척시대와 다름 없었고, 도전에 나설 만큼 자신들은 젊었다. 주노는 그해 겪었던 추위와 외로움이 떠오를 때마다 몸을 떨었다. 대망의 1977년, 누추한 공항에 도착했을 때 알래스카 횡단 송유관 공사를 막 마무리한 앵커리지에는 석유가 넘쳐 흘렀다. 크레거는 정유 관련 일을 계획했고, 주노는 그녀를 받아주는 곳 어디서든 일을 하려 했다. 주노에게 알래스카는 쓰고 있던 논문을 본격적으로 완성할 수 있는 곳으로 보였다. 크레거가 녹초가 될 정도로 힘들게 일하는 동안 주노는 빙판에 풀어놓은 수탉처럼 알래스카의 겨울에 몸을 떨었다. 그것은 주노가 상상했던 것과는 전혀 달랐다. 앵커리지는 도박, 마약 밀매, 그리고 주노의 할머니가 그렇게 불렀던, 거리의 여자들이 있는 진흙탕 소도시였다. 반은 야생이었고 반은 문명이었다. 늦은 밤, 남자들은 하늘을 향해 총을 쏘며 연기를 뿜어댔다. 크레거가 집에 들어오지 않는 밤이면, 주노는 진한 두려움에 담요와 베개를 가지고 벽장 속에 기어들어가 자곤 했는데 걸려 있는 옷단이 얼굴을 쓸어댔었다. 여름이면 한결 나았다. 추위에 코가 떨어져 나갈 염려 없이 도심부로 나갈 수 있었고, 피글리 위글리*에서 파트 타임으로 일하기도 했다.

지쳐 보이는 작은 식료품점은 스페나드 거리에 있었는데, 그곳에는 마사지 업소들이 작은 오리새끼들처럼 한 줄로 주욱 늘어서 있었다. 주노는 크레거도 혹시 이런 곳에 한두 번 들른 건 아닐까 의심했으나 한번도 물어본 적은 없었다. 모르는 게 약이라 생각했다. 음란한 짓을 빼고는 할 일이 없는 동네였다. 추잡해 보이는 작은 술집들, 성인 책방들, 그리고 교회들이 예수님이 방문할 만한 거리를 나눠 자리잡고 있었다. 자동차 극장을 발견했을 때 주노와

---

* 미국 중남부에서 만들어진 슈퍼마켓 체인.

크레거는 정말 좋아했었다. 그해에 그 극장을 두 번 찾았다. 처음 갔을 때는 겨울이어서 자동차들이 뿜어댄 배기가스가 공중으로 피어오르는 바람에 스크린에서 배우 얼굴들을 알아볼 수 없었다. 두 번째는 여름이었는데, 낮은 끝나지 않고 밤은 오지 않는 백야 때문에 너무 밝아 빌어먹게도 스크린 위 영상이 아무것도 안 보였다. 그날은 집으로 돌아오는 길 내내 웃었다.

회고할 때마다 혐오감과 향수가 섞여 들었다. 금요일 밤이면 팬시무스 바, 특별한 이벤트가 있으면 클럽 파리로 갔던 기억들, 그리고 집이라고 불렀던 양철 박스 주변에 눈들이 케이크처럼 쌓이는 동안 다 헤진 브라운 소파에 몇 날이고 홀로 누워 있던 기억들이다. 주노는 크레거에게 문명이 있는 우리 집과 패스트푸드 체인점으로 데려가 달라고 졸랐다. 누추하지만 매혹적이었던 뉴멕시코의 그 집으로. 크레거의 말마따나 '의무 과정'으로 그해를 버렸다. 주노가 진정으로 폐쇄공포증을 느끼던 때가 바로 그 시절, 1977년에서 1978년 사이였다. 그리고 지금이다.

이 집에서 지내게 된 남동생이란 작자는 못된 인간이었다. 누구에게나 못마땅한 존재였지만 숨어 지내야 하는 주노에게 제일 못마땅한 존재였다. 주노는 그가 싫었다. 나이젤의 심정에 동의할 수 있었다. 한 가지 이유를 들자면, 다코타는 외출을 전혀 하지 않았고, 거실과 아래층 나이젤의 소굴을 늦은 시간까지 돌아다니며 술에 취해 웃어댔다. 아침마다 겉으로는 일거리를 찾아 나서는 모양새로 위장하고 집을 나섰다가 식구들이 모두 나가면 곧 몰래 돌아왔다. 다코타가 이 집에 온 후 낮에는 경보장치를 꺼두었는데, 그

덕에 주노는 집을 들락날락하는 데 덜 번거롭다는 생각은 했다.

다코타는 아내와 통화하고 나면 마냥 울기만 했다. 주노 생각에 그런 눈물만으로는 만다가 받아줄 성싶지 않았다. 한번은 다코타가 소파 위에 기절해 쓰러져 있는 것을 본 적이 있었다. 리모콘 주변에 한 다스의 작은 병들이 마치 색종이처럼 흩어져 있었다. 폭발하는 고함소리를 듣지는 못했으므로 틀림없이 나이젤이 집에 들어오기 전에 다코타는 그 난장판을 다 치워놓았을 것이다. 그는 누나와 매형에게 일을 찾아보겠다고 말했으면서도 그들의 자비를 이용하려고만 했지 정작 구직 노력은 하지도 않았다. 외모는 인상적이었고 눈길을 끌 만했으나 멍청했다. 무지막지하게 거대한 바보였다. 위니와 대화할 때면 노래를 불렀고, 나이젤이 뭐라고 하면 이를 악물었다. 샘은 전적으로 삼촌을 피했다. 여러 정황들을 종합해보건대 2년 전, 그러니까 주노가 이 집으로 옮기기 전에 둘 사이에 싸움이 있었다. 샘은 그 모든 일을 목격했다. 다코타는 그때에도 반갑지는 않았지만 어쨌든 이 집 손님이었으므로 나이젤은 위니 자매들로부터 맹공격을 받았고, 위니는 친정식구를 편드느라 샘을 데리고 언니네 집에서 일주일을 지냈다.

주노는 위니의 그런 태도가 나이젤의 화를 돋우는 데 일조한다 생각했다. 무엇 때문에 한 남자와 결혼했는지, 그랬으면서 왜 자기가 선택한 남자를 탓하며 이미 떠나온 친정식구들에게는 충성을 다한단 말인가? 주노의 생각이야말로 결혼을 했으면 선택한 남자와 새 가정을 꾸민 것이니 친정에서 떨어져 나와야 한다는 것이다. 남편과 함께 끝까지 싸우고, 그렇게 남편과 한 팀이 되어야 한다고 생각했다. 대개가 그렇듯 대가족이 그들 일에 참견하고 관여하려 한다면, 자기들 일이나 신경 쓰라고 말했어야 했다. 어떤 식으로든 주노는 그 커다란 어릿광대와 집을 공유하지 않을 수 없게 되었고 그게 마음에 안 들었다.

애지중지하는 담요에 머리를 괴고 누워 오래된 이츠 치즈를 먹고 있는 주노의 귀에 현관문이 닫히면서 생기는 낯익은 공기 흡입 소리가 들렸다. 주노는 침대에 앉아 무슨 소리가 더 들리나 귀를 기울였지만 아무 소리도 안 들렸다. 됐다. 다코타가 나갔다. 아마도 그는 오늘 일을 찾겠지. 제일 중요한 걸 가장 먼저 해야겠다고 생각하며 머리를 한 묶음으로 감아 올려 빵 모양을 만들었다. 소변부터 봐야 했다.

용변이 끝난 다음 세면대 앞에 서서 몇 분 동안 거칠게 이를 닦았다. 주노는 자신이 깊은 우울증을 겪던 때를 생생히 기억하고 있었다. 며칠 동안 목욕은 물론 먹지도 않아서 근 40kg이나 빠진 체중이 다시 회복되지 않았다. 만약 크레거가 지금처럼 가늘고 나긋나긋한 자신을 볼 수 있다면 좋을 텐데. 거울에 비친 자기 모습을 보며 새어나오는 주노의 웃음 소리가 조금은 컸다. 크레거는 날씬한 여자에게 끌린 적이 없었다. 아마도 지금의 자기를 보면 크레거는 버터 스틱 한 개를 통째로 먹으라고 했을 것이다.

웃음이 목구멍에서 없어진 것은 주노가 자기 얼굴을 보았을 때였다. 있어야 할 것들은 물론 제자리에 다 있었다. 눈, 코, 입, 턱. 그러나 피부라고 붙어 있는 게 낯설었다. 그녀는 늘 거울 속 자기 모습을 피했다. 이번엔 무슨 일인가? 주방으로 걸어가면서 다시는 거울을 보지 않으리라 맹세했다.

다코타는 적어도 점심용으로 고기와 빵을 냉장고에 재어 두었다. 주노는 고기와 빵으로 커다란 샌드위치를 만들었다. 병에 남아 있는 마지막 피클까지 꺼낼 정도로 위험에 신경쓰지 않았다. 마침내 그 확실한 신맛이 밴 마지막 피클을 접시 위에 퐁당 소리를 내게 쏟아놓고 국물은 버려 병을 비워버렸다. 작은 식당 방으로 자신이 만든 점심을 먹으러 가기 전에 빈 피클 병은 분리수거함에 넣었다. 구멍 숭숭 뚫린 빵과 함께 고기가 주노의 입천장에 닿을 때 미끈 들척지근했다. 머잖아 나이젤과 위니의 지갑에서 다시 만들어지겠지만, 주노는 다코타의 주머니 덕에 만들어진 점심을 맛있게 먹으며 오랫동안 닥터 페퍼를 홀짝거렸다. 주노는 다코타로 인해 벌어진 여러 가지 일로 나이젤이 딱하게 됐다고 생각했다.

먹는 내내 주노는 엄지 손가락에 생긴 망할 놈의 손 거스러미들을 노려보았다. 식사를 마치고 치우면서 이제 이것들을 자를 때가 되었다고 생각했다. 손톱깎이 케이스를 본 적이 있었지만, 물건들이란 꼭 필요할 때는 안 보이는 법. 손톱깎이를 찾아 나선 주노는 위니와 나이젤의 침실에 들어갔다. 침대 위 천장에 매달린 등나무 팬이 소리 없이 돌아가며 방안 냄새를 휘저었다. 팬을 꺼버리고 싶은 유혹을 느꼈지만 그 정도로 어리석지는 않았다. 대신에 발을 동그랗게 모아 세워 침대 머리 탁자로 걸어갔다. 거기서부터 수색을 시작할 작정이었다. 첫 번째 서랍을 열었다. 모든 내용물이 견딜 수 없을 정도로 깨끗이 정돈되어 있었다. 세 개의 나즈막한 로션 병들이 한 줄로 질서 있게 서 있었다. 옆에는 여성을 위한 기도문, 카멕스 립밤 튜브, 꽃무늬 표지의 쓰지 않은 노트 세 권, 그리고 탐폰. 손톱깎이는 보이지 않았다.

그 다음 서랍에도 대부분 위 서랍과 똑같이 재미 없는 여자의 정돈된 물건들이 모아져 있었다. 트뤼플* 한 상자, 두 자루의 비싸 보이는 펜, 위 서랍보다 더 많은 꽃무늬 표지 노트들, 여기 노트에는 위니가 무언가를 끄적여 놓은 흔적이 보였다. 주노는 침대 가장자리에 걸터앉아 첫 번째 노트 표지를 젖혔다. 일기일까? 신경질적으로 뾰족뾰족한 위니의 글씨를 해독하느라 눈을 가늘게 떴다. 위니의 생각들이 적혀 있었다. 페이지마다 날짜가 있었다. 주노가 보기에 꼭 일기라고 여겨지지는 않았으므로 훔쳐보는 죄의식은 덜했다. 양심의 가책을 그렇게 누르며 첫 페이지를 눈으로 훑었다.

날이 갈수록 내 자신이 갉아 먹힌다. 피곤하다. 피곤해서 죽고 싶을 정도다.

주노는 얼굴을 찌푸렸다.

'맞게 읽은 것인가? 미스 퍼펙트, 위니 크라우치에게도 살고 싶지 않은 날들이 있었다는 말이야?'

주노는 일진 안 좋은 날의 노트를 열었다고 생각하며 다음 페이지로 넘겼다. 위니 같은 사람들에게도 때론 그런 날들이 있을 수 있겠지. 그런데 다음 장도 내용은 비슷했는데, 그중 눈에 띄는 문장이 있었다.

---

* 동그란 모양의 초콜릿 과자.

내가 좋아하는 책을 한 장 한 장 모두 찢어 버렸다.

이 문장에선 주노도 얼마간 충격을 받았다. 위니는 그런 암울한 여자가 아니었다. 〈하퍼즈 바자〉, 〈에스콰이어〉, 〈푸드 앤 패밀리〉, 〈마리 클레어〉 등 온갖 잡지를 구독했으며, 멋지게 편집된 인스타그램 계정으로 자신을 아티스트라고 생각하는 그런 부류의 사람이었다. 비아냥이 아니다. 사실일 뿐이다. 위니는 깊은 수영장 물을 들이키며 허우적댈 그런 사람이 아니었다. 주노는 언제나 그렇게 생각하고 있었다. 주노는 노트를 성급히 덮고 꺼내기 전과 똑같은 상태로 집어 넣었다. 정말로 손톱깎이가 필요했다.

반대편 나이젤의 서랍을 뒤진 후 욕실 서랍을 확인하러 갔다. 잡동사니를 넣은 욕실 서랍을 헤쳤다. 크라우치 부부는 성냥을 무한정 재어 놓았다. 성냥 몇 상자를 주머니에 넣고 다른 서랍으로 옮겨갔는데 뜯지 않은 LED 손전등이 있었다. 주노는 그것을 손에 쥐고 곰곰 생각했다. 위니는 아마도 이 전등이 여기 있었는지도 모를 것이다. 주노는 바지 허리의 고무줄 밴드에 전등 세트를 찔러 넣었다. 그러고 나서 손톱깎이를 찾으러 이제 샘의 방을 가보기로 했다.

주노는 샘의 방을 기웃거리기 싫었고 별로 기웃거리지도 않았다. 샘은 이 집에서 가장 좋아하는 사람이기 때문이었다. 때때로 시간이 남으면 샘의 방을 돌아다니며 그 애가 무슨 책을 읽는지, 어떤 프로젝트에 관심 있는지 알아보려 했었다. 불을 켜지 않은 채방 안 가구들의 실루엣을 훑었다. 모든 게 정돈되고 깔끔하게 치워져 있었다. 짜투리 조각 하나 책상 위에 흩어진 게 없었다.

대개 아주 작은 잔해들이 샘의 방에 흩어져 있었는데, 모형 비행기를 만들거나 나무로 작은 티라노사우루스를 짜맞춰 만들 때 생긴 것들이었다. 그 잔해들이 너무 작아 주노는 손가락으로 간신히 집을 수 있었다. 그런데 오늘은 뭔가 이상했다. 유심히 방을 둘러보다 샘의 침대 위에 놓여 있던 박제 동물들이 없어진 걸 알았다. 슈퍼 히어로 포스터들도 없어졌고 옅은 파란색 벽지는 새로 칠한 감색 페인트로 바뀌어 있었다. 주노는 못마땅해 헛기침했다. 평소의 샘은 어디로 가고 밤새 어른이 되어 있었다.

주노는 공원에서 나눈 샘과의 대화들을 기억하느라 손톱깎이를 까맣게 잊었다. 의도치 않게 샘의 컴퓨터 마우스가 슬쩍 밀렸다. 스크린이 되살아났다. 아들을 둘이나 키웠던 주노는 남자 아이들이 온라인에서 어떤 종류의 작업을 하는지 잘 알고 있었다. 그래서 주노는 열려 있는 인터넷 브라우저는 피하고 그 뒤에 열려 있는 창들을 유심히 살폈다. 샘이 뭔가를 작업하고 있었다. 그것은 일종의 웹사이트의 백앤드*로 샘이 만든 서버 사이드, '샘-사이드'였다.

주노는 스크린에 눈을 고정하며 샘의 의자에 털썩 앉았다. 샘이 이걸 만들었을까? 주노는 인터넷이 유행하던 초창기에 업무상 웹사이트 디자인 직원을 고용한 적이 있었다. 크레거는 온갖 버튼과 스크린에 주눅들어 있던 그녀를 안심시켰다. 그후 온갖 버튼들에서 해방되고 났더니, 그것은 다만 화면에 불과할 뿐이었다. 자신

---

* 사이트 이용자의 눈에 보이지 않는 서버 코드, 서버 데이터베이스, 응용프로그램 등.

의 웹사이트는 샘이 만든 것에 비하면 아마추어 수준이었다. 그런데도 2000년대 초반, 12,000달러라는 적지 않은 비용을 들였었다. 그런데 지금 13살 소년이 그의 첫 웹사이트를 만들고 있었다. 주노는 오늘날 세상이 애들을 변화시켜 장난감을 만지작거리며 무엇인가 만드는 일로부터 멀어지게 한 것인가, 생각했다. 적어도 남자 아이들을 위해 만들어졌던 장난감들 말이다. 주노는 지금 읽고 있는 게 무엇인지 알아보고자 했다. 블로그였다. '초안'이라고 쓰여 있는 박스에 몇 개의 블로그가 보였는데 모두 아직 공개는 하지 않은 것들이었다.

"너 그동안 바빴구나."

주노는 자기도 모르게 큰소리로 혼잣말을 했다. 염탐하는 건 나쁜 일이었지만 살짝 보는 게 뭐 그리 나쁘겠어. 주노는 낯선 거리의 방랑자가 아니었다. 맙소사, 자신은 과거 성실한 심리학자였다. 자신이 심리학자였다는 것과는 상관없는 흥분이 일렁였다. 그것은 지난 30년간 사람들의 정신세계를 헤집으며 사람들의 비밀을 알게 되고 그들 마음속 추악한 욕망의 소리를 들으며 일궈온 친숙한 감정이었다. 이제 그녀는 비록 은퇴했지만 지식에 대한 욕망마저 은퇴시킨 것은 아니었다.

주노가 첫 번째 초안의 제목을 클릭했다.

확신컨대, 나는 입양아다.

샘은 공원에서 이 이야기를 했었고 주노는 가볍게 응수했었다.

임상적 경험으로도 주노는 샘의 이야기를 무시했다. 청소년기의 아이들은 자신이 모두로부터, 심지어는 자신을 가장 사랑해주는 사람들로부터도 단절되었다는 느낌을 경험한다. 주노는 이런 현상을 마치 포효하는 법을 배워 싸움을 걸고, 불안하고 변덕스럽게 행동하는 어린 사자에 비유했다.

그러나 이 독특한 블로그는 한 문장도 이해가 안 됐다. 어른들 말투에 익숙하지 않은 샘은 자신의 휘청거리고 망가지는 감정을 격하게 묘사하고 있었다.

늑대는 곰이 길러도 모든 걸 알고 있다.

주노는 이 문장들을 뚫어져라 보았다. 이 문장들을 머릿속에 굴리며 공원에서 들었던 수수께끼 같은 어귀들과 맞추다 문득 위니의 일기장에서 보았던 글이 떠올랐다.

날이 갈수록 내 자신이 갉아 먹힌다.

7

위니

저녁 식사 모임은 전통처럼 지켜졌다. 작년엔 돈과 말레이 집이었고 재작년엔 파크랜드의 집이었다. 올해는 크라우치 부부 차례였다. 위니가 퇴근해 집에 오자마자 비키 파크랜드가 월요일 저녁 모임을 확인하려고 전화했다.

"프렌즈기빙˙ 잊지 않았지? 잊었구나."

"기억하고 있었어. 내가 누군데."

자신 있게 말했지만, 사실 위니는 잊고 있었다.

---

* 친한 친구들과 지내는 추수감사절.

"그래, 넌 파티를 위해 살잖아."

비키가 맞장구쳤다.

"여태 무슨 얘기가 없길래…."

위니는 눈을 굴렸다. 비키는 필시 다코타 얘기를 듣고 전화했을 것이다. 오늘은 위니가 뉴스거리로 제대로 걸린 것이다.

"일이 좀 있었어…. 드라마 찍었지."

위니는 전화기 너머 비키가 침실로 들어가며 문 닫는 소리를 들었다. 맥이 집에 있는 게 분명했다. 비키는 그것을 상스럽게 여기는 맥 앞에서는 절대 험담이나 수다를 떨지 않았다. 위니도 침실로 걸어 들어갔다. 나이젤은 아직 집에 오지 않았다. 위니는 침실에서 나는 냄새가 좋았다. 나무 광택제 냄새, 오렌지 향, 그리고 위니와 나이젤의 체취 등이 한데 섞인 냄새였다. 그런데 방에 들어서는 순간 뭔가 다른 냄새가 섞여들었다. 이 공간에 익숙지 않은 냄새였다. 주변을 불안스레 둘러보며 문턱에서 머뭇거렸다. 오늘 아침 늘 하던 방식대로 베개를 정리하고 침대도 정리했었다. 그런데 지금 베개 하나가 침대 머리 탁자 옆에 떨어져 있었다. 위니는 걸어가 그 베개를 집어 들었다. 베개가 저절로 떨어질 수도 있나?

그러면서 그 낯선 냄새를 맡고 또 맡았다. 그렇다. 위니는 머스키*라고 단정했다. 시큼한 몸에서 나는 독특한 냄새, 바로 그 냄새였다. 다코타가 이 방에 들어왔었나? 위니는 베개를 가슴에 움켜쥐

* 사향노루 냄새.

고 마치 사냥개 비글마냥 킁킁대며 냄새를 맡았다. 나중에 다코타에게 물어보아야겠다고 생각했다. 서랍을 열어 앙증맞은 유리병을 꺼내 공중에 네 번 찍찍 뿌렸다. 아까의 냄새는 사라지고 오렌지꽃향이 퍼졌다. 값싼 향은 비싼 향만큼 절대 오래 남질 못했다. 다른 사람들은 위니를 고상한 척하는 속물이라고 했다. 이 집도 마찬가지였다. 나이젤은 허름하고 값싸게 짓는 모델하우스 같은 집을 원했으나 위니는 단호했다. 결국 자기 돈으로 이 집을 샀다. 그렇게 자신은 이제 꿈의 남자와 꿈의 집에서 살고 있다.

"알았으니 이제 털어놔 봐."

비키가 말했다. 위니는 털어놓고 싶지 않았다. 자신이 험담의 대상이 될 수 있을 때는 더더욱 그랬다. 하지만 프렌즈기빙을 까먹고 있었으며, 다코타 일을 비키에게 말하면 행여 기분 전환이 될지도 모를 일이었다.

위니는 "하나도 남기지 말고 전부!"라는 비키의 극성 탓에 할 수 없이 얘기를 시작했다. 일 년 전만 해도 이 빌어먹을 프렌즈기빙 저녁 모임 주최가 괜찮은 생각이라 생각했었다. 하지만 이제 나이젤은 위니를 심하게 질책할 것이다.

위니가 책상으로 옮겨가 앉을 즈음, 비키는 완전 충고의 말투로 돌아갔다. 자신의 못된 올케는 남동생 토미와 싸우고 나면 늘 남동생 탓만 한다는 이야기를 위니는 듣는 둥 마는 둥 귓등으로 흘렸다.

"그러니까 말야, 위니 우리가 내막을 잘 모르긴 하지만 만다의 행동이 지나친 게 아닐지도 모르잖아."

"네 말이 맞을지도 모르지."

대학 3학년일 때, 비키는 1학년이던 다코타를 첫사랑으로 삼아 끔찍이도 좋아했다. 위니에게 "그러면 우리가 시누이와 올케 사이가 될 수 있잖니!"라고 할 정도로 다코타와 결혼하고 싶어 했다. 다코타가 막무가내 덤벼드는 비키를 비껴가자, 비키는 다코타의 룸메이트였던 맥에게로 돌아섰다.

위니는 전화기를 어깨와 귀 사이에 끼운 채 자기 컴퓨터 키보드에 패스워드를 입력했다. 속옷 서랍 안쪽에 둔 마리화나 생각이 났다. 다코타가 사준 것이었다. 위니는 보통 때는 마리화나를 피우지 않았으나 요즘 들어 스트레스가 너무 많아 미칠 것 같았다.

"이제 그만 끊어야겠다, 브이. 나 내일 모임 갖기 전에 해야 할 일들이 너무 많아."

"오케이, 자세한 건 문자로 보내."

"물론이지."

위니는 비키가 '자세한 것'이라고 말할 때가 싫었다. 그리고 비키가 그 모임을 테일러 스위프트가 그렇게 불렀다고 프렌즈기빙이라 이름 붙인 것도 싫었다.

비키와의 통화가 끝나고 위니는 곧바로 나이젤에게 전화했다. 그와 통화를 하는데 갑자기 커다란 손이 배를 움켜쥐고 쥐어짜는 듯한 느낌이 들었다.

"진심이야 위니? 다코타를 우리 집에 있게 했잖아. 안 돼."

"나이젤, 이 모임 때문에 친구들이 이 근방에 사는 가족 방문 계획까지 다 짜 놨단 말이에요. 우린 이미 이 모임을 1년 전에 계획했잖아요. 친구들한테 그냥 취소한다고 할 순 없어요!"

"일이 이렇게 됐으니 취소해도 돼. 당신 친구들도 이해하고 넘어가 주겠지."

"당신이 이 모임을 그렇게 묵살한다니 믿을 수 없네요."

나이젤이 다시 말을 꺼내기까지 침묵이 길었다.

"알았어, 알았어."

배를 쥐어짜던 아귀 힘이 좀 느슨해지는 기분이었다.

"알았다고요⋯?"

"응. 그것 때문에 싸우고 싶진 않아. 그냥 오케이야."

프렌즈기빙이 예정된 날, 나이젤의 기분은 놀라우리만치 좋아 보였다. 혹시 짜증을 억누르고 있는 건 아닐까? 의구심이 안 드는 건 아니었지만, 위니는 근거 없는 부정적 감정이라며 스스로를 다독였다. 저녁 파티에 필요한 물건을 사야 한다고 하니 나이젤은 자기가 사오겠다며 자발적으로 나섰다.

"나의 푸가 원하는 것이면, 갖게 해 줘야지!"

나이젤이 수고해준 덕택에 위니는 자신을 위해 준비할 시간을 얻게 되었다. 이층으로 쏜살같이 올라가 화장을 하고 이 모임을 위해 온라인으로 구매한 옷을 걸쳤다. 위니는 어떤 자리에서건 가장 관심을 끄는 존재여야 했다. 어렸을 적에도 남들보다 도드라져 보이는 일이라면 무슨 일이건 했다. 13살 때 한번은 부모님이 저녁 파티를 열고 있을 때, 허리까지 늘어졌던 머리를 싹둑 자르고 아버지 동료들이 있는 방에 대고 노골적인 성차별은 끝났다고 선언했다. 몇 년 후, 사춘기 시절에는 노골적 성애주의자로 빠져들어 남동생 친구에게 돈을 주고 허벅지 상단에 '스위트 걸'이란 문신을 새겼다. 그리고 십대 후반에는 섹스가 무슨 대수냐며 자신과 관계된 누구와도 자유롭게 성관계를 가질 거라 작정했다. 이때가 자칭 "히피 시대"라고 했던 시기였다. 성인으로서의 위니 역시 여전히 자신을 한몫하는 존재로 여겼다. 현실에 발 붙인 책임감 있는 인간이었다. 열심히 분리수거를 했으며 자신의 완벽한 아들과 말쑥한 남편에게 먹일 유기농 채소를 직접 키웠다. 게이 친구들도 있었고, 흑인 친구, 원주민 친구들, 그리고 최근에는 성전환 친구와도 어울렸다. 자원봉사도 하고 노숙인들을 위해 지갑에 항상 여분의 달러를 챙겨 가지고 다녔다. 그리고 중재자 역할로서 사람들과 긴밀한 유대관계를 가졌다. 위니가 아래층으로 내려왔을 때, 나이젤은 돌아와 휘파람을 불고 있었다.

"당신이 리조또 좀 만들어 줄 수 있죠?"

위니가 물었다.

"모두가 다 좋아하는 거 말이에요."

"응, 그럼."

"와인도 한 상자 가져다 놓고요."

"가져왔지."

나이젤이 말했다.

정말로 나이젤은 리조또를 만들었다. 첫 손님이 새로 단 '반짝, 반짝, 작은 별' 초인종을 누를 즈음, 나이젤은 가스레인지 위에 리조또를 올려 놓고 있었다. 돈과 말레이가 목도리를 둘러매고 보르도 한 병을 들고 왔다. 나이젤이 거실로 들어왔을 때 그들은 그리스도의 재림 얘기라도 하는 모양새로 어느 박물관 개관에 대해 떠들어대고 있었다. 이들은 위니의 대학원 친구들로 끔찍하게 가식적임에도 나이젤은 이들을 좋아해 주었다.

위니는 자기 친구들이 어떤지 알고 있었으며, 또 그들이 겉보기만큼 그리 훌륭한 인간들이 아니라는 것도 알았다. 이 그룹에서 나이젤은 홀어머니 밑에서 '헝그리맨 디너즈' 같은 냉동식품을 먹고 자란 전문대학 출신 아이 정도로, 어쩌면 일종의 애완동물처럼 간주되었다. 그들은 나이젤에게 자신들이 알고 있는 쪼가리 지식을 떠먹여주려 했고, 또 각자의 아름답고 과시적인 성장 배경을 이야기하며 은근히 조롱했다. 나이젤은 이런 행동 모두를 진정으로 받아들이는 척했지만, 친구들이 가고 나면 위니와 더불어 그들의 밥맛 없는 얘기를 복기하며 비웃곤 했다. 그것은 이제 둘의 결혼생활의 한 부분이 되었고, 또한 서로를 같은 편으로 묶어주기도 했다. "너희들은 모두 한결같아 우리는 우습다네." 나이젤은 커트 코베인의 노래 가사를 빌려 위니의 기분을 좋게 만들었다.

돈의 부친은 몇 개의 경마장을 소유하고 있었고 말레이 모친은 1980년대 국제적 슈퍼모델이었다. 말레이는 나이젤을 보자 팔을 활짝 벌렸고 나이젤은 거리낌 없이 그녀 품에 안겼다. 위니는 남편이 말레이의 스카프에 걸려 옴짝달싹 못 하고 나이젤의 시계에 스카프 실크 자락이 걸리는 모양을 재미있다는 듯 바라보았다. 돈이 들어서서 도왔다.

"이 남자가 내 아내를 낚아채려 하네!"

돈이 호응을 구하며 위니에게 윙크하자 맞장구치느라 힘없이 미소 지었다. 돈은 갈색 가죽 재킷과 몸에 딱 달라붙는 검정 진바지를 입고 있었다. 그의 체형이 직사각형만 아니었어도 그의 패션은 그런대로 괜찮았을 것이다. 돈이 나이젤과 말레이를 스카프에서 풀어주자 나이젤은 돈의 재킷을 들어주겠다고 했다.

"이거 내 옷이야."

돈이 재킷 오른쪽 주머니 위에 손을 얹으며 말했다. 위니는 킬킬대는 웃음을 누르며 나이젤의 눈빛 표정을 헤아려보려 했다. 그러나 나이젤은 위니를 보고 있지 않았다. 정신이 하도 산만해져 위니 친구들의 유난스러움에 신경 쓸 겨를도 없었다.

"아직도 그 스바루 몰고 다니던데?"

돈이 조그맣고 동그란 유리잔을 입에 대고 실실 웃었다.

"그 차, 앞으로도 잘 굴러갈 거야."

나이젤이 어깨를 으쓱했다. 위니 친구들이 모두 싫어하는 형광 그린 색상의 스테이션 왜건*에 대한 얘기는 지겹게도 나왔다. 나이젤과 위니는 이 자동차 때문에 자주 말씨름을 했다.

"어떻게 하다 보니 외계에서 온 듯한 색상의 자동차를 좋아하게 됐단 말이야. 내가 못마땅한 것은 당신 친구들이 우리 집에 올 때마다 그 광대들한테 내 차를 두둔해야 한다는 사실이지."

나이젤은 늘 이렇게 말했었다.

샘이 팔과 다리를 어색하게 흔들며 아래층으로 내려왔고 나이젤은 주방으로 방향을 바꿨다. 아까까지만 해도 그런대로 기분이 괜찮았으나 나이젤은 지금 이들과 함께하고 싶지 않았으며, 위니도 나이젤의 그런 감정에 공감하고 있었다. 초인종이 울렸다. 위니는 데지레 부부거나 비키 부부일 거라 생각했는데 둘 다 맞았다. 두 커플이 동시에 도착해 집안으로 들어서며 날씨와 부족한 주차 공간에 대해 앞다퉈 투덜거렸다. 데지레와 유리, 그리고 비키와 맥 부부. 위니는 비키는 물론 데지레와도 대학 시절 룸메이트였다. 남편들은 모임에 따라오기는 했지만 대개는 위니가 별로 알고 싶지도 않은, 지루한 인물들이었다. 위니는 그런 마음을 나이젤에게 토로한 적이 있었는데 나이젤이 그녀 무릎을 토닥이며 말했다.

"그녀들도 자기 남편들에 대해 알고 싶지 않을 걸."

위니는 나이젤이 그렇게 몇 년간 우려먹은 농담 덕분에 웃었던

---

* 접거나 뗄 수 있는 좌석이 있고 뒷문으로 짐을 실을 수 있는 차.

순간이 떠오르자 문득 부엌에 있는 남편이 그리워졌다.

"나이젤은 어디 있어?"

네지레가 재킷을 벗으며 어깨를 으쓱했다.

"리조또는 만들었대?"

"그럼!"

위니가 눈썹을 아래 위로 씰룩씰룩거리며 마치 지구 최상의 연기자처럼 과장했다.

"내가 그를 끌어내 올게."

위니가 뻣뻣한 느낌의 입술을 달싹이며 말했다. 다코타가 막 현관으로 걸어 들어올 때, 위니는 유리가 내민 와인 한 병을 받아 들고 있었다. 다코타는 모든 사람들이 그 자리에 함께 있는 것에 놀랐고, 위니는 오늘 저녁 모임을 미처 말하지 못했다는 사실에 아차, 했다.

다코타가 위니 친구들의 하이파이브를 두 번 정도 받아치면서 어린애처럼 손바닥을 찰싹 치자, 차가운 병을 꽉 쥔 채 라벨을 들여다보는 척하던 위니가 움찔함을 감추며 과장스레 말을 꺼냈다.

"마침 잘 됐다."

다코타는 기분이 좋아 마치 이 저녁 파티에 대해 모든 것을 알고 있는 듯 까불어댔다. 모두가 웃을 수 있게 교통정리하는 동안 위니의 입술에서 남모르게 안도의 한숨이 샜다. 문득 주방으로 달려가 문을 잠그고 싶은 충동이 일었다. 나이젤, 나이젤과 함께 있고 싶은데, 사람들은 왜 이 집에 모였을까?

"금방 올게."

문안으로 고개를 잠깐 기웃거린 위니는 빠르게 부엌으로 향했다.

"남은 와인도 좀 가져다 줄래요? 이제 모두 다 왔으니."

위니의 목소리는 밝았으나 만약 나이젤이 그녀의 얼굴 표정을 읽었다면 분명 위니를 구하려 왔을 것이다. 그러나 나이젤은 위니를 보고 있지 않았다. 위니는 나이젤이 자기를 좀 봐줬으면 하며 반쯤 굽힌 몸을 문가에 기대 머물러 있었다.

"나이젤."

위니가 조금은 앙칼스런 목소리로 속삭였다. 나이젤이 돌아다보았다. 그때 나이젤의 손에 전화기가 쥐어져 있었고, 보내다만 문자 메시지 창이 열려 있었다.

"가고 있어."

나이젤이 말했다.

"와인 말이에요."

위니가 상기시켰다. 나이젤은 식탁 위에 놓여 있는 와인 병을 향해 고개를 한 번 끄덕거렸다. 그 와인은 매로스톤 포도원에서 최근에 사온 것이었다. 이 정도면 충분하겠지. 위니는 오늘 파티에서 마실 술도 계획해 놓았다. 알코올에 대한 자신의 원칙은 오늘 밤만큼은 내버려두자고 마음먹었다.

바로 그때, 스보미의 엄마가 새뮤얼을 태우러 밖에 도착해 있다는 문자 메시지가 들어왔다. 위니는 말레이와 얘기하고 있는 아들을 향해 발걸음을 옮겼다.

"새뮤얼, 네 가방 챙겨라. 스보미 엄마가 도착하셨대."

"어어, 안 돼. 지금 가려고?"

말레이가 놀려댔다. 아이들은 그 누구도 프렌즈기빙 파티에 참석시키지 않는다는 게 이 모임의 원칙이었다. 이유인즉, 이 날은 누구나 취하고 싶어 하기 때문이다. 말레이에게 짧게 인사를 건넨 새뮤얼이 자기의 더플백을 가지러 튀어갔다. 위니가 친구들한테 무슨 말인가 하려고 돌아서는데, 뒤에서 다코타의 욕지거리가 들렸다.

"망할 놈의 자식! 자알 가라."

위니는 아들 새뮤얼에게 다가서는 남동생을 보려고 돌아섰다. 다코타는 팔을 늘어뜨린 채 맥주를 바닥으로 뚝뚝 흘리고 있었다. 새뮤얼의 얼굴은 겁에 질려 방금의 들뜬 표정은 사라지고 없었다.

"다코타!"

잠시 어이없어 황당하게 있던 위니가 다코타에게 쏘아붙였다.

"내 아들에게 그 따위로 말하지 마."

나이젤이 양손에 와인 한 병씩 들고 주방에서 나와 바로 앞에 서 있었다. 나이젤은 그 상황을 다 지켜봤다. 위니는 나이젤이 침착하게 있는 듯했으나 몹시 화가 나 있다는 걸 눈치 챘다. 그 순간 위니는 남편이 긴 의자 위로 펄쩍 뛰어올라 다코타 머리를 병으로 후려갈기는 장면을 보고 말았다. 남편이 그렇게 화내는 것을 여태껏 본 적이 없었다. 위니는 괴이하게 흥분되었다.

"코타."

위니가 다코타의 주의를 돌려 세우려 황급히 불렀다. 이미 벌겋게 취해 버린 동생이 나이젤쪽으로 돌아섰다.

"제길, 저 녀석 땜에 부딪쳤잖아. 엄마가 집에서 뛰어다니면 안 된다고 하는 얘기 못 들었어?"

다코타가 애꿎은 새뮤얼을 겨냥해 물었다. 이어지는 상황에 대처할 겨를이 위니에겐 없었다. 나이젤이 와인 병을 장식장 위로 내려 놓는가 싶더니 곧바로 다코타의 멱살을 잡아 벽으로 밀어붙였다. 나이젤은 지금 그날 밤과 똑같이 하고 있었다. 그날 밤도 지금처럼 한바탕 난리를 치고 난 후 나이젤은 위니에게 말했다.

"끝났어. 아무도 알아채지 못할 거야."

남편의 몸은 체조 선수처럼 다부지고 단단했다. 순식간에 다코타를 제압해 5초간은 꼼짝달싹 못하게 밀어붙였고, 덩치 큰 누군가의 팔이 쏜살같이 나이젤을 잡아 뒤로 끌어서야 다코타에게서 떨어졌다.

"헤이, 헤이, 헤이!"

유리가 소리치며 다코타와 나이젤 사이로 황급히 끼어 섰다.

"자넨 이 집에 손님으로 와 있는 거잖아."

유리가 심각한 표정으로 고개 숙인 다코타의 눈을 쳐다보며 말했다. 다코타가 고집스런 몸짓으로 홱 뒤로 물러섰다.

닥칠 일을 예상하는 위니의 창자가 건포도 알맹이처럼 쪼그라들었다. 다코타는 위니를 쏘아보고 있었다. 자신이 손님 이상으로 위니의 소중한 쌍둥이 남동생이라는 사실을 확인받고 싶었던 걸까. 하지만 그런 다코타의 기대는 위니의 말 한마디에 물거품이 되었다.

"너, 이 집에서 당장 나가!"

다코타의 시선이 한순간 고통스럽게 위니의 눈을 붙들다 떨어졌다. 위니는 '코타'를 잘 알았다. 다코타는 지금 자기가 배신을 당한 거라 생각할 것이다. 피는 물보다 진하다. 하지만 위니에겐 감싸야 할 또 다른 피가 있었다.

"새뮤얼."

위니가 손짓하며 아들을 불렀다. 새뮤얼은 주저하지 않았다. 이 순간 새뮤얼은 13살 반항아가 아니었다. 어린 아이, 위니가 보호해줘야 할 위니의 자식이었다.

"가봐라. 스보미 엄마가 기다리고 계시잖니. 다 괜찮을 거야."

위니가 새뮤얼의 이마에 입을 맞췄고, 새뮤얼은 위니의 입맞춤을 여느 때처럼 창피하다 거부하지 않았다.

"알았어요."

새뮤얼이 위니의 귀에 대고 속삭였다. 위니가 입술을 핥으며 최상의 미소를 지어 보였다. 새뮤얼은 잠시 믿지 못하겠다는 표정을 지어보다 위니가 더플백을 놓아둔 현관으로 황급히 도망쳤다.

방에 전류가 흘렀다. 위니는 친구들의 눈이 흥분으로 반짝이는 것을 보았다. 믿을 수 없다는 듯 방안을 둘러보는 위니의 눈이 깜빡거렸다. 위니는 친구들이 지금 다코타의 반항을 기대하고 있을 거라 생각했다. 이들에게 동생의 반항은 몇 주간 울궈먹을 이야깃거리가 될 것이다. 거실 여기저기, 간이 의자와 소파에 유리잔을 손에 든 채 각자 자세를 취하고 있었다. 위니는 친구들이 단체 메시지를 주고받으며 자기 가족에 대해 이러쿵저러쿵 얘기할 것을 생각하니 토악질이 일며 친구들 모두가 가증스러웠다. 당장 여기서 나가라는 말이 목구멍에 턱 걸렸다.

나이젤은 선 채로 킬킬대며 머리를 흔들고 있었다. 위니는 다코타의 온 몸이 긴장으로 굳어지는 모습을 보았다. 다코타의 얼굴에 역력했던 후회는 사라지고, 곧추 세운 척추와 당당히 벌린 두 발이 다혈질 성미를 드러내고 있었다. 지금 위니에게 남동생은 젊은 사자였고, 나이젤은 싸움을 건 늙은 사자였다. 위니는 마음속 깊은 신음을 억누르며 침착을 유지하려 애썼다. 아무도 험담하지 못하게 할 것이다. 그러려면 위니는 지금 당장 이 상황을 끝내야 했다.

"다코타…, 당장 나가!"

"뭐라고?"

다코타가 위니를 똑바로 쳐다보았다. 위니의 마음은 둘로 쪼개지는 듯했다. 이젠 상황이 결코 예전과 같지 않을 것이다.

"나이젤, 제기랄."

외마디를 내뱉은 다코타가 나이젤을 밀치며 나갔다.

위니의 가슴은 일단 진정되었으나 최악의 상황을 마무리한 건 아니었다. 어떻게 다코타를 이 집에서 멀쩡하게 내보내지? 이런, 세상에. 이 바보 같은 저녁 파티는…, 계속 해야 하나?

"괜찮니, 윈?"

비키가 위니의 어깨에 손을 얹었다.

잠시 후, 다코타가 더플백을 둘러매고 돌아왔다. 현관을 향해 걸어가는 그의 시선은 휴대폰에 꽂혀 있었다.

"다코타!"

위니가 불렀지만 다코타는 돌아보지 않았다. 한 손을 머리 위로 들어, 안녕, 사인을 보내는가 하더니 현관 문을 확, 열어 젖혔다. 거리를 지나는 차 소리에 이어 위니의 귀에 윙윙대는 소리가 커지더니 쾅, 문이 닫히는 소리를 끝으로 적막이 찾아들었다.

"아무래도 따라가 봐야 할 것 같은데…."

말레이가 말했다.

"사고라도 치면 어떡해. 나중에 자책하지 않으려면…."

위니가 말레이에게 그 말이 무슨 뜻이냐고 물어볼 필요는 없었다. 말레이의 사촌 앨피는 그들이 대학 시절에 스스로 삶을 마감했다. 아버지 권총을 입에 물고 방아쇠를 당겼다. 그들 모두 앨피와 알고 지냈으므로 그의 죽음을 슬퍼했고, 그 후 말레이는 매사 앨피의 죽음을 입에 달았다.

"닥쳐! 닥치란 말야."

위니가 말레이에게 씩씩거렸다. 어쩌면 친구들 모두에게 침이라도 뱉을 뻔했던 위니에게, 말레이가 그 망할 놈의 입을 먼저 열어버린 것이다. 이제 말레이에게 되돌려줄 차례였다.

"다코타가 앨피인 줄 아니? 그리고 나이젤은 얼마든지 화낼 권리가 있다고!"

놀라 충격의 표정을 짓고 있는 친구들을 보며 위니는 속이 다 후련했다. 위니는 그들 누구에게도 언성을 높인 적이 없었다. 모임에서는 늘 기분을 맞춰주었고, 누구에게나 호감을 사려고 무던히 애썼다. 자신이 있고자 한 어떤 곳, 어떤 상황이건 자신이 의도한 대로 되었다.

"위니는 스트레스를 많이 받았어. 그래 위니, 네 말이 맞아. 우리 서로 아픈 말들은 하지 말자."

돈이 데킬라 없이 라임을 베어 문 표정의 아내를 쿡 찔렀다.

"우리 리조또 먹자."

비키의 주먹이 공중에서 펌프질했다. 한 손에는 여전히 와인 잔이 들려 있었다. 어디서부터 잘못된 걸까? 위니는 관자놀이를 비비며 자신을 책망했다. 말레이도, 그 누구도 위니에겐 적이 아니었다. 지금은 다만 곤혹스런 상황일 뿐이다. 정말 피곤했다.

저녁 파티에서 남편을 편들었는데도 지금 나이젤은 아무 말도 않고 있었다. 마지막 손님이 떠나고 문이 닫히는 순간, 나이젤은 돌아서서 위니를 쳐다보았다. 위니는 강타하는 나이젤의 시선에서 배신감을 느꼈다. 이번만은 사람들이 어떻게 생각할지 상관하지 않고 친구들에게마저 못되게 내지른 참이었다. 그런 자기를 어떻게 나이젤이 이처럼 못마땅해 할 수 있는지 위니는 이해가 안 되었다. 나이젤의 부탁이라면 그게 무엇이건 자기는 늘 정확히 처리했고, 그것은 곧 그의 편이 돼 주었다는 것을 의미했다.

"무엇 때문에 그랬어요?"

이미 부엌으로 향하는 나이젤의 등에 대고 위니가 물었다.

"자야겠어, 위니."

나이젤의 단정적 대답에 위니는 말문이 막혔다. 그 순간 위니는 왜소해지고 바보가 된 기분이었다. 위니는 나이젤을 돌려 세우기 위해 무슨 말이든 해보려 했으나 충격 탓에 말이 나오지 않았다. 그렇게 나이젤은 설거지 거리와 복잡한 의문을 남긴 채 떠나버렸다. '저 사람, 내 남편 맞나?' 명하니 서 있다 문득 자신을 사로잡은 두려움의 원인을 확인하려는 듯 황급히 나이젤의 뒤를 쫓아 이층으로 올라갔다. 얼마만큼의 술을 마셔야 했는지, 위니는 체면치레에 정신을 쏟느라 그의 술잔을 셀 수 없었다. 따박따박 챙기길 좋아하는 위니였지만, 저녁 파티는 나이젤이 든 술잔에 도무지 관심 둘 수 없었던 밤이었다.

위니는 산산조각 부서져 추락하는 기분이었다. 다코타는 이제 말도 섞으려 안 할 것이다. 그는 아직도 여동생 캔디스에게 앙심을 품어 몇 년 전에는 싸움까지 벌였었다. 무엇 때문에 그랬는지는 기억 나지 않았다. 다코타가 캔디스를 뺀 나머지 형제들에게 자기 멋대로 풀어 놓은 이야기 탓에 가족들에게 미친 여파는 말할 필요도 없었다. 도대체 내가 무슨 생각으로 일을 이 지경으로 벌여 놓은 거지? 집안 분위기가 정상이 아닌 상황에서 사람들을 초대했다. 게다가 자신의 경솔한 결정에 대해 남편은 늘 경고하지 않았던가. 위니는 그렇게 종종 일을 그르치거나 잘못된 선택을 해왔다.

이층으로 올라갔을 때, 나이젤은 욕실에서 나오고 있었다. 위니는 뭘 어찌해야 할지 몰라 잠시 당황하다, 자기가 지금 매우 불안해 하고 있음을 깨달았다. 침실로 몇 발자국 나아가면서 단단한 목재 바닥 위에 발가락 끝을 오므렸다 폈다 했다. 나이젤이 셔츠를 벗을 때면 위니는 흥분감에 달뜨곤 했었다. 지금 위니는 늘 있던 그 자리 그 자세로 나이젤이 셔츠 벗는 모습을 바라보고 있었다. 나이젤은 늘 목 뒤에서 티셔츠를 움켜쥐고 머리 위로 잡아당겨 벗었다. 그럴 때마다 위니는 '공작새 깃털'이라고 이름 붙인 위로 삐친 머리칼을 재미있게 지켜보곤 했었다. 나이젤이 셔츠를 벗고 그녀 쪽으로 걸어왔을 때, 그를 향했던 화를 위니는 잠시 잊었다. 그리고 가끔 읽었던 로맨스 소설의 한 장면처럼 나이젤이 다가와 키스해 주리라 잠깐 상상에 빠져들었다. 그러나 그 순간 나이젤은 위니가 서 있는 옆을 지나 침실 밖으로 휑하니 나가 버렸다.

이번에는 그렇게 쉽게 당할 수는 없다는 생각에 뒤를 쫓았다. 나이젤은 주방으로 다시 들어가 냉장고 문을 열고 몸을 구부려 안을 들여다보고 있었다. 위니는 그가 게토레이를 꺼내 뚜껑을 따고 길게 들이마시는 모습을 지켜보았다. 나이젤이 언제 면도를 했지, 궁금증이 짧게 스쳤다. 그리고 그가 병 뚜껑을 도로 닫고 마시던 게토레이 병을 느슨하게 쥔 채 문으로 향하는 동안, 남편의 아담즈 애플*이 저렇게 확연했었나, 하고 생각했다. 나이젤은 여전히 위니가 없는 듯 움직이고 있었다. 위니가 가로막으며 끼어들었다.

"우리 얘기 좀 해요."

위니는 가슴에 팔짱을 꼈다가 곧 유치해 보인다는 생각에 풀었다. 설상가상 나이젤이 눈살을 찌푸리면서 위니의 행동에 반응했다. 나이젤은 아랫입술을 깨물고 반쯤 가늘게 뜬 눈으로 위니를 쏘아보았다. 나이젤이 취했는지 궁금했던 위니는 이제 분명 알 수 있었다.

"모르겠어요. 내가 뭘 어쨌기에 이런 대우를 받아야 하는지…."
"모를 거야 당신은. 그럼, 절대 모르고 말고."

---

* 남자의 목 가운데 툭 튀어나온 부분.

나이젤이 말을 가로막자 위니는 끝내 말을 잇지 못하고 입을 삐죽거리고 눈은 믿지 못하겠다는 듯 가늘어졌다.

"뭘 말이에요, 나이젤? 당신이 어떤 말도 안 하는데 내가 뭘 알 수 있단 말이에요?"

나이젤은 마치 천장 채광창에서 무엇인가를 찾는 듯 눈동자를 위로 굴렸다.

"나는 말이야⋯, 위니!"

나이젤이 머리를 긁적이다 답답하다는 듯 머리카락을 확 잡아당겼다. 위니는 이 모든 행동을 인상 찌푸리고 보면서 허공에 콧바람을 세게 뿜어냈다.

"당신이 무슨 말을 하고 있는지 모르겠어요. 하지만 이게 내 동생 때문이라면⋯, 난 분명 당신 편을 들었잖아요."

나이젤이 다시 위니의 말을 잘랐다.

"난 당신 동생이 우리 집으로 들어오는 걸 원치 않았어. 이 빌어먹을 놈의 저녁 파티도 안 했으면 했고. 게다가 우리가 지금 이런 식으로 얘기를 해야 한다면, 나는 후회스러운 일들을 꺼내 놓을 수밖에 없어. 그래서 실제로 그 얘기를 지금 하자는 거야, 위니?"

'그래요.' 위니는 내면이 답하는 소리를 들었으나, 연기처럼 사라져 밖으로 나오지는 않았다. 두려웠다. 남편이 이런 식으로 말한 적은 한 번도 없었다. 그 모든 세월, 그들이 함께 견뎌온 모든 시간들, 그것들이 오로지 한 가지 의미로 귀결되고 있었다. 나이젤에게 이젠 끝인 것이다. 위니와 결혼, 그리고 한때 그가 품고 있었던 위니에 대한 매력, 이 모든 것이 사라졌음을 의미했다.

그것은 외침으로 시작되었고, 돌이킬 수 없다고 한 그의 약속은 지켜졌다. 위니는 입술을 꽉 다물었다. 상처는 야생마처럼 가슴에서 날뛰었다. 한 번 내뱉은 말은 가시가 되어 사람들의 머릿속에 박힌다는 것을 그는 몰랐을까? 위니는 정말 필요한 경우가 아니라면 그날 밤을 소환하지 않았다. 그런데 나이젤은 왜 그러지 못하는 걸까?

슬픔이 겨울잠에서 깨듯 위니의 가슴에서 기지개를 켤 때는 거의 대부분 결혼기념일 전후였다. 해마다 의식적으로 그날을 기억하지 않으려 애써도 언제나 그때쯤이면 형언할 수 없는 슬픔이 슬금슬금 다가오는 걸 알았다. 그럴 때마다 무엇이 잘못되었는지 항상 알 수 있는 건 아니었다. 때론 그 이유를 깨닫기까지 며칠을 우울감에 빠져 지내기도 했었다. 마치 어떤 슬픔의 리듬을 타는 것 같았다. 나이젤이 그 추악한 말들을 외치면서 그녀의 슬픔을 깨웠고, 이제 그것은 그림자처럼 그녀를 따라다닐 것이다.

8

주노

나 이젤과 위니는 오늘 밤 부부싸움을 하고 있었다. 그들이 싸우는 소리가 층간을 넘어 파고 들었다. 그들의 날선 목소리가 몸을 동그랗게 말고 누워 있는 주노의 잠자리까지 표류해왔다. 발이 차가웠다. 냉증은 싸움이 시작되었을 때 찾아왔다. 샘이 떠난 후, 그 아이의 부모는 병에 담겨 흔들리던 탄산이 분출되듯 싸웠다. 부모가 서로를 싫어하는 온갖 감정을 어린 소년에게 애써 감추느니 직접 듣게 하는 게 차라리 낫지 않을까 생각했다. 주노는 아이들에게 좋은 것이 반드시 결혼생활에도 좋은 것만은 아니라는 사실을 경험으로 알고 있다. 마법사처럼 모든 것을 균형적으로 안정되게 유지할 수 있다면 좋겠지만 누구도 마법사가 될 수 없는 일, 그러므로 아이들은 결혼을 유지하는 동력이 되기도 하고 동시에 부담이 되기도 한다. 바로 그것 때문에 주노는 늘 균형을 이루면 훌륭한 결혼생활이 되지만 그렇지 않을 경우 지긋지긋하다 말하곤 했었다.

위니의 목소리가 한 옥타브 높아졌다. 정말 열이 뻗쳐 있었다. 주노는 꼼짝 않고 누워 눈을 감고 잠을 청해 보려 했으나 그들의 목소리가 공간 깊숙이 침투해 들어왔다. 주노는 가슴에 봉오리 진 우울증이 꽃잎처럼 펼쳐지는 걸 느꼈다. 너무도 피곤하고 우울하여 오늘이 어서 지나갔으면 했다. 나이젤은 위니를 논리적으로 설득시키느라 애쓰고 있었다. 반면 위니는 논리적이지 못했다.

"당신은 내 기분을 다시 묵살하고 있어요."

위니가 소리쳤다.

"이대로 넘어갈 순 없어요. 당신도 알잖아요."

"위니, 선택의 여지가 없어. 해마다 이 상태가 되풀이되고 있어. 이젠 진절머리 나."

처음에 차분하게 들렸던 나이젤의 목소리가 마치 단어 하나 하나의 발음이 힘겨운 듯 꼬여갔다. 주노는 생각했다. '나이젤은 지겨운 거야. 금방이라도 위니를 치는 건 아닌지.'

"진절머리 난다고요, 나이젤? 기가 막혀서. 오늘 내 생애 최악의 밤인데 당신은 진절머리 난다고?"

주노는 나이젤이 뭐라고 하는지 잘 듣지 못했다. 어느 새 주노는 그들의 말에 귀기울이며 베개에서 일어나 기대고 있었다.

"당신이 아니었어! 당신은 그게 어떤 감정인지 몰라요."

위니가 끝내 울음을 떠뜨리자 주노는 등을 동그랗게 말았다.

"맞아. 당신 말이 맞아. 누군가의 아기를 훔치는 게 어떤 감정인지 난 모르지."

바로 그때 워싱턴 주 전체가 흔들렸다 해도 주노는 느끼지 못했을 것이다. 현실이 흔들어놓은 충격으로 그녀는 얼어붙어 버렸다. 그리고 쩍, 소리가 매우 크게 들렸다. 위니의 손바닥이 남편 뺨에 닿았다고 생각하는 순간, 더 커진 목소리들이 쏟아졌다. 그들은 마침내 위니가 자리를 박차고 쿵쾅거리며 계단을 올라 침실로 달려가기까지 한동안 그렇게 소리쳤다.

주노는 누운 채 꼼짝할 수 없었다. 나이젤의 말이 주노 마음속에 반복 재생되고 있었다.

'누군가의 아기를 훔쳤다고…?'

나이젤의 말이 무슨 뜻이지? 분명 샘은 아닐 것이다. 주노는 위니가 관련 분야의 관리직으로 옮기기 전 몇 년간 정신건강센터 상담사로 일했다는 것을 알고 있었다. 아마도 위니는 아동 보호 기관에 누군가 부당하게 자기 아기를 데려갔다고 신고했었겠지. 하지만 위니가 그저 자기 할 일을 했던 거라면 나이젤이 그런 말을 할 이유는 없지 않은가?

주노는 뚫어지게 천장을 쳐다보며 등을 말았다. 그게 과연 위니가 숨겨온 비밀일까? 일기장에 써 놓은 우울증의 원인이…? 샘이 위니와 나이젤의 아이가 아니고, 위니가 샘을 훔쳐왔다는 말인가? 그러나 샘은 엄마 위니를 닮았다. 넓은 이마와 넓은 미간은 둘의 공통점이다. 주노는 위니의 금발이 염색한 건 아닐까 생각도 했지만, 샘의 머리 색깔은 위니보다 짙었다. 그러나 그게 무슨 상관이람? 자식들이 반드시 자기 부모를 완전히 닮는 것은 아니다. 그러나 주노를 신경 쓰게 하는 것은 나이젤과 위니가 샘을 조심한다는 사실이었다. 언제나 살얼음을 밟는 듯. 샘도 그것을 알고 있지 않았을까? 샘의 글처럼….

'늑대는 곰이 길러주는 동안에도 다 알고 있다.'

그렇다. 바로 그것이었다. 주노 생각에 샘은 위니와 나이젤이 뒤꿈치를 들어 살금살금 내딛고 지나야 하는 지뢰밭이었다. 그런데, 어쩌다 그렇게 되었을까?

9

위니

다음 날 아침 위니가 일어났을 때까지도 나이젤의 잠자리는 비어 있었다. 손도 대지 않았던 공간을 보는 위니의 마음이 공허했다. 어젯밤 나이젤은 침대에 들지 않았다. 위니는 나이젤이 어제 자기 소굴에서 자는 것을 보았다. 그리고 아직 잠을 자고 있다. 위니는 감정적 위기 상황에서 남자들은 어떻게 그렇게 잠들 수 있는지 이해할 수 없었다. 이층에서 아내가 울고 있는 것을 알면서 어떻게 잠을 잘 수 있단 말인가? 어젯밤 위니는 나이젤을 깨워 이제 더 이상 화도 안 난다고 소리지르고 싶었다. 결국 그녀는 이층으로 돌아가 침대로 올라갔는데, 그때까지도 저녁 파티 차림새 그대로였다. 위니는 나이젤이 찌른 칼 같은 상처가 쓰셨지만, 나이젤에게 만족감을 안겨 줄 생각은 없었다.

위니는 헝클어진 담요 밖으로 굴러 비틀거리며 일어섰다. 난파선처럼 완전히 망가져 있었다. 얼굴에 번진 화장 줄무늬를 보며 살바도르 달리의 일그러지고 뒤틀린 얼굴을 연상했다. '달리에 비유한다고? 그건 지나치게 후한 평가인데. 특히 당신의 우는 얼굴에 대해서라면 말이야' 하는 나이젤의 속삭임이 마음 한구석에서 들리는 듯했다. 행여 엄마가 봤다면, 막 관계를 끝내고 나온 매춘부 얼굴 같다고 했을 것이다. 베개가 그것을 인증하고 있음에도, 위니는 엄마의 방식으로 스스로를 욕되게 하는 건 싫었다. 위니는 자기가 몇 명의 남자와 잤는가로 평가되는 것이 제일 싫었다.

위니는 성급히 샤워하는 동안 살바도르 달리의 얼굴을 씻고 물기를 말린 후 정성껏 머리를 매만져 낮게 틀어 올렸다. 그리고 가볍게 마스카라를 발랐다. 오늘 그녀는 나이젤의 아내가 아니라 새뮤얼의 엄마가 되어야 했다. 될 수 있으면 화나 보이지 않으려 금으로 된 커다란 귀고리를 달았다. 나이젤은 이것들이 의미하는 바를 알 것이다. 그러고 나서도 분명한 자신감은 채우지 못한 채, 위니는 1990년대 뮤직 비디오에 나올 법한 모습으로 계단을 내려갔다. 부엌에 있는 과일 바구니에서 사과 한 개를 집으려고 멈춰 섰다 올려다보는데 나이젤이 옷을 챙겨 입고 자기 방 테이블에 앉아 커피를 마시는 모습이 눈에 띄었다. 냉정을 유지하며 문을 지나 열쇠걸이에서 열쇠들을 잡아채고 계단을 내려가던 위니의 발걸음을 나이젤의 큰 목소리가 멈춰 세웠다.

"새뮤얼은 벌써 왔어."

마지막 계단을 내려갈 때까지 기다려 나이젤이 말했다. 그 탓에 위니는 내려온 계단을 다시 올라가야 했는데, 굴욕적 마무리였다.

"스보미 엄마가 새뮤얼을 내려주고 갔어. 당신한테 문자 보냈다고 하던데."

아마도 그랬을 것이다. 어젯밤 이후 휴대폰을 한 번도 확인하지 않았다. 그놈의 휴대폰은 도대체 어디에 있었던 거야? 위니는 아무렇지도 않은 척했지만 나이젤은 다 알고 있다는 표정이었다.

'이제 가면을 벗지 그래, 홀쭉아.'

위니는 나이젤과 말 섞기를 기어코 거부했다. 이층으로 올라가 새뮤얼의 방문을 두드렸다.

"들어오세요."

새뮤얼의 크지만 나른한 목소리가 들렸고, 위니는 들어갔다.

"아들."

위니가 불렀다. 책에 꽂혔던 새뮤얼의 시선이 잠시 들렸다가 바로 돌아갔다.

"친구들하고는 어땠어?"
"좋았어요."

새뮤얼이 바로 말을 이었다.

"애들이 나를 괴짜라고 생각해요."

"그렇지 않아. 넌 괴짜가 아냐."

위니는 아들을 향해 얼굴을 찌푸렸다. 스보미 엄마에게 문자를 보내 애들이 왜 그렇게 생각하는지 진짜 이유를 알아봐야겠다.

"사실 괴짜이긴 해."

나이젤이었다. 언제 나타났을까? 그가 뒤통수를 긁적이며 문가에 기대서 있었다. 왜 그렇게 말한 거지?

"당신, 죽도록 패 줄 거예요. 머리를 변기에 확 밀어 넣고."

새뮤얼이 깔깔거렸다. 평소 돌처럼 차가워 따분한 표정에서 흔히 들을 수 없었던, 비뚤어진 웃음이 방 안에 퍼졌다. 위니는 저 아이의 웃음이 무엇을 의미하는지 궁금해 뜸을 들이다 입을 열었다.

"아들, 괴짜가 따분한 사람보다는 나은 거야. 정말이라니까."

새뮤얼이 어깨를 으쓱했지만 위니는 아들의 기분이 나아진 걸 알 수 있었다.

"저도 그렇게 생각해요."

"하지만 괴짜인 건 그 녀석들이에요. 정확히 말하면 말이죠."

"역시 내 아들."

나이젤이 새뮤얼에게 다가가 주먹인사를 하더니 느릿느릿 돌아서 나갔다. 위니는 나이젤의 모습을 쫓아 눈만 깜박거렸다. 오드콜로뉴 향이 위니를 감쌌다. 위니는 목을 한 번, 두 번 가다듬었다.

"엄마, 여기 뭐 필요한 거 있어요?"

새뮤얼이 웃음을 거두고 마치 불시의 침입자를 대하듯 빤히 쳐다봤다. 기운이 꺾였다.

"아니. 그냥 네가 어떤지 보려고. 그리고 어젯밤 일과 다코타 삼촌에 대해 얘기하고 싶어서…."

"아빠랑 얘기 다 끝났어요. 이해해요."

"오, 그래?"

새뮤얼이 바보같이 여길까 봐 나머지 하려던 말을 꾹 누르는 대신 나이젤에게 고마움을 전했다. '고마워요, 나이젤.'

"그래, 혹시 하고 싶은 말이 있다면 뭐든지 해."

"고마워요."

새뮤얼을 껴안고 싶었다. 위니와 새뮤얼은 서로의 갈등을 풀고 난 다음엔 늘 그렇게 했었다. 아들 쪽으로 몸을 기울이려는데 새뮤얼의 시선은 이미 읽고 있던 책으로 돌아가 있었다. 결국 풀린 건 없었다. 어쨌건 위니로서도 별 수 없었다. 집에서 이렇게 자기 편이 아무도 없던 적은 없었다.

돌아서 방을 나오던 위니가 갑자기 멈춰서는가 싶더니 오던 길을 한 발자국 주춤거리며 뒷걸음질했다. 나이젤이 새뮤얼에게 말했으면 어쩌지? 그 일을 새뮤얼에게 털어 놓았다면? 어지러웠다. 그 무엇도 몸을 지탱해줄 건 없었으므로 닿지도 않는 벽을 향해 뻗치듯 손을 허우적대며 몸을 기우뚱거렸다. 나이젤이 새뮤얼에게 말했다면…, 어쩌면 영영 아들을 잃게 될지도 모른다.

위니는 가끔 자신이 나이젤에게 무언가를 증명하기 위해 일루미네이션즈 정신건강센터 일을 맡았던 건 아닌지 의문스러워 했다. 연애 시절, 한번은 나이젤이 운동을 못한다고 놀려댄 적이 있었다. 그 말을 들은 지 일주일도 안 되어 위니는 실내 축구교실에 등록했다. 그게 끝이 아니었다. 실제로 위니는 원하는 바를 이루고야 말았다. 축구가 좋아졌고, 실제로 즐겼다. '이래도 운동 못한다는 소리 할 거예요?' 라며 항변하듯.

그랬다. 나이젤은 위니에게 함부로 말할 수 없었다. 결혼하고 일 년도 채 되지 않았을 때였다. 나이젤은 위니에게 고생을 모른다고 했고, 그래서 위니는 직장을 잡고 일을 시작하였다. 노숙인 곁을 지나면서 위니가 간혹 1달러를 건네면, 나이젤은 매몰차게 조롱의 언어를 뱉어냈다.

"당신의 행동은 노숙인에 대한 배려가 아니야. 그저 속죄해야 한다고 느끼는 중산층의 부끄러움일 뿐이지!"

마치 위니를 향해 들이미는 도전장 같았다. 그렇게 위니는 2년 동안 일루미네이션즈에서 일했다. 자신보다 불행하다고 생각하는 사람들을 위한, 꼬박 2년의 헌신. 그리고 그 일이 있었다.

그 일이 없었다면, 나이젤도 위니의 의무와 헌신을 그대로 믿었을 것이다. '그 일'은 나이젤이 붙인 말이었지만, 그때 그날 밤 일어난 상황에 비하면 턱없이 가벼운 표현이었다. 그것은 단순히 하나의 일이 아니었다. 위니가 저지른 범죄였다.

10

주노

가을비가 위니가 즐겨 책을 읽는 거실 모퉁이 창문을 쉬지 않고 두드렸다. 주노는 자신이 넘어지던 날 읽기 시작했던 책을 들고 의자에 자리잡았다. 척추가 굽었고 주노는 그것이 유감스러웠다. 주노는 책들을 대단히 존중했다. 그날은 종일 기억이 흐렸다. 그 이후로 또 넘어지진 않았으나, 행여 잘못 넘어지면 뼈가 땅콩처럼 부숴질 거라 생각했다. 의자에 몸을 좀 더 확실하게 실었다. 아니! 그런 일은 없을 거야. 주노는 지독히 아팠다. 그러니 엉덩이건 다리건 노인들이 넘어지며 부러질 수 있는 것들을 주의하기만 하면 매일매일을 무사히 마칠 수 있을 것이다. 때마침 엉덩이가 쑤시기 시작했다.

주노는 어젯밤 자신이 만들어 놓은 잠자리에서 들었던 얘기들을 생각에서 지워내려 애썼다.

'네가 잘못 들은 거야.'

그 아침 이후 스스로에게 백 번은 되뇌었다. 하지만 잘못 들은 건 아니었다. 이제 그 말은 장난감 가게에서 징징거리는 빌어먹을 두 살배기 아이처럼 머릿속을 맴돌았다. 주노는 관자놀이를 둥그렇게 문지르면서 페이지에 몰두하려 했다. 하지만 페이지의 스토리는 머리에 들어오지 않았다. 주노가 몰입하고 싶었던 건 허구의 이야기가 아니었다. 진실에 관한 것이었다.

주노는 어렵사리 의자에서 일어나 가족들이 공동으로 사용하는 컴퓨터로 걸어갔다. 스크린은 깜깜했으나 마우스를 움직이면 화면이 살아나 휴가 때 찍은 가족 사진이 나타나리라는 걸 알았다. 주노는 며칠 전 샘의 마우스를 살짝 만진 것 말고는, 몇 년간 컴퓨터에 손도 대지 않았었다. 그러나 예전의 그녀 삶 속엔 직장과 컴퓨터, 그리고 신용카드 같은 모든 것들이 있었다. 그것들이 아쉬운 건 아니었다. 지금 주노는 가진 것도 없을 뿐더러 복잡다단한 문제도 없었다. 물질 없는 삶에 적응하는 데 시간이 걸렸지만 일단 적응이 되자, 그러한 삶을 즐긴다는 사실을 깨달았다.

컴퓨터를 마주하고 의자에 앉아 손가락을 이리저리 움직였다. 별것 아니었다. 주노는 이 빌어먹을 컴퓨터 사용법을 이미 알고 있었다. 떨리는 검지손가락으로 아이폰 스크린을 찔러대는 그런 한 물간 노인이 아니었다. 다만 지금은 그런 빌어먹을 세상의 한 부속이 되고 싶지 않을 뿐이었다. 자리에서 막 일어서려는 순간, 어젯밤 나이젤의 말들이 머릿속을 다시 휘저었다. 누를 수 없는 인간의 호기심이었다.

'저기 있다!'

해변에서 찍은 크라우치네 가족 사진이 보이자 생각했다. 보지 않으리라 의도했으나, 주노의 눈은 인터넷 브라우저를 열면서 위니와 가족들의 햇빛에 그을린 얼굴들을 뚫어져라 보고 있었다. 주노의 손가락은 쉽게 열쇠를 찾았다. 그 안으로 조금 더 미끄러져 들어가면서 자세를 고쳐 앉고 생각했다. 예순일곱 노인네치곤 나쁘지 않은걸. 주노는 '워싱턴 시애틀, 실종 어린이'라고 타이핑한 후 잠시 생각을 더하다 검색 창에 연도를 추가했다. 샘이 13살이니 2008년이다.

〈실종 아동 및 학대 아동 센터〉 사이트가 스크린 맨 위에 있었다. 사이트를 클릭했다. 실종 아동 이름 검색 옵션이 떴으나 주노는 샘의 본래 이름을 알 수 없었으므로 화면을 스크롤해 그냥 넘겼다. 그랬더니 아동이 실종되었던 도시와 주 이름으로 검색할 수 있는 섹션이 떴다. '워싱턴 주 시애틀'이라고 입력하고 실종 년도 옵션에 '2008'을 입력하여 리턴 키를 누르고 기다렸다.

검색 결과는 그리 많지 않았다. 5초도 안 걸려 한 페이지의 검색 결과를 훑었다. 2008년에 워싱턴 주에서 실종된 영아는 없었다. 그러나 그 결과는 의미가 없다. 만약 크라우치 부부가 샘을 유괴했다면, 어디서든 데려올 수 있었을 것이다. 설사 유괴되었다손 치더라도 그 당시 '영아'가 아니었을지도 모른다. 나이젤이 '아기'라는 단어를 광범위한 의미에서 썼을 수도 있다. 50개 주로 검색 지역을 넓혔더니 상당수의 결과가 나왔다.

의자에 깊숙이 등을 기댔다.

'주노, 생각을 해보란 말야.'

주노는 매년 약 80만 명의 18세 미만 아이들이 실종된다는 사실을 알고 있었다. 그중 5만8천 명 이상이 가족 외의 지인에 의해 납치당했고, 115명만이 전혀 모르는 사람들에 의해 납치된다고 했다. 매년 한 개 주에 두 명 정도가 낯선 사람에게 납치될 위험성이 있다는 얘기였다. 불안은 풀렸다. 방금 전까지 했던 생각은 자기가 봐도 미친 생각이었다. 유괴범들의 정서적 동기는 절망에서 비롯되는데, 위니와 나이젤은 그런 측면에서 절망적 이기주의와는 거리가 멀었다.

이미 웹 페이지에 접속해 있었던 주노는 위니가 컴퓨터 옆에 둔 메모지에 미국에서 실종되었으나 영영 '되찾'지 못한 아동들의 이름들을 적어 내려갔다. 웹사이트에서는 '되찾다'라는 용어를 썼다. 생각건대 이런 단어는 어리석은 경찰들이나 사용하는 것이다. 아이를 유괴당한 그 어떤 부모도 개인적 비극을 제대로 종결시키지 못한 것을 표현하는 데 "영영 되찾지 못했다"라고 가볍게 표현하지는 않을 것이다. 만약 2008년에 아기가 완벽한 작은 가정에서 실종되었다면, 전국적 뉴스가 되었을 것이라 확신했다. 그것도 백인 아기였다면. 그것이 세상일 돌아가는 방식이었다. 하지만 수긍이 가지 않는 다른 무엇이 있었다. 입술을 오므리고 눈은 가늘게 떠 엄지손가락으로 책상을 톡톡 두드렸다. 마치 어둠 속 그림자를 노려보는 듯했다. 형상들은 알아볼 수 있었으나 무엇인가 빠져 있어 전체 그림을 볼 수는 없었다.

"이 친구, 너도 이제 늙었구나."

인터넷 창을 빠져나오며 혼잣말했다.

"하지만 진실을 밝혀낼 시간은 아직 있어."

신음소리와 함께 의자에서 일어선 주노는 절뚝거리며 건조기로 가 세탁물을 집어넣었다. 검색하여 나온 이름들을 적은 메모지는 미리 챙겨 주머니 속에 쑤셔 넣은 다음이었다.

그날 밤 종잇조각을 주먹에 꼭 쥐고 잠자리에 들 때쯤, 위니와 나이젤이 싸우는 소리가 또 들렸다. 그들의 싸움은 밤낮 한결같았다. 서로의 잘잘못을 따지는 일이 되풀이되었다. 지겨웠다. 이 두 사람은 어떻게 지치지도 않는지 이해가 안 되었다.

"당신이 이 집 증축하느라 돈을 다 써버리고 나서 나를 위해 그랬다고 책망하다니, 말이 안 나오네요."

"별채를 세놓으면 돈을 벌 수 있잖아."

"글쎄 분명히 말하는데, 우리집에 다른 사람들이 들어와 살게 하고 싶은 생각은 전혀 없어요. 그때나 지금이나 말이에요."

"그렇겠지. 위니, 당신은 늘 당신 좋을 대로 했지. 우리 세 식구는 당신이 만든 이 작은 행성에 있는 거고. 고맙다는 말도 듣고 싶겠군. 새뮤얼은 야채를 많이 먹게 해줘 고마워 해야 할 테고. 내 속옷을 골라주고 주말 스케줄은 물론 내 여가시간까지 관리해주는 당신이 아주 고마워 미치겠단 말이야."

"알았어요. 그 망할 놈의 별채 세 놓으란 말이에요."

그리고 위니가 쐐기를 박았다.

"그러면, 난 여기 안 살 거예요."

2부

이후

11

주노

주노는 애초에 위니와 나이젤이 서로 다투며 호숫가를 걸어가는 동안 몇 미터 정도 떨어져 뒤따르기만 했다. 두 사람이 다정하게 수다를 떨며 걸을 때도 있었지만 드물었고, 대개는 각자 딴 곳을 보며 걸을 때가 많았다. 그럴 때면 주노는 그들을 처음 봤던 날 나이젤이 손을 들어 위니의 팔뚝을 부드럽게 감고 걸었던 모습을 떠올렸다. 그 순간에도 주노는 그들의 인격을 믿으며 그 결과에 관심을 가졌다. 주노는 무언가 할 일, 연구할 거리가 생겼다는 데 흡족해 했다. 거의 날마다 그녀를 숨막히게 했던 우울증은 새로운 목적이 생겨나면서 썰물처럼 빠져나갔다.

6시 15분 전이면, 주노는 극장 근처 벤치를 찾아 이들이 호숫가 주변으로 산책 나오는 걸 기다리곤 했다. 그 시간은 산책하는 사람들 사이에서 부부의 얼굴을 찾아내는 일종의 게임이 되었고, 그러다 갑자기 자신의 발에 날개라도 달린 듯 나머지 시간을 그들 뒤를 따라 거닐곤 했다.

서로 쳐다보기 싫어도 함께하는 산책은 어느 정도 견딜 만했던 어느 날, 주노는 두 사람에게서 진정한 인연을 보았다. 주노는 부부에게서 대부분은 바디 랭귀지로 이루어지는, 몇몇 흥미로운 단어와 문장들을 붙잡았다. 그들은 서로에게 화가 나 있을 때도 1m 이상 떨어져 걷는 적이 없었다. 마치 신축성 있는 고무줄로 연결된 듯했다. 주노는 과거 이런 부부들 몇 쌍을 만난 일이 있었는데, 사무실 긴 소파에 그들을 앉혀 상담했었다. 그러나 나이젤과 위니 커플만큼 흥미를 끈 부부는 없었다. 주노는 마치 리얼리티 방송을 보듯 이 두 사람에게 끌리는 호기심이 무슨 대수냐고 혼자 되뇌었다. 요즘은 다들 리얼리티 방송에 빠져 있지 않은가? 그러나 더 깊숙한 어딘가에 더 많은 무엇이 있을 거라고 주노는 생각했다. 이들 부부는 그린레이크 공원에 인파가 뜸해져 여러 산책객들과 길을 공유할 필요가 없는 늦은 저녁에 걸었다. 주노는 이 부부가 공원을 벗어난 후에는 절대 뒤를 따르지 않았다. 이들은 그저 자신의 공원 가족일 뿐, 자신이 품고 있는 피곤한 문제만 없다면 흥미로운 존재들이기 때문이었다. 그들에게는 아이가 있었다. 눈까지 웨이브 진 머리가 출렁이는 소년이었다. 평일에는 이 아이도 부모를 따라 왔는데 킥보드로 너무 앞질러 가는 바람에 부부는 소년에게 기다리라고 정신 없이 소리지르곤 했다. 그러나 소년은 듣지도 않았다. 주노가 보기엔 아예 들을 생각도 없는 아이였다. 그래서 주노는 웃었다. 사춘기 이전 소년들은 부모들의 신경을 비틀어짜 말리는 그들 나름의 방법이 있었다. 그들은 소년을 '새뮤얼'이라고 불렀다. '샘'이라고 부르는 걸 들은 적은 없었다. 주노 생각에 그 아이의 머리칼과 골똘하게 쳐다보는 커다란 눈에는 샘이 더 어울렸다.

이들 부부의 젊음을 원망하며 따라잡으려고 4.5km의 호수 주변을 몇 주 동안이나 터덜터덜 걸었던가? 관심으로 시작한 일이 며칠 만에 집착으로 변했다. 잠도 못 잤다. 어쩌다 놓칠지도 모른다는 걱정에 제대로 먹지도 못했다. 주노가 할 수 있는 거라곤 오로지 이들 가족에 대한 생각뿐이었다. 몇 주 동안 공원 헛간 근처에 멈춰 이들 가족들이 길 건너 공원 동쪽에 있는 커다란 벽돌 저택으로 들어가는 것을 지켜보았다. 그러던 어느 날, 주노는 그냥 이름이나 확인해 보자는 호기심에 우편함을 살짝 열어보았다. 거기에는 그들의 자동차 딜러로부터 엔진오일 교환 시기가 되었다는 안내가 인쇄된 엽서가 있었다. 엽서 수신인 이름은 '위니와 나이젤 크라우치'였다. 주노는 그 이름이 그들과 잘 어울린다고 생각했다. 권태로움이 지겨워 주노는 도서관으로 가 그녀가 내는 소리보다 더 크게 웅웅대는 두툼하고 넓은 회색 컴퓨터 앞에 앉아 이들 이름을 구글링해 보았다. 검색 결과, 위니는 현재 '논더리쳐(None the Richer)'라는 비영리기관에서 모금 코디네이터로 일하고, 나이젤은 '웰라'라는 운동기구 회사의 웹 디자이너로 일하고 있었다.

주노는 이 정보가 주는 느낌이 좋았다. 가족, 집, 이야기 등 한 인간을 구성하는 모든 것들을 자신도 공유하는 듯했다. 잠시나마 그들을 붙들고 있자니 가슴이 뛰었다. 다시는 이런 짓 하지 말자. 아니야, 이건 그런 게 아니야. 주노는 고개를 가로저으며 내면의 거짓말쟁이 노파에게 눈을 흘겼다. 지난 번엔 자신이 틀렸었다는 걸 알았다. 지나치게 깊이 관여했고, 모든 것을 희생하여 그 대가를 치렀다. 그러나 이번에는 잃을 게 없었다. 주노는 이번 프로젝트에 자신을 내던질 수 있었다. 그리고 그 프로젝트는 주노의 도움이 필요한 크라우치 가족에 대한 일이었다.

주노는 그들 집으로 옮겨갈 것인지 아직 결정을 내리지 않았다. 기회는 저절로 왔고 누구라도 그렇듯 다가온 기회를 잡기만 하면 되었다. 그녀는 거처할 곳이 필요했고 크라우치 저택은 공간이 충분했다. 그 저택에는 공간이 아주 많았다. 그런데도 방을 더 늘리다니! 주노는 그 욕심을 이해할 수 없었다. 몇 주 동안 주노는 일꾼들이 아침 일찍 도착해 종일 일하는 모습을 공원에서 지켜보았다. 일꾼들은 길 건너 공원의 나무 아래에서 점심을 먹기도 하고, 때론 다시 일할 시간까지 낮잠을 자곤 했다. 한 번은 주노가 낮잠 자고 있던 바로 그 나무로 일꾼들이 오기도 했다.

"제기랄."

"노숙인 노인네가 있잖아. 저쪽으로 가자."

일꾼 중 한 명의 말에 일행들은 다른 나무로 느릿느릿 걸어갔다. 주노는 시종일관 자는 척하다 몸을 뒤척여 그들을 지켜봤다.

세 명이었는데, 그중 두 명은 30대 초반으로 보였고, 나머지 한 명은 그 두 명과 친구가 되지 못해 겉돌면서 둘에게 달라붙는 게 분명한, 그냥 어린애였다. '겨우 스물이나 되었을까', 주노는 생각했다. 그는 다른 두 명이 얘기할 때마다 웃었으나 그 웃음이 너무 커 오히려 안 돼 보였다. 주노는 그에게 '빌리'라고 부르는 소릴 들었다. 정작 본인은 크리스 팔리*가 누구인지 알 만한 나이가 아닐 텐데, '빌리, 이 멍청아'의 그 빌리였고, 그도 들었을 만한 저스틴 비버의 노래 '빌리, 이 개자식아'의 그 빌리였다. 주노는 빌리를 딱하게 여겼다. 주노는 슬리핑백을 돌돌 말아 나무 모퉁이에 내버려두고 일꾼들을 따라 크라우치 저택으로 돌아갔다.

주노는 일꾼들이 무슨 작업을 하는지 더 자세히 보고 싶었다. 그저 참견쟁이 노파의 호기심일 뿐이야, 라며 스스로를 정당화하며. 일꾼들에게 주노는 그저 공원을 마주보고 있는, 사람들이 오가는 거리를 내려오는 노파일 뿐이었다. 노파들은 겨울에도 맨투맨 셔츠와 추리닝 바지 차림새로 레스토랑에서 아기들에게 손을 흔들거나 그 부모들에게 "열심히들 살아요, 세월은 쏜살같이 지나가버려요"라고 말하는 주책바가지들이다. 그러니 주노가 담 위에 앉아 물끄러미 일꾼들이 일하는 것을 쳐다본들 대수로울 일은 아니었다. 어떤 날은 일꾼들에게 손을 흔들어주면 그들도 손을 들어주기도 했다. 한 번은 일꾼 중 한 명에게 무슨 공사냐고 물었더니, 집에 붙여 다용도 방을 만드는 중이라고 했다.

---

* 미국의 배우이자 코미디언. 〈빌리 메디슨〉이란 코미디 영화에 '빌리'로 출연.

와우. 주노는 소리없이 입만 벌렸다.

"멋지겠다! 비용이 많이 들겠네요."

그 일꾼은 대개의 젊은이들이 그러하듯 뚱하니 주노를 쳐다보았다. 주노는 몇 주간 일꾼들이 벽에 뼈대를 끼워 넣고 회반죽 바르는 모양을 지켜보았다. 며칠 전에는 일꾼들이 꽃이 심어진 뒤뜰이 내다보이는 넓은 창문을 달았다. 이제 공사는 거의 끝난 셈이었다. 곧 그들은 마지막 작업을 위해 연장들을 챙길 것이다. 주노는 이들이 떠나기 전에 좀 더 자세히 보고 싶었다. 그래서 그들이 점심을 먹을 때쯤 길을 건너 작고 야트막한 벽돌 담 위에 앉았다. 챙겨온 햄치즈 샌드위치와 오렌지 탄산소다를 먹으며 다리를 꺼떡거리기도 하고 뒤꿈치로 담벼락을 툭툭 차대며 맨 마지막까지 남아 있던 일꾼이 점심 먹으러 가는 걸 지켜봤다. 때때로 그래왔듯 오늘은 뒤처져 남은 일꾼들이 없어 주노는 흡족했다. 아마도 날씨가 좋았기 때문이었을 것이다. 점심으로 먹고 난 쓰레기를 담 위에 놓고 이 집과 나란히 뻗은 길을 조심조심 가로질렀다. 증축 공사는 집의 남쪽 편에 진행되고 있어서 마치 몸체에서 돌출된 작은 팔이나 날개처럼 보였다. 주변을 살폈다. 구석에는 낡은 도시락 통이 있었고, 누군가 창턱에 놓아두었을 물에 젖은 존 그리샴의 책이 보였다. 사람의 손길을 더 많이 찾고자 했으나 더 이상 볼 만한 것은 없었다. 증축 공사를 진행하는 방의 뒤로 연결된 이중문이 눈에 띄었다.

문은 흰색이었고 집 안쪽으로 열려 있었으며 문고리가 있어야 할 자리에 아직 두 개의 구멍이 뚫려 있었다. 문 옆에는 설치 중인

철물들이 널려 있었다. 점심 먹고 설치하려나 보다. 주노는 검버섯 핀 쭈글쭈글한 손을 문쪽으로 내밀었다.

문이 안쪽으로 휭 열리고 주노는 그 안으로 발을 내딛었다. 나이젤의 소굴이었다. 문의 왼편과 약간 뒤편으로는 벽돌을 쌓아 만든 벽난로가 우묵이 들어 앉아 있었다. 고풍스러운 것으로 보아 원래 있었던 것인가 싶었다. 벽난로 지붕 위에는 스테이플 건과 빈 콜라 캔들이 놓여 있었다. 주노는 벽난로에서 몸을 돌려 방 안으로 걸어 들어갔다. 커다란 TV 상자가 뜯기지도 않은 채 구석에 놓여 있었다. 일꾼들이 얼마나 부주의하면 문을 열어둔 채 나갔는지 생각하며 잠깐 바라보았다. 누구라도 걸어 들어와 크라우치 가족의 집을 털 수도 있었다. 그 방은 가족의 거실로 연결되어 있었고 뒤뜰에 면한 햇살 머금은 방으로 이어졌다.

집은 밝았다. 주노는 빛이 새겨 놓은 방안의 색을 모두 빨아들이듯 눈을 크게 뜨고 주위를 둘러봤다. 집 안에 들어와 본 게 얼마만이던가? 뒤를 돌아보았다. 이제 나이젤의 소굴을 지나 덧문을 빠져나왔다. 새들이 끊임없이 지저귀었다. 아직 아무도 오지 않았군. 일꾼들은 별 일 없이 공원에서 모두 낮잠을 자고 있을 테고, 돌아오려면 30분은 더 있어야 할 것이다.

지금 돌아서 나갈 수도 있었다. 주노는 지금 자기 행동이 명백히 잘못된 일이란 걸 알고 있었다. 그럼에도 가족의 거실 한 가운데까지 여섯 걸음을 더 걸어 섰다. 지금 선 곳에서 부엌으로 이어진 복도와 그 복도를 지나 정문 현관이 보였다. '아무도 네가 주위에 있는 걸 모를 거야.' 그렇게 생각하며 주노는 복도를 지나 걸었다.

이 방 저 방을 떠다니듯 크라우치 집을 돌아다녔다. 오래 머물 생각은 아니었다. 하지만 호기심이 극에 달한 주노는 잠시 멈추었다가 서둘러 음식 저장고를 찾았다. 음식 저장고는 마치 섬유소의 창고이며, 이 집 식구들은 배변 챔피언 가족들 같았다. 플라스틱 물병도, 정제 설탕도 하나 없었다. 좋아할 만한 것이라곤 찾아 볼 수 없었다. 결국 주노는 테이블 위 사과 바구니에서 사과 한 개를 집어들고 계단으로 향했다. 보통의 계단보다 두 배는 넓었다. 주노 엄마는 이런 것들을 '허영'이라고 했는데, 이 집의 계단은 그야말로 사치스러워, 바닥재와 더불어 부티 나는 마호가니로 된 우아한 광택으로 반짝였다. 주노는 가까운 난간을 짚고 넓은 계단을 올라가기 시작했다. 빌어먹을…, 마치 스칼렛 오하라라도 된 느낌이었다.

계단은 팔꿈치처럼 한 번 구부려져 있었다. 층계참 위에는 거대한 거울이 매달려 있는데 주노만큼 키 크고 촌스럽게 야한 금박이 입혀져 있었다. 거울에 비친 모습에 주노는 눈을 돌렸다. 생생한 자기 모습이 어떨지 그녀는 너무도 잘 알고 있었다. 됐어, 볼 필요 없어. 계단이 끝나고 다시 넓은 복도가 펼쳐졌다. 복도 한끝에 공원이 내다보이는 돌출 창이 있었다. 두 개의 흔들의자가 조그만 금빛 테이블을 사이에 두고 나란히 놓였는데 터키 양탄자 위로 진기한 구성을 연출했다. 주노는 이들 부부가 이 의자에 앉아 커피를 마시거나 밤에 술이라도 한잔하는지 궁금했다. 주노의 시선이 넓게 자리잡은 네 개의 문을 향했다. 문은 복도 양끝에 두 개씩 달려 있었다. 그 문들 사이로 비싸 보이는 카펫이 늘어져 있었다. 표범 무늬였다. 이 집 주인인 위니는 산책할 때 때때로 표범 무늬 운동화를 신고 있었다. 어느 날 저녁은 팔찌 위에 표범 무늬 우산을 걸치고 나간 적도 있었으나 그 우산을 펴는 걸 본 적은 한 번도 없었다. 터키 양탄자와 네온 빛깔 흉상들, 그리고 표범 무늬 카펫, 하느님 맙소사. 과거 주노의 집은 회갈색 일색이었다. 갈색, 회색, 크림색, 낙타색….

첫 번째 문으로 향했다. 오른쪽에 있는 문이었는데, 그곳은 침실, 아마도 여분의 침실일 것이다. 들어가지 않고 문을 닫고 다음 방으로 옮겼다. 나이젤과 위니의 방이었다. 안방은 거리와 마주하고 있었고, 공원이 내려다보이는 거대한 창문을 뽐내고 있었다. 이 방은 다른 방들보다 색감이 덜 들어가 대체로 회색으로 꾸며져 있었다. 침대는 잘 정리되어 있었다. 접혀 있는 크림색 이불 밑으로 드러난 짙은 보라색 새틴* 시트의 조화가 마치 프로스팅†처럼 보였다. 방구석엔 행복한 아기처럼 까르륵거리며 흐르는 1m 남짓 키의 분수가 서 있었다. 주노는 그날 하루를 이 방에서 그렇게 마무리할 수 있었다. 근사했다. 방에 딸린 부부 욕실은 너무 희어 자신이 왜소해지는 기분이었다. 욕실 때문에 열등감을 느낀 적은 없었다. 행여나 화장실에 들어간 상담 환자가 티끌 하나 없이 희디 흰 화장실 모습에 스스로를 신발에 묻은 흙 같은 존재로 여기게 된다면, 주노는 과연 무슨 말을 할 수 있었을까? '자아를 어따 두신 거예요? 화장실 풍경에서 그런 기분을 느껴버릴 정도로 한심한 거예요?'

---

* 광택이 곱고 보드라운 견직물.

† 케이크 위에 설탕 입힌 것.

웃었다. 모든 게 터무니없다고 느껴져 크게 터져나오는 웃음소리조차 개의치 않았다. 하도 희디 희어 한 올의 음모만으로도 무너질 듯 보였다. 그토록 쉽게 무너질 수 있는 세계에 살고 싶은 사람이 누가 있겠는가? 이 망할 집에 자신이 서 있다는 사실조차 우스웠다. 문을 닫고 침실을 나오며 웃었다. 이제 남은 건 두 개의 방이었다. 그때 집 안에서 목소리가 들렸다.

눈이 휘둥그레진 주노가 그들 눈에 띄지 않으려고 무릎을 딛고 엎드려 마루 위를 기었다. 아래층에서 일꾼들 작업화 소리가 쿵쿵거렸다. 누군가 소리쳤다.

"그놈의 것 나머지도 좀 꽉 잡아!."

쿵쿵대는 발자국 소리가 계속 이어졌다. '이판사판이다.' 필사적으로 도망쳤다. 설사 일꾼들이 정문 현관으로 뛰어나가는 노파를 본다 한들 집주인에게 무어라고 말할 수 있을 텐가. 아무도 없는 시간에 무책임하게 문을 열어놓아 노숙인 노파가 집안 이리저리 돌아다니게 했다고? 아니다, 주노는 이 문제에 관한 한 그들은 자신들이 만들어 놓은 함정에 갇힐 수밖에 없으리라고 확신했다. 여전히 손에 사과 한 개를 움켜쥔 채 층계를 서둘러 내려갔다. 계단 중간 꺾이는 지점에 이르러 쥐고 있던 사과를 주머니에 쑤셔 넣고 코너를 돌아 잰걸음으로 나머지 계단을 내려갔다. 다행히 아래층은 비어 있었다. 일꾼 중 하나라도 있었다면 틀림없이 "헉!" 하는 소리만 주노 등 뒤에 남았을 것이다.

현관을 향해 돌진했다. 아픈 줄도, 힘든 것도 모른 채 팔다리는

20년의 세월을 삶아 먹은 듯 재게 움직였다. 예전에도 이렇게 쏜살같이 움직인 적이 있었다. 그때 주노는 모퉁이 가게에서 치즈 한 덩어리를 훔쳤다. 치즈 덩어리를 후드티 주머로 밀어넣는 장면을 계산대 점원이 알아채자 오늘처럼 달렸다. 현관은 공원을 마주보고 있었다. 태연하게 걸어 나왔다. 아무도 알아보지 않을 것이다.

현관문까지 다섯 걸음 남아 있었다. 문손잡이가 딸랑거리는 것을 보았고, 순간, 시선이 문 옆 스테인드글라스 창으로 꽂혔다. 그리고 심장이 마비되는 듯한 느낌과 함께 뒤꿈치로 균형을 잡으며 미끄러지듯 멈추었다. 스테인드글라스 뒤로 움직이는 그림자가 보였다. 심장이 이처럼 좌우 상하로 마구 뛰는 게 정상일까? 주노는 늘 발이 빨랐다. 60대를 노숙으로 보내면서 확실히 발달한 생존 능력이었다. 그 순간, 본능은 그녀에게 움직여야 된다고 일깨웠다. 열쇠가 구멍에 맞춰지는 동안 주노는 다른 손잡이를 잡으려 손을 뻗었다. 코트 넣는 옷장인지 잡동사니 넣는 다용도 장인지 파악할 짬은 없었다. 골프 클럽과 스노보드가 기대서 있는 다용도 붙박이장으로 몸을 집어 넣었다. 그 밖에 또 뭐가 있었지? 테니스 공 한 상자와 낡은 교과서들…, 이젠 더 이상 필요치 않을 것들이 들어 있었던 기억이 떠올랐다. 콧구멍에서 숨이 들쑥날쑥했다. 쥐 죽은 듯 있으려고 무진 애를 썼으나 몸은 덜덜 떨렸다.

현관문이 열렸다. 숨을 죽였다. 미동도 하지 않았다. 차들이 지나는 소리와 다른 소음들이 크라우치 집으로 스며들었다. 갑자기 쉭, 소리가 지나더니 주노가 숨은 붙박이장 문 아래 틈으로 들어온 한 줄기 바람이 발목을 감쌌다. 텅, 소리에 이어 문이 닫히자 바람은 사라졌다. 발걸음 소리가 붙박이장과 주노에게서 멀어져 갔다. 가벼운 발걸음소리로 미루어 주노는 위니일 것이라 생각했다. 인부들이 얼마나 진척시켰는지 점검하러 왔을까? 분명 일꾼들도 놀랄 것이다. 그들은 집 안에 남겨놓은 온갖 도구들을 챙기느라 서두는 듯했다.

주노는 긴장하며 엿들었다. 만약 위니가 인부들이 일하는 모습을 주방에서 내다보고 있다면, 장에서 빠져나와 세 걸음이면 현관문에 도달할 수 있을 것이다.

'만약 인부 중 누군가, 행여라도 경찰이 나를 본다면 그들보다 빨리 뛸 수 있을까?'

한쪽 발을 풀자 통증이 엉덩이까지 올라왔다. 몸을 움직이는 일은 곧 통증을 불러오는 것이었다. 어떤 날은 상태가 평소보다 나을 때도 있었지만, 붙박이장에 숨느라 애쓴 바람에 이제 그곳을 빠져나와 뛰어갈 힘도 남아 있지 않았다. 등뒤로 뻗은 손에 닿은 벽에 체중을 기대 숨을 돌리려 했다. 빌어먹을, 제발 이게 바보같은 계획이 아니면 좋으련만…. 판단 착오였다. 주노는 숨을 제대로 쉴 수 없었다.

'하지만, 주노. 넌 할 수 있어.'

환자들에게 써먹곤 하던 권위적 목소리로 되뇌었다. 가슴에 손을 얹어 맥박과 호흡 수를 세었다. 시선이 집중되지 못하고 흔들거렸다. '느껴 보라고.' 심장 위에 얹지 않은 다른 손을 벽장 뒷벽을 짚어 몸을 지탱하며 되뇌었다.

'거칠어지고 더워지네. 호흡 수를 세 봐.'

호흡 곤란이 줄고 최악의 상황이 지나자, 두 팔로 기진맥진하고 추위에 떠는 몸을 껴안았다. 정신이 맑아지며 스스로에게 화도 났지만, 목이 마르고 어지러워도 지금 할 수 있는 거라곤 기다리는 일 외엔 아무것도 없었다. 현관문 열리는 소리에 주노는 곧 위니가 집을 나서리라 생각했다. 하지만 그때 더 많은 목소리, 아이들의 목소리가 위니의 목소리와 어우러졌다.

"공사 때문에 죄송해요."

위니가 문밖의 누군가에게 큰소리로 말했다. 쾅쾅 소리 내며 집으로 들어와 이층으로 올라가는 소리에 주노는 움찔했다. 멀리서 들리는 또 다른 여자의 목소리가 위니에게 무어라고 했는지, 위니가 웃었다. 주노는 내다볼 수는 없었지만 상상할 수는 있었다. 어느 부모가 거리에 차를 세운 채 공회전하고 있었다. 도시의 경사진 거리에 주차는 불가능했다.

"그래요, 문자 메시지 주시면 내일 아이를 보내드릴게요. 그러니 주차하려고 애쓸 필요는 없어요."

그리고 어떤 대답이 있었는데 주노는 알아 먹을 수 없었다. 뒤이어 문이 쾅 닫혔다. 위니의 힐이 딸각거렸다. 주노의 몸은 긴장한 채 기회만 오면 온 힘을 다해 질주할 준비가 되어 있었다. 2분 쯤 지나 초인종 소리와 함께 이번에는 바로 문밖에서 얘기하는 목소리가 들렸다.

"로만, 더러운 운동화 좀 벗지. 안 돼, 하지마! 그건 내게 맡겨."

그러더니 빠른 작별 인사에 이어 주노 머리 위 계단에서 통통거리는 발걸음 소리가 다시 이어졌다. 이번에 이어진 목소리는 엄마의 목소리가 아니라 자기만의 시간을 거의 가질 수 없었던 어느 불행한 여자의 목소리였다.

"어머나 세상에, 정말 천사예요. 이렇게 애들을 맞아주시다니요. 그럼 내일은 몇 시에?"

위니가 가식적인 웃음과 함께 말했다.

"10시요. 아침은 먹일게요."

그 목소리가 말했다.

"너무 고마워요. 그때 뵐게요."

슬립오버*였다. 상황을 파악한 주노의 몸이 바닥으로 조용히 미끄러졌다. 골반이 욱신거렸다. '제기랄, 골반이…, 아니다. 네가 아플 곳은…' 어렸을 적 주노는 그 누구에게서도 저런 대화를 들어본 적이 없었다. 주노가 앉은 자리 왼편에 골프 클럽이 커다란 가죽 백에 담겨 있었다. 목이 말랐다. 문틈 안쪽에 머리를 옆으로 기대 눈을 감았다.

잠에서 깨어난 주노는 몇 시인지 알지 못했다. 어두웠다. 두 어

---

* 아이들이 한집에 모여 함께 자며 노는 것.

깨를 벽에서 떼 고개를 뒤로 젖히며 기지개를 켰다. 거실에서 남자아이들 떠드는 소리가 났다. 비디오게임을 하는 모양이었다. 몇 초 간격으로 한바탕 총소리가 났고 그 뒤를 환호성과 당나귀 같은 커다란 웃음소리가 따랐다. 주노는 각오했다.

'일어나서 아무것도 아닌 것처럼 걸어 나가. 넌 이 위기를 충분히 벗어날 수 있어.'

그러나 도움 없이는 일어설 수 없었다. 알았어야 했다. 몸은 변화하고 있었고 정신은 산만해지고 관절은 뻣뻣하게 조여들고 있었다. 그녀의 질환은 전조 증상이 있어 안 좋은 발작이 찾아 오는 걸 미리 알 수 있었다. 누구든 겪는 일이지만 인정하고 싶지 않을 뿐. 통증이 크고 심했다. 골반에서 엉덩이뼈로 번진 통증을 완화하기 위해 엉덩이를 낮추고 무릎을 디뎌 미끄러져 내려갔다.

고통으로 정신은 온전하지 않았다. 여태 이런 묵직한 고통은 없었다. 이제 시작되려나 보다. 그렇다. 목이 너무 말랐다. 살아온 동안 지금처럼 목 말랐던 적이 있었던가? 없었다. 크라우치의 약장을 떠올렸다. 열어본 적은 없으나 적어도 타이레놀 한 병은 있겠지. 관절 부위 통증을 때려잡을 알약, 그런 게 필요했다. 자세를 고쳐 잡는 주노의 얼굴에 땀이 흘렀다. 사람들이 잠자리에 들고 나면 그때 살그머니 나가자.

벽장 바닥은 가로 세로 대략 1.5m × 2m 공간으로 바닥엔 카펫이 깔려 있었다. 카펫은 크림 색으로 최근에 깐 듯했다. 공사를 하면서 사이즈에 맞춰 자르고 남겨놓은 쪼가리로 보아 새로 깐 것이라 생각했다. 곱슬곱슬 말린 카펫 한 올을 집어 손가락 사이에 말았다. 모로 누워 무릎이 가슴으로 올라올 때까지 엉덩이와 어깨를 춤추듯 움직였다. 골프 가방은 이제 그녀 등 뒤에 있었다. 벽장문 아래 틈으로 희미한 불빛이 새어 들어왔다. 그 틈새로 밑창에 진흙 묻은 신발 한 켤레와 위니 것으로 짐작되는 납작하고 평평한 신발, 남자아이들의 운동화가 줄지어 있었다. 골프 백 주머니를 뒤져보려 했다. 혹시 나이젤이 애드빌 한 통이라도 두었을지 모를 일이다. 하지만 당장은 가만 누워 있는 게 더 나았다. 조그만 움직임에도 통증이 찾아들었다. 주노는 그렇게 오랫동안 꼼짝 않고 있다 다시 잠이 들었다.

잠에서 다시 깨어난 주노는 자기가 어디에 있는지를 바로 알았다. 카펫 냄새, 신선한 카펫 냄새. 손에는 아직도 곱슬곱슬한 오라기가 쥐어져 있었다. 벽장 틈으로 스며들던 불빛은 꺼져 깊은 어둠에 싸였다. 먼저 다리를 움직여 얼마나 뻣뻣한지 확인하려 했다. 좋진 않았으나 최악은 아니었다. 배를 말아 엎드리며 헉헉댔다. 천천히 무릎을 딛고 일어서면서 어지러울까 봐 고개를 살짝 꺾었다. 약물 치료 여건이 안 될 때마다 터득해 온 요령이었다. 생존을 위한 요령, 일을 쉽게 풀어가는 요령들. 그럼에도 통증을 없애는 요령은 결코 터득할 수 없었다. 통증은 오직 약으로만 제압될 뿐이었다.

일어설 수 있었다. 1분 정도 걸려 겨우 균형을 되찾은 후에야 손잡이에 손을 뻗을 수 있었다. 경첩에 기름칠이 잘 되어 있어 여닫을 때도 소리는 나지 않았다. 심장 뛰는 소리가 식구들을 모두 깨울 만큼 자신의 귀에 종소리로 울렸다. 거실로 난 문을 주시하며 현관으로 발을 내딛었다. 누군가 오면 그녀가 먼저 볼 수는 있을 테지만 숨을 곳은 없었다.

'긴장 풀어. 남자 애들은 곯아떨어져 있을 테고, 위니와 나이젤도 자고 있을 거야.'

하지만 주노에겐 시간 개념이 없었다. 느끼기에 족히 이틀은 벽장에 있었는지도 몰랐다. 전에도 원치 않는 곳에서 상당 시간 의식을 잃은 적이 있었는데, 정작 그러고 싶은 곳에서는 그러지 못했다.

현관을 향해 걸음을 옮기는 데 마룻바닥이 삐걱거렸다. 나무로 된 바닥이 있었다. 이것까지는 미리 계산할 수 없었다. 어떻게 알 수 있단 말인가? 이 모든 일은 일어나서는 안 되는 일이었다. 전등 스위치 바로 위에 작은 키패드가 있었다. 주노는 그것을 향해 한 걸음 다가갔다. 오늘 밤은 아마 애들이 있어서 켜지 않았나 보았다. 그런데 숫자 패드에 빨간 불이 켜져 있었고, 그 아래에 붉게 비친 글씨가 눈에 들어왔다.

경보 장치 작동 중!

문 쪽으로 눈을 돌렸다. 튀어나가면 누군가 자기를 보기 전에 길을 건너 공원으로 갈 수 있을지도 몰라. 그러지 않을까? 시도는 해 봐야 했다. 주노는 작정하고 문을 향해 걸었다. 비명이 새 나오지 않게 이를 악물어야 했다. 통증은 이제 콧노래 수준을 넘어 마치 데스 메탈을 연주하듯 악을 쓰고 있었다. 쉬어야만 했다. 근처에 화장실이 있다. 조용히 움직여야 한다. 아이들은 곤히 자고 있었다. 그러거나 말거나. 주노는 생각조차 하기 싫었다.

벽을 따라 살금살금 부엌을 지나 거실에서 멀어져 갔다. 계단 아래 우묵하게 들어 앉은 자리에 세면대와 변기가 있는 화장실이 있었다. 주노는 불을 켤 수도 없어 먼저 상대 눈에 띄지는 않을 정도로 살며시 틈을 남기고 문을 닫았다.

물 튀는 소리가 컸다. 가능한 한 잽싸게 끝내려 애썼고, 그러고 나서 바지를 치켜 올렸다. 나가기 전에 고개를 구부려 수도꼭지에 입을 대고 흐르는 물을 마셔댔다. 소리 없이 화장실을 빠져 나와 다시 부엌을 지나쳤지만, 현관문 쪽으로 돌아서는 대신 왼쪽 어깨를 벽에 살짝 붙이고 거실로 향했다.

거실에 이르기 전에 TV에서 나오는 푸른 빛을 보았다. 혹시 무슨 소리, 코고는 소리라도 들릴까 집중했으나 아무런 소리도 나지 않았다. 다만 무음의 TV 불빛만 번뜩일 뿐이었다. 심호흡을 하고 벽 주변을 둘러보았다. 담요 더미 아래 두 개의 덩어리가 있었고, 세 번째 덩어리는 긴 소파 위에 있었다. 샘이었다. TV에서 새 나오는 불빛에 옅은 갈색 머리가 보였다. 주노는 꼼짝하지 않으면서 거실 다른 쪽을 두리번거렸다. 식탁이 차려져 있었고 그 위에 하늘색 식탁보가 씌어져 있었다.

생일 축하해. 새뮤얼 !

금속성 파란 글씨로 쓴 생일 축하 장식이 테이블 위 벽에 걸려 있고 먹다 남은 케이크가 보였다. 한쪽은 위니가 깨끗하게 잘라 놓았고 한쪽은 아이들이 더 먹으려고 떼어가고 남은 조각들이었다.

배가 고팠다. 마지막으로 무얼 먹은 게 언제였지? 바깥 담벼락 위에 앉아 먹은 샌드위치였다. 어제였던가. 그리고 아래층에서 집어 온 사과 한 개. 주노는 단것을 먹고 놀다 지쳐 비몽사몽인 세 개의 덩어리들을 다시 살피며 슬며시 테이블로 걸음을 옮겼다.

손으로 커다랗게 조각을 떼어 입에 넣었다. 케이크가 수류탄처럼 뱃속을 강타했다. 케이크는 시호크스*처럼 파란색과 초록색으로 입혀져 있었다. 맞다. 샘은 사운더즈클럽 소속 축구 소년이었다.

케이크 옆 커다란 그릇에 칩이 담겨 있었지만 언감생심. 칩을 먹을 수는 없었다. 바삭거리는 소리가 너무 크게 날 것을 염려했다. 조그만 삼각 샌드위치가 쟁반에 있었다. 접시 하나에 될 수 있는 한 샌드위치 조각을 높이 쌓아 올려 벽장으로 돌아와 기다렸다.

다음 날 아침까지 벽장문은 열리지 않았다. 주노는 나이젤이 골프 클럽을 꺼내려 오거나 샘이 이런저런 게임을 하다 성에 안 차 지금 앉아 있는 머리 위 선반에 쌓여진 보드게임을 꺼내려 오리라 확신했다. 아이들은 소란스럽게 아침을 먹었다. 얼마 후 엄마라는 행운을 하루 유보했던 여자들이 10시가 되어 삽시간에 아이들을 태워갔다. 애들 하나하나 떠나며 인사하는 동안 주노는 스키복과 겨울 코트 뒤에 숨어 기내용 간이 베개에 머리를 얹었다. 만약 누군가 지금 이 조그만 비밀 은신처를 열고 들여다 봤다면, 정말 쉽게 자신을 발견할 터였으나 아직 문은 열리지 않았다. 통증은 나아지지 않았지만 조금은 안정되었다. 부끄러운 인정이지만 새로 카펫

---

* 시애틀 연고의 프로 미식축구 팀

깔린 크라우치의 벽장은 1년 남짓한 세월 중 가장 편한 침대였다.

샘의 친구들이 모두 가고 나자 크라우치 가족은 현관에서 자기 신발들을 가지런히 했다.

"할머니가 밤까지 기다렸다 선물을 주실까, 아니면 바로 선물을 열어보게 할까?"

주노는 샘의 물음에 대한 답을 듣지 못하였다. 크라우치 가족은 나가는 중이었다. 짐작컨대 샘을 축하하는 가족 모임 장소로 향하는 길일 것이다. 그들이 나가고 문이 쾅 닫힌 다음 열쇠가 돌아가기 전에 나이젤이 경보기 코드를 누르는 소리가 들렸다.

아니나 다를까. 5분 후 벽장문을 열고 나오자 작은 키패드 아래 '**경보기 작동 중**'이라는 빨간 경고문이 보였다. 마치 모든 것을 들여다보는 눈빛처럼 발하는 빨간 불빛이 주노를 조롱하는 듯했다. 주노는 장치에 대고 주먹을 흔들어대며 생각해낼 수 있는 모든 욕설을 외쳤다. 정말로 이 집에서 걸어나갈 수 있을까? 팔이 힘 없이 옆구리로 늘어졌다. 어디에 있어야 하나?

'아무데도 없어. 주노, 이 바보 천치야!'

주노는 마침내 스스로를 바보 천치로 낙인찍고 있었다.

상황이 빠르게 악화되고 있었다. 집 안에 동작 센서도 설치되어 있는지 궁금했다. 글쎄, 곧 알게 되겠지. 두 걸음 앞으로 뗐다가 두 걸음 옆으로 갔다. 그리곤 어깨와 엉덩이를 흔들며 춤추듯 부엌 문까지 갔다 돌아왔다. 아무 일도 일어나지 않았다. 웃음이 나왔다.

곧장 욕실로 향했다. 위니와 나이젤의 이층 침실 화장실이었다. 변기 위에 몸을 구부리고 앉았다. 주먹에 머리를 괴고 있는 동안 분명히 동네 슈퍼에서 샀을 것 같지는 않은 비싸 보이는 수건과 병들을 둘러보았다.

"뭐 어때?" 하며 변기 물을 내렸다. 요즘 들어 부쩍 "뭐 어때"라는 말이 많아졌다. 아마도 붙잡히지 않았다는 사실이 그렇게 큰 위험을 무릅쓰게 만들었을 것이다. 먼저 해야 할 일이 있었다. 약품 캐비닛 문을 활짝 열어 약병들을 훑었다. 찾고 있던 것을 발견한 주노는 급하게 뚜껑을 열어 알약 여섯 개를 손바닥에 부었다. 다시 병뚜껑을 닫은 후 여섯 개 중 두 개를 입술 사이로 집어넣었다. 혀가 알약을 입천장 위로 밀어 올렸다.

다행이었다. 알약이 채 녹기도 전에 약을 먹었다는 사실만으로도 위안이 되었다. 녹아 내린 알약의 시큼한 가루가 입 안을 다독이자 막연하게 둥둥 떠다니는 듯했다. 침과 혀로 알약을 열심히 녹였다. 당의정을 애써 녹이며 생각했다. 대체 이런 요령은 누가 가르쳐주었을까? 있다면, 그에게 축복을…. 이렇게 하면 약은 썼으나 몸속으로 더 빨리 흡수될 것이다. 이런 요령을 터득케 한 사람이 누구이건 그 따위는 잊어버리고 옷을 벗고 욕조로 들어갔다.

주노는 할 수 있는 한 거울이란 거울은 모두 피하고자 하였다. 그러나 발은 어쩌지 못했다. 더럽고 들쭉날쭉한 누런 발톱들이 티끌 하나 없는 욕조 바닥 위에 서 있었다. 발가락을 꼼지락거리며 수도꼭지로 손을 뻗었다. 마지막으로 목욕을 한 게 언제였더라? 종종 샤워 시설을 이용하기 위해 이른 시간에 노숙인 쉼터를 찾거나, 아무도 없는 화장실을 찾으면 가리지 않고 세면기에서 대충 씻었다. 그러나 목욕다운 목욕은 언제 했었지? 은행에 경매로 넘어가 버린 앨버커키의 집에는 욕조가 있었다. 언제였지? 5년 전이었나? 행복하기 그지없는 지금 이 순간은 그 황량한 기억을 떠올릴 만한 순간과 장소가 아니었다. 주노는 옛 생각을 떨쳐버리려 했고, 또 그럴 수 있었다. 왜냐하면 노인들이 갖는 가장 큰 한 가지가 자신에게도 있기 때문이었다. 망각이었다.

물이 몸 주위로 차올라 몸을 푹 가라앉혔다. 목구멍 어디 쯤에서 소리가 새어 나왔다. 통증 때문인지 쾌감 때문인지 알지 못했다. 귀가 물에 잠기고 머리카락이 얼굴로 퍼질 때까지 뒤로 누워버렸다. 욕조 가장자리에 병들이 늘어서 있었다. 그중 하나를 골라 머리카락에 부었다. 깔끔 상쾌한 냄새가 조부모가 빨래방을 운영했던 어린 시절을 생각나게 했다. 주노는 위니의 네일 브러시를 이용해 몸을 문지르고 손의 때를 일일이 밀어냈다.

마침내 욕조에서 나와 물을 빼내자 물이 차 있던 욕조 벽 경계면에 꺼먼 테가 드러났다. 스폰지를 찾아 크로록스 세제 가루를 묻혀 자신의 몸이 남긴 더러운 흔적을 박박 문질렀다. 티끌 하나 없이 마무리되자 주노는 세탁 바구니 바닥에서 타월을 찾아 욕조의 물기를 닦아 말리고 바구니 바닥으로 도로 밀어넣었다.

이제 옷이 문제였다. 얼룩덜룩 때묻은 옷이 발 밑에 쌓여 있었다. 아직 발가벗은 채 그대로였다. 그나마 때가 덜 탄 옷은 공원 나무 밑에 쑤셔 넣은 짐 속에 들어 있었다. 옷을 들고 아래층으로 내려가 숨어 있던 동안 확인한 맞은편 벽장 문을 열었다. 동여맨 잡동사니 봉투가 어디론가 보내질 준비를 하고 있었다. 앞면에 붙여 놓은 핑크색 포스트잇에 '기부 물품'이라는 글씨가 크게 휘갈겨 있었다. 재빨리 봉투의 매듭을 풀어 열고 안의 물선늘을 들어냈다. 앞면에 'Baywatch'*라고 프린트된 티셔츠와 여성용 요가 바지 한 벌, 그리고 뉴발란스 신발 등, 몇 년 동안 그녀가 지녔던 어떤 물건들보다 좋은 것들이었다. 들고 있던 더러운 자기 옷을 봉투 맨 밑바닥에 쑤셔 넣으면서 추수감사절을 주제로 만들어진 양말들까지 꺼낸 후 빨간 끈을 졸라매 다시 봉투를 닫았다. 포스트잇도 제자리에 다시 붙이고 나서 문을 꾹 닫고 꺼낸 옷을 입기 시작했다.

뒷문 위에 걸린 시계가 한가로이 똑딱였다. 크라우치 가족이 나간 지 두 시간이 되었다. 그들이 집에 돌아오기 훨씬 전에 벽장으로 돌아가고 싶었다. 나중에 이 방 저 방 휘저어 다녔던 자기의 냄새를 맡을 수도 있을 것이다. 좀 더 안전한 곳을 찾아 볼까 생각도 했으나 필요한 경우, 빨리 빠져나갈 출구를 만들어 줄 만한 곳은 아무데도 없었다. 새 옷을 입고 주방으로 걸어가는 동안 한결 나아진 기분과 더욱 나빠진 감정을 동시에 느꼈다. 수치심은 배고픔 탓에 더욱 컸다. 음식 저장실에서 빵 한 덩어리와 땅콩버터를 찾았다. 설거지를 해가며 샌드위치를 두 개 만들었다. 한 개는 마지막으로 집안 시설들을 사용하며 먹었고, 한 개는 종이 타월에 싸 주머니에 쑤셔 넣었다. 마지막으로 음식 저장실에 다시 들러 라라 에너지 바 몇 박스를 찾아 각각의 맛을 한 개씩 집어들었다. 그리고

---

* 해상 구조대를 소재로 다룬 미국 드라마

스파게티오즈 한 통과 초록 콩 한 캔, 이 집 식구들이 찾지 않길 바라며 애플 주스 한 통을 집었다. 무엇이 대수랴. 이미 그들의 잡동사니 벽장을 무단 점유한 바에야. 챙긴 음식들을 모두 벽장으로 들고 와 코트와 방한복 뒤 구석 자리에 차곡차곡 쟁여 놓았다.

마지막으로 집안을 둘러보면서 창문이 보일 때마다 바깥 길가를 주시했다. 식구들이 곧 돌아올 것이다. 주노는 알았다. 그것을 육감이라 부른다. 짐승들에게도 육감이 있다. 포식자들이 언제 다 가오는지 안다. 누구나 실제로 그렇지 않을까? 인간들은 잘 차려입은 동물일 뿐이다. 욕실 바닥에서 아까는 놓쳤던 조그만 물웅덩이를 발견했다. 화장지 뭉치로 물을 빨아들여 변기에 집어 넣고 물을 내렸다. 바닥이 깨끗해졌다. 부엌으로 가 종이 타월 한 장으로 싱크대 물기를 말리고 땅콩버터를 먹으려고 꺼내 썼던 나이프를 서랍에 도로 넣었다. 빵 부스러기도, 널려진 포장지도 없었고, 뻣뻣한 흰 머리 한 올 안 보였다. 모든 것이 정상이었다.

12

주노

주노가 기내용 간이 베개를 베고 눈을 감은 지 10분 후, 현관문이 열리고 크라우치 가족이 들어왔다. 그들은 웃으며 집안에 들어섰는데 팔에 들린 포장지와 선물 가방들이 호드득거렸다. 이제 깨끗해졌고 마음도 편안하고 배도 채웠다. 무엇보다 만족스러운 건 몸이 따뜻해졌다는 것이다.

주노는 잠이 들었다.

주말이 그렇게 지나갔다. 주노는 이 집을 떠나기에 가장 좋은 날은 크라우치 가족이 평일 스케줄로 돌아가는 월요일일 거라 생각했다. 그래서 그녀는 버려진 겨울옷들과 할로윈 의상들 밑에 누워 몇 달 동안 지켜본 가족의 목소리를 실제로 들으며 휴식을 취했다. 벽에 등을 찰싹 기대고 새로 깔린 카펫 위에 있으니 마음이 편안했다. 주노는 이 벽장을 헴즈(치맛단) 코너로 이름지었다. 안락하고 따뜻하고 친숙한 이름이었다.

드러누운 방향을 바꾸려고 모로 세웠다 반대편으로 돌아눕는데 엄마에게 아침으로 베이컨과 계란 스크램블을 해줄 수 있냐고 묻는 샘의 목소리와 설거지를 하며 에미넴*의 노래를 따라 부르는 나이젤의 목소리가 들려왔다. 위니가 택배를 받으려 문을 열면서 직장의 누군가와 전화하는 소리가 들렸다.

"그래야만 한다면, 조앤으로 대체하면 돼요. 네. 대체하라구요."

위니의 목소리에 화가 묻어났다. 그녀에게는 두 가지 면이 있었다. 쉬이 분노하고 쉬이 나약해졌다.

토요일 밤, 주노는 두 번째 애플 주스를 병째 들이키며 두 번째 샌드위치로 저녁을 떼웠다. 그리고 크라우치 가족이 토요일 밤의 꿈나라에서 채 못 빠져나온 이른 아침, 화장실에 갈 작정으로 살짝 헴즈 코너를 빠져나왔다. 생각했던 만큼 관절 마디가 뻣뻣하지는 않았고 기분은 유난히 좋았다. 안전과 단잠, 그리고 참견할 수 있는 가족이 있었기 때문이리라. 진짜 할머니가 되어 있었다. 크레거가 봤다면 서러워 울었을지도….

일요일 아침 주노는 집어온 체리파이 에너지바로 아침 식사 삼고 다시 애플 주스를 마셨다. 크라우치 가족이 아래층에 아직 안

* 미국 래퍼.

내려왔으므로 이른 아침일 것이다. 벽장에서 지낸 이틀 동안, 단단한 나무 위를 걷는 이 집 식구들의 발걸음 소리를 다 해독했다. 주노는 혹시나 숨죽여 걷는 발자국 소리라도 들을 수 있을까 긴장했으나 집안은 완전히 잠들어 있었다. 벽장 안 생쥐 빼고는.

주노는 문득 위험을 무릅쓰고 싶은 기분이 들었다. 벽장에서 굴러 나와 섰다. 천장은 놀라우리만치 높았다. 뻣뻣해진 관절을 조금이라도 완화시키려 두 팔을 머리 위로 쭉 펴며 젊은 시절 했던 요가 자세를 취했다. 그녀는 네 시간마다 두 알씩 크라우치 가족의 애드빌을 먹었다. 그것이 하루 종일 최악의 통증을 덜어주었다. 목을 길게 뻗어 숨을 깊이 들이마시며 천장을 향해 고개를 젖혔다. 그때 위층에서 누군가 움직이는 소리에 이어 물 소리가 들렸다. 주노는 헴즈 코너로 기어 들어가기 전에 다시 한 번 기지개를 쭉 펴며 스트레칭을 했다. 요가 자세의 타다사나였던가, 마운틴이었던가?

주노는 걱정스러웠다. 귀 뒤 반점을 문지르며 어둠 속을 응시했다. 벽장 안에서도 바깥의 비 오는 소리를 들을 수 있었다. 만약에 잡히면 어떻게 될까?

'뻔하지. 세상이 가장 좋아하는 곳으로 도로 끌고 가겠지.'

감옥에서 죽고 싶지는 않았다. 사실 머지않아 죽을 것이었다. 주노는 자신이 썩어가는 것을 느끼고 있었다. 콩팥은 악력을 잃은 두 주먹 같았다. 귀 뒤 반점이 따끔거렸으나 손가락은 여전히 일정 리듬을 유지했다. '존재하라, 감사하라.' 주노는 예전 다른 삶에서 오래된 만트라*를 꺼내들어 맞춰 보았다.

'평소라면 난 어디에 있을까?'

이미지들이 파노라마같이 스쳤고, 주노는 그 파노라마들을 피하려 했다. 정확한 물음은 아마 '네가 자지 않았던 곳이 어디였니?'일 것이다. 한동안 주노는 파란 텐트를 가지고 다녔다. 텐트를 치는 곳마다 경찰들이 의무감에 쩐 표정없는 목소리로 옮기라고 요구했다. 그럴 때마다 주노는 작아지고, 작아지고…, 그리고 한없이 작아졌다. 연민이라곤 없는 무감각한, 제복 입은 사람들에 밀려 막다른 길로 내몰렸다. 그들은 근엄한 표정으로 안달하며 채근했다.

"나가요, 여기 있으면 안 돼요. 이동하세요. 무단 점유입니다."

갈 데가 어디 있다고 늘 떠나라 명령했다.

낮에는 잠자기가 훨씬 쉬웠다. 바닷가나 잔디 위에서 자기도 했고 때로는 카페에서 자기도 했다. 카페에서는 주노를 모닝 커피 한 잔 시켜놓고 졸고 있는 구지레한 노파로 여겼다.

'공원에 있었겠지.'

벽을 향해 누우며 혼잣말을 했다. 공원은 그 자체로는 좋았다. 그렇다고 그곳에서 지내는 게 마냥 좋은 건 아니었다. 후드티의 모자를 머리 위로 올리고 손바닥을 무릎 사이에 끼워 떨기 시작했다. 심리학석사 학위 소지자인 주노는 파블로프의 개를 익히 알고 있

---

* 진언(眞言)이라는 뜻. 기도나 명상 때 외우는 주문.

었다. 들려오는 빗소리만으로도 춥고 겁이 났다. 그녀에게 비는 원수였다. 안전과 편안을 위협하는 적. 안전은 인간의 기본적 욕구가 아닌가? 물론이다. 말하자면 쉼터 같은 곳도 있다. 그리고 '괜찮아, 주노' 감히 소리 내어 말하진 못했지만 주노의 입은 "괜찮아 괜찮아…. 주노, 괜찮아"를 읊조리고 있었다.

잠에서 깨었을 때 음악 소리가 스며들었다. 주노는 똑바로 누워 조심스레 무릎을 매만졌다. 너무 오래 꼼짝 않고 있으면 손과 발이 복어처럼 부어오를 것이다. 호흡을 깊게 하며 멜로디를 알아들으려 귀기울였다. 가사 중 몇 마디는 알아들을 수 있었다. 데일이 이 노래를 좋아했었다. 데일, 정말 귀여운 막내아들. 주노는 소리 없이 입 모양으로 아들의 이름을 불렀다. 데일, 데일, 데일…. 기분이 한결 나아졌다. 데일은 강단있게 곱슬진 금발머리를 가졌다. 콧날은 사선으로 뻗다 살짝 꺾였고, 피아노 연주에 최적화된, 주노보다 더 길고 늘씬한 손가락을 가지고 있었다. 데일이 너무 보고 싶어 그리움이 몸속에 장기처럼 배겼다. 욱신거리고 변덕스러운 기관. 주노는 고통으로 몸을 웅크렸다. 응당 그런 고통을 받아 마땅했다. 그리고 그런 고통을 마다치 않고 스스로 받아 안았다. 비록 겪어보지는 않았지만, 산통을 겪는 엄마처럼….

엄마로서의 실패는 분명한 상처여야 한다. 단호하고 지리한 통증을 동반한, 끝 없는 상처를 느껴야 한다. 주노는 세상 모든 고통을 받아들이고 그 고통 하나하나를 온당히 짊어지고 갈테니 단 한 번만 데일을 만나 정말 미안하다고 말할 수 있으면 했다.

노래가 바뀌어 이제 가족이 다 함께 부르는 소리가 들리는데,

그 가운데 각자의 목소리가 분간되었다. 위니의 벗어난 박자와 쉼표 없는 샘의 노래가 곧 분리되기 시작했다. 노래를 잘 부르는 나이젤은 훌륭한 재치로 두 사람이 꽥꽥대는 소리와 적당히 하모니를 맞춰 노래를 이어갔다.

주노는 점심으로 캔에 든 초록 콩을 먹으며 크라우치 가족이 보고 있는 영화를 함께 들었다. 〈오만과 편견〉이었다. 위니가 가위바위보에서 이기면서 이 영화가 선정됐다. 그날 저녁 주문한 피자를 받으려고 나이젤이 문을 열었고, 주노는 실제 비 내리는 소리를 들었다.

"지금 천둥 친 거예요?"

나이젤이 믿을 수 없다는 듯 말했다. 주노는 피자 배달 청년의 어깨 너머 번쩍거리는 하늘을 기웃대는 나이젤을 상상했다.

"네. 천둥 치고 번개가 번쩍여요. 굉장해요."

'청년이 아니고 피자 걸이었네.' 생각을 정정했다. 주노가 처음 시카고에 왔을 때 비가 오지 않는데도 천둥 치는 날이 많아 놀랐었다. 예전 같았으면 구름 부딪치는 소리가 좋다고 스스럼없이 말했겠으나, 지금은 그럴 때면 무척 겁을 집어먹었다.

벽장 바닥에 누워 있는 동안 끔찍한 기억들이 떠올랐다. 초기에는 더럽고 비좁은 팜 모텔 방값이 없어 차 안에서 잤다. 차 시트를 밀어 젖히고 트렁크 공간까지 낡은 이불을 깔아 누웠다. 술에 취해 잠이 든 주노는 번개에 놀라 깨었다. 눈을 뜬 지 5초가 지났을까,

트레일러가 차를 덮치고 지나는 게 아닌가 느껴질 정도로 가까이서 천둥소리가 울려 터졌고 굵은 비가 빠른 속도로 내렸다. 하늘에서 AK47 소총으로 사격하는 듯 총일비가 쏟아져 내렸다.

당장 위험에 처한 건 아니라는 사실을 깨닫긴 했지만, 그 깨달음이 느닷없는 두려움과 절망을 달래는 데는 별 도움이 안 됐다. 당장 죽지는 않을 것이지만, 병은 죽음을 앞당기고 있었다. 굶주림이나 추위, 혹은 벼락 맞는 일이 루푸스*를 앞질러 올 수도 있었으나 주노에겐 상관없는 일이었다. 그래도 괜찮았다. 선택의 여지가 없고 친구도 없는 작디 작은 여자였다. 어쨌든, 월마트 주차장에서 오갈 데 없는 처지로 사흘 동안 기름 없는 프리우스 안에 웅크려 있는 동안 비는 하염없이 내렸다. 음식을 사려고 월마트로 급히 뛰어 들어가거나 화장실을 이용할 때 말고는 겁에 질려 마냥 주저 앉아 있었다.

그런데, 지금은…, 지금은? 이런 의문이 머릿속을 휘젓고 다니며 들어보라고 강요했다. 지금 무슨 일이 일어난 건지 주노 자신도 이해가 안 갔다. 일을 할 때는 사람들에게 답을 던져주곤 했던 자신이 지금은 그때 상담받으러 자신을 찾았던 사람들처럼 답 없이 길을 잃고 헤매고 있었다.

주노는 피자 냄새를 맡았고, 그것을 원했다. 크라우치 가족은 주방에서 음료 캔을 따고 있었다. 그들은 행복했고, 주노 가족 역시 그들과 마찬가지로 행복한 시절이 있었다. 인간에게는 행복을

---

* 만성 자가 면역 질환.

날려버리는 특유의 방식이 있다. 일단 틈이 드러나면 원초적 감정이 드러날 때까지 쑤셔댄다. 한때 주노는 자신의 삶을 지루해 한 적이 있었다. 환자들과 직업적 거리를 두는 대신 환자들의 이야기로 자신의 삶을 장식해나갔다. 너무 깊숙이 끼어들었다. 이제야 주노는 그것을 알았다. 풀어진 마음은 잘못된 짓으로 이어지는 법이라고, 엄마는 말했었다. 그리고 그 대가를 치렀다. 그랬다. 스스로 그 값을 치르고 말았다. 모든 것을 잃었다.

피자를 다 먹고 크라우치 가족은 위층으로 올라가고 있었다. 주노는 그들을 떠날 수 있다는 생각에 기뻤다. 내일 떠날 수만 있다면 더욱 기쁠 것이다. 다 마시고 비어 있는 애플 주스 통에 소변을 누고 크라우치의 애드빌 세 알을 삼키며 잠이 들었다.

13

주노

월요일이다. 해가 완전히 오르기도 전에 샘이 제일 먼저 문을 열고 빠져나갔다. 샘이 들고 나온 땅콩 와플의 달콤한 향이 주노의 코를 자극했다. 며칠 만에 허기를 느꼈다. 먹고 싶다는 욕구야 무시할 수 있지만, 먹어야 할 당위는 그렇게 누를 수 있는 게 아니었다. 주머니에서 오이스터 크래커를 한 움큼 꺼내 매우 신중하게 혓바닥 위에 얹었다. 헴즈 코너에서 먹거리 탓에 병에 걸릴 수는 없는 노릇이다. 30분쯤 지나 나이젤과 위니가 함께 나갈 채비를 하면서 먼저 온 인부가 있는지 확인하려는 듯 뒷문가에 멈춰 서서 기다렸다. 주노는 소변이 너무 마려워 엉덩이를 좌우

상하로 들썩이며 부부가 나누는 짧은 대화를 들었다.

"인부들이 집 안에 들어와 화장실을 사용하는 것 같아요."

위니가 말했다.

"공중 화장실을 쓰든지 간이 화장실을 쓰라고 특별히 일러두 었는데. 멋대로 집 안에 들어오게 할 수는 없잖아요."

"이동식 화장실 말하는 거야?"

나이젤의 물음에 위니의 단호한 대답이 이어졌다.

"인부들이 들어오면 안 돼요. 싫단 말이에요."

"그 사람들이 들어왔는지 당신이 어떻게 알아? 가정일 뿐이지."

나이젤의 말에 위니가 발끈 성을 냈다. 위니의 또깍거리는 하이 힐 소리가 부엌에서 주노의 벽장 맞은 편 코트가 걸려 있는 현관의 넓은 홀로 옮겨갔다.

"나는 말이에요, 당신이 그럴 때가 싫어요. 마치 내가 필요 이상 으로 궁시렁댄다는 식이잖아요."

위니의 목소리에 가시가 돋아 있었다. 주노는 소변을 봐야 했 다. 소변 마려워, 소변이…. 주노는 크래커 한 개를 다시 혀에 얹고 입천장에 눌렀다. 나이젤이 어깨를 으쓱하고는 코트를 입는 동안 조용히 있다 입을 열었다.

"미안해. 감독에게 다시 얘기해 놓을게. 이동식 화장실이 어디 있는지 알아 봐."

"고마워요."

위니의 대답은 뻣뻣했고, 크래커는 주노의 혀에서 녹았다.

부부의 일상적인 짧은 입맞춤 소리가 들리고 현관문 여닫는 소리가 이어졌다. 경보장치 누르는 소리는 들리지 않았다.

주노는 참을 만큼 참았다. 더 이상은 버티지 못할 것 같아 벽장문을 향해 몸을 추스려 밀었다. 문 손잡이로 막 손을 뻗으려는데 갑자기 쏵 하고 현관문 열리는 소리가 다시 들리고 단단한 나무바닥 위를 쿵쿵 구르는 소리가 났다. 나이젤의 발자국 소리였다. 나이젤이 찾는 무언가가 벽장에 있는 거면 어떻게 하지? 주노는 늘 숨죽여 앉았던 벽장 코너로 조심스레 파고들어 코트 밑으로 몸을 숙였다. 모처럼 겁이 났다. 그동안 나른한 안락에 빠져 처한 위험을 잊고 있었다. 발각될 위험, 쥐처럼 내쫓길 위험. 얼마나 오랜 세월 칩 몇 봉지를 사기 위해 동전을 샅샅이 뒤지고 다녔고, 죽을 만큼 추위에 떨었던가?

발자국 소리가 머리 위로 메아리가 되어 울렸다. 그 소리는 점점 빨라지며 서두는 듯했다. 주노는 마라톤 주자처럼 두근거리는 심장을 애써 누르며 숨을 죽였다. 전신이 핫도그 모양의 발포 고무로 만들어진 할로윈 의상 자락을 얼굴에 대고 눌렀다. 핫도그 모양의 빵 부분으로 눈 위를 가리고, 100퍼센트 일어나리라는 확신을 떨쳐내려 기를 썼다. 그가 찾는 게 무엇이든 나이젤은 여기로 올 것이다. 그의 신발이 주노의 엉덩이나 허벅지 부분을 밀고 나서 방한복과 핫도그 할로윈 의상 밑에 찾는 게 있는지 확인하려고 몸을 구부릴 것이다.

주노는 죽은 척하자는 조잡한 계획을 세웠다. 그리고 놀란 나이젤이 도움을 구하러 간 사이 자기의 나이 먹은 엉덩이를 들고 일어나 할 수 있는 한 잽싸게 이곳에서 빠져나와 달아나자. 아마도 그리 빠르지는 못할 것이다. 주노는 귀 뒤 반점으로 손가락을 가져갔다. 발자국 소리는 1층으로 돌아와 곧장 주노가 있는 곳으로 향하고 있었다. 주노의 방광이 의지력을 잃기 전 마지막 안간힘을 쓰던 바로 그 순간, 벽장문 손잡이가 덜컹거렸다. 아랫도리에 번지는 뜨듯한 기운이 느껴졌다. 당장에 불쾌하지는 않았지만, 현타는 곧 찾아들 것이다. 맙소사. 한심하고 불쌍한 노파. 주노는 이 순간만큼 자신을 증오한 적이 없었다. 심지어 감옥에 있거나 거리에서 지낼 때조차. 엎질러진 물은 훨씬 심각했고, 나아질 조짐은 전혀 안 보였다. 어떻게 행동하건, 또 제아무리 깔끔을 떨든, 어떤 대가도 기대할 수 없었다. 늘 그렇듯 사회는 여전히 같은 시선으로 바라볼 테고, 그러면 결국 그리될 수밖에…. 덜컹임이 멈췄고, 주노는 깨달았고, 현관문은 다시 쐑 하는 소리를 내며 닫혔다. 나이젤이 서둘러 나가는 길에 벽장문 손잡이가 그냥 스쳤던 건지도 모른다.

주노는 이번엔 좀 오랫동안 기다려 나갔다. 예상만큼 끔찍했다. 시큼하고 톡 쏘는 지린내가 번졌다. 쇠약해진 콩팥이 겨우 걸러낸 소변이었다. 피부에 찰싹 달라붙은 젖은 옷의 촉감이 싫어 기다시피 움직였다. 현관 입구 나무 바닥에 이르러 주노는 자신이 보기에도 대담한 짓을 벌였다. 현관에서 두어 발짝 거리에 벌거벗은 채 섰다. 누군가 문을 열기라도 한다면 기절초풍할 일이었다.

주노는 뭐가 들어 있는지도 잘 모르는 반대편 벽장문을 열고 기부할 옷이 들어 있는 봉지를 다시 끄집어냈다. 앞면에 'zzzz'라고 새겨진 말풍선 그림과 아마도 와인인 듯한 꽤 커다란 붉은 얼룩이 진 파자마 상의를 찾아 머리 위로 집어 넣었다. 봉지 밑바닥엔 이 집에 들어왔을 때 입었던 더러운 옷들이 그대로 있었다. 남성용 청바지 한 벌과 낡은 티셔츠를 찾았다. 그것을 입지는 않았다. 옷들을 겨드랑이에 챙기고 나머지 옷들은 원래대로 다시 넣었다.

세탁실로 가서 젖은 옷을 세탁기에 밀어 넣고 고급스러워 보이는 네모난 작은 액상 비누를 기계 속으로 던져 스타트 버튼을 눌렀다. 샤워하기엔 위험스러워 세숫비누와 핸드 타월로 서둘러 몸을 씻었다. 카펫 위에 뚝뚝 흘려 지저분해진 곳을 타월로 두드려 말린 다음, 세탁기 뚜껑을 열고 자기 옷과 함께 넣었다.

이제 더 어려운 일이 남았다. 작은 세탁실 선반에서 청소용 물통을 집어 세면대에 온수를 채우고 적당량 거품이 생길 만큼 액상 세제를 부었다. 양동이를 들고 벽장으로 돌아온 주노는 다시 음식 저장실로 미끄러져 들어가 종이 타월 한 뭉치를 집어들었다.

인부들은 톱질을 하고 있었다. 바깥 안개 속에서 일하는 인부들을 보고 있자니 안쓰러웠다. 추운 날씨에 바깥에서 일하는 게 딱해 보였다. 그런 생각이 터무니 없어 혼자 낄낄대다 주먹으로 입술을 쥐어 박았다. 그렇게 소란스레 웃으려고 한 건 아니었다. 종이 타월을 들고 조용히 미끄러져 나오면서 다시 한번 흘깃 돌아보는데 인부 중 한 명이 위를 쳐다보다 짧은 순간 주노와 눈이 마주친 듯했다. 피가 거꾸로 솟구치며 급하게 몸을 숙여 시선을 피했다. 보았을까? 아니야, 창문에 비친 자신의 그림자를 보고 있었을 거야, 라며 스스로를 안심시켰다. 무슨 대수랴. 주노는 그저 어질 러 놓은 것을 치우고 이 집에서 나가면 끝날 일이라 생각했다. 처리 해야 할 그녀의 옷가지가 있었다. 누군가 우연찮게 그 옷들을 발견 하기까지는 얼마나 걸릴까? 주노는 벽장 안 불을 켜고 문을 닫았 다. 그 옷들을 두고 떠날 수도 있다고 생각했다. 얼마 지나 크라우 치 가족은 불쾌한 냄새를 맡게 될 것이다. 주노는 위니가 무릎 꿇 은 채 손을 바닥에 짚고 악취의 원인을 찾아 킁킁거리는 상상을 했다. 아니야. 이들 집에 머물기는 했지만 먹은 그릇을 씻지 않고 놔두는 그런 무례한 손님은 아니다. 종이 타월 뭉치에 소변을 먹이 는 긴 과정을 시작했다.

주노가 카펫의 느슨한 끈을 발견한 건 한참 티셔츠로 카펫을 문지르던 중이었다. 주노는 그 끈 조각을 떼어내려 했다. 끈을 잡 아당기는데 카펫 가장자리가 끌려 올라왔다. 숨을 죽이고 "빌어먹 을" 하며 씩씩거렸다. 오늘은 크레거가 '똥통에 빠진 날'이라고 부 르곤 하던, 그런 날이었다. 카펫 모퉁이를 평평하게 만들기 위해 그 끈을 잡아당겨 보았다. 몇 번 그렇게 잡아당기니 카펫이 완벽한 직사각형 모양 그대로 들어 올려졌다. 들어 올려진 카펫 밑으로 딱 딱한 널판이 시야에 들어온 건 바로 그때였다.

나무로 된 트랩도어*였다. 기웃거리며 살피는데, 산뜻한 꽃향 의 세제 냄새가 흘렀다. 그 냄새에 또 다른 냄새가 섞여 들었다. 트

---

* 바닥이나 천정에 달려 있는 사다리 붙은 뚜껑 문.

랩도어를 통해 새어 나오는 밀폐된 공기의 눅눅한 냄새였다. 트랩도어는 집의 대부분을 이루고 있는 단단한 목재와는 다른 재질이었다. 칼자국이 파인 두꺼운 오크 나무 판으로 이 집만큼이나 오랫동안 거기 있었던 것처럼 보였다.

낡고 부식된 두 개의 금속 걸쇠가 자리를 고정하고 있었다. 주노는 걸쇠를 풀어보려 상하 좌우로 흔들어대다 일어서서 두 다리에 힘을 주고 확 잡아당겼다. 관절이 삐걱대었지만 아랑곳하지 않았다. 이제 다른 무엇이 그녀의 관심을 끌어당기고 있었다. 오랫동안 묵혀 있던 한 줄기 낡은 바람이 얼굴을 스쳤고 순간 코가 찡그려졌다. 아래 공간에 유일한 전구는 트랩도어에 매달려 있었고, 그 밑으로 흙바닥과 거친 기둥들이 보였다. 배를 깔고 엎드려 안을 들여다보았다. 어둠이 공간의 대부분을 삼키고 있어 극히 일부만 볼 수 있었지만, 여기가 이 집의 크롤 스페이스*라는 건 분명했다. 주노는 주저하지 않았다. 트랩도어 끄트머리에 앉아 다리를 내렸다.

흙바닥 위에 두 손과 무릎을 짚고 엎드렸다. 콘크리트 덩어리들이 손바닥 아래에서 굴러 움직일 때마다 움찔했다. 성인 남자라도 크롤 스페이스를 지나는 데 애를 먹을 것이다. 특히 땅 표면이 한가하게 일렁이는 파도처럼 군데군데 솟아오른 공간에선 더욱 그럴 것이다.

크롤 스페이스의 천장은 나무로 되어 있는데 먼지와 곰팡이 투성이였다. 그런대로 아늑한 동굴 같이 느껴졌다. 10년은 되었을 거

---

* crawl space. 배선, 배관 및 환기 등을 위해 천장이나 마루 밑에 조성된 빈 공간.

야, 라고 생각하니 이 발견이 여간 즐거운 게 아니었다. 터무니없기도 한 생각에 크게 낄낄거렸다. 어쩌면 여태껏 입에서 나온 소리 중 가장 흉측한 소리였다. 어느 수감자가 날카로운 조각 돌로 라이노트 웨키의 새끼손가락 끝을 잘랐을 때 들었던 하이에나 울음소리와 같던 비명도 이처럼 흉측하지는 않았다. 아마도 죽은 지 꽤 되었을 몇 마리 쥐의 사체에서 나오는 것인지도 모를 곰팡이 냄새만 빼면, 이 공간은 그녀가 여태까지 잠잤던 그 어떤 곳보다도 낫고 안전할 것이다.

애드빌 약효가 떨어져 통증이 스멀스멀 기어 나오고 있었다. 추우면 통증은 더 심했다. 주노는 자기의 콩팥이 점점 더 나빠지고 있다는 사실을 알고 있으며, 노숙 여인은 새로운 콩팥을 기증받지 못한다는 사실도 알고 있었다. 죽어가고 있었지만, 그게 무슨 대수랴. 남길 것 하나 없으니 이래 죽으나 저래 죽으나였다. 주노는 더 이상 슬퍼하지 않았고 비통해 하지도 않았다. 그저 기다릴 뿐. 그러니 기왕이면 보다 따뜻하고 안락한 곳에서 죽음을 맞이하고 싶었다. 작년 이맘쯤, 한 떼거리의 십대들이 자신을 밀치며 괴롭히는 통에 그 아이들로부터 도망가려다 거리 연석에 머리를 부딪친 적이 있었다. 앰뷸런스에 실려 병원으로 가던 중에 응급의가 주노 얼굴 위의 나비 마크를 보면서 루프스에 걸린 것 같다고 점잖을 빼며 말했다. 주노는 몇 년 전부터 증상을 알고 있었으나 누구에게도 얘기하지 않았다. 심지어는 아들에게조차 말하지 않았었다. 주노는 의사의 말을 부정했다. 의사는 주노가 거짓말하고 있음을 눈치챘으나, 그것은 주노의 문제였다. 그녀가 가장 경멸하는 일은 머리에 피도 마르지 않은 공상적 박애주의자 하나가 좀 덜 불쌍한 노숙인으로 살 수 있게 손 내미는 따위의 적선이었다. 주노는 죽고 싶었다. 자기 방식대로 죽고 싶었다. 그게 다였다. 그러므로 이 크롤 스페이스는 그 소원을 이루기에 가장 완벽한 곳일지 몰랐다.

주노는 다시 트랩도어를 기어 올라가 카펫 청소를 끝냈다. 인부들은 점심 먹으러 나갔고, 주노는 애플 주스 통의 소변을 서둘러 거실 화장실 변기에 부어 비웠다. 주말 동안의 부산물을 흘려보내는 주노에겐 이미 계획이 세워지고 있었다. 주노는 오늘 완벽하지는 않지만 그런대로 경쾌한 기분이 들었다. 하늘이 기를 불어넣은 듯했다. 주노는 세탁된 옷들을 건조기에 던져 넣고 음식 저장고로 향했다. 첫 번째 크라우치네 가족이 집에 나타나기까지는 약 10분 정도 여유가 있었다.

음식 저장고 문은 이미 열려 있어 주노는 미끄러지듯 들어갔다. 주노의 시선이 선반을 따라 움직였다. 앞면에 '팻 마우시'라고 새겨진 속 깊은 에코백을 집어 흔들어 열고 먹거리를 집어넣기 시작했다. 낱개 포장된 간식거리 박스들을 챙기며 목록을 확인했다. 리츠 크래커 1줄, 갈릭 트리스키츠 크래커 1줄, 옥수수 1캔, 크림 옥수수 1캔, 2리터 생수 1통, 말린 과일 1봉지, 테이스티 바이츠* 1팩이었다. 칠리 캔에 눈이 갔지만 오픈 탭이 없는, 따개가 필요한 캔이라 포기했다.

---

* 미리 준비된 바로 먹을 수 있는 천연 인도 요리와 아시아 요리로 구성된 다양한 소비재 포장 상품.

이제 시간이 촉박했다. 냉장고 앞에 섰을 때쯤엔 숨소리가 귀를 울릴 정도로 거칠었다. 요구르트, 달걀, 버터, 주노가 그리워하던 것들이다. 배가 꾸르륵거렸다. 냉동실 문을 열고 야채 통을 뒤져 쭈글쭈글해진 사과 두 개와 거기에 놔두었는지조차 잊었을 피망 한 개를 찾아 가방 속에 쑤셔넣었다. 냉동실은 내용물이 넘칠 지경이었다. 주노는 냉동 완두콩을 발견하곤 한 봉지 던져 넣었다. 식기 장을 열어 버터 나이프 하나를 집었다. 트랩도어 걸쇠를 쉽게 풀기 위한 도구였다. 이 정도면 우선은 될 것 같았다. 주노의 심장은 토끼몰이하듯 갈비뼈를 쿵쾅대며 뛰고 있었다. 정말로 내가 하고 있는 거야? 그렇다. 자기가 하고 있었다. 두려움과 아드레날린이 무서운 속도로 질주하고 있었다. 감옥에서의 첫 해도 이처럼 정신없는 상태로 보냈었다. '게다가 길거리에서 보낸 첫 해도 너는 그랬잖아.' 기억을 소환하며 자신을 힐난했다. 하지만 새 규범에 적응하는 동안 불안과 긴장은 결국 사라져버리는 것이다.

세탁실로 돌아온 주노는 아직 물기 남은 옷을 건조기에서 움켜쥐어 꺼내고 선반에서 두루마리 화장지 한 롤을 잡아챘다. 고개가 뒷문 쪽으로 홱 돌았다. 인부들 목소리였다. 인부들이 연장들을 챙기기 전에 먼저 자기의 첫 비축품들을 챙겨 크롤 스페이스로 서서히 이동하는 중이었다.

3부

결단

14

위니

위니는 다리가 저렸다. 소파에 앉아 켜지 않은 TV를 뚫어져라 쳐다보며 너무 오래 다리를 오므린 탓이었다. 일어섰지만 마음은 소파에 그냥 머물라고 강요하는 듯 무거웠다. 때때로 위니는 자기 생각이 부끄러울 때가 있었다. 나이젤이 그런 자신의 생각에 대해 "웬 드라마 같은 소리야!"라고 말할 것을 알기 때문이었다.

나이젤은 그의 소굴에 있었다. 요즘들어 그는 늘 그곳에 머물렀다. 그가 아끼는 러브삭 소파에 누워 지금의 자신과 현재 상황에 매우 만족스러운 모양새였다. 절뚝거리며 책장으로 갔지만 책을 읽으려는 생각은 아니었다. 저려서 콕콕거리는 다리와 발을 풀기 위해서였다. 찌르르한 느낌이 들기 전에 위니는 컴퓨터까지 내쳐 걸었다. 위니는 그런 느낌이 싫었다. 여러 흉상 중 오렌지색 흉상 하나가 비뚤어져 있었다. 비뚤어진 그 흉상을 응시하다 다리와 발 저림이 사라지자 손을 들어 똑바로 고쳤다. 남편이 애지중지하는 소굴로 통하는 문을 쳐다보았다. 창고 문과 똑같이 옆으로 당겨 열리면 번거로울 뿐 아니라 시끄러운 소리까지 거슬렸다. 나이젤은 언제든 위니가 오는 것을 확인할 수 있도록 일부러 그렇게 만들었다. '나는 항상 최악의 경우를 생각하지'라고 말하는 나이젤의 목소리가 머리 위로 맴돌았다. 위니가 부부 침대에서 엎치락뒤치락거리는 동안 나이젤은 며칠 동안 자기 소굴에서 세상 모르게 자고 있었다. 위니는 침대에서 하도 많이 뒤척여 아래층에 가 차라도 한 잔 마셔보자, 혼잣말도 했으나, 사실 지금 필요한 건 그게 아니었다. 너무도 초조해 아무것도 먹거나 마실 수 없었다.

무얼 해야 할지 도대체 감을 잡을 수 없어 멍하니 컴퓨터 앞에 앉았다. 이제 찌릿함이 사라진 발을 마사지하려고 몸을 숙이는데 팔꿈치가 마우스를 건드는 바람에 잠자던 컴퓨터를 깨워 지난 휴가 여행 때 찍었던 가족 사진을 화면에 띄웠다. 위니는 사진을 자세히 들여다보았다. 그 사진을 보고 있자니 여느 때와 달리 우울한 느낌이 밀려들었다. 정말 즐거운 시간을 보내지 않았던가? 그때를 돌이키면, 그들은 흔들리지 않는 탄탄한 가족이었다. 위니는 정말 행복했고, "아내가 행복하면, 가족의 인생도 행복해진다"는 이론을 지지하고 동의했다. 위니는 생각했다.

'넌 길을 잃고 헤매고 있는 거야.'

그 여행은 1년 전이었다. 어쩌면 자신들에게 필요한 것은 또 하나의 여행인지도 몰랐다. 아마도 위니 자신이 가족 분위기를 끌어내리는 건 아닐까 생각됐다. 내일 나이젤에게 그 얘기를 꺼낼 것이다. 위니는 아침 일찍 일어나 나이젤이 좋아하는 음식을 만들고, 한 번도 사용하지 않았던 커피 머신으로 라떼를 만들어 나이젤의 비위를 맞춰줘야겠다, 생각했다. 생각건대 새뮤얼을 위해서도 부모는 한몸이어야 했다. 갑자기 하복부에서 생겨 위로 솟아 올라오는 결기가 느껴졌다. 새로운 결의를 받들기라도 하듯 등을 곧추세웠다. 문제는 바로잡을 수 있고, 또 그렇게 할 것이다. 이미 입술 위로 미소가 번지고 있었고, 그 미소는 회심의 카드를 쥐었을 때 드러나는, 그런 미소였다.

책상 위 메모지로 손을 뻗었다. 쓸데없는 생각하며 앉아 있을 게 아니라 뭔가 계획을 세울 요량이었다. 책상 서랍에서 펜을 꺼내 메모지를 눈앞으로 당겼다. 위니의 손가락이 꾹꾹 눌러 쓴 펜이 메모지에 깊이 새긴 홈을 스치지 않았다면, 메모지에 새겨진 글자들을 발견하지 못했을 것이다. 위니는 메모지 뭉치를 들어 컴퓨터의 희미한 푸른 불빛에 기울여 비춰 무슨 글자인지 보려 했다. 무슨 목록이 주욱 나열되어 있었다. 판독 가능한 하나의 단어가 이름을 지칭하는 게 아니었다면 무시하고 넘어갔을 것이다. 쉽게 판독할 수 있었던, 그래서 위니의 시선을 다시 붙들어맨 그 이름, 리사 샤프였다. 아는 사람 이름 중 리사 샤프는 없었다. 성이 무엇이건 리사라는 이름도 전혀 없었다. 그 아래로 좀 더 긴 이름이 있었는데 데이지라는 이름은 확실했지만, 성은 일부만 확인할 수 있었는데, 샤워트였다.

위니는 새뮤얼이 이 컴퓨터를 사용했나 궁금했다. 자기 컴퓨터가 있긴 했지만, 때때로….

호기심이 발동한 위니는 컴퓨터 브라우저를 열어 페이스북으로 갔다. 샘은 자기 계정을 가지고는 있었지만, 매우 제한적이어서 거의 모든 활동에 보호자인 위니의 승인 동의를 얻어야 했다. 위니는 새뮤얼의 친구 그룹을 찾아 검색 창에 리사 샤프를 입력했다. 검색 결과 창엔 아무것도 뜨지 않았다. 리사는 위니 세대에게나 흔한 이름이었지 새뮤얼 세대에겐 아니었다.

위니는 스탠드를 켜 메모지의 필체를 자세히 살폈다. 좀 전에 조금만 세심히 살폈더라면 그것이 새뮤얼의 필체가 아니라는 것은 담박에 알 수 있는 일이었다. 위니는 펜이 종이에 새긴 홈을 충동적으로 누르며, 문득 남편이 바람을 피우고 있다고 확신했다.

'나이젤이? 그가 과연 그럴 수 있을까?'

위니는 거실을 향해 의자를 빙글 돌렸다. 유치하게 이성을 챙기지 못하고 있었다. 설사 나이젤이 메모지에 여자 이름 하나 썼다손 치더라도 어째서 나이젤이 자기를 속인다고 생각한 걸까? 물론 그럴듯한 자기 변명을 만들어 낼 수는 있다.

위니는 이번엔 구글에서 리사 샤프를 검색했다. 입술을 깨물고 스크린을 주시하는 위니의 얼굴이 찌푸려졌다. 속이 안 좋아 컴퓨터가 빨리 결과를 보여주길 바랐다. 이층에 올라가 소화제를 찾아볼까 생각했다. 바로 그때 컴퓨터가 검색 결과를 주루룩 펼쳐놓았고, 머릿속 생각이 증폭되면서 속 쓰림은 잊혀졌다.

리사 샤프. 사진 속 리사는 붉은 줄무늬 원피스를 입고 블론드 머리를 뒤로 묶어 늘여뜨리고 있었다. 누더기처럼 보이는 바비 인형을 얼굴 높이 치켜들고 인형으로 고개를 기울여 귀엽게 미소 지으며 포즈를 취하고 있었다. 2008년, 두 살배기 때 집 앞 마당에서 누군가가 그 아이를 데려갔다. 그 두 살배기 아이는 엄마가 전화를 받으러 집안으로 들어간 사이 혼자 그네를 타고 있었다. 엄마가 돌아왔을 때, 리사 엄마 말에 의하면 60초도 안 되는 사이에 리사는 온데간데없이 사라지고 없었다.

기사를 훑던 위니의 머리가 점점 더 혼란에 빠져들었다. 하지만 혼란은 마음속 두려움에 미치지 못했다. 나이젤은 왜 이 아이, 리사 샤프를 검색했던 것일까? 남편이 이런 사건에 관심을 가질 이유는 단 한 가지밖에 없으며, 그것은 생각조차 하기 싫은 일이었다.

리사는 결국 돌아오지 못했다. 실종 후 12년이 지났지만, 리사 엄마는 매주 일요일마다 페이스북 생방송으로 철야 기도 모임을 열었다. 위니는 벌떡 일어서서 메모장의 그 페이지를 뜯어내 손바닥에 넣고 주먹 쥐어 구겨버렸다. '안 돼, 안 돼, 안 돼!' 외치고 싶었지만, 바짝 말라 입천장에 붙어버린 혀는 아무런 쓸모가 없었다. 나이젤이 어떻게…? 아니다. 더 중요한 질문은 따로 있었다.

'그가 왜? 그리고, 왜 지금 와서?'

15

주노

크라우치 가족이 서로 바이러스를 주거니 받거니 돌아가며 장염을 앓는 동안 주노는 크롤 스페이스에 48시간을 갇혀 보냈다. 갇혀 지낸 최장 시간은 아니었으나, 이번엔 준비가 덜 되어 있었다. 나이젤이 자기 소굴에서 누워 지내는 바람에 주노는 보급품 보충의 위험을 감수할 수 없었다. 용변 통을 비워야 했다. 마지막으로 세어보니 잠자리 맞은편 벽에 기대어 놓은 통은 다섯 개나 되었다.

기온은 3~4도로 떨어졌는데, 남아 있는 식량이라곤 짭짤한 크래커 한 줄뿐이었다. 주노는 오로지 샘에 관한 진실을 자신이 바로 잡아야 한다는 강박에 집착한 나머지 자신을 돌보는 일을 잊었다. 또다시….

슬리핑백을 밑에 댔는데도 옆구리가 아파 끙끙거리며 돌아 누웠다. 20분마다 자세를 바꾸는 게 통증을 더는 데 도움이 되었다. 몇 년 전 주노에게는 루프스 병을 앓는 씨니 거윈이란 환자가 있었다. 그런 이름을 잊어버릴 사람이 몇이나 되겠는가? 씨니는 얼굴에 나비 마크가 불거져 있었고, 30살의 체격은 구부러져 철사 옷걸이처럼 휘청거렸다. 그 여인을 안쓰럽게 여겼던 기억이 주노에게 또렷했다. 그리고 몇 년 후, 자신이 그 병을 진단받은 것이다.

씨니는 신장 이식 수술을 받았고, 그 탓에 얻은 우울증 치료를 위해 일주일에 두 번 주노를 찾았다. 그때를 돌이키면, 주노에게 있어 씨니는 아픔을 들어주는 대가로 돈을 지불하는 환자에 지나지 않았다. 그런데 바로 그 병에 걸리고 나서 주노는 씨니를 점점 더 많이 생각하게 되었고, 새 콩팥을 가진 그녀의 삶은 어떻게 되었을지 궁금했다.

주노는 언손을 녹이려 무릎 사이에 끼워넣었다 얼굴을 감쌌다. 추위 때문만은 아니었다. 어찌됐건 아직은 아니었다. 부어오른 푸르스름한 손은 병이 도졌다는 신호였다. 관절 통증이 옥죄자 손가락 마디가 굽어지며 움찔거렸다. 크라우치 가족이 모두 격리되어 치료받는 중에도 주노의 동굴에는 아스피린조차 없었다.

주노는 손을 무릎 사이로 다시 가져오면서 차라리 죽었다면 했다. 어쩌면 이번 주말에 그렇게 될지도 몰랐다. 면역 체계가 통풍을 앓는 살찐 노파들처럼 작용했기 때문이다.

크라우치 집 아래, 그 집을 소유하고 있는 주인들의 원기 왕성한 몸뚱이들 아래 누워 있으면서 생각하는 것 외에 달리 할 수 있는 건 아무것도 없었다. 주노는 지금 자신의 행동을 부끄러워하거나 하지는 않았다. 생존에 관한 한 주노는 어떤 상황이건 받아들일 수 있다고 생각했다. 주노는 이 집 가족들을 지켜봤고, 그들을 원했고, 그들로 인해 가정을 발견하게 되었다.

크라우치 가족이 바이러스를 퇴치하고 털린 가를 떠나 바깥세상으로 돌아가기까지 사흘 동안 주노는 아무것도 먹지 못했다. 배고픔도 못 느꼈다. 주노는 실제 아무 존재도 아니었다. 통증을 느낄 때를 제외하면 있어도 있는 게 아닌 존재였다. 자신을 달래 천천히 일어나 겨우 앉아야 했고, 숨을 헐떡일 정도의 힘을 다해 숨막히는 그 둥지를 떠나려고 앞으로 기어나가야 했다. 몸이 풍기는 냄새에 구역질이 일면서 어느 순간 오줌을 지렸구나, 알았다. 통증으로 몽롱해져 잠을 자는 새 그랬나 보다. 트랩도어를 빠져 나와 잠시 머물렀던 헴스 코너에서 몸을 세워 일어서기까지 거의 한 시간이 걸렸다.

집안에는 표백제 향기와 꽃향기가 떠다녔다. 위니는 집안 소독을 위해 지나치게 많은 조치를 했다. 냄새가 지독했으나 자기에게서 나는 냄새만큼 끔찍하지는 않다고 생각했다. 아주 천천히 욕실로 걸음을 옮겨 방광을 비운 후 옷을 하나하나 벗어 발가벗은 채 세탁기로 걸어가 벗은 옷들을 던져 넣었다. 휴식을 위해 내려갈 힘조차 없었다. 그런데 문 옆에 새로 기부할 자루가 놓여 있었다. 보이는 대로 문양 없는 티셔츠와 나비 무늬가 새겨진 레깅스를 집어 걸치고 부엌으로 향하면서 기분은 우울했다.

오물 속 동굴에 누워 있던 동안 암울함이 주노의 생각을 삼켰다. 과거는 늘 아무것도 못하고 가만히 있을 때 찾아왔다. 주노는 담담하게 싱크대로 가 수도꼭지에 입을 대고 배가 불룩해질 때까지 물을 마셨다. 아직 자신에게 먹는 것을 귀찮아 할 여유 따윈 없었다. 한꺼번에 들이킨 그 많은 양의 물을 어찌할지는 위가 알아서 할 것이다. 씻어야 했다. 하지만 씻고자 하는 것은 욕구였고 먹는 일은 필수여서 먹거리를 먼저 준비해야 했다. 음식 저장고 앞에서 잠시 흔들렸다. 주노는 빌어먹을 비이성적인 충동형 인간이었다. 하지만 같은 실수를 두 번 하는 어리석은 존재는 아니었다. 망설임 없이 챙길 수 있는 한 많이 먹거리를 움켜쥐다 보니 나중에는 그 노력에 지칠 지경이었다. 챙긴 음식 전부를 트랩도어에서 크롤스페이스로 집어 던지며 캔과 봉지들이 퍽, 퍽, 부딪치는 소리가 만족스러웠다. 냉장고에서 꺼내온 두부 한 팩 소리조차 그렇게 들렸다. 옷을 건조기에 집어 넣고 몸을 씻으러 이층으로 올라갔다.

뜨거운 물이 식을 때까지 물 속에 앉아 있다가 다시 뜨거운 물을 채웠다. 적당히 기분이 나아지자 물을 빼버리고 욕조 밖으로 나왔다. 천천히, 그리고 꼼꼼히 몸을 말리는데 현관문 열리는 소리가 들렸다. 벌어진 입이 엉겁결에 빨아들인 공기가 쉭, 소리를 냈다. 몸은 얼었고 얼굴은 불타 올랐다.

고기냐 생선이냐, 소다수냐 생수냐, 금이냐 은이냐, 이런 선택의 혼란은 주노의 일상이었다. 지금은 침대 밑이냐 벽장이냐였다.

위니와 나이젤 부부의 침대로 내달렸다. 네 귀퉁이에 기둥을 세운 꽤 큰 침대였다. 이런 경우에 대처할 계획이 이미 있었고 준비도 해 놓았었다. 만일의 경우 이 집안에 있는 방마다 숨을 만한 곳을 확인해 두었다. 그리고 지금 그래야 할 일이 실제로 일어나고 있었다. 계단을 올라오는 빠른 걸음 소리가 들렸다. 주노는 배를 바닥에 깔고 시미춤을 추듯 침대 밑으로 들어가는 자기 모습이 도롱뇽 같다고 생각했다. 먼쪽 벽에 등을 기대고 몸을 공처럼 웅크려 가능한 한 최대한 몸을 작게 만들었다. 홀 건너 샘의 침실 탁자에서 깜빡거리는 디지털 시계가 보였다. 1시 20분을 표시하고 있었다. 나이젤의 병에서 찾은 옥시* 덕에 몸뚱이는 차분해 있었다. 그러나 마음은 제대로 잡히지 않는 주파수처럼 파닥거렸다.

주노는 샘의 반스 운동화가 눈에 들어오기 전에 이미 발자국 소리로 그 아이인 줄 알았다. 둠, 둠, 둠. 샘은 그의 발에 고뇌의 무게를 싣고 다니는 듯했다.

그런데 자기 방으로 가던 샘이 갑자기 나이젤 부부의 방으로 방향을 틀었다. 주노는 가까이 다가선 반스 운동화를 보면서 실제 주인공이 샘이라는 것을 재확인했다. 심장이 너무 빨리 뛰어 가슴이 아팠다. 공원에서 함께 수다 떨던 상냥한 노파가 부모 침대 밑에 숨어 있는 걸 발견한다면 어떻게 반응할까? 맙소사. 만약 이 침대 밑에서 심장이 멎어 죽는다면, 그 단단한 바닥 위에 굳어 있는 시체를 발견하기까지 얼마나 걸릴까? 샘은 침대 발치에 잠깐 서 있다 몸을 휙 돌려 서랍장으로 걸어갔다. 주노의 호흡은 얕았으나

---

* 마약성 진통제 옥시코돈.

아주 커다란 날개가 퍼덕거리듯 귀를 울렸다. 서랍 하나가 열렸다. 샘이 무엇을 찾고 있는 것일까?

곧이어 샘의 핸드폰이 울렸다. 주노가 지난 번에 들었던 작은 새 지저귀는 소리였다.

"네, 못 찾겠어요."

샘의 목소리는 너무 컸다. 너무 가까웠다. 주노는 어지러움에 눈을 감았다.

"우리 아빠한테 옥시가 있어요. 그렇긴 한데…."

'안 돼, 안 돼, 안 돼.' 라고 속으로 외쳤다. 그녀에겐 옥시가 필요했다. 몇 개나 챙겨 두었었지? 샘은 욕실로 이동했고, 주노는 약장 문 열리는 소리와 그 소중한 하얀 알약들이 땡그랑거리는 소리를 들었다. 그리고 1분 쯤 지나 샘은 뒷문으로 걸어 나갔다. 어디론가 성급하게 가야 하는 듯 더 빨라진 걸음이었다. 샘이 내는 둠, 둠, 둠 소리는 계단 밑을 향하고 있었고, 부엌에서 유리컵을 쨍그랑거리더니 현관문 닫히는 소리가 쾅, 들렸다.

주노는 아연실색하여 움직일 수 없었다. 앞으로 닥칠 일을 예감이라도 했던 걸까? 안 돼, 샘이 그의 부모처럼 되게 놔둘 수는 없어. 주노는 낳은 정이 기른 정을 압도할 수 있다고, 물론 그 반대도 마찬가지라 확신했다. 샘도 그들처럼 될 것이다. 숨어 있던 곳에서 기어 나와 신음소리와 함께 등을 펴며 결심했다.

욕실을 바라보았다. 바닥을 타박타박 가로질러 자기가 해놓은 흔적들을 점검했다. 욕조 가까이, 약장 바로 근처 바닥에 물을 흘린 조그만 자국이 남아 있었다. 입술을 오므리며 천천히 샘의 방으로 시선을 옮겼다. 샘은 십대 소년이고 분명 그 아이는 몇 알의 옥시가 가져다줄 빠른 사회 관계를 세울 것이다. 그렇다고 그것이 자신의 집에서 무언가 잘못되었다는 것까지 알 수 있을 거라는 의미는 아니었다. 주노는 샘이 욕실을 유심히 살필 만큼 오래 서 있었나 궁금했다.

샘이 그의 가족, 특히 자신의 출생 관련 문제가 있다는 사실을 알고 있는지 궁금했다. 샘의 블로그를 떠올렸다. '늑대는 곰들이 키워줄 때에도 다 알고 있다.' 하지만 샘이 얼마나 알고 있을까? 주노는 자기도 모르는 새 위니와 나이젤의 침실, 아니 최근에는 위니의 방이 되어버린 그곳을 서성이고 있었다.

위니의 침실 탁자 근처에 서서 곰곰 생각에 잠겼다. 얼마 전에 읽은 수수께끼 같고 우울한 위니의 일기장이 떠오르면서 어느새 손잡이를 향해 굽은 손을 내뻗고 있었다. 위니의 일기장을 발견했던 때는 천진난만하게 손톱깎이를 찾을 때였다. 애초부터 훔쳐보려던 것은 아니었다. 그러나 지금 주노는 다른 것들, 더 불길한 것들을 마음에 두고 있었다.

예상대로 위니의 침실 탁자 맨 아래 서랍에는 자물쇠 달린 불연성 상자가 그대로 있었다. 서랍에서 상자를 꺼내 무릎에 얹었다. 앙증맞은 열쇠가 플라스틱 고리에 매달려 상자의 금속 경첩에 아직도 달랑거렸다. 그 엉성한 열쇠를 똑같이 엉성한 자물통으로 밀어 넣는 것은 문제도 아니었다. 이것이 문서를 보안하는 크라우치

네 방식이라면….

자물통이 딸깍하자 뚜껑을 열었다.

안에는 세 다발의 문서가 쌓여 있었는데, 그중 두 다발은 고무줄로 함께 둘러놓았다. 그 두 묶음을 먼저 집어 서둘러 묶음을 풀었다. 공원으로 해가 떨어지면서 바깥 그림자들이 길어지고 침실로 스며드는 빛은 노란색에서 오렌지색으로 변하고 있었다. 주노는 잠시 침실에 드리워지는 그림자를 보다 하던 일로 다시 돌아갔다. 갑자기 불안감이 몰려들었다.

여권들이었다. 위니와 나이젤의 여권. 샘의 여권은 없었다. 여권을 고무줄로 다시 둘러 처음과 똑같이 제자리에 놓고 더 큰 다발의 서류들을 집었다. 찾기를 바라던 것들이었다. 비닐 재킷 안에는 위니와 나이젤의 출생증명서와 사회보장카드, 혼인허가서, 그리고 생명보험증서가 있었다. 재킷에 있는 것을 모두 꺼내었다가 확실히 하기 위해 하나 하나씩 제자리에 도로 넣었다. 샘의 출생증명이나 사회보장카드는 없었다. 이상한 일이었다. 위니가 다른 곳에 보관해두었을 수도 있었겠으나, 그랬다면 더 이해가 안 갔다. 샘에게는 마치 존재를 증명할 어떤 서류도 없는 것 같았다. 자신이 지금 너무 성급한 결론을 내리는 게 아닌가 자문했다. 하지만 어쨌거나 찾고자 하는 것은 머릿속에서 문제를 풀라고 졸라대는 자신의 목소리를 잠재울 출생증명서였다. 그날 공원에서 했던 샘의 말이 떠올랐다. 자기가 엄마 아빠의 자식이 아니라고 느껴진다 했다.

"한번은 내 출생증명서를 찾아보았다니까요. 엄마는 제 출생증명서가 보관 중 곰팡이가 피는 바람에 폐기했는데, 새로 신청할 생각은 안 했대요."

주노는 자신의 사무실을 찾아왔던 여자들 중 꼭 위니 같은 여자들을 자주 봤었다. 그들은 어쩌면 모두가 한결같았다. 위니는 샘의 옷 라벨에 펜으로 새뮤얼의 이름을 써 놓았다. 샘을 위해 영양사처럼 정확하게 식사의 균형을 맞췄다. 그리고 샘이 입을 핼로윈 의상도 언제나 직접 만들어 주었다. 미루어 짐작건대, 위니는 자기 아이의 출생증명서를 잃어버리거나 훼손되었을 때 다시 신청하는 것을 간과할 엄마가 아니었다. 오히려 그 반대였다. 주노는 손가락을 귀 뒤의 반점으로 가져갔다.

만약 샘에게 건강 기록이 없었다면 공립학교에 들어가지도 못했을 것이다. 맞아, 그렇다.

아마도 위니는 샘의 생모를 알고 있고, 또 생모로 하여금 아기를 포기하도록 조종했을지도 모른다. 그렇다면 그날 나이젤의 폭발했던 감정이 설명된다. 이제 완벽하게 이해되고 있었다. 뒷골로 가볍게 들어온 두통이 이마 쪽으로 기어오고 있었다.

박스에 들어 있는 마지막 뭉치를 집었다. 돌돌 말아 고무줄로 두른 것이 마치 뚱뚱한 관절처럼 보였다. 그것들을 푸는 데 3분은 족히 걸릴 정도로 복잡하게 감겨 있어 나중에 똑같이 해 놓을 수 없을지도 모른다고 생각했다.

"이런 미친 짓에도 체계가 있나, 위니?"

주노가 빈 방 허공에 대고 물었다.

이젠 늦었다. 이미 두 개의 봉투가 손 위에 펼쳐졌고, 서류들은 오래되어 꾸깃꾸깃했다. 마치 러시아 마트료시카 인형같이 서류 안에 또 다른 서류가 있었다. 이것이 위니에 대해 더 많은 것을 알려 줄 것이다. 고무줄을 옆으로 젖혀 뚫어지게 응시했다. 위니는 봉투 덮개를 혀로 핥아 바깥쪽으로 봉하는 대신 봉투 안쪽으로 밀어 넣어 위쪽을 돌돌 말아 묶고 또 묶어 놓았다. 그것을 열면서 별 의미 없는 것일지도 모른다 생각했다. 그렇다면 아주 우스운 꼴이지 뭐야. 한편으론 아니야, 그렇지 않을 거야, 하며 이미 흥분으로 달아올라 가지 말아야 할 곳까지 파고 들어가며 초조해 하고 있었다. 그런데 도대체 관심 두는 게 무엇이며, 왜 이렇게 이것저것 파헤쳐 대고 있는 것일까? 사실 크라우치네 가족이 자신에게 문젯거리를 던진 일은 없었다. 자신이 이 집에 들어온 이유는 모든 것을 정리하고자, 죽고자 함이었다. 조심스레 봉투를 열면서 주노는 자기가 예전에 하던 일에서 떨어져 나온 빵 부스러기 같은 호기심을 탓했다.

봉투에는 돌돌 말린 또 하나의 종이 말고는 비어 있었다. 처음에는 종이가 너무 얇아 담배를 마는 종이인가 생각할 정도였다. 둘둘 말린 종이를 펴기 위해서는 찢어지지 않게 조심조심 손톱을 써야 했다. 무릎 위에 펴 보니 두 장의 인쇄물이었다. 글씨가 너무 희미하게 바래 무엇이라고 써 있는지 안경 없이는 알아 볼 수 없었다. 주노의 경험에 있던 경찰 보고서와 닮았다. 과거의 업무 탓에 이런 형식의 보고서들을 몇 번 본 적이 있었다. 흐릿한 글들은 마치 한 줄의 검정색 선을 그어 놓은 듯 보일 뿐이었다. 때때로 주노는 나이젤의 돋보기를 썼는데 나이젤은 돋보기를 침대 옆 탁자에 넣어

두었다. 주노는 나이젤의 탁자로 타박타박 걸어가 서랍을 열었다. 반쯤 먹다 남은 기침약 시럽이 안경 옆에 놓여 있었다. 안경을 쓰고 시럽으로 손을 뻗어 뚜껑을 틀어 열면서 위니 쪽 침대보에 올려 놓은 서류들에 시선을 두었다. 시럽을 꿀꺽꿀꺽 넉넉히 들이키며 그 서류들을 오랫동안 응시했다. 토마토처럼 붉은 시럽이 차가운 체리빛 혈액같이 입안을 적셨다. 입술을 핥으며 시럽 병을 서랍 속에 다시 넣고 위니 쪽 사이드로 옮겨갔다. 이제 서류에 있는 글씨들은 훨씬 읽기 편해졌다. 서류 한 장을 얼굴 정면에 가져갔다. 기록들이 점점 충격으로 다가서며, 읽어 내려가는 동안 마치 위니를 향하는 듯 야릇하게 혀를 찼다. 마지막으로 서류를 반듯이 접어 주머니에 쑤셔 넣었다. 다시 한 번 봉투를 뚫어지게 쳐다보며 확인했다.

봉투 안 구석에 무엇인가 있었다. 아니, '무엇인가' 있다고 생각했다. 아무것도 없을지도 몰랐다. 봉투를 돌려 살살 흔들었다. 뭔가 이상한 느낌의 것이 손으로 떠내려왔다.

작은 종이 타월 한 장. 아니, 헝겊이었다. 역시 너무 오래돼 바삭거렸다. 주노 눈에 그것은 자기 할아버지가 안주머니에 넣고 다녔던 손수건처럼 엠보싱되어 있었다. 그 헝겊을 손가락 사이에 끼워 얼굴 가까이 들어올렸다. 누렇게 변색된 그것은 오래되어 바랠 대로 바랜 혈흔이었다.

갑자기 치고 올라오는 메스꺼움에 헝겊 조각을 떨어뜨렸다. 위니는 왜 이 조그만 해져빠진 헝겊을 보관하고 있을까? 그리고 이 혈흔은 누구의 것이란 말인가? 주노는 몸을 천천히 무릎까지 굽혀 정사각의 천을 다시 집으려고 바닥 카펫으로 완전히 몸을 굽혔다. 잠깐 동안 자신이 다시 일어설 수 있을지 확신할 수 없었다. 등에 통증이 발작했고 동시에 두 무릎은 폐타이어처럼 움직여지지 않았다. 나이젤의 기침약 시럽이 아직 온전히 몸의 통증을 가라앉히지는 못하고 있었다. 휘청거리며 억지로 겨우 일어섰다. 코뿔소처럼 숨을 몰아 쉬면서 헝겊 조각을 봉투에 도로 집어 넣었다. 위니가 정말 얼마나 괴이한 사람인지 이 헝겊 조각이 중요한 단서가 될 수도 있다. 과거 주노에게는 자기의 자른 손톱을 식품 저장용 유리 용기에 모아두는 환자가 있었다. 봉투가 하나 더 있었는데 그것은 더 무겁게 느껴졌다. 휘감는 긴장감에 코를 찡그리고 조심스레 봉투를 열며 또 무엇이 나올지 기대했다. 그러나 봉투 안에 추가의 피묻은 헝겊 여섯 조각 외에 더는 없었다.

그게 무엇이었건 간에 지금처럼 없애버리고 싶었던 적은 없었다. 위니와 다코타 쌍둥이를 훈연하기 위해 위니의 엄마는 도대체 무엇으로 연기를 피운 거야? 손을 가능한 재게 움직여 봉투를 도로 말아 넣기 시작했다. 평소라면 손가락 마디가 고통스러워 마음처럼 움직이지 못했을 것이다. 그러나 이번만은 너무 열중한 탓에 고통조차 느낄 수 없었다. 손마디의 뻣뻣한 느낌을 풀어주려 왼손을 흔들면서 봉투를 쥔 오른손을 들어올려 얼굴로 가져갔다. 주노의 노안이 봉투를 뚫어쳐라 쳐다보았다. 너무 열중한 나머지 머리가 뽀개질지 모를 지경이었다. 하지만 거기엔 여전히 봉투 두 개와 피 묻은 헝겊 여섯 조각이 전부였다. 박스를 도로 집어넣고 뻣뻣해진 근육을 움직여 욕실로 간 주노는 뜨겁게 틀어제낀 물 아래 두 손을 맞잡았다.

주노는 평생 쌓은 훈련으로 상대의 머릿속으로 들어가야 한다는 걸 알고 있었고, 그것이 어떻게 일어나는지뿐 아니라 '왜' 일어나는지를 알 때까지 깊이 스며들어야 한다는 것을 알고 있었다. 그렇게 일단 중요 정보 하나를 얻고 나면, 그 사람의 뇌에 연결된 회로판이 열려 제대로 된 버튼을 찾아 누를 수 있게 된다. 두 개의 봉투, 여섯 조각의 피 묻은 헝겊. 이것들은 전리품일까? 아니다. 위니는 제 스스로를 전리품으로 여기는 사람이었다. 그녀는 결단코 더러운 흙이 묻은 것을 기념품으로 간직할, 그런 사람이 아니었다. 이것들은 머리댕기나 러브레터 같은 유품일 것이다. 그리고 포장된 모양으로 보건대 가슴 아픈 사연이 있다. 이런저런 생각들 와중에 줄곧 마음에 짚이는 게 한 가지 있었다. 만약 샘의 생모가 임신했던 사실을 아무도 몰랐다면? 그 사실을 위니만 알고 있었다면? 지금껏 잃어버린 아기를 찾아 헤맸지만, 진실은 행여 그 아기의 엄마를 찾는 데 있을지도 몰랐다. 생각이 엷은 안개처럼 주노를 덮었고, 한기가 뼛속 깊이 스몄다.

16

위니

위니는 다음 날 아침 10시에 사무실 자기 책상에서 메일을 체크한 후 새뮤얼의 식단을 짜고 있었다. 새뮤얼은 집에서나 밖에서나 늘 위니가 짜준 대로 먹었다. 아이가 어렸을 때 조그만 〈퍼피 구조대〉*가 그려진 식탁에서 함께 음식을 먹던 시절이 그리웠다. 이젠 각자의 스케줄 때문에 함께 저녁 먹는 일은 거의 없었다. 위니는 일주일에 세 번 사무실로 출근하면 되었는데, 이때를 이용해 밀린 사무를 처리했다. 나머지 이틀은 현장에서 보

---

* 키스 채프먼이 만든 캐나다 애니메이션 TV 시리즈.

냈다. 정신병동 환자들을 홈케어로 알선 배치해주는 일이었다. 그녀는 일루미네이션즈에서 했던 일보다 이 일을 더 좋아했다. 그 한 가지 이유가 홈케어 서비스를 배치해주고 나면, 이후에는 직접 환자들을 대면할 필요가 없기 때문이다. 그 다음엔 책임 복지사가 담당했다. 감독직에 가까운 업무여서 자신에게 더 잘 맞는 일이라 생각했다. 일루미네이션즈에서는 환자들 일에 지나치게 관여되어 있었다. 그런 이유로 나이젤은 위니가 일루미네이션즈를 그만두고 다른 일을 찾기를 바랐다.

커피를 따르려고 손을 뻗었는데 커피가 식어 있었다. 환자에게 연결해 줄 보다 나은 가정을 찾는 업무를 하는 중에도, 마음은 계속 그 어린 소녀 이름, '리사 샤프'에 맴돌고 있었다. 나이젤은 무엇 때문에 인터넷에서 실종 아동들을 검색하여 그 이름들을 적어 놓았을까? 생각건대 그러한 시도는 나이젤이 자기에게 할 수 있는 최악의 배신이자 가장 잔인한 일이었다. 그런데 자신 또한 실종 아동들의 기사를 찾아 뉴스를 뒤지고 있지 않은가? 위니가 자신에게 보다 정직하다면, 본인의 관심이 실종 아동이 아니라 그 부모들을 향한다는 사실을 인정해야 했을 것이다. 위니는 그 부모들의 상처를 확인하고, 마치 자신이 그들의 일원인 듯 더불어 고통을 나누고자 했다. 실상 자신은 그들의 상처에서 한 발 비껴 있었다.

신선한 커피를 마셔야겠다는 생각으로 책상에서 불쑥 일어섰다. 지금 그것이 필요했다. 오늘은 제대로 먹지 않아 정신이 아득했다. 홀을 지나 주방을 향해 걸어가는 위니의 표정에 미소가 피식 피었다 사라졌다. 무언가 편치 않을 때 종종 짓곤 하는 그런 미소였다. 절대 아무 말도 하지 않을 것이다. 회사 머그잔에 커피를 따르면서 다음 생각에 정신이 팔린 나머지 평소처럼 크림과 설탕 넣는 것을 깜빡했다. 사무실로 돌아온 위니는 머그잔에 담긴 블랙커피를 뚫어지게 응시하며 생각했다.

'이럴 수는 없어. 아무 일도 아닌 척하고만 있을 순 없어.'

나이젤과 얼굴을 마주보고 얘기해야겠다고 생각했다. '당신이 인터넷에서 검색하고 있는 것들을 다 알고 있다'고 그에게 말해야 했다. 결심을 굳히며 의자 뒤에 걸쳐놓았던 재킷을 집어들었다. 위니는 매사에 공격적이었다. 자기 생각 그대로 밀고 나가야 했다. 반면 나이젤은 싸움에 끼고 싶어 하지 않았다. 그 역시 여느 사람들과 마찬가지로 승자가 되고 싶어 했지만, 방식은 달랐다. 위니는 결혼생활에서 그런 그의 싸움 방식을 좋아하지 않았다. 위니가 진정으로 원하는 것은 시간을 되돌리는 것, 그래서 인생 최악의 실수를 저지른 그날 밤으로 돌아가, 아무 일 없었던 듯 그 일을 되돌려놓는 것이었다. 그 순간만 되돌릴 수 있다면 결혼생활과 아들, 모든 것이 마땅히 제자리로 돌아올 것이다.

차를 주차해둔 곳으로부터 몇 야드 떨어진 건물의 차양 아래 들어섰을 때는 비가 내리고 있었다. 차양 아래 몸을 움츠리고 선 위니의 시선은 시퍼렇게 멍든 하늘로 향하고 있었으나 실제 그것을 보고 있는 건 아니었다. 지금 당장 차를 몰면 어디로 가야 하지? 어디로 가야 할지 자신도 몰랐다. 결국 차를 향해 걷는 대신 입고 있는 재킷의 모자를 뒤집어 쓰고 휴대폰에서 눈을 박고 걸어가는 두 남자를 비껴 인도를 걷기 시작했다. 비는 분무에 가까웠고, 시애틀의 비가 아니라면 내어줄 수 없는 애정으로 위니의 얼굴을 쓸어 만졌다.

만약 자신과 나이젤이 싸운다면, 그 싸움은 추하게 번질 것이다. 비밀을 품은 사람들이 링에 오르기 때문이다. 나이젤에게 왜 온라인에서 리사 샤프를 검색했는지 물으면, 비난으로 받아들인 나이젤은 염탐하는 거냐며 자신을 나쁜 놈으로 만든다고 할 것이다. 어쩌면 그가 옳을지 몰랐다. 나이젤이 자기를 가스라이팅하는 건 아닐까. 위니는 그 가스라이팅의 상당 책임이 자기에게도 있음을 꽤나 확신했다. 하지만 나이젤은 자기와 달랐다. 나이젤은 위니가 저지른 실수에서 그 자신이 행한 역할을 자책하지 않았다. 아니다. 나이젤이 만약 어떤 정보를 검색하고 있었다면, 자신에게 득될 만한 무언가를 찾는 것일 거다. 성격 파악이 안 되는 누군가와 수년을 함께 호흡할 수는 없는 노릇. 좋건 나쁘건, 결국은 그렇게 파악된다.

위니는 입술을 핥았다. 어디로 가고 있는지 걸음이 얼마나 빠른지도 몰랐다. 그저 지나치는 사람들이 있고, 그들이 쳐다보는 시선을 어렴풋이 느낄 뿐이었다. '얼굴 화장 때문일 거야.' 얼굴을 어루만져 쓸고 가는 비가 마스카라를 흘러내리게 했나 보다. 마음속 웅얼거리는 목소리는 자신의 실제 모습이 아니라 사람들에게 보여지는 느낌에 대해서만 단정하고 있었다. 그 목소리는 3년간 자신을 담당했던 상담 치료사의 목소리처럼 의뭉스런 소리였다. 그 남자 치료사의 목소리는 위니의 마음속에 사망한 아버지의 목소리보다 더 뚜렷이 남아 있었다. 그 치료사는 결국 면허를 잃었고, 그 후 위니는 전업 엄마로 살아가기 위해 무기한 치료를 중단했다.

나이젤이 가계에 보탬이 되게 아래층 별체를 세놓자고 제안할 즈음 위니는 일을 구하기 시작했었다. 낯선 사람이 집에 들어와 자신을 지켜본다는 것은 생각만으로도 끔찍한 일이었다. 별도의 출입문을 만드는 데 동의했다 해도 그것은 안 될 일이었다. 위니는 잘 알지도 못하는 길거리 모퉁이에 멈춰 서서 비로소 주변을 둘러보았다. '진정해, 위니'라고 중얼거렸으나 위니는 사실 진정되어 있었다. 오히려 지나치게 침착했다. 왜 그럴까? 나이젤은 위니를 떠나지 못하며, 위니에게 그건 일어나선 안 될 궁극의 두려움이었기 때문이다. 요란한 웃음을 터뜨렸다. 햇빛을 기다리던 몇몇 사람들이 바바리코트에 마스카라 번진 얼굴로 깔깔대는 여인으로부터 몇 걸음 물러섰다. 그럼에도 웃기는 일이다. 그렇지 않은가? 위니는 일어날 수 없는 일을 두려워하고 있었다. 위니의 입술에 웃음이 시들어갔다. 나이젤은 떠나지 못했던 게 아니었다. 그가 원했고 또 할 수 없었을 뿐이었다. 어쩌면 '그 일'을 들춰내는 게 지나친 건 아닐까 하면서도, 위니는 원했다. 남편이 자기를 사랑해주길, 남편이 자기와 함께하고 싶어 하길….

어느새 위니는 집으로 향하고 있었고, 그린레이크 공원 반대편 끝에 도달할 때까지 별로 걷지 않았던 길을 터벅거리다 이제 집 앞에 서 있었다. 옷은 젖었고 얼굴에 흘러내린 화장은 엉망진창이었다. 위니의 차는 여전히 회사 주차장에 있었다. 위니는 시오리 길을 걸었지만, 그거리조차 의식하지 못했다. 평소 위니가 가장 못마땅해 하는 모습이 바로 점심시간이 끝나고 마지 못해 사무실로 돌아가는 사람들의 터벅 걸음이었다. 만약 차를 가지러 돌아가 퇴근하는 직원들이 지금 자신의 모습을 본다면, 그들은 최악의 상황을 상상할 것이다. 사람들은 언제나 씹어댈 만한 이야깃거리들을 찾는다. 뒷담화는 사람들의 하루를 빨리 흐르게 한다. 게다가 그들이 상상할 수 있는 최악의 상황은 실제로 위니가 저지른 일만큼 나쁘진 않을 것이다. 내일은 우버 택시를 타고 출근하고, 그에 마땅한 변명거리를 지어내야 할 것이다. 나이젤에게는 배터리가 방전되어 차를 못 가져 왔다고 둘러대기로 마음먹었다. 그것으로 충분할 것이다. 위니는 예전 자신 방식으로 돌아갔다. 더러운 먼지들은 카펫 밑으로 쓸어 넣어버리는 것이다.

공원 끝자락에 선 위니는 잠깐 동안 꼼짝 안 하고 섰다. 집은 길 건너편에 있는데, 마치 공원을 처음 산책하는 낯선 이처럼 자기 집을 멍하니 바라보았다. 한번은 어떤 나이든 남자가 연인으로 보이는 나이든 여자와 걷다 그 집을 보면서 "정갈하고 좋은 집이네" 하는 말을 들은 적 있다. 흐흥, 하며 그 여자는 자기 팔을 남자의 팔에 끼며 동의했다. 위니 역시 그 남자의 말에 동의했다. 위니는 붉은 벽돌과 전통적 각진 구조가 매력이라 생각했다. 그러나 위니의 친구 몇은 웨스 크레이븐* 영화에 나오는 집 같다며 비꼬았다. 이제 겨우 정오였으나 하늘에는 이미 저녁 6시 무렵의 그림자가 드리워져 있었다. 역동적 구름이 액자처럼 집을 둘러싸고 있었고, 지

---

* 미국의 영화 감독으로 호러물의 거장.

붕 바로 위로 회합이라도 하는 듯 유난히 어둡게 몰려 있었다. 말도 안 되는 날이었다. 위니는 마치 정신분열증이라도 앓는 사람 같았다. 하루 종일 그랬다. 위니의 눈이 바람결을 따라 침실 창문 쪽으로 움직였다. 그리고 그 순간 지금까지 머리를 혼란스럽게 지배해왔던 생각들이 미끄러지듯 빠져나갔다. 눈에 비친 장면은 엉겁결에 배와 허벅지를 꽉, 움켜쥐게 만들었다. 누군가 침실 창문에 서서 공원을…, 그리고 '자기'를 바라보고 있었다. 위니의 입이 쩍, 벌어지는 순간 개들을 산책시키는 한 남자가 앞을 가로지르며 시야를 가렸다. 기껏해야 2초 남짓한 찰나였다. 남자가 지나가고 시야가 틔었을 때, 창문, 바로 자기의 침실 창문은 텅 비어 있었다. 몇 걸음 안 떨어진 가까운 횡단보도는 아랑곳 않고 거리를 가로질러 돌진했다. 마즈다 한 대가 위니에게 빵빵거렸다. 남편과 함께 쓰는 침실 창문에 시선을 고정한 채 세 개의 차선을 가로질러 내달리며 손을 들어 미안함을 표했다. 집으로 난 오솔길을 달리며 가방에서 열쇠를 꺼냈다. 이제 시선은 침입자의 흔적을 찾아 다른 창문을 뒤지고 있었다. 도로 연석을 따라 네빈스의 타호가 주차되어 있었다. 네빈스는 집에 있었다. 도움이 필요하면 그를 불러낼 수도 있을 것이다. 네빈스의 집은 좁은 골목길을 사이에 두고 위니 집과 뒷면을 마주하고 있었다. 위니는 네빈스의 트럭과 평소 극히 싫어하는 노란 범퍼 스티커를 지나 뒷골목으로 내달렸다. 네빈스의 모습은 보이지 않았고 그의 케이프 코드* 스타일 창문은 어두웠다. 집 대문

---

* 미국 매사추세츠 주 케이프 코드의 창문 양식으로 격자 무늬의 이중 창 스타일.

은 그대로였다. 위니는 조용히 문을 열고 뒷문에서 시선을 떼지 않고 가방에서 핸드폰을 꺼냈다. 누군가 집 안에서 튀어나온다면 여기로 나올 것이다. 그러나 그 순간 위니는 한 가지 중요한 사실을 생각해내고 상체를 바로 세웠다. 경보기…. 열쇠를 만지작거리며 뒷문을 향해 눈을 깜빡였다. 위니는 종종 문 너머로 경보기가 제대로 작동하는지 세심하게 확인하곤 했었다. 뒷마당 잔디를 가로질러 뛰었다. 오늘따라 구름 사이로 내리비추는 범상치 않은 빛에 꽃들이 지나치게 찬란해 보였다. 문까지 한 걸음 남짓한 지점에서 부엌에 있는 키패드의 빨간 불을 확인할 수 있었다. 경보 장치는 제대로 작동하고 있었다. 등골이 오싹하고, 발가락 끝에 어설픈 힘이 들어갔다. 경찰을 부르고 싶었지만 나이젤이 발끈할 것이다. 그는 황당하다 못해 미쳤다고 할지 몰랐다. 나이젤은 한순간에 무너져 내릴 수 있는 위험한 존재를 대하듯 자기를 다시 볼 것이다. 아랫입술을 질근질근 씹으며 몸을 떨었다. 경찰도 부를 수 없었고 나이젤에게 전화할 수도 없었다. 직접 모험에 나서야 한다.

위니는 도둑을 마주할 준비가 된 여자처럼 조심스레 문을 열었다. 이런 상황을 어떻게 상상이나 할 수 있을까? 조금 전까지만 해도 하늘을 드리운 어두운 구름들을 생각했었다. 그런데 지금…. 키패드 경보기 암호를 찍어보다 냉장고 모터가 갑자기 윙, 거리며 돌아가는 바람에 깜짝 놀랐다. 경보기 알람이 한 번 삑, 거려 작동이 중지되었음을 알려주었다. 위니는 행여 무슨 소리라도 들을 수 있을까 귀기울이며 살금살금 부엌 깊숙이 들어갔다. 이 집은 낡았다. 집에서는 늘 이런저런 소음이 섞여들었다. 위니는 그 속에서 침입자의 소리를 들으려 안간힘을 썼다. 이렇다할 소리가 없자, 부엌과 마찬가지로 텅 빈 복도를 살금살금 걸었다. 이 모든 것이 자신의 상상일 거라 확신하며 층계로 향했다. 오늘 아침 위니의 상태는 그림자 속에서 무서운 것을 보았다 해도 전혀 놀라지 않았을 만큼 끔찍한 감정에 휘둘리고 있었다. 이제 심장박동이 조금 진정되는 듯하여 이층으로 올라갔다.

낯익은 물건들을 조심스럽게 그리고 초조하게 천천히 원을 그리며 침실을 훑었다. 아무것도… 잘못된 건 없었다. 하지만 이상했다. 그게 무엇인지 콕 짚을 수는 없었다. 지금은 없지만 분명 누군가 들어왔었던 느낌은 분명했다. 창가를 훑으면서 위니는 문을 등지지 않게 명심했다.

'어쩌면…, 이건 말도 안 되는 생각이야.'

말이 안 된다면서도 마음속 두려움은 어쩔 수 없었다. 행여 지금 상상하는 형태의 죽음이라도 맞는다면, 정말 한심스러운 인간이라 비아냥받을 것이다.

'위니, 어쩜 집에 누군가 있을 거라는 생각을 안 했던 거니?'

경보기는 작동하고 있었다. 그래서, 어떡하라고….

커튼을 옆으로 밀어젖히고 좀 전에 보았던 그 모습 그대로 서 보았다. 이 창가에서 무언가가 자신을 내려다보고 있었다. 위니는 분명 그것을 보았다고 확신했다.

"아니야."

위니가 웃으며 돌아섰다. 지금 그녀를 괴롭히는 단 한 가지는 과거 자신의 결정이었다. 위니에겐 그것이 유령보다 더 두려웠다.

17

주노

젖은 잔디가 주노의 운동화 밑에서 스폰지가 되었다. 주노는 얼굴을 이슬비처럼 내리쬐는 햇빛을 향해 워싱턴의 좋은 공기를 모두 그녀의 폐로 들이마셨다. 바깥 공기는 이제 자신을 위한 특별한 한턱이었다. 삶이 지금의 문제를 해결해 주기만 한다면 말이다. 주노는 발밑에 오렌지 주스 병을 놓고 골판지를 만지작거리는 조를 발견했다.

"이야 조, 오렌지 주스네?"

조는 목소리의 근원을 확인할 때까지 주위를 휘둘렀다. 주노를 본 그의 얼굴이 밝아졌다.

"어떤 개자식이 주고 갔어, 주노."

"제길, 내가 탄산 좋아하는 거 알지?."

조는 거하게 웃어대면서 자기 무릎을 철썩 때렸다. 주노는 조가 탄산음료 없이 지내는 걸 본 적이 없었다. 기왕이면 과즙이 들어 있으면 더 좋아했지만 탄산이 들어가기만 하면 무엇이라도 괜찮았다. 얼핏 조의 골판지를 본 주노의 눈꼬리가 올라갔다. 조는 "제발 도와주세요"라는 글귀로 구걸하는 그런 성격의 소유자가 아니었다. 크레거가 듣곤 했던 조니 캐시*의 노래 가사 석 줄을 대담한 필체로 판지에 써 놓고 있었다. 주노의 표정에 관심이 묻어났다. 조는 천생 노숙인이었다. 그가 골판지에 써놓는 문장은 구걸을 요청하거나 피끓는 격문이 아니라 아름다운 노래 가사처럼 보드라운 서정시여서 눈썰미 밝은 음악 애호가들의 관심을 끌기도 했다. 조는 대부분의 나날을 꽤 잘 지냈다. 조는 세상만사를 "제길, 그놈의 개자식들"이라고 일축하며 웃는, 영원한 낙천주의자였다. 심지어 자신을 졸졸 따라다니는 개를 어머니라고 불렀다. 개는 이젠 안 보였다. 다만 조는 주노의 관심을 끌려 하고 있었다. 주노는 웃음을 띠며 계속 걸었다. 그런데 조가 뒤에서 그녀를 불러 세웠다.

"어이, 주노! 여태 어디 갔다온 거야, 아가씨."

"난 이제 너 같은 청춘이 아니야, 조!"

---

* 미국의 싱어송라이터, 기타리스트, 배우, 작가.

"맞아! 주노, 넌 개자식이야! 하하."

주노는 그에게서 멀어지고 싶어 서둘렀는데 길 모퉁이를 채 돌기도 전에 그의 웃음소리가 들렸다. 조의 입담은 만족할 줄 몰랐고 주노는 오늘 그의 수다에 끼어들고 싶은 마음이 없었다. 먼 길을 걸어 도서관으로 가는 도중, 뜨거운 수프 한 컵을 사려고 모퉁이 가게에 들렀다. 평일에 여기서 일하는 남자는 주노에게 늘 친절했다. 남자는 수프 코너로 걸어 들어가는 주노를 뜨내기 손님이겠지 무심코 일별하고 제 할일을 하려다 문득 반갑고 놀라운 표정을 지으며 다시 바라봤다. 한동안 이 가게를 찾지 않았었다. 주노는 남자가 자신을 알아주는 느낌이 좋았다. 미네스트론*을 골라 포장 용기에 담고 계산대로 향했다. 수프는 2달러 50센트였다. 계산대에 돈을 꺼내놓고 우표 한 장을 추가로 주문하면서 주머니에 남아 있는 잔돈을 꺼내 확인했다. 한 페이지당 5센트를 받는 프린터 비용은 충분히 남아 있었다. 우표를 주머니에 챙겨 걸어 나가며 바로 포장 수프 용기를 입으로 가져갔다. 가게 문을 채 나서기 전에 계산대 남자가 다가오더니 멘토스 사탕 한 갑을 슬쩍 내밀었다. 남자의 선심이었다.

도서관 컴퓨터 앞에 앉아 멘토스를 입술 사이로 조심스레 밀어 넣었다. 멘토스는 벌써 반이 비어 있었다. 필요한 정보가 모니터에 뜨고, 프린터가 윙윙거리며 출력한 마지막 장이 온기가 식기 전에 도서관을 나왔다. 한 시간 후면 샘이 집으로 올 것이다. 그 애가

---

* 야채와 파스타를 넣은 이탈리아식 수프.

경보기를 해제하고 숙제하는 사이에 부엌을 통해 슬며시 들어가곤 했었다. 문제는 네빈스였다. 그는 때때로 자기 집 창문에서 뒷문으로 가는 길에 거쳐야 할 골목길을 기웃거리기 때문이다. 그 집 창문을 쳐다보지 않는 한 네빈스와 눈이 마주칠 일은 없을 것이다. 하지만 네빈스는 주노를 발견하는 즉시 경찰을 부를 것이다. 공원 길을 가로질러 위니 집으로 가는 경로를 포기했다. 대신 일찌감치 길을 건너 먼 길을 우회했다. 문에 들어서기도 전에 가슴은 이미 경주마처럼 쿵쾅거리고 있었다. 만약 샘이 부엌에서 샌드위치를 만들다가 늙은 노숙인 친구가 뒷문으로 걸어 들어오는 광경을 본다면 어떻게 반응할까? 네빈스의 트럭은 연석에 주차되어 있지 않았다. 수상한 노파처럼 보이지 않으려 애를 쓰며 골목길을 걸어 내려가는 내내 뒷문에 고정한 시선을 거두지 않았다. 샘이 문을 열어둔 그대로여서 빗장을 풀기 위해 굳이 손을 뻗칠 필요는 없었다. 문 가까이 이르러 속도를 늦추고 슬며시 주변을 둘러보았으나 여전히 네빈스 집 창문에 눈에 띄는 움직임은 없었다. 다른 누군가가 자신을 볼 수도 있겠지만 아마도 청소부나 뭐 그렇고 그런 노파이겠거니 여기고 말 것이다. 도시에서는 교외에서 보고 들을 수 있는 부류의 간섭 없이 사람들이 오고 갔다. 주노가 교외에서 엄마로 지내던 시절엔 누가 드나드는지 쉽게 알 수 있었다. 미끄러지듯 대문으로 들어섰다고 생각하던 순간 곧 자신이 뭔가 실수를 저질렀다는 낭패감에 빠졌다. 집으로 발걸음을 내딛자마자 크게 호통치는 남자의 목소리가 들렸던 것이다.

"이봐! 뭐 하는 거야?"

놀라 돌아보니 조가 자신이 왔던 길을 따라 골목을 내려오는 게 보였다. 때묻은 해병대 모자가 건방스런 각도로 삐딱하게 머리 위에 자리잡고 있었다. 조는 머리 무게를 지탱하기 어려운 듯 휘청휘청 다리를 뻗으며 걸었다. 평소 보아 왔던 조의 모습이 아니어서 주노는 그가 최근에 약물을 했을 거라고 생각했다. 조는 평소 좋아하는 탄산음료를 구하기 위해서라면 어떤 일도 마다하지 않았다. 주노는 걸음을 돌려 집을 빠져 나와 조의 목소리를 못 들은 척 큰길을 향해 내쳐 걸었다. 가슴이 토끼뜀하듯 마구 두근거렸다. 그러게 아까 괜히 알은체해 가지고…. 조의 개가 함께 있는지 살폈으나 혼자였다. 조의 얼굴은 마치 무슨 문제라도 생기기를 바라는 표정이었다.

"어이, 주노! 이놈의 자식아!"

주노는 속도를 높여 그린레이크 공원 쪽으로 우회전했다. 빨리 길을 건너기만 하면 조를 따돌릴 수 있을 것이다. 조가 얼마나 가까이 다가왔는지 보려고 돌아보았는데, 정작 그의 모습은 보이지 않았다. 모퉁이 주변을 살피며 돌아왔을 때, 조는 크라우치 집의 열려 있는 뒷문 앞에서 흐느적거리며 뚫어지게 안을 쳐다보고 있었다. 두려운 상황이었다. 샘이 부엌에 들어왔다 그 모습을 보기라도 한다면….

"야, 조! 나 여기 있잖아. 너 왜 그러고 있는 거야?"

이번에는 조가 주노의 말을 못 들은 척했다. 그의 관심은 온통 그 집에 꽂혀 있었다. '맙소사.' 주노는 생각했다. '약물에 맛이 간 그의 뇌에 무슨 일이 일어나고 있는 거야?' 이제는 차라리 네빈스가 창밖을 내다봐주기를 바랐다.

"조!"

주노가 외쳤다.

"야, 이 자식아! 사람들 나오기 전에 도넛이나 먹으러 가자고."

조는 여전히 움직이지 않았다. 한때 그는 오로지 한 가지에 빠진 적이 있었다. 주노가 조를 처음 만난 곳은 도넛 가게였는데, 천국의 냄새가 풍기는 단칸 튀김집이었다. 가게 주인은 과거 약물중독자였는데 노숙인이면 누구에게나 도넛 한 개에 25센트를 받고 팔았다. 선착순이었다. 가게 주인은 주노보다 한참 어려 친구라고는 할 수 없었으나, 노숙인이라면 청하지 않아도 누구나 그 공동체의 일부가 되었었다. 주노는 조의 손이 닿지 않게 조심하면서 그가 서 있는 가까이 몇 발자국 더 다가갔다. 그는 약에 취하면 예측할 수 없는 행동을 벌였다.

"조."

주노가 다시 말했다.

"도넛 사줄…."

조가 갑자기 자기를 향해 머리를 돌리는 바람에 주노는 깜짝 놀라 뒤로 물러섰다.

"저 안에 뭐가 있지?"

"뭐?"

조가 갑자기 예상 밖의 훨씬 조리 있는 사람이 되어 있었다.

'지금 약에 취한 게 아닌가?'

조가 문으로 한 발자국 더 다가서며 손을 뻗어 문을 밀어 열어 젖히려 했다.

"얼른 이리 와, 이 바보야!"

주노는 입술을 깨물며 소리쳤다.

"사람들이 집 안에 있으면 어떻게 하려고 그래? 자, 얼른…."

자동차 소리가 주노의 말을 끊었고, 조가 머뭇머뭇 움직이기 시작했다. 주노는 조의 겨드랑이 밑으로 손을 넣어 끌고 갔다. 골목을 나와 인도를 몇 발자국 내려갈 때까지 조는 주노의 팔짱을 풀지 않고 따랐다. 한때 크라우치 집 공사를 구경하느라 걸터 앉았던 그 담장 앞에 멈춰선 주노가 불안스레 주변을 힐끗거렸다.

"나를 따라다니면서 뭐하는 거야, 지금!"

조는 주노가 싫어하는 창백한 얼굴색을 띠고 있었다. 조의 얼굴을 빤히 들여다보던 주노는 핑크색으로 변한 그의 뺨과 코를 보고 동상에 걸린 거라 생각했다. 약에 취해 정상이 아닐 거라는 주노의 판단은 옳지 않았으며, 사실 조의 정신은 지극히 멀쩡했다.

"주노, 저 집에서 뭐 훔치려고 했지!"

"그래 그래. TV나 한 대 가지고 나오려 했지."

주노가 농담처럼 대꾸했다.

"그런 다음 전당포에 가서…."

조가 주노의 말을 끊으며 손짓했다.

"너, 예전에 잘나갈 때 심리학자였지? 나 제대로 기억한다고."

주노가 조를 흘깃하더니 바보스럽게 웃으며 답했다.

"그래, 그랬지."

애써 차분하려 했으나 조의 말에 주노의 심장은 뛰었다. 조는 마치 다 알고 있다는 듯 얄팍하고 딱지 앉은 꺼칠한 입술을 벌려 웃음을 지어 보였다. 잠시 크라우치 집으로 고개를 돌려 살피던 조가 입가의 각질을 떼어내며 말했다.

"그래, 너한테 뭔 일이 있다고 생각했지. 이 멍청이 늙은이."

썩은 입냄새를 맡고, 콧등의 마맛자국을 볼 수 있을 만큼 조가 주노를 향해 쑥, 몸을 기울였다.

"아무래도 무슨 일을 꾸미는 것 같아…."

그러더니 조는 늘 봐오던 모습 그대로 고개를 축 늘어뜨려 공원 쪽으로 걸어가버렸다. 그의 뒤를 쏘아보는 주노는 배를 긁어대는 공포의 작은 바늘을 느끼고 있었다. 주노는 자신을 달랬다.

'그냥 약쟁이일 뿐이야. 오늘 밤쯤이면 이런 얘기를 나눴다는 사실조차 잊어버릴 거야.'

그런데 조는 자기에게 그동안 어디 있었는지 물어보질 않았다. 그것은 마치 주노의 모든 걸 알고 있음을 의미하는 듯했다. 위니와 나이젤이 집에 이르기 전에 그들 집안으로 들어가고자 한다면 시간이 모자랄 것이다.

"서둘러, 이 바보 같은 노인네야."

골목길을 향해 발길을 돌리며 자신에게 속삭이는 목소리가 마치 조를 향해 반사되는 메아리 같았다. 샘의 방 창문엔 불이 켜져 있었다. 샘이 자기 집에 몰래 들어오는 나를 보면 어떻게 될까?

18

위니

위니는 사흘 동안 우편물을 들여다보지 않았다. 그랬던 적은 한 번도 없었다. 싱크대 안에는 설거지 거리가 잔뜩 쌓여 있었고, 세탁한 옷들을 건조기로 옮기는 걸 깜빡해 곰팡내가 날만큼 게을렀다. 아니다, 게으르다는 건 맞는 말이 아니었다. 기진맥진해 있었다. 그러는 동안, 행여 어두운 그림자가 창문 옆에 나타나면 나이젤을 흔들어 깨워 자기가 미치지 않았다는 걸 증명할 수 있길 기다리며 밤새도록 잠들지 못하고 누워 있었다. 그날 이후 유령 같은 것은 없었다. 그래서 그날의 장면이 허상이었다고 마음을 다잡기까지 꽤나 많은 시간이 걸렸다. 그래, 집이 오래돼 그런 거야. 휴지통 페달을 밟아 온갖 카탈로그와 광고지들을 버리다 우연히 그 봉투를 발견했다. 휘갈겨 쓴 손글씨가 그녀의 주의를 끌었다. 수신인 위니의 이름과 주소와 우표가 붙어 있을 뿐 발신인은 없었다.

봉투를 뜯자, 종이 뭉치들이 팔랑거리며 부엌 바닥으로 떨어졌다. 투덜대며 무릎을 꿇고 종이들을 주웠다. 다양한 크기의 사각으로 오려낸 종이 조각들이었다. 한 장을 집어 눈앞에 대고 보니 온라인 뉴스를 출력한 인쇄물이었으며, 큰 글씨의 기사 제목이 먼저 눈에 띄었다.

'슈퍼마켓에서 유괴당한 아기!'

기사는 로지 조우에 관한 것이었다. 유모차에 있던 로지는 1990년대 후반 식료품 연쇄점에서 유괴당했다. 그 사건을 기억하고 있었다. 자신이 아는 한 로지는 그 후로 돌아오지 못했다. 20년도 더 된 사건이었다. 그런데 누가 이런 것을 보냈단 말인가? 다시 집어든 다른 스크랩 기사의 상단에는 굵은 글씨의 제목이 질문을 던지고 있었다.

'칼리 카호프는 어디에 있을까?'

생후 8개월 된 칼리 카호프를 마지막으로 본 곳은 몬타나의 자기 집 아이 방이었다. 정신이 나간 그녀 부모에 의하면, 전날 밤 칼리를 평소처럼 침대에 눕혔다고 말했다. 아이 엄마 힐러리 카호프는 "칼리가 감기에 걸려 졸려 했다"고 수사 당국에 말했다. 하지만 놀랍게도 다음 날 아침 아기 침대가 비어 있는 걸 발견했고, 칼리는 사라지고 없었다.

또 다른 스크랩 기사에 손을 뻗어 훑던 위니의 목에서 그르렁, 소리가 새어나왔다. 디트로이트에서 실종된 헬리 암스트롱이란 여자 아이 기사였다. 헬리는 끝내 두 번째 생일 파티를 맞지 못했다. 노란색 디즈니 공주 드레스를 입은 지 기껏 일주일 정도 되었을 때 집 앞마당에서 사라졌다. 헬리 엄마는 디즈니 공주 파티를 할 예정이었다고 했다. 스크랩 기사들을 다 읽었을 때, 손에는 12장의 조각이 쥐어져 있었는데 손을 심하게 떠는 바람에 종이 조각들을 또다시 모두 떨어뜨리고 말았다. 위니는 한 명의 아이도 찾지 못한 기사의 조각들을 봉투에 다시 쑤셔넣은 후 재빨리 휴지통 속으로 집어넣어 버렸다. 휴지통 뚜껑은 닫혔고, 위니는 가슴에 손을 얹어 박동을 눌렀다.

심호흡하는 데 마음속에서는 로지 조우의 작은 얼굴이 되살아났다. 멍하니 서 있다 휴지통 페달을 다시 밟았다. 하도 거칠게 밟는 바람에 뚜껑이 튀어올랐다. 조각들을 쑤셔넣은 봉투에 써 있는 수신인 이름과 주소를 뚫어져라 쏘아보는 짧은 순간 한기가 밀려들었다. 분명 여자의 필체였다. 위니는 봉투를 휴지통 깊숙이 밀어넣고 나머지 쓰레기들을 그 위로 덮어버렸다. 누군가 알고 있다.

위니는 그 주의 남은 날들과 주말을 충격 탓에 인사불성인 채 보냈다. 매사에 안절부절못했다. 새뮤얼이 보는 시끄러운 TV 쇼에서 들리는 웃음소리에도 비명을 지르고 싶었다. 도대체 아이들은 왜 저렇게 끔찍하게 시끄러운 큰 것들을 보려고 할까? 금요일 밤, 머리카락을 뒤로 돌려 하나로 묶고 땀에 젖고 경련이 이는 몸을 욕조에 담갔다. 나이젤과 새뮤얼은 나이젤의 소굴에 틀어박혀 비디오 게임을 하고 있었다. 위니는 스크랩 기사에 나온 아이들의 이야기를 집요하게 검색했다. 돌아온 아이는 없었다. 아무도. 위니는 한 팔은 허리를 짚고 다른 한 팔은 입을 감싼 채 양말 신은 발로 욕실 바닥을 서성였다. 위니가 생각하고 있던 아이는 조슬린이라는 이름의 부시시한 금발의 깡마른 체구의 소녀였다. 또래 여자 아이들이 대개 그러하듯, 의도하진 않았지만 고집 세고 화나 보이는 얼굴 표정을 띤 아이였다.

일루미네이션즈의 프로그램에 들어왔을 때 소녀의 나이는 18살이었는데 겨우 14살 남짓 정도로 보였다. 늘 입으로 물어 뜯은 그 아이의 손톱이 생생했다. 의사에게 진료받으러 가느라 처음으로 위니 차를 타고 가던 날, 졸음에 겨워 하던 아이의 눈빛도 기억났다. 그 아이는 두 가지 성병에 걸려 있었고 치아의 반은 썩어 있었다. 그것을 제외하면 조슬린의 신체는 그나마 건강했다. 반면 그 아이의 마음은 온갖 문제로 늘 부글거렸고, 자살 시도마저 했었다. 손목에 삐뚤게 그어진 상처가 그 증거인데, 14살 여자 아이가 시도할 법한 비뚤어진 방법으로 감행한 자살 시도였다. 스타벅스의 작은 테이블에서 조슬린은 위니에게 일 년 전 캘리포니아에 있을 때 수면제를 거의 치사량까지 복용했었다고 말했다. 본인의 자살 시도를 아무렇지 않게 단도직입적으로 얘기하던 그 아이의 모습을 똑똑히 기억했다. 조슬린의 치료사는 그녀가 외상후 스트레스 장

애를 앓고 있으며 조울증 1단계라고 진단했다. 위니에게 조슬린은 다만 도움이 필요한 아이였다. 그 당시 위니는 집에 돌아오면 매일 밤 조슬린 생각에 잠겼다. 아니 집착했다. 동료들은 위니에게 그 일을 시작하는 초기에는 그런 감정이 드는 게 지극히 정상이라고 했다. 그러나 이유가 무엇이건, 위니는 조슬린에게서 벗어나지 못했다. 그게 문제였을까? 조슬린을 돕고 싶었다. 정작 그와는 상반되는 일이 벌어지고 말았지만….

19

위니

화요일 아침 앰버의 문자 메시지가 휴대폰을 깨울 때, 위니는 말린 꽃꽂이를 가슴에 품고 파이크 가를 건너고 있었다. 새뮤얼의 학교에서 겨울 학예회에 쓸 꽃을 챙기는 봉사를 자원하던 참이었다.

시장에서 크고 값싸게 다발로 파는 꽃들은 겨울 내내 말려 내놓은 것들이었다. 위니는 그렇게 마른 꽃들이 우울하게 느껴졌다. 신호등이 바뀌기를 기다리는 동안 꽃들은 팔 안에서 바삭거렸다. 몸이 얼어붙을 듯 추웠고 코는 지난 주에 앓았던 감기로 아직도 개운하지 않았다. 학교 이사회에서 누가 도대체 죽은 꽃들로 크리스

마스 분위기를 만들어 낼 생각을 했을까, 의아했다. 그리고 열이 나는 코트는 왜 아무도 발명하지 않는 건지 궁금했다.

차를 세워둔 주차장은 언덕을 올라야 했으므로 꽃들을 트렁크에 가지런히 실을 때까지 위니는 문자 메시지를 읽지 않았고, 운전석 문으로 걸어가는 동안 흘끗 봤으면서도 주의를 기울이지는 않았다. 분명 실수일 거라 확신하며, 불안할 때마다 그렇듯 끙끙, 헛기침을 해대며 메시지를 다시 읽어야 했다. 일상적으로 점심에 곁들여 두 잔의 와인을 마시는 앰버가 뭔가를 잘못 알고 있을 것이다. 그러나 한편 자기가 아는 앰버, 브루클린에서 성장하고 자기 엉덩이를 만졌다는 이유로 한 남자를 계단 아래로 떠밀어버린 적이 있었던, 그녀는 헛된 정보로 사람을 놀래키는 그런 사람은 아니었다.

그래서 회신을 보냈다.

└ **영상 보내 줘.**

자동차 문에 기대 회신을 기다리는데 시계의 움직임을 따라 속이 반복적으로 뒤틀리는 것을 느꼈다. 4층 높이의 주차장에서 매서운 바람 소리가 하품하듯 열려 있는 창문을 빠져나와 미끄러졌다. 그렇지만 차 안으로 들어가고 싶지 않았다. 그녀의 검정 서버번 옆구리를 응시하며 몸을 떨었다. 누군가 조수석 문에 흙으로 '바보'라고 써 놓았다. 그 메시지가 다른 누군가로부터 왔다면 얘기는 달라질 것이다. 하지만 앰버는 사촌이었다. 앰버가 아무리 나쁜 소식을 전했다 하더라도 그것은 믿을 만한, 나쁜 소식이다. 보고 싶지 않지만 봐야 할….

위니는 오로지 확인을 위해 메시지를 다시 읽었다.

> ┗ 이 메시지를 보내야 하는지 고민했어. 하지만 보내는 게 옳
> 다고 생각했어. 어제 팔로미노에서 점심 먹었어. 나이젤이
> 보이길래 당연히 언니와 같이 온 줄 알고 그쪽으로 갔어.
> 테이블 근처에 갔더니 언니가 아니더라. 어떤 여자, 마주
> 앉은 것도 아니고 한쪽 자리에 착 달라붙어 있었어. 이건
> 아니다 싶었는데, 둘이 서로 마주보며 몸을 돌리더라구.
> 나이젤은 나를 못 봤고, 난 지나치면서 몰래 이 영상을 찍
> 었어. 미안.

그래, 이게 앰버이다. 버터 없는 토스트처럼 그녀의 문자 메시지
는 건조했다. 영상을 기다리는데 손이 떨렸다. 아니, 온 몸을 떨었
다. 전송 완료 알림이 떴다. 쏘아 보았다. 하도 뚫어지게 보아 눈이
아플 지경이었다. 사진이, 눈앞에 있었다. 영상이 들어오자마자 눈
에 고인 눈물이 사진 속 두 얼굴을 희미하게 가렸다. 그러나 그 얼
굴을 보았다. 잘 아는 얼굴, 남편과 덜시 터커였다.

영상은 흐릿했다. 앰버가 이동하면서 촬영하는 바람에 영상 한
귀퉁이에 빨간 손가락 자국이 희미하게 번졌다. 하지만 분명 나이
젤이었다. 그의 몸은 나란히 앉은 여자를 향해 모로 돌았고, 여자
의 뒤편 칸막이에 올린 팔은 아무렇지 않게 자연스러웠다. 여자는
부푼 가슴이 도드라져 보이는 선홍색 스웨터를 입고 있었다. 가장
불편한 장면은 남편의 가슴 위에 얹혀진 여자의 손이었다. 그 손이
하도 편안해 분명 이전에도 여러 번 그랬던 것으로 보였다. '이 여

자의 다른 손은 또 어디에 있는 거야?' 두 사람은 웃고 있었다. 기가 막혔다. 누군가의 가슴을 후벼놓고 이렇게 웃을 수도 있구나.

┗ 고마워.

앰버에게 짧은 답신을 보내고 주차장 차가운 땅 위에서 패닉에 빠졌다. 그리고 그녀의 차는 예쁜, 죽은 꽃들로 가득 차 있었다.

위니는 꽃들을 집어 바닥에 내려놓고 곧장 차를 몰아 나이젤의 사무실로 향했다. 아직 울지는 않았다. 바로 그 순간 마음을 헤집는 역한 두려움 외에는 아무것도 느껴지지 않았다. 더 이상 자기는 나이젤의 한쪽이 아니었다. 다른 여자가 남편의 가슴으로 다가설 수 있었다. '나이젤이 덜시를 사랑했나?' 하는 생각이 가시처럼 지금 성가시게 괴롭히는 의문이었다. 남편이 코앞에서 누군가와 사랑에 빠졌다? 혼란스러웠다. 산만했다. 일과 새뮤얼, 그리고 자원봉사 사이에서…. 대개가 그렇듯 자신도 일과 가정에 치여 바빴다. 지금 이 순간 스스로 더 비참한 이유는 의심조차 해 본 적 없다는 사실이었다.

'도대체 무슨 생각으로 산 거야, 위니, 이 바보야. 네가 그런 짓을 하고도 나이젤이 영원히 떠나지 않을 거라고…?'

나이젤의 사무실은 철로를 지나 벨타운의 단단한 벽돌 건물에 있다. 하루 중 이맘때면 노숙인 두 명이 항상 건물 밖을 배회했다. 나이젤은 그들을 '벨타운 떠돌이'라 불렀다. 지금은 그중 한 명이 한 손에 음료수 캔을 들고 기운 없어 보이는 발을 질질 끌고 보도를 걸어 올라오고 있었다. 위니는 나이젤이 이 사람들을 그렇게 부르는 것을 불편하게 생각했었다. 그런데 자신이 지금 그 불편한 이름을 떠올리며 그들을 바라보고 있었다. 애플워치가 12시 30분을 알렸다. 나이젤은 이 시간에 점심 먹으러 갔다. 때때로 함께 만나 근방의 작은 식당에서 간단히 한입 베어 물어 해결하곤 했었다.

위니가 말하는 '간단히 한입'이라는 표현을 싫어했던 나이젤은 위니의 목을 베어 물며 "이게 진짜 간단한 한입이네" 하며 장난치곤 했다. 지금 나이젤은 분명 다른 여자의 목을 베어 물고 있었다.

나이젤이 일하는 건물 출입구를 마주하는 곳에서 반 블록 떨어진 벤치에 자리잡고 앉아 다리를 꼬았다 풀었다를 반복했다. 나이젤이 점심 먹으러 간다면 이 자리에서 보일 것이다. 만약 나이젤이 델시와 함께 나간다면 그 또한 보일 것인데, 실제 그 모습을 보고 싶어하는 건지 아닌지 명확히 판단할 수 없었다. 음료 캔을 든 남자 노숙인은 거리를 조금 더 내려가 개에게 샌드위치 조각들을 먹이고 있었다. 위니는 나이젤이 붙여준 이름보다 덜 경멸적이라 생각하여 그 남자를 '미스터 소다'라고 이름 지었었다. 위니의 시선이 그 남자와 개에게 머물러 있었지만 실제 그들을 보는 건 아니었다. 미스터 소다와 그의 개는 다만 배경에 지나지 않았다. 어떤 실마리를 찾기 위해 지난 몇 달을 마음속에 되새겼다.

'나는 분명, 바보같이 눈이 멀었던 거야?'

그리고,

'어쩌면 나이젤은 이렇게 교활하게 속여왔을까?'

권태로운 남편에게 속아 넘어가는 바보 같은 아내가 되기는 정말로 싫었다. 그러나 10분 후, 자기가 바로 그런 아내였다는 사실을 깨달았다. 덜시에게 문을 열어주는 나이젤은, 생일 선물로 사준 스웨터를 입고 있었다. 키 160cm 남짓의 흑갈색 머리 백인 여자가 놀라우리만치 다정한 미소를 지으며 남편의 곁을 스쳐 인도에 발을 내딛는 동안 벤치에 앉은 채 몸을 앞으로 내밀었다. 그들은 손을 잡고 행복한 몸짓으로 이야기를 나누며 보조를 맞춰 걷고 있었다. 마치 미스터 소다를 배경으로 한 행복한 영화의 마지막 장면처럼 보였다. 그들의 발걸음은 '간단히 한입' 먹어 치우던 식당들이 있는 곳으로 향했다. '나이젤이 '360' 식당으로 가면, 놓치고 말 거야' 생각하며 그들을 쫓기 위해 일어섰다. 그들의 반대편 길에서 몇 발자국 물러 뒤처지지 않을 정도의 거리를 유지하며 터벅터벅 걸었다. 위니에겐 지금 어깨를 가로질러 맨 조그만 가방 하나가 전부였고, 가슴 위를 가로지른 끈을 두 손으로 쥔 채 걸어가며 그들에게서 시선을 거두지 않았다. 누군가 천천히 가라며 소리쳐 그들과 합류해 주기를 바랐으나 그런 일은 일어나지 않았다. 다만 점심 데이트일 뿐, 비즈니스를 위한 점심은 아니었다. '아직은 모를 일이야.' 하지만 우려했던 바로 그 레스토랑으로 들어갔다. 위니는 알았다.

식당 '360'은 그들의 장소였고, 근처의 인기 있는 저녁 데이트 장소였다. 나이젤은 위니가 아닌 다른 사람과 낮 시간에 이곳에서 함께 점심 먹었다는 사실을 말한 적이 없었다. 길을 건너 그 식당으로 들어가기 전까지 5분을 더 기다렸다.

이미 알고 있는 사실을 확인하는 외에 어떻게 해야 할지 사실

알지도 못했다. 남편이 바람피운다는 사실을 여자들이 알았을 때 느끼는, 정신 없는 혼란은 아니었다. 믿을 수 없을 정도로 침착했다. 다가오는 폭풍을 예감하고 있었지만, 지금 당장은 섬뜩한 고요뿐이었다.

그들은 식당의 비좁은 칸막이 안에 마주 앉아 있었다. 문 안으로 들어갔을 때는 그들 머리 윗부분만 알아볼 수 있었다. 맞이하는 여주인에게 들키지 않고 볼 수 있는 창가 테이블을 가리켰다. 위니가 테이블에 앉자마자 덜시가 화장실에 가려는지 일어서며 비밀스러운 농담을 주고받더니 나이젤을 보며 씩 웃었다. 덜시가 걸어가는 것을 지켜보았다. 나이젤도 그녀가 걸어가는 것을 지켜보고 있었다. 덜시가 나이젤의 시야 밖으로 벗어날 때 쯤에 나이젤은 심지어 그녀 엉덩이를 보려는지 몸을 옆으로 기울였다. 덜시는 일주일에 닷새는 퇴근 후 운동으로 몸을 다진다는 걸 알 수 있을 정도로 몸에 꽉 달라붙는 흰색 바탕에 가느다란 회색 줄무늬 스커트를 입고 있었다.

마음이 움찔했다. 그래서 좋아하는 거야? 딴딴하고 동그란 엉덩이와 너풀너풀 잡아당기고 싶은 머리칼을 가진 이십대 여자들. 놀라울 일도 없는 빤한 이치임에도 마음은 여전히 고통스러웠다.

위니의 금발 머리털은 부드러운 직모였고, 얼마나 런지와 스쿼트를 많이 했는지 이십대 여자들의 엉덩이와 하등 다를 게 없었다. 위니는 늘 가슴이 좀 더 컸으면 했으나, 나이젤은 그대로의 모습이 좋다고 강변했었다. 분명히 아니었다. 작고 왜소한 체조 선수 같은 남편은 올라탈 수 있는 야생의 존재를 찾고 있었다. 테이블 위

유리병을 들어 잔에 물을 따랐다. 잔을 비우고 손등으로 입을 닦으며 또 한 잔을 따랐다. 립스틱 조각이 작은 물방울에 떨어져 나갔다. 얼굴 전체가 얼룩져 있을 게 분명했으나 아랑곳하지 않았다. 테이블로 돌아온 덜시가 아까보다 활짝 웃었다. 종업원이 펜을 들고 기다리는 동안 그들은 메뉴를 의논했다.

누군가 주문을 받으러 왔다 갔고 다시 혼자가 되었을 때, 위니는 나이젤과 덜시 앞에 미모사가 한 잔씩 놓여 있는 것을 보았다. 역겨웠다. 한심하고 바보 같은 남편은 자기보다 훨씬 젊은 여자를 점심 식사에 데려와 엉덩이를 빤히 쳐다보는 것 외에는 아직 아무 일도 일어나지 않고 있었다. 위니는 커피를 주문했지만, 머그잔을 입술에 대고 있었을 뿐 한 모금도 마시지 않았다. 좀 더 독한 무엇인가 필요했으나 무엇을 주문해야 할지 몰랐다. 그들이 주문한 음식이 나왔고 위니의 심장은 느려지기 시작했다. 그들은 음식을 먹고 있었다. 두 명의 직장 동료처럼. 자신이 우스꽝스럽고 바보 같았다. 앰버는 아마도 지금처럼 점심 먹는 그들을 보았을 것이다. 그리고 속단했을지 모른다. 앰버의 남편은 최근에 바람을 피운 적이 있었다. 그래서 앰버로선 충분히 그럴 만했었을 거야. 맙소사. 위니는 황당했다. 커피 값으로 10달러 지폐를 꺼내 테이블 위에 두려 할 때, 그 일이 일어났다.

위니의 감정에 그것은 키스만큼이나 은밀한 행위였다. 덜시가 그녀의 포크에 프렌치 토스트를 찍어 나이젤에게로 내밀었다. 위니가 앉은 곳에서도 식빵에 시럽 흐르는 게 보였다. 덜시가 그녀의 포크를 자기 접시에 내려놓았으므로 나이젤이 입을 벌려 그것을 먹은 건 분명했다. 나이젤이 토스트를 씹느라 귀가 움직이는 모습이 보였고, 얼굴에 묻은 시럽을 닦아내며 웃는 소리가 들렸다.

충분했다. 커피를 테이블 위에 내려 놓고 가방에서 핸드폰을 꺼내들었다. 앰버로부터의 부재중 전화 몇 통화와 친구 코트니의 부재중 전화가 한 통화 있었다. 남편 이름이 나올 때까지 화면을 스크롤했다.

 └ **여보, 지금 어디 있어요?**

남편이 전화기를 들여다보느라 고개를 숙이고 있었다. 잠깐 동안 위니는 나이젤이 자기 문자를 무시할 거라 생각했다. 그러나, 곧바로 메시지 창에 나이젤이 메시지를 타이핑하고 있음을 알려주는 작은 물방울들이 뽀로롱거렸다. 나이젤이 자신의 핸드폰에 신경 쓰는 동안, 그가 아내에게 문자 보내는 모습을 지켜보는 딜시의 표정은 무덤덤했다.

억세고 원초적인 무언가가 뱃속에 펼쳐지고 있었다. 위니의 즉각적 분노는 남편이 아니라 여자를 향했다. 이것이 자신의 페미니즘 원칙을 벗어나는 저급한 감정임을 알면서도 개의치 않았다. 배신당한 여자에게 페미니즘이 다 뭐란 말이야? 이 망할 년은 한 여자의 남편이자 한 아이의 아버지인 남자에게 은밀하게 다가섰을 뿐 아니라, 할 수 있는 건 체셔* 고양이처럼 웃는 것뿐인 듯 호호, 거렸다. 양쪽 집게손가락을 딜시의 웃는 입 양쪽에 걸어 찢어지게 잡아당기고 싶었다. 여태껏 살아오면서 그토록 난폭한 생각을 가

---

* 루이스 캐럴의 '이상한 나라의 앨리스'에 등장하는 히죽히죽 웃는 가공의 고양이.

져본 적은 한 번도 없었다. 그리고 그 생각은 만족감과 혐오감으로 몸서리치게 만들었다. 상처가 열처럼 피어오르면서 핸드폰 스크린을 뚫어지게 보았다. 그리고 깊은 숨을 몰아쉬며 나이젤의 답신을 읽었다.

   └ **점심 먹고 있어.**

거짓말은 아니었다. 그러나 사실의 생략은 거짓과 똑같다는 게 위니의 지론이었다.

   └ **누구랑?**

겨우 커피를 한 모금 삼키던 위니는 종업원이 다가오자 화이트 와인 한 잔을 추가했다. 기분을 가라앉히려면 무엇이든 차가운 것을 마셔야 할 것 같았다. 그런데 화이트 와인은 악마의 원초적 유혹이 아니었나? 남편이 현금으로 계산하는 것을 지켜보면서 생애 이만큼 원초적 감정을 느낀 적이 없었다. 더군다나 덜시가 나누어 계산하자는 제안조차 하지 않는 광경을 주시하고 있었다.

폰에 나이젤의 메시지 수신 알림이 떴을 때, 그들은 이미 나가려고 일어서 있었고 위니는 와인 잔을 비우며 답신을 읽었다.

   └ **업무 때문에 사람들과 같이.**

이게 뭐지? 위니는 생각했다. 생략이야? 노골적 거짓말이야? 애매하고 혼란스러웠다. 나이젤이 재킷을 입고 어깨를 으쓱거렸다. 덜시가 무어라고 얘기하자 남편의 입술에 미소가 피었다. 나이젤이 핸드폰을 흘끗 내려다보더니 주머니에 넣었다.

그들이 코트 깃을 세우며 문을 향해 돌아서는 것과 동시였다. 위니가 나이젤을 향해 고개를 꼿꼿이 세우고 마치 자신을 보라는 듯 곧장 걸어갔다. 현타가 찾아들기까지의 몇 초는 끔찍한 순간이었다. 나이젤에게 소리지르고, 화를 내고, 울고불고할 각오가 되어 있었다. 그런데 그게 바로 나이젤이 원하는 것이라면? 그런 자신의 행위가 결국 나이젤이 자신을 떠나는 이유가 돼 버린다면? 나이젤의 시선이 위니를 향했고, 위니는 엉거주춤했다. 아마도 화이트 와인이 갈등에 목말랐던 원초적 감정을 뻔뻔스럽게 이끌어낸 듯했다. 누군가 보이지 않는 끈으로 홱 낚아챈 듯 나이젤이 우뚝 멈춰섰다. 덜시는 문에 이르러서야 뒤를 돌아보았고, 나이젤은 그녀에게 문을 열어주는 예의를 차릴 여유조차 없었다. 덜시의 시선이 나이젤에게서 위니에게로 옮겨가는 동안 그녀의 얼굴에 피었던 미소는 점점 사라지고 있었다.

나이젤은 "곧 따라갈게"라며 덜시를 떼어냈다. 나이젤이 재차 말할 필요도 없이 덜시는 창피당한 사람처럼 고개를 숙이고 서둘러 문을 지나쳐 갔다. 나이젤이 위니의 맞은편 의자에 털썩 주저앉았다. 나이젤이 어떻게 느끼고 있는지 보려고 얼굴을 살폈으나 무표정한 얼굴에서 감정을 읽을 수 없었다. 나이젤은 감정을 숨기는 데 있어 항상 위니보다 나았다.

"그래서…, 지금 나를 미행했던 거야?"

"그래서 당신은 지금 직장 창녀와 점심을 먹은 거야?"

불쾌하다는 듯 고개를 뒤로 홱 젖히는 나이젤의 행동이 오히려 분노를 더 자극했다.

"그 무슨 말도 안 되는 소리야! 그 여잔 직장 동료야."

나이젤이 말을 시작했다.

"그 여자가 자기 포크로 당신한테 먹여주던데, 브래디와 점심 먹을 때도 당신이 그랬던가?"

나이젤의 말문이 막혔다. 그런 나이젤이 바보처럼 보였다. 여태 그런 모습은 본 적 없었다. 아버지가 늘 쓰던 표현을 빌자면, '개똥 같은' 바보였다. 실내가 너무 밝은 듯 나이젤의 눈이 깜빡거리며 이리저리 구르고 있었다.

"그 여자와 잤어?"

위니는 나이젤이 마지막 순간 이 질문에 대비하고 있을 거라 생각했다. 나이젤은 무표정했다. 그러나 이 상황을 벗어나려고 안간힘을 쓰고 있었다.

"뭐라고? 아니야!"

하지만 위니는 그게 사실이었다는 것을 이미 알아챘다. 나이젤의 눈에서 읽을 수 있었다. 나이젤의 눈은 부끄러워하고 있었다. 덜시가 걸어가면서 그랬던 것처럼 그도 고개를 떨구었다.

"나이젤."

위니가 야무지게 말했다.

"사실대로 말해줘. 적어도 나는 진실을 알 자격이 있으니까. 그렇게 생각하지 않아?"

나이젤이 테이블을 거의 넘어뜨릴 듯 박차고 일어서며 화난 목소리로 말했다.

"위니, 당신이 여기서 이렇게 나에게 비난하면 안 되지."

위니는 기가 막혀 할 말을 찾지 못했다. 나이젤의 얼굴은 벌겋게 상기되어 있었다. 그런데 그의 입술은 충격적으로 창백해 마치 분말 설탕을 묻힌 도넛을 베어먹은 듯 보였다. 거짓말을 하면 죄책감 때문에 그렇게 된다고 나이젤이 말했던 적 있었다. 나이젤이 되레 화를 내자 위니는 당황했다. 큰소리로 쏟아붓고 싶은 욕구가 목구멍에서 고통으로 치고 올라오자 흠칫했다. 조각상처럼 꼼짝 않고 있는 위니를 뒤로하고 나이젤이 문을 박차고 나갔다. 사람들이 쳐다보고 있었다. 위니 자신이었다 해도 그들과 마찬가지로 쳐다보았을 것이다. 위니는 나이젤이 보다 그럴 듯한 거짓말을 꾸며낼 시간을 벌기 위해 자신을 따돌린 것이라 생각했다. 위니의 약점을 이용한다는 얘기는 여태 일구어 왔던 결혼생활의 밑바닥을 드러내는 것이었다. 잔에 있는 물을 다 비운 후 테이블에 팁을 두둑이 얹어놓고 나와 우버 택시를 타고 집으로 돌아왔다.

다섯 시간 후 나이젤이 퇴근하고 들어섰다. 위니는 그 다섯 시간을 딜시 터커에 관해 알 수 있는 건 모두 찾아보는 데 보냈다. 가방을 잡동사니 벽장에 던져넣고 옷을 갈아입으러 가는 나이젤의 무거운 발걸음이 계단을 울렸다.

몇 분 후 나이젤이 티셔츠와 추리닝 차림으로 내려왔다. 그는 테이블에 앉아 다소 얌전히 양손을 깍지 끼워 테이블 위에 얹었다.

"우리 얘기 좀 할까?"

"나 같으면, '우리 얘기 좀 해야 돼'라고 하겠어요."

위니가 침착하게 말했다. 지나간 몇 시간 동안 같은 티백에 뜨거운 물을 붓고 또 부었다. 그래도 상관 없었다. 지금은 아무 맛도 느낄 수 없었기 때문이다.

"위니."

나이젤이 시작했다.

"요즘 많이 예민했었어. 우리 둘 다. 나도 제정신이 아니었고."

심장이 몇 차례 박동치는 동안 위니는 남편의 행위 탓에 받은 상처를 치유해 줄 만한 말을 기다렸다. 제정신이 아니었다는 말이 아니라 치유의 언어를. 나이젤에게 몸을 바짝 기울이며 다음 말을 재촉했다.

"오⋯."

위니가 말했다.

"그게 끝인가요?"

"빌어먹을!"

나이젤이 주먹으로 식탁을 쾅 내리쳤다. 앞에 있던 소금과 후추 세이커가 흔들거렸다.

"당신한테 뭘 어떻게 해야 충분하겠어?"

위니는 믿을 수 없다는 듯 눈을 깜빡이며 나이젤을 바라보았다. 나이젤의 말과 행동은 마치 요거트 제품을 잘못 골라 책망당하는 태도였다.

"난 그렇게 말하지 않았어요. 그게…, 인정하는 건가요?"

나이젤의 탄탄한 체구는 아무리 느긋해 보이려고 애를 써도 긴장돼 보였다. 이 남자에게 끌렸던 성적 매력은, 심지어 위니 자신이 불 붙인 가스라이팅이라 할지라도, 부끄러울 만큼 그를 원했던 매우 원초적 감정이었다.

"왜 이러는 거야? 의심이 지나치잖아. 난 그럴 만한 일을 한 적 없어. 마치 내가 하지도 않은 짓을 한 것처럼 만들고 있잖아."

"당신이 안 그랬다고요?"

위니의 얼굴에 천만에, 믿을 수 없어 하는 표정이 역력했다. 정말 이따위로 한단 말인가? 그 빌어먹을 덜시 터커와의 은밀한 점심 데이트를 목격한 자신에게 도리어 화를 내고 있는 거야? 하도 기가 막혀 현실감이 떨어졌다. 위니는 나이젤의 사무실에서 열렸던 지난 크리스마스 파티 때 덜시를 만났었다. 그때는 덜시가 임시로 채용되었을 때였는데, 원래 있던 비서의 출산 휴가를 대체하다 전업 주부로 전향한 비서가 퇴사하면서 정규직으로 전환된 경우였다. 나이젤은 그녀의 이름을 가지고 놀리곤 했는데, 위니는 나이젤이 그녀에게 끌리는 걸 걱정하느니 나이젤의 농담에 박자 맞춰주는 것이

낮다고 생각했었다. 그런데 알고 보니 결국 나이젤은 덜시에게 매료되어 있었던 것이다.

"위니."

나이젤이 다시 애를 썼다.

"우린 둘 다 끔찍한 실수를 저질렀어."

"그 여자랑 잤어, 안 잤어?"

나이젤이 고개를 떨구며 대답했다.

"아니야."

위니는 믿지 않았지만, 나이젤은 결코 말을 바꾸려 하지 않았다. 나이젤은 한 번 한 거짓말은 늘 그대로 밀고 나갔다. 위니는 누구보다도 그것을 잘 알고 있었다.

"그럼, 그럴 계획이었어?"

위니는 나이젤이 곰곰이 답을 생각하고 있다는 걸 알았다. 마음을 졸이고 있다는 표현이 어쩌면 더 정확할 것이다. 테이블 아래에서 위니의 두 손이 단단하게 깍지 끼워지고 있었다.

"응."

힘없이 내뱉는 나이젤의 대답에 안도가 묻어나는 듯했다.

"왜죠?"

"나도 잘 모르겠어. 권태롭기 때문일까?"

나이젤의 이어지는 말은 꽤 도발적이었다.

"당신은 언제나 자기 성 안에 갇혀 있잖아. 난 거기 들어갈 수 없었고."

"허…, 그건 아니에요."

입술을 하도 세게 오므리는 바람에 자기 입술이 마치 나이젤 입술처럼 보일 것이라고 생각했다.

"아니라고?"

나이젤의 얼굴에 뭔가 다른 것이 자리 잡고 있었다. 위니는 그것을 눈치챘다. 게임을 하던 중 나이젤이 승기를 잡았을 때 드러나는 그런 표정이었다. 위니는 나이젤이 마치 술병을 이것저것 바꿔가며 사람을 나가 떨어지게 만드는 전략을 쓰고 있다고 생각했다. 그에게는 모든 것이 게임이었다.

"나이젤, 더 이상 얘기하고 싶지 않아요."

사실 위니는 더 이상 이야기를 이어가지도 못할 것 같다는 생각을 하고 있었다. 선을 넘었고, 그토록 열심히 쌓았던 서로에 대한 신뢰는 등받이 없는 흔들의자처럼 밑으로 추락해 버렸다. 위니는 자신의 감정을 표현할 적당한 말을 찾을 수 없어 무슨 말을 해야 할지 몰랐다.

모든 삶이 궤도를 벗어나 버렸다. 결혼생활, 아들과의 관계, 그리고 자신의 정신건강까지. 자신이 스토킹당했거나. 아니면 지금 스토킹당하고 있는 거라고 상상했다. 그리고 솔직히 어느 것이 더 나쁜 상황인지도 몰랐다. 의지할 사람도, 이해해 줄 사람도 한 명 없었다. 위니는 그 일 때문에 나이젤을 떠나지 못했고, 나이젤은 그 일을 도왔으므로 그녀를 떠날 수 없었다. 이 생에 그들은 그렇게 함께 엮여 있었다. 위니는 욕조에 들어 앉아 와인이나 한 병 마셨으면 했다.

나이젤이 자리를 떠 자신의 소굴로 돌아갔다. 그곳에서 밤을 보낼 것이다. 나이젤이 가고 난 후, 위니는 차를 끓여 컴퓨터 앞에 앉아 폭풍우 같은 지금의 삶을 잊고 다른 것을 생각하려 애썼다.

캐모마일 차를 홀짝이며 이메일을 검사하고 있었다. 킹카운티 도서관에서 발송한 메시지가 있었다. 이미 도서관 시스템에서 발송되는 메일을 많이 받았었기 때문에 클릭하기 전에 그 메일이 어떤 내용인지 대략 짐작할 수 있었다. 새뮤얼이 태어난 후 몇 년간 열심히 책을 읽느라 새뮤얼을 멜빵에 안고 정기적으로 도서관을 찾았었다. 종종 좋아하는 책을 읽으면 반납 기일을 넘겨가며 다시 읽곤 했다. 그럴 때마다 연체료 안내 메일이 도서관 대여 시스템에서 자동 발송되었다. 그러나 위니는 상관하지 않았다. 연체료를 낼 만한 충분한 가치가 있었기 때문이다. 아니나 다를까, 화면에 뜬 이메일 본문을 보면서 위니는 역시나, 했다. 연체료 안내였다.

아, 그럴 리 없다. 적어도 4~5년간 도서관을 이용한 적이 없었다. 도서관 대출카드를 어디 뒀는지조차 모를 정도였다. 도서관 시스템에 오류가 있거나, 과거의 메일 박스에서 고스트 메일이 출몰한 것이겠지. 날짜를 확인했더니 올 10월 5일 대출한 책이었다. 그래도 어떤 책인지 확인이나 하자 싶어 화면 가까이 얼굴을 들이밀었다. 마치 작은 도서관 요정이 타이핑한 듯 세밀하게 제목이 입력되어 있었다.

〈아동 유괴: 범죄 행위에 관한 이론〉

감전된 듯 전율이 일었고, 팔다리로 스며든 두려움이 창자 속으로 역하고 기름진 음식처럼 자리 잡았다. 급작스레 앞으로 몸을 굽히는 바람에 책상 가장자리에 이마를 부딪쳤으나 그 아픔조차 느끼지 못했다. 양 무릎 사이에 고개를 파묻은 채 두 손은 장딴지를 와락 움켜쥐고 입술 사이로 바람을 훅훅, 불어내며 울지 않으려 애썼다. 위니 안의 모든 기관이 비명을 질러댔지만, 통제해야 했다. 다시 고개를 들어 스크린을 한 번 흘깃거린 후 컴퓨터 전원을 누르고 밖으로 나왔다. 나이젤에게 이 무슨 잔인한 농담이냐고 묻고 싶었지만, 자기의 두 손 또한 위니만큼의 죄를 품고 있는 나이젤이 절대 그런 짓을 하지 않았다는 걸 위니의 직감은 알고 있었다. 더군다나 나이젤이나 아들은 도서관에서 책을 빌려 읽기를 즐기지 않았다. 지금 이 상황은 새로운 사실을 암시하거나, 아니면 정말 시덥잖은 일일 것이다. 어느 쪽이 되었든 확인해야 했다.

새뮤얼에게 문자를 보냈다.

└ 아들, 최근에 도서관에서 책 빌린 적 있니?
└ 제가 마지막으로 도서관에 간 건 4학년 견학 때일 걸요.

새뮤얼은 왜 그냥 '네, 아뇨' 간단하게 대답하지 않을까? 그 아이와는 모든 일상이 짜증스런 작은 게임이었다. 만일 자신이 새뮤얼만 한 나이에 엄마에게 그렇게 말했다면….

어쨌거나 분노는 일단 사그라들었다. 새뮤얼이 대답을 보내준 것만도 다행스런 일이었다. 요즘 들어 아이는 엄마와 관련된 어떤 일도 하지 않으려 했기 때문이었다. 이것이 엄마와 자기의 육아 방식의 차이였다. 엄마는 자식들이 자기를 어떻게 생각하는지 신경 쓰지 않았다. 도서 대출카드를 찾으려고 책상에서 일어나 잡동사니 서랍장을 뒤지면서 자기가 얼마나 신경이 예민해져 있는지 생각하지 않으려 애썼다. 손잡이가 망가진 머리빗, 줄넘기, 붙이는 손톱 상자 등을 샅샅이 뒤지고 나서야 카드를 찾을 수 있었다. 카드는 널브러져 있는 무슨무슨 사용 매뉴얼과 영수증 더미 아래, 서랍 맨 구석자리에 밀려나 있었다. 카드를 손바닥에 놓고 뚫어져라 보다 도서관에서 실수한 게 틀림없다, 그렇게 정리했다.

그러나 도서관에 전화했을 때, 사서는 분명 〈아동 유괴: 범죄 행위에 관한 이론〉이란 책을 10월 5일에 빌린 기록이 있다고 했다.

"제가 빌린 게 아녜요."

위니가 단호하게 말했다.

"저는 몇 년간 도서관에 간 적이 없어요. 제 도서 대출카드가 어디 있는지조차 모른다니까요!"

약간의 죄책감과 함께 잡동사니 서랍장을 힐끗 쳐다보았다.

"그러면 누군가 당신의 도서 대출카드를 가지고 있겠죠."

전화 상대방이 말했다.

"그리고 연체료는 5달러 72센트입니다. 지불하실 건가요? 직불 카드로 전화 결제도 가능해요."

전화를 끊고 위니는 엉엉 울었다. 오랜 세월 울지 않았다. 엄마가 종종 "힘들 땐 그냥 놔버리렴" 했던 말처럼 마음껏 울고 나니 기분이 나아졌다. 근래에 다른 생각할 겨를 없이 바빴던 위니에게, 삶이 언제고 산산이 부서질 수 있다는 사실을 상기시켜주는, 그 책이 있었다.

이 일을 나이젤에게 말하면, 그는 또 콧방귀나 뀌고 말 것이다. 그러면 또 작지 않은 싸움으로 번지게 될 테고. 게다가 나이젤의 불륜마저 더 이상 따져 묻길 포기한 마당에, 피곤한 일이 될 것임은 빤한 일이었다. 위니는 간절히 평온을 원했고, 아들이 다시 자기를 좋아해주기를, 자신의 비밀이 지켜지기를 간절히 원했다.

다시 확인하자 싶어 카드를 들어 불빛에 자세히 살폈다. 카드 한 귀퉁이에 초콜릿이 묻어 있었으며 글씨는 대부분 긁혀 있었다.

그리고 나서 곧장 음식 저장고로 들어가 나이젤이 이번에는 빵 상자에 숨겨둔 잭 대니얼즈 병을 꺼내 들었다. 굳이 유리잔을 꺼내려 하지 않고 마개를 돌려 입을 댄 채 바로 흘려내렸다. 독한 술기운에 컥컥거리느라 위스키가 턱을 타고 흘러내렸다. 위스키를 동공 위에 부은 듯 눈이 활활 타올랐고, 가슴이 항거하듯 요동치자 눈을 감아버렸다. 좀 나아지는 것 같았다.

'이렇게라도 취해 속을 긁어 내다보면, 빌어먹을 무서운 생각은 사라지겠지.'

이러니 남편이 술을 좋아할 수밖에. 술병을 전등 불빛에 대고 빙글빙글 돌렸다. 아버지는 위스키를 잘 마셨었다. 위니는 첫 번째 데이트에서 꼭 아버지가 주문했을 법한, 독한 위스키를 주문하는 나이젤에게 바로 빠져들었다. 아버지가 음주 운전 차량에 치여 사망하였으므로 위니는 당연히 나이젤에게 위스키를 금지시켰지만, 나이젤에게 금주령은 신에 대한 두려움을 상기시켜주는 일에 다름 아니었다. 위니는 나이젤이 술 마시는 걸 알았지만, 술을 마시면 안 되는 나이젤은 음주량과 장소, 그리고 상대를 가렸다.

위니는 위스키병 목을 쥐고 이따금씩 홀짝대며 아래층 방들을 돌아다녔다. 두 번째로 부엌을 지날 때쯤, 위스키병은 상당히 가벼워졌고, 한 모금 들이킬 때마다 술들이 낄낄대는 소리를 들을 수 있었다. 짜증이자 경이로움이었다. 주방에서 나와 컴퓨터 근처에서 비틀대는 자신을 의식했을 때, 잊고자 애썼던 모든 것들이 갑자기 수면 위로 떠올랐다. 취했을 뿐인데 깨어 있을 때보다 더 나빴다. 나쁜 기억들을 떠오르게 만들었고, 우울감을 가져다 주었다. 아버지가 죽기 전부터도 그랬는데, 아버지의 사망은 그 역겨운 것에 대한 위니의 혐오감을 더욱 굳혔다.

엉덩이를 벽에 기대섰던 위니의 머리가 아래로 꺾였다. 어지러웠고, 거친 욕들을 마구 쏟아내고 싶었다. 아버지가 곧잘 뱉어내곤 했던 그 욕들. 위니가 울음을 터뜨렸다. 그리고 그녀의 입에서 거친 욕들이 쏟아졌다.

20

위니

알고 보니 위니 뱃속에서 요동친 건 알코올만이 아니었다. 다음 날 바이러스가 검출되었다. 식구들이 동시에 걸렸기 때문에 누구를 탓할 수도 없었다.

처음에 위니는 킬리만자로만큼이나 무거운 숙취로 벌을 받는다고 생각했다. 그런데 정오에 나이젤이 몸을 배배 꼬며 문을 통과한 후 곧장 1층 화장실로 향하는 소리를 들었고, 새뮤얼도 곧 그러리라고 짐작했다. 출근을 하지 않은 위니는 이층에서 비슷한 상황을 겪고 있었다. 변기에 기대 앉은 위니의 얼굴이 눈에 띄게 파래진 채, 자신의 잘못된 처신의 결과물을 바이러스와 함께 내보내고 있었다. 물을 찾아 들어간 부엌에서 나이젤과 우연히 맞부딪쳤다. 어색한 대치 상황에서 나이젤이 먼저 눈길을 돌려 냉장고 쪽으로 슬며시 내빼자 묘한 승리감을 느꼈다. 나이젤의 뒤통수를 보며 그가 망할 덜시 터커에게서 이런 병을 옮겨 집으로 가져 온 것이라고 생각했다. 위니와 나이젤은 둘 다 같은 잭 대니얼을 병째 홀짝거리며 거의 빈 병이 될 때까지 나눠 마셨고, 몇 시간 후 자신들의 죄를 각자 모른 체하고 있었다.

위니를 꼭지 돌게 한 건 모욕감이었고, 딴 여자와 즐기며 자신을 모욕한 나이젤의 뻔뻔함이었다. 그는 음식 저장고 도처에 숨겨 두었던 그대로 술병을 챙기지도 못했을 만큼 취했었다. 자신과의 삶이 나이젤에겐 그토록 견디기 힘들었던 것인가? 자신이 자제력을 잃었거나, 그렇다고 남편을 무시한 것도 아니었다. 그렇게 하도록 내몬 건 오로지 그였고, 결과적으로 위니는 아팠다. 개같이 아팠다. 위니는 배가 부글부글 끓어 물을 마시려고 기다릴 짬이 없었다. 치미는 화를 어쩌지 못한 채 서둘러 계단으로 향했다.

꽤 시간이 지나 한결 나아진 기분으로 화장실에서 나와 비틀거리며 침대로 갔다. 화장실에서 나오면서 흘끗 훔쳐본 거울 속에 눈이 있어야 할 자리에 두 개의 어두운 구멍이 있는 잿빛 밀랍인형이 서 있었다. 윤기 없는 머리카락은 헝클어져 얼굴에 달라붙어 있었다. 침대를 향해 천천히 걸어가면서 머리카락을 뒤로 쓸어 넘겨 하나로 낮게 묶었다. 침대 사이드 탁자 위의 핸드폰에 불이 켜졌다. 이불을 끌어 내리며 집어든 핸드폰에 찍힌 발신자가 다코타라는 것을 확인한 위니는 잠시 머뭇거렸다. 다코타는 엄마 집에 있었는데 나아지기는커녕 더 나빠지고 있었다. 아내를 되찾고자 하는 온갖 노력들이 이번에는 만다에게 먹히지 않고 있었다. 다코다는 제발 만다를 설득해달라고 누나들에게 애걸복걸하는 메시지를 보내고 또 보냈다. 전화기를 탁자 위에 엎어놓고 침대 위로 기어 들어가는 위니의 몸은 이미 오한으로 바들바들 떨고 있었다. 욕실을 바라보며 수도꼭지에 입이라도 들이대 물을 마시고 싶다고 생각하던 차에 침대 옆에 놓인 차가운 이슬 맺힌 유리잔이 보였다. 물잔을 본 위니가 울음을 터뜨렸다. 나이젤이 물을 가져다 놓은 것이었다. 그렇게 냉담하게 굴면서도 자기를 버리지는 않았던 것이다. 물잔을 입에 대고 다 마셨다.

애지중지하는 자신의 소굴에서 잠을 자던 나이젤은 위니에게 보였던 행동만큼의 사과나 변명은 하지 않았다. 위니에게 물 외에도 차와 토스트를 쟁반에 받쳐 방으로 한 번 가져다 주었다. 겨우한입 삼켰을 뿐이었지만 위니의 마음은 풀어져가고 있었다. 자신들의 결혼에 관한 한 서로에게 원한을 품을 여지는 없었다. 나이젤은 위니에게 참았고, 위니도 나이젤에게 참았다. 그렇게 하자고 결혼 서약서에 서명한 것은 아닐지언정 지금껏 그렇게 해왔고, 그럭저럭 살아 왔다.

사흘 후 바이러스는 결국 이 집에서 물러갔다. 새뮤얼은 12시간을 자신의 화장실에서 보냈고, 나머지 12시간은 자기 방 컴퓨터 앞에서 보내긴 했지만, 증상은 가장 약했다. 위니는 쉘리가 크리스마스 휴가를 자기 별장에서 함께 보내자는 초대에 응할 때까지도 몸이 완전 회복된 상태가 아니었다. 하지만 식구들이 한 차례 병을 앓기 전 가족 휴가가 필요하다고 했던 생각을 어렴풋이 떠올렸다. 그와 동시에 떠올리고 싶지 않은 다른 기억들 또한 스멀스멀 떠올랐다. 쉘리와 함께라면 그곳이 어디건 휴식을 취할 수 있는 가능성은 없음에도, 위니는 분명 그녀에게 필요한, 주의를 딴 데로 돌릴 수 있는 산만한 휴가의 기회를 그렇게 결정했다. 휴가에 열광하는 사람들과 시끄러운 아이들로 뒤섞여 정신이 산만해질 수 있는, 그것이 바로 위니에게 필요한 휴가였다. 위니는 마지못한 감사 문자를 보내고 나서 나이젤에게 그 계획을 상의하는 문자를 보냈다. 답 문자가 왔다.

└ 안 되겠는데. 컨퍼런스가 잡혀 있어.

컨퍼런스에 참가해야 된다며 투덜댔던 나이젤의 말이 희미하게 떠올랐다.

└ 못 가겠어.

 └ 못 가는 거예요, 안 가는 거예요?

  └ 둘 다…?

메시지 끝에 물음표를 던지는 나이젤의 표정이 떠올라 화가 났다. 자신에게 다시 물음표를 강요하는 대답이기 때문이다.

└ 회의는 어디서 열려요?

 └ 퓨앨럽.*

  └ 알겠어요. 그게 우선이죠.

---

* 워싱턴 주에 있는 도시.

화가 나서 핸드폰을 가방 속에 던져 넣고 점심시간이 될 때까지 들여다보지도 않았다. 나이젤은 가족 휴가가 필요하다는 생각이나 했을까? 요즘 들어 나이젤은 가족과 함께하려는 노력을 전혀 기울이지 않는 듯했다. 위니는 롤라즈 카페에서 두 명의 동료와 커피를 홀짝거리며 페이스트리를 먹던 참에야 잡동사니 속에서 핸드폰을 끄집어냈다.

핸드폰 화면에 뜬 나이젤의 이름만으로도 다시 화가 치밀어 올랐지만, 메시지를 얼핏 본 위니는 정학한 의미를 확인하기 위해 화장실로 갔다.

└ 나 정말 노력하고 있어, 위니. 당신을 데려다 줄 수는 있어. 사무실로 돌아오기 전 토요일 일요일은 같이 보낼 수도 있고. 지금으로선 그게 내가 할 수 있는 최선이야.

텅 빈 화장실에서 위니는 고개를 끄덕였다. 오케이…, 그 정도라면 괜찮았다. 물론 마리화나도 챙겨갈 것이다. 별장에서 쉘리와 함께라면 그게 필요할 것이다.

21

주노

주노의 엄마는 1960년대에 '슬릭'이라는 이름의 미용실을 소유하고 있었다. 그 당시만 해도 여자들은 믿을 수 없을 만큼 급진적인 비달 사순 커트를 위해 전국 도처에서 차를 몰아 호아이다 펄(주노의 엄마)을 찾아왔다. 5달러 10센트를 받았던 이 미용실은 빨래방과 정육점이 함께 들어선 스트립몰에 있었다. 이 지역 여자들은 미용, 빨래, 식사 등 모든 것을 한 군데서 해결할 수 있다고 우스갯소리를 했다. 주노는 평일 오후와 주말 시간 대부분을 미용실에서 보내며, 엄마를 도와 타월을 빨고 접고 하면서 여자들의 수다를 들었다. 주노는 자기가 근처에 있을 때마다 여자들이 서로 시선을 교환하며 눈으로 자기를 가리킨다는 것을 알았다. "방 안에 어린 귀!"라고 여자들 중 하나가 지저귀면, 엄마는 바닥 타일에 구두굽을 딸깍거리며 폼나게 카운터 금고로 걸어 갔고, 쉬익, 하는 소리와 함께 금고 문이 열렸다. 이어서 잔돈을 퍼올리는 쨍그랑, 소리가 들리면, 그제서야 주노는 밖으로 내몰릴 것이라는 사실과, 동시에 돈을 받게 된다는 사실을 알았다.

"얘야, 아이스크림 하나 사먹고 엄마 담배 한 갑 사다 줄래."

손에 들려진 동전은 차가웠다. 엄마에게 반박해봐야 의미 없는 일일 뿐더러 어린 주노는 아이스크림이 먹고 싶었다. 그 뒤 주노는 자신이 그들에게 보이지 않는 곳, 말하자면 타월 넣는 벽장 옆에 가만히 달라붙어 있으면 여자들은 쉽게 속엣말들을 털어놓는다는 사실을 알게 되었다. 더러운 세탁물이 분당 1마일의 속도로 여자들 입에서 쏟아져 나왔다. 동네 교회 목사, 주노의 소아과 주치의 마인즈 박사는 물론 마을 모든 사람들에 대해 꿰찰 수 있었다.

지금, 주노는 어려서 미용실에서 익힌 그 능력에 고마워했다.

둥지에 누운 채 알 수 없는 기대감으로 가슴이 설레었다. 머리 위 번듯한 집 안에선 돌아온 나이젤이 벽장문을 열어 가방을 안으로 던져 넣고 위니와 샘을 부르며 계단 오르는 소리가 들렸다. 그들은 쉘리의 가족과 함께할 일주일 스키 여행을 준비하고 있었다. 쉘리는 다코타 사건 이후 분명 위니와 이야기를 주고받고 있었다. 주워들은 정보로 짐작건대, 다코타는 그날 밤 크라우치 저택에서 일어난 일을 결코 그냥 넘어가려 하는 것 같지는 않았다. 다코타는 위니의 집 전화에 두 번의 음성 메시지를 남겼는데, 섬뜩할 정도로 나이젤을 협박했고, 나이젤이 자기 인생을 망치고 있다며 비난을 퍼부었다. 가족 잃은 상심에 죽는다고 술을 퍼부어댄 남자의 혀 꼬부라진 목소리였다.

주정뱅이들은 좀처럼 자기 자신을 돌아보는 일이 없으므로 대개는 점점 더 술을 많이 마시게 되어 있다. 그는 확실히 비난의 대상을 찾고 있었고, 그 대상에 나이젤이 당첨된 것이었다. 주노는 그 메시지에서 시한폭탄이 째깍거리는 소리를 들었다. 그러나 나이젤은 위니가 눈치채지 못하게 두 메시지 모두 삭제해 버렸다.

그들은 어제 벽장의 헴즈 코너에서 방한복과 스키를 챙겨 나이젤의 스바루 차에 실었다. 주노는 지금 크라우치 가족이 들뜬 목소리로 시끄럽게 소리지르며 계단 내려오는 소리를 듣고 있었다. 이제 주노가 이 집을 독차지할 것이고, 그녀에겐 계획이 있었다.

주노는 점점 커져가는 의혹만 생각하며 크롤 스페이스에서 며칠을 기어다니며 지냈다. 온몸이 욱신거리는 가운데, 넘쳐나는 온갖 잡다한 사고의 틀에 이론들을 장착하며 생각에 잠겼다. 이런 상태일 때면 도무지 잠을 잘 수도, 다른 일에 집중할 수도 없었다. 최근에 입수한 아스피린을 씹어 걸쭉하게 만든 후 캑캑거리며 삼켰다. 위니가 세면대 아래 세면 가방 안에 넣어둔 조그만 알토이즈 사탕 통에서 약간의 마리화나도 챙겼다. 주노는 여섯 개의 관절이 완벽하게 돌아가자 큰소리로 웃었다. 그러더니 따지고 말고 할 것도 없이 마리화나 하나를 피워 물었다. 요즘 들어 통증이 조심성을 압도하고 있었다. 아직 목구멍에는 삼키지 못한 아스피린이 남아 있었지만, 둔한 통증과 달갑지 않은 기억의 아지랑이 속으로 미끄러져 들어갔다.

크레거는 주노에게 이젠 더 이상 못 참겠다고 했다. 그는 화가 날 때도 좀처럼 밖으로 표출하지 않았다. 주노는 자신을 방어하여 맞섰다. 이건 자신의 일이며, 누구나 다 어느 정도의 일거리를 집으로 가져온다고 주장했다. 크레거는 당혹스런 표정으로 쳐다보며 말했었다. 이러면 안 돼. 주노….

문이 쾅, 닫히는 소리의 진동이 주노의 생각을 일깨웠다. 경보기가 작동을 준비하면서 삐-삐-삐 거렸다. 주노는 숨을 깊게 들이쉬었다. 마리화나 냄새가 크롤 스페이스의 다른 냄새들을 덮었다. 다시 마리화나에 불을 붙여 힘껏 빨아들이자 종이가 지글거렸다. 마리화나는 주노의 몸과 정신 곳곳의 주요 통증 부위에 스며들었다. 뒤로 몸을 기대고 콜라 캔의 따개를 오른쪽으로 돌려 마리화나를 받쳐 놓았다.

통증이 약해지자 크레거의 기억이 다시 떠올랐다. 기억 속 그의 목소리가 너무도 또렷해 지금 여기에 함께 있는 듯했다. 쥐처럼 어느 집 크롤 스페이스에서 기어다니는 크레거라니. 웃음이 났다. 하지만 웃음은 길지 않았다. 마리화나가 목구멍을 거칠게 긁어대는 바람에 피를 토할 것 같은 발작적 기침이 터졌다.

"일과 가족, 둘 중 하나를 결정해."

주노는 숨을 헐떡이며 흙바닥에 침을 뱉고 몸을 뒤로 젖혔다. 일이냐 가족이냐. 그것은 남편이 자기에게 내린 최후통첩이었다.

전적으로 불공평했다. 당신은 둘 다 가지고 있고, 나 또한 그럴 거라고 말했다. 크레거는 '당신은 제정신이 아냐. 내가 누구랑 결혼한 건지 모르겠군' 하는 표정으로 쳐다봤다.

"그건 집착이야, 주노. 당신 지금 우리가 어떤 상황인지 모르겠어? 당신 환자들보다 당신이 더 병들었어. 도움이 필요한 건 바로 당신이란 말이야!"

그때는 이해하지 못했다. 다른 사람들은 쉽게 들여다보면서 정작 자신을 돌아보지는 못했다.

주노는 나이젤이 위니에게서 벗어나고자 하듯, 크레거가 몇 년 동안 자기로부터 벗어나려 했다는 사실을 알았다. 애초에 사랑으로 시작하지만, 사람들은 문제가 생기면 사랑을 키워가는 속도보다 빠르게 그 사랑을 무너뜨리는 노하우를 가지고 있다. 일보 전진 이보 후퇴. 그렇게 상대의 잘못을 덮어줄 사랑은 찾을 수도 없고 찾을 필요도 못 느낀다. 크레거는 아이들을 데리고 떠나버렸다. 그리고 주노는 자신이 그런 역할을 맡을 자격도 없다고 생각했다. 당연히 결혼생활도 망쳤고 일도 망쳤다. 감옥에 갇혀 그 대가를 치렀다. 남편과 아이들은 한 번도 면회 온 적 없었다. 형을 마치고 작은 가방 하나를 가슴에 매달고 감옥 문을 나서는 날에도 자기를 맞아줄 사람은 아무도 없었다. 허위허위 밝은 햇살 속으로 빨려들었고, 새로운 현실을 혼자 마주했다. 갱생의 집에 거주하며 한동안 가족을 찾고자 애썼었다. 알 만한 모든 사람들에게 전화를 돌렸다. 함께 식사를 했거나 아이들을 돌봐주었던 사람들. 어느 누구도 자기와 얘기를 나누려 들지 않았다. 크레거는 떠났고, 아들들 역시 떠났다.

출소 몇 달 후, 한번은 버스를 타고 전에 살았던 동네의 이웃집 문을 두드린 적이 있었다. 지나치게 헐렁한 청바지에 자선단체 '굿 윌'에서 제공한 리복 셔츠 차림새의 주노를 본 이웃집 여자의 얼굴에 비친 경악스런 표정이 고통스러웠고, 수치심에 몸은 움츠러들었다. 그 여자의 머리는 이제 하얗게 새어 철사처럼 삐죽거렸는데, 하필이면 쪽진 머리를 올리느라 머리칼이 멋대로 휘감겨 관자놀이와 정수리에 들쑥날쑥 삐져 나와 있었다. 주노 눈에 그 여자가 외계인처럼 보였듯 그 여자 눈에도 주노가 그렇게 보였을까?

오랜 친구는 주노와 눈도 마주하지 않으며 말했다.

"주노, 난 너에게 아무 말도 하지 않을 거야."

예전에 노숙인을 만나기만 하면 공황발작을 일으켜 "노숙인들이 나에게 죄책감과 함께 나약함을 느끼게 만들어요"라며 자신을 찾아온 환자를 경험한 적도 있었으므로 주노는 친구의 그런 행동에 놀라거나 하지는 않았다.

"베티, 제발… 크레거가 내 아들들을 데려 갔단 말이야."

베티의 얼굴이 흐려지는 걸 보면서, 예전에 여자들의 나이트 파티 파트너였던 베티가 커피 데이트로 마음이 움직일 거라는 생각을 짧게 품었었다. 어쨌든 자기는 베티를 처음 만났을 때 엘리자베스 브라운 대신 '베티'라고 부르기 시작한 사람이었다. 그 이름이

유행이 되어 나중에는 누구나 다 그녀를 베티로 불렀다. 그런데 높이 뜬 보름달 같은 뺨을 가진 그 베티가 자기를 마치 상한 치즈 대하듯 쳐다보았다. 짧았던 희망은 한낱 자기 예언에 지나지 않았다. 주노는 자신이 베티 같은 상황이라면 어떻게 했을지도 잘 알고 있었다. 아는 체하는 것조차 창피할 만한 누군가가 느닷없이 눈앞에 나타나 정말로 물을 자격조차 없는 정보를 알려달라고 한다면….

베티의 눈엔 얼음이 가득 차 있었다. 주노는 그러한 표정에 익숙해 있었지만, 베티에게마저 그런 건 아니었다. 언제나 어린 양 같던 베티가 갑자기 전혀 다르게 보였다. 크레거가 베티에게 주노가 나타나면 쫓아내고 감시하라는 말이라도 했을까? 물론 그랬을 수도 있다. 주노는 자신을 아는 만큼 크레거를 알고 있었다. 주노가 주춤거리며 뒤로 물러서자, 새롭게 변신한 베티가 더 대담하게 못을 박았다.

"그 애들은 네 아들이 아니야. 크레거의 아들이잖아. 주노, 너에겐 기회가 있었는데도 스스로 날려 버렸어. 그 애들을 내버려둬. 새롭게 다시 시작하고 있을 테니."

그러더니 베티는 면전에서 쾅, 하고 문을 닫아버렸다.

한때 주노는 베티 집 여분의 열쇠를 하나 가지고 다녔다. 문이 느닷없이 잠기거나 가족 여행 동안 화분에 물을 주는 등 만일의 경우 주노가 언제든 집안으로 들어갈 수 있게 한 조치였다. 그랬었는데…. 그 순간 참을 수 없는 고통을 느꼈었다. 그들은 자기의 아들이었다. 자기가 그 아이들을 키웠는데….

크레거의 전처 마니가 앨버커키의 아파트에서 약물을 과다 복용했다는 말을 들었을 때, 크레거와 주노는 알래스카를 떠나 앨버커키로 갔다. 그 아파트에 사는 낯선 사람이 갓 걸음마를 뗀 두 아기가 축 처진 기저귀를 차고 아파트 복도를 헤매는 장면을 목격했다. 최악의 상황은 그 아기들이 울고 있지도 않았다는 사실이었다. 그 얘기가 주노의 마음을 아리게 했다. 주노와 크레거는 알래스카로 다시 돌아갈 생각을 접고 뉴멕시코행 첫 비행기를 탔다. 주노에게 이제 아들들이 생겼고, 주노는 그 아이들을 기꺼이 받아들였다. 그 애들을 키웠고 당연히 친아들처럼 사랑을 다했다.

아들들은 주노의 잘못과는 아무 상관이 없었다. 오로지 주노 자신이 그 애들 생각을 제대로 못했을 뿐이다. 과오는 늘 그렇게 범하게 되어 있다. 의도적으로 잘못을 저지르는 사람은 거의 없다. 데일이 고등학교 1학년이던 해에 주노는 데일의 수영 코치와 바람이 났었다. 사람들이 늘 하는 "어쩌다 그랬겠지", "그럴 만한 여자는 아니잖아"라는 일상적 대꾸로 변명할 수도 있었다. 하지만 정작 주노, 네가 그랬잖아…, 미안한 말이지만, 넌 그런 사람이야.

그 코치 이름은 채드 앨런이었다. 그가 처음 주노의 사무실에 상담치료를 받으러 들어왔을 때는 그의 아내 줄리아나와 함께였다. 서로를 알아본 채드와 주노는 깜짝 놀라 어색하게 자리에 앉았다. 직업상 주노는 결혼 전 이름을 썼으며, 앨런은 다른 사람의 소개로 방문했으므로 예약 당일까지 서로 아는 사이라는 걸 몰랐다. 채드 부부에겐 주노의 아들 데일과 같은 학년의 아들이 있었다. 그들의 아들 마이클은 운동을 잘하진 못해서 미술부를 선택한 탓에 두 아이의 동아리는 달랐다.

몸이 떨렸다. 일어나 좀 더 따뜻한 곳으로 옮겨야 했다. 헴즈 코너를 생각했다. 아니야, 파란 방. 나이젤의 소굴 바로 옆에 붙어 있는 파란 방에서 잘 수 있다. 마지막으로 침대에서 잠을 잤던 때가 언제였던가? 뱃속에 새로운 통증이 일며 신음이 새었다. 나쁜 기억이 있긴 하지만 주노는 충분히 회복될 때까지 좀 더 그 방에서 머물러야 했다.

자기의 결혼생활과 엄마 노릇을 앗아간 이유가 채드 앨런은 아니었다. 다만 추한 결말로 이어진 과정이었을 뿐이었다. 당시는 매사가 롤러코스터를 타는 듯 느껴졌다. 타서는 안 된다는 것을 깨달았을 때는 내리기에 너무 늦어버린 상황이었다. 신비의 아드레날린이 화를 품은 여인에게 들어와 한몸이 되어 버렸다. 주노 자신은 크레거를 향한 화를 품고 있었다. 늘 그랬다. 그의 아들들을 키우기 위해 나의 인생과 일을 접지 않았던가? 주노는 크레거를 위해, 크레거가 원하는 모든 것을 했다. 그런데 채드와 바람이 났을 때, 크레거는 아예 쳐다보지도 않으려 했다. 실제로 주노가 옆에 있어도 그의 시선은 주노를 비껴 TV, 신문, 노트북만 향했다.

채드의 아들이 둘이 함께 있는 장면을 보고 말았다. 아르바이트를 하던 미술품 매장으로 운전하고 가는 길에 둘이 손잡고 '식스 핸드' 모텔에서 걸어 나오는 모습을 본 것이다. 채드의 아내 줄리아나는 주노가 자신의 의뢰인과 성관계를 맺었다는 이유로 민사

소송을 제기했고, 주노에겐 형사 고발까지 추가됐다. 승산 없는 소송이었고 결혼생활마저 끝장났다. 채드는 전형적인 남편이자 아버지인 척, 가정을 지키려던 희생양으로 포장되어 자기 문제를 의뢰인에게 풀어 놓고자 했지만 약탈적 포식자 치료사의 가엾고 상처 입은 표적이 되어 있었다. 채드가 타히티 여행을 미끼 삼아 자기 아내와 화해하는 동안, 크레거는 그의 아들들과 함께 이사가 버렸다. 살던 집이 압류되어 주노는 친구 집 소파에서 자며 판결을 기다렸다. 주노는 크레거가 결코 자기를 용서하지 않을 것이란 사실을 알고 있었다. 대개의 사람들이 그러하듯, 주노는 자신을 망각하고 있었다. 가장 좋아하는 인생의 교훈으로 "당신에게 줄 수프는 없어!"를 입에 달고 다니는 별 볼 일 없는 평범한 남자와 3개월이나 섹스를 즐겼을 만큼 주노는 자신을 망각하고 있었다.

물을 마시기 위해 손을 뻗었다. 입안이 크롤 스페이스의 먼지로 가득해 목구멍이 간질거렸다. 숨이 막혀 죽을 것 같았다. 다시 잠이 들 정도로 피곤했으나 머릿속 생각은 주노를 흥분으로 몰아가고 있었다. 채드 앨런이 그녀에게 온 것이다.

최근 몇 년간 주노는 여전히 그녀의 목덜미를 간지럽히는 채드의 입술을 느끼곤 했었다. 그의 혀가 그리는 작은 동그라미들이 고동치는 맥박을 가로질러 쇄골로 스며드는 가파른 경사를 따라 더듬어 내렸다. 채드는 재미있는 남자였다. 바로 그것이 주노가 그를 좋아하게 만든 이유였다. 그는 주노를 웃게 만들었고 서슴없이 다가서게 만들었다. 그 관계는 두 사람 모두 바라는 윈윈 게임이었다. 오로지 쾌락을 위한 관계였으므로 사랑 따윈 필요 없었다. 주노는 달떠 있었고, 선을 넘어 점점 더 많은 걸 원하고 있었다.

그리고 지금도 주노는 열에 들떴다. 말 그대로 지금도…. 담요를 벗어 던져 공기가 축축한 살갗에 닿도록 내버려뒀다. 머리 위 크라우치 가족이 경험했던 한바탕 병치레를 떠올리며 이번엔 진짜 병이 찾아왔구나 확신했다. 날카로운 공기가 손톱으로 피부를 긁는 듯했다. 예전에도 이토록 아픈 적이 두 번 있었다. 한 번은 교도소에 있을 때였는데, 여자 수감자들이 운동장에서 담배를 돌려 피우듯 병을 옮겼다. 주노는 폐렴으로 의료 병동에 일주일간 머물렀었다. 그리고 한 번은 워싱턴으로 옮긴 직후 길거리에서였다. 얼마나 아팠던지 차라리 교도소 병원에 있었던 기간이 온천 휴양처럼 느껴질 지경이었다. 쉼터에서 옮은 게 분명했다. 쉼터에 들어간 지 하루 만에 숨 쉴 수 없을 정도로 몸이 떨렸다. 어디로 가야 할지 몰랐고, 무슨 병이건 간에 나을 때까지 누워 있을 곳이 필요했다. 갈증이 일어도 물을 찾으러 갈 만큼 다리를 지탱할 수 없었다. 겨우 물가 벤치로 걸어갔다. 언덕 위에 있던 조그만 공원이었다.

주노는 지금 꿈을 꾸고 있었다. 우스꽝스러운 심슨 캐릭터가 그려진 사각 팬티 차림의 채드가 미지근한 맥주병을 들고 호텔 방에 서 있었다. 그는 주노를 웃게 만드는 춤을 추면서 TV 앞에 서 있었다. 채드의 사각 팬티 왼쪽 엉덩이의 바트 심슨이 주노를 향해 가운데 손가락을 흔들었다. 채드 뒤 TV의 푸르스름한 화면에 주노의 고객이었던 패티 스토브즈의 모습이 보였다. 패티는 그녀가 다니는 교회 목사 폴과 바람 피운 데 대한 죄의식 때문에 주노에게 상담을 받고 있었다.

TV 화면에 목사 위에 올라 탄 패티가 쾌락에 젖어 입술을 벌리고 있었다. 주노가 패티를 향해 외쳤다. "안 돼, 안 돼, 안 돼!" 주노가 자신을 향해 외치는 줄 안 채드가 돌아보며 윙크했다. 채드는 다부진 체격에 근육질 사내였다. 주노는 패티가 채드의 나체 뒤에서 신음하는 모습과 채드가 몸을 낮추고 엉덩이를 흔들며 춤추는 모습을 바라보았다. 주노가 채드에게 음악 좀 틀어달라고 말하려는데 노래가 이미 흘러나오고 있었다. 브라이언 애덤스의 '69년의 여름'이라는 노래였다. 구역질이 일었다. 채드가 입은 심슨 팬티가 발기되어 벌어진 채 엉덩이와 어깨를 흔들어 춤추며 주노에게로 다가왔다. 주노의 뱃속은 위험하게 요동치고 있었다.

"와, 와, 와, 와…" 하며 채드는 무릎을 구부리고 두 주먹을 허공에 흔들며 소리쳤다. 주노의 시선이 목사의 무릎 위에 패티 스토브즈가 고분고분 앉아 있는 TV 화면을 향했다. 벌가벗은 패티는 목사가 그녀의 뒤에 비스듬히 몸을 기울여도 전혀 개의치 않았다. 갑자기 패티가 주노를 향해 소리 질렀다.

"나가! 여기서 꺼지란 말이야. 너 때문에 애들이 무서워하잖아."

주노는 TV 화면의 벌거벗은 여인을 혼란스럽게 바라보았다. 패티 뒤로 땀 맺혀 매끄러운 근육질 목사의 가슴이 보였다. 패티가 주노에게 고함치는 동안 목사는 패티의 가슴을 주무르고 있었다.

패티는 이제 정말 미쳐 있었다. 화를 내며 일어서는 패티의 젖가슴이 급하게 뛰었다. 그러더니 TV는 줄곧 상자에 지나지 않았다는 듯, 벌거벗은 그녀의 상체가 화면 밖으로 쑥 나왔다. 그녀는 주노에게 손을 뻗어 코트 옷깃을 움켜쥐었다.

"너는 쓰레기야."

패티가 주노의 얼굴에 대고 으르렁거렸다. 도움을 청하려 주변을 둘러보았다. 채드는 어디 갔지? 다시 올려다 보는데, 갑자기 그린레이크의 놀이터 맞은편 벤치 위에 누워 있는 자신이 보였다. 패티의 고함소리가 메아리쳐 울렸다.

"넌 애들을 무섭게 한단 말이야!"

패티도 사라졌고, 채드와 폴 목사도 사라졌는데, 한 남자가 그녀를 위에서 내려다보며 두 손을 그녀의 재킷 어깨에 얹고 있었다. 남자는 젊었으며 그의 뒤로 노란 코트 입은 조그만 여자 아이가 겁먹은 표정으로 서 있었다.

남자가 주노 위로 몸을 숙였다. 주노가 누운 곳은 노랗고 파란 야외 놀이기구 맞은편 공원 벤치였다. 남자의 표정을 읽고 그의 굳게 닫은 입을 주목하며, 그가 자신을 해칠 의도를 품고 있다고 생각했다. 움츠리려 했으나 남자가 계속 얼굴을 향해 몸을 숙인 채 끔찍한 말을 토해냈다. 도움을 청하려고 이리저리 눈을 돌려 봤으나 보이는 사람은 아무도 없었다. 머리 위로 숯처럼 시커먼 구름이 하늘이 갈라진 듯 굴러가고 있었다. 오른편에 매우 키 큰 소나무로 둘러싸인 놀이터가 있었는데, 그 소나무들이 잿빛 번개 구름을 가려 구름들이 보이지 않았다. 지붕 달린 미끄럼틀을 피신처로 쓸 수 있을까? 전에도 한 번 그런 적이 있었다. 하체를 미끄럼틀의 노란 색 튜브 속으로 말아 넣고 나머지 몸은 아이들을 미끌어 내려보내는 금속 받침대 위에 누웠었다. 미끄럼틀은 성 위의 작은 탑을 닮은 플라스틱 지붕으로 덮여 있었다. 큰 나무들은 지나는 경찰들도 주노를 보지 못하게 가리고 있었다. 그런데 이 남자, 낯선 이 남자가 그녀를 깨워 소리쳤다.

"썩 꺼져!"

남자는 역겹다는 눈빛으로 주노를 쳐다보며 소리질렀다. 갑자기 짓누르던 손을 놓더니 고개를 돌려 어린 소녀를 바라보았다. 주노는 뒤로 떨어지며 벤치에 머리를 찧고 콘크리트 바닥 위에 누웠다. 머릿속에서 날카로운 통증이 터져 시야가 흐려져 앞이 안 보였다. 남자가 다시 소리쳤다.

"꺼시라고!"

주노는 콘크리트 바닥에서 발버둥치며 힘을 다해 소리질렀다.

"날 좀 내버려 두란 말이야!"

도대체 이 남자는 발버둥치고 있는 나를…, 남자의 요구 때문이 아니라 주노 자신이 오히려 더 벗어나고 싶어 발버둥치는 사실을 정말 모른단 말이야? 놀이터에 빗방울이 떨어지기 시작하자 남자가 끔찍한 욕을 퍼부어대기 시작했다. 그런 욕을 들을 만한 일이 자기에겐 없었다. 가진 것 하나 없고 남은 사람 한 명 없었지만, 분명 자기 잘못은 아니었다. 이 남자가 지금 내가 누운 이 벤치에 앉으려 하는 거야?

남자가 "망할 여편네" 하면서 마치 팻말 손잡이를 낚아채듯 그의 딸 아이를 낚아채 성큼성큼 걸어가 버렸다. 아빠 어깨에 매달려 큰 걸음 박자에 튕겨 흔들리던 여덟 살도 안 돼 보이는 작은 소녀의 눈이 주노의 눈과 마주쳤다.

'제발 네 아빠처럼 날 쳐다보지 마.'

주노는 말없이 눈으로 애원했다. 미심쩍은 표정으로 주노를 보던 아이가 작은 눈썹을 찌푸렸다. 다음 일은 너무 순간적으로 일어나 온전히 상황을 이해하기 위해 주노는 마음속으로 여러 번 재생시켜야 했다. 여자아이가 손을 들어 흔드는 것이었다. 아빠가 어깨에 둘러매고 차로 가기 위해 놀이터를 누비는 동안 자기 몸을 가누기 위한 몸짓이었을 수도 있겠지만, 주노는 그렇게 생각하지 않았다. 아이는 어깨 너머로 아빠가 향하는 곳을 쳐다보기 전에 분명히 주노를 향해 작은 손바닥을 들어 흔들흔들 인사했다. 숨을 헐떡이며 벤치에 다시 누웠을 때, 아이의 작은 손이 계속 마음에 걸렸다. 천진난만한 걱정으로 그녀를 받아준 아이의 백옥 같은 손바닥.

"미안해."

주노가 말했다.

"난 네가 생각하는 그런 사람이 아니란다."

주노의 말은 깊은 갈색 눈동자를 가진 그 아이를 향한 것만은 아니었다. 기꺼이 자신의 말을 들어줄 모든 이를 향한 말이었다.

'난 여러분이 생각하는 그런 사람이 아니에요. 나도 무섭단 말이에요. 슬프기도 해요. 가족들과 함께하고 싶은데 그들은 나를 원하지 않아요.'

소스라치게 잠에서 깼다. 아이는 가고 없고 화난 그 아빠도 없었다. 크롤 스페이스가 주노를 보며 씨익 웃는 듯했다. 열은 내렸다. 애플 주스 캔을 따 소심하게 홀짝거리며 패티 스토브즈를 생각했다. 수줍고 부끄러워하던 패티, 샤넬 No. 5를 뿌리고 다녔던 그녀. 엄마가 그 향수를 뿌리면 남자들이 다 넘어갈 거라 말했다 했다. 그녀는 목사를 향해 어느 선에서 눈을 맞춰야 하는지 정확히 아는 여자였다. 패티 스토브즈는 남편 몰래 그녀가 다니는 교회 목사와 바람을 피우는 그런 사람이었다. 패티는 자기 아이들 이야기보다는 목사와의 만남을 더 많이 풀어놓았었다. 세 번째 상담에서는 패티가 진정 상담 치료사의 도움을 원하는 게 아니라는 인상을 강하게 받았다. 실제 패티가 원했던 것은 상담사가 아니라 비밀을 공유할 여자 친구였던 것이다. 그녀의 비밀은 자랑거리였다. 그녀는 주노의 사무실에 들어오면 쉬쉬, 하며 작은 목소리로 자기가 한 모든 짓을 소상히 허풍떨었다. 세 번째 상담에서 주노는 앞선 두 번의 상담에서 혀끝을 굴러다니던 백만 달러짜리 질문을 패티에게 던졌다.

"패티, 당신을 여기 오게 만든 게 목사님과의 불륜에 대한 죄책감인가요, 아니면 남편을 속인 죄책감인가요?"

잠깐 생각에 잠긴 그녀의 금빛 샌들과 금빛으로 칠한 발톱이 그녀의 생각의 속도에 맞춰 까딱까딱 흔들흔들 춤을 추었다.

"첫 번째요."

패티가 슬픈 어조로 말했다. 그러나 그녀의 눈에서 비통함을 찾을 수는 없었다. 패티는 불륜을 즐기고 있었다. 그녀는 그녀의 목사를 아주 상세하게 묘사했다. 대학을 나오자마자 바로 결혼하라는 부모의 압박을 받은, 매우 건강하고 멋진 남자로 묘사했다. 그리고 그에겐 오로지 아내와 예수님밖에 없었다고 했다. 패티 자신은 특별히 내세울 만한 게 없었다. 그러나 그녀는 훨씬 더 젊어 보이는 몸을 가지고 있었다. 주노는 패티의 옷차림이 젊은 몸매를 강조하기 위한 것이라는 걸 알고 있었다. 격주로 일 년간 진행된 패티 스토브즈와의 상담이 끝나기까지 주노는 성적 묘사가 유난해 금기된 한 편의 로맨스 소설을 읽은 듯했다. 어느 일요일, 패티가 외지에 사는 가족을 찾아갔을 때, 크레거는 아들들을 데리고 낚시하러 가고 주노는 정장 차림으로 교회를 찾았다. 패티와 상담하면서 교회 이름을 알아 놓았던 터였다. 예배 시간에 늦게 도착한 주노는 뒷줄에 앉아 몇 년 전 모텔 식스에서 훔쳐온 성경책을 들고 있었다. 패티의 목사는 주노가 상상했던 그대로였다. 교회 주변에서 불륜을 맺은 여자가 오로지 패티 하나뿐일까 궁금할 정도였다.

주위를 둘러보니 모든 여자들이 설교하는 목사의 모습을 눈도 깜빡이지 않고 뚫어져라 바라보고 있었다. 목사가 무슨 내용으로 설교하는지 주노의 귀에 들어오지 않았다. 그 후로 주노의 망상과 집착은 패티와 그녀의 고등학생 같은 팽팽한 가슴에서 폴 블랜차드 목사로 향하고 있었다. 패티는 폴 목사가 수요일마다 팁탑 도넛 가게에서 기도 모임을 가지며, 기도로 시간 보내는 것을 좋아한다고 얘기해줬었다. 팁탑은 교회에서 40여 킬로미터는 떨어져 있었고, 주노가 사는 동네에 더 가까웠다.

주노는 폴 목사가 자기만의 시간을 갖기 위해 패티에게 그렇게 말했을 거라 짐작했다. 불륜은 시간 소모가 동반되는 일이기 때문이다. 어느 수요일, 주노는 사무실로 가는 도중 팁탑에 들러 드라이브 스루를 거치지 않고 바로 안으로 들어갔다. 목사가 거기에 있었고, 자그마한 흑갈색 머리의 백인 여자와 커피를 마시고 있었다. 그날 이후 수요일 아침마다 팁탑 안으로 들어가 폴 목사가 항상 여자 친구와 함께 커피 마시는 걸 보며 즐겼다. 그 여자가 목사의 아내가 아니란 건 쉽게 알 수 있었다. 일요일 예배에서 목사와 그의 아내가 함께 있는 것을 본 적이 있었기 때문이다.

혹시 누가 알아보기라도 하면, 폴 목사는 그 여인의 상담을 들어주는 중이라고 말하겠지. 어쨌거나 그들은 공개된 장소에서 만났으며, 주노가 살피는 동안 그들은 서로 손가락 하나 건드리는 일이 없었으므로 누구 하나 이들에게 의혹의 시선을 건네는 사람은 없었다. 아무 사이도 아닌 거 아냐? 하는 생각이 들 만큼 시간이 지났을 무렵 그들은 자리를 떴다. 폴 목사는 그의 차로 바로 가지 않고 팁탑 앞에서 5분간 건물 벽에 기대 고개 숙인 채 핸드폰을 만지작거렸다. 이윽고 주변을 흘깃 살피더니 주차장을 가로질러 나즈막한 울타리를 뛰어넘어 검푸른 미니 밴으로 다가갔다. 갈색 머리 여인의 다리가 기다리고 있을 거라는 짐작과 동시에 차 문이 열렸다. 그 착한 목사님은 혼다의 뒷좌석에서 그의 작업을 하고 있을 것이다. 차가 떠날 때까지 30분을 기다렸다. 한 시간 후 주노는 패티를 상담할 때 새로이 전개된 이 사건으로 그녀를 대하는 자신의 관점이 어떻게 바뀌는지 궁금했다.

그런데 일은 거기에서 멈추지 않았다. 다음 일은 우연이었다. 차를 몰고 우체국으로 가던 중 차창 밖으로 식품 마트로 향하는 칼레이 리틀을 보았다. '클리'로 불리던 칼레이 리틀은 이십대 후반으로 주노가 일주일마다 만나는 환자들 중 하나였다. 주노는 가능하면 환자들과 우연히 마주치는 것을 피했다. 관련된 사람들 모두에게 어색한 모양새가 벌어지기 때문이다. 하지만 주노는 어떻게 하는지 다시 살피기 위해 우체국 안에서 줄 서 있던 자리를 벗어나 창가로 몸을 붙였다.

우체국 창문에서 거리를 엿보는 주노의 시선이 주차장 건너 여인의 궤적을 쫓았다. 클리는 독신으로 도시에 혼자 살았으며, 그 지역에 다른 가족은 없다고 했다. 자신을 섹스 중독자라고 했으며, 때때로 야릇한 행동을 세밀하게 묘사하는 목소리에는 자부심마저 실려 있었다. 그 여자가 정말 클리인지 의심하며 살피는데, 상담할 때 보았던 그녀의 핫 핑크색 열쇠고리가 눈에 띄었다. 열쇠는 클리의 아무것도 안 든 손에 달랑달랑 매달려 흔들리고 있었다. 다른 한 손은 어린아이 한 명의 손을 붙잡고 있었고, 또 다른 아기가 들어 있는 멜빵 캐리어를 가슴으로 받치고 있었다. 그 모습에 화가 뻗친 주노는 우체국을 나와 클리를 따라잡기 위해 잰걸음으로 걸었다. 클리는 평상시와는 다른 청바지에 티셔츠 차림이었다. 작업복 외의 차림새를 한 클리를 본 적이 있었던가? 주노는 이제 인도를 벗어나 엄마와 그녀의 두 아이를 따라 슬라이딩 도어를 열고 들어갔다. 클리와 아이들은 냉동식품 코너로 갔는데 클리가 가슴에 안은 아기는 겨우 6~7개월 정도 되어 보였다. 주노는 냉동 식품들을 카트에 쌓던 클리가 앞서 뛰어가는 사내 아이에게 천천히 가라고 소리치는 모습을 흥미롭게 관찰했다. 가슴에 맨 멜빵 캐리어를 주시하는 주노는 어쩌면 그녀가 다른 사람의 아이를 돌보고 있는 것일지도 모른다고 생각했다.

"엄마!"

앞서 가던 아이가 클리 쪽으로 뛰어 오면서 그녀를 불렀다. 클리는 주노가 가까이 있다는 걸 모른 채 아이에게 다정하게 속삭였다. 클리는 왜 독신인 척 거짓말을 한 걸까? 이렇게 버젓이 아이가 둘씩이나 있으면서 가족이 없다고…. 누군가에게는 거짓말이 탈출구가 되기도 한다. 아니면 정말 자신을 섹스 중독자로 여겨 가족이 있다는 사실이 알려지는 걸 원치 않았을지도 모른다. 클리는 마트에서 누군가 미행하고 있다는 사실을 여전히 눈치채지 못했다. 주노를 알아보는 사람 또한 아무도 없었다. 다행이다 싶게 한참을 사람들 눈에 띄지 않을 수 있었다. 행여 누가 알아보기라도 하면, 예전에도 레스토랑에서 한번 그랬던 것처럼, 그냥 우연인 것처럼 둘러대면 될 일이었다.

채드를 미행할 필요는 없었다. 아니, 처음부터 채드가 주노를 쫓아다녔다. 주노는 채드의 속셈을 알고 있었다. 한결같이 "저는 원래 이런 사람이 아닌데, 당신은 정말 예외이고 특별한 사람입니다", 설레발치며 게임하듯 다가오는 남자들의 그 속셈.

4급 성범죄 행위에는 최소 2년 형이 따랐다. 법은 권위에 의한 부정에 대해서는 눈 감아 주지 않았다. 상담사가 의뢰인과 성관계를 갖는 일은 명백히 그에 해당하는 범죄였다. 그것이 기소된 죄목의 전부였다면 항소했을지도 모를 일이었다. 그러나 주노가 권위에 의한 성 착취로 2년, 전문직 특수 성희롱과 정신적 고통으로 2년, 도합 4년 형을 선고받았을 때, 삶에서의 모든 관계가 뒤틀려 있었다. 오랜 친구들이 주노를 대하는 인식보다 그들에 대한 주노의 인식이 오히려 심하게 뒤틀려 있었다. 주노의 손은 그들의 손이 결코 닿을 수 없는 것들에 닿아 있었고, 시선은 그들의 하체를 감싼 팬티를 젖게 하는 것들에 꽂혀 있었다. 비록 허둥지둥 예전 이웃들로부터 멀어지게 되었지만, 오히려 자신이 더 이상 그곳에 머무르고 싶지 않았었다는 걸 깨달았다. 지워지지 않는 핏자국이 묻어버린 하얀 셔츠와 같이 감정이 너무 오염되어 있었다. 예전으로 돌아갈 수 있을 만큼, 그런 큰 변화가 가능이나 할까? 불가능하다고 말해왔지만, 주노는 지금…, 그러고 싶었다.

뉴스에선 이제 영하의 기온으로 떨어지고 있다고 했다. 주노는 나이젤의 소굴에서 그의 냄새가 밴 두꺼운 양털 담요를 몸에 두른 채 TV를 보고 있었다. 주노는 나이젤뿐 아니라 이 집 식구들의 냄새를 모두 파악하고 있었다. 나이젤의 냄새는 잔디와 향신료 같은 갈대 냄새다. 위니에겐 이제 그녀 특유의 냄새가 없었다. 비싼 향수로 온 몸을 코팅한 덕에 백화점에서 맡을 수 있는 냄새가 풍겼다. 샘은 음…, 소년다운 **짭짤한** 냄새이다. 그 아이는 희미한 볼로냐 소시지 냄새를 남기고 떠났다.

주노는 샤워 후 축축한 머리칼로 멍하니 TV를 보고 있었다. 샤워가 몸을 나른하게 만들었다. TV에는 두꺼운 패딩 재킷을 걸쳐 입은 리포터가 잔디 위에 서 있었다. 화려한 크리스마스 트리를 배경으로 섰음에도 패딩 입은 리포터 모습이 불편해 보였다. 누구나 겨울이 지겨워 죽을 지경이었다. 이제 겨우 12월이었다. 그라운드 호그 데이*가 얼마나 남았지?

TV를 끄고 빈 화면을 결연히 응시했다. 지난 몇 주간 크롤 스페이스에서 일어나는 게 점점 더 힘들었다. 화끈거리며 타오르는 듯한 관절 통증이 크라우치네 약장에서 챙긴 아스피린으로는 해결 안 될 정도였다. 약장에 옥시가 아직도 남아 있으면 했으나 샘 탓에 다 사라지고 없었다.

약 대신 캠핑용품 패키지에서 몰래 꺼내온 폼 매트리스를 깐 둥지에서 대부분의 날들을 웅크리고 누워 보냈었다. 이층 이불장에서 담요와 슬리핑 백도 챙겨 둔 터였다. 한번은 위니가 그들이 말하는 헌 옷 자루를 기증했는데, 나이젤이 그것들을 챙기기 전에 미리 구멍으로 날라다 놓았다. 주노의 절도는 아무도 눈치채지 못했다. 하지만 엄밀히 따지면 집 안에 있는 것이고, 어쨌거나 자신들이

---

* 성촉절, 설치류인 그라운드 호그가 잠에서 깨어나는 2월 2일로 미국의 입춘절.

치우려 했던 물건이었으므로 그걸 절도라 여기지는 않았다. 위니와 나이젤은 서로에 대한 기만으로 바빠 주노의 절도를 알아챌 여유가 없었다. 버려진 추리닝 상의와 하의로 때워 만든 작은 옷장을 매주 크라우치네 세탁실에서 세탁한 옷들로 채워 넣었다. 날씨가 너무 추워 크롤 스페이스 바닥에 얼음이 어는 밤이면 주노는 기어 올라 예전에 헴즈 코너의 스키복과 핼로윈 의상들 밑에 만들어 놓은 셋방에서 잠을 잤다. 그것은 자신을 위한 특별 대우였다. 그런 날이면 이층으로 올라가 필요한 물건들을 챙기고, 해가 비춰준다면 얼마간이라도 햇빛을 흠뻑 받아 안으면서 낮 시간의 대부분을 보냈다. 옷과 담요를 세탁하고 샤워도 했으며 따뜻한 식사도 하고 뉴스도 보았다. 그럴 즈음이면 거의 잠에 빠지곤 했다. 크라우치네에서 하루를 보낸 후 다시 크롤 스페이스로 돌아와 몸을 움츠리면 매우 피곤했다. 그럴 때면 '네 콩팥 때문에 피곤한 건지도 몰라, 주노'라며 혼자 중얼거렸다. 하지만 점점 자라나는 자신의 보금자리와 옷장들이 그럴 듯하긴 해도 크라우치 가족이 없는 이 화려한 한 주 동안 별채에서 자는 축복에 견줄 바는 아니었다.

앉아서 책을 읽으려 했으나 희미하게 들리는 건조기 소리가 정신을 산만하게 했다. 건조기에서 꺼낸 따스한 옷에서 드라이어 시트 향이 풍겼다. 위니에게서 빌린 장바구니에 옷들을 하나씩 접어 넣는 주노는 이것이 임시 휴가이며, 곧 크롤 스페이스로 돌아가야 한다는 사실을 알고 있었다. 그렇다손치더라도 사실 크롤 스페이스에서 옷도 갈아입고, 쓸데없는 참견쟁이들이나 그녀를 쫓는 경찰들에 대한 걱정 없이 잠들며 얼마간은 적당히 편안하게 지낼 수 있을 것이다. 아들뻘 되는 젊은 경찰들, 노인에 대한 존중은 애당초 염두에 없는 남자 아이들, 그리고 또래의 노숙인들을 신경 쓸 필요는 전혀 없었다. 그렇다. 크라우치네 집 아래에서 평온하게 앓아 누워 있는 게 좋았다. 이제 애플 주스와 여섯 개의 통도 있었다. 세 개는 용변통, 두 개는 물통, 한 개는 쓰레기통이었다. 그 통들을 화장실이라고 지정한, 크롤 스페이스의 가장 구석 자리에 보관했다. 크롤 스페이스의 바닥을 기어다니는 일을 운동으로 여기는데, 요즘 들어 운동을 거의 못했다. 콩팥이 너무 오랫동안 열악한 조건에서 뜨거운 땀에 절어 숯덩이처럼 몸속에서 타오르고 있었음에도 그것들을 무시해 왔었다.

"미안해요, 아가씨들…."

주노는 한 손을 뻗어 한쪽 콩팥을 마사지하고 다른 손은 건조기로 손을 뻗어 문을 쾅 닫았다. 짐은 다 꾸려져 바로 내려보낼 채비가 끝났다. 보따리를 날라 크롤 스페이스 안으로 모두 내려보냈다. 흙 냄새와 암모니아 냄새가 정체된 공기의 한 줄기 바람에 실려 그녀 주위를 휩쓸고 지나갔다. 이런 환경에 익숙했으면서도, 이제 폐가 곰팡이 포자와 함께 공유하고 있음을 의심하지 않았다.

몸을 일으켜 세워 그럭저럭 오전에 마무리해 놓은 것들을 만족스레 내려다 보았다. 빨래, 샤워, TV 시청, 그리고 약간의 운동. 마지막으로 해야 할 것은 먹는 일이었다.

냉장고까지 가는 길은 꽤 긴 시간이었다. 우선 먹을 만한 음식이 있을지 주노는 알지 못했다. 할렐루야, 하느님께 영광을…. 누군가 장을 봐 뒀다. 만약 그 누군가를 알아맞히는 내기에 돈을 건다면, 자신 있게 나이젤에게 걸 것이다. 냉장고에 남아 있던 음식들은 식물성 단백질로 만든 고기 빵과 진짜 감자를 으깬 감자 샐러드였다. 이 집 식구들이 돌아오면 어쨌건 쓰레기통으로 곧바로 들어갈 음식들이었다. 주노는 음식들을 차가운 통 그대로 들고 먹었다. 그리고 나서 터퍼웨어를 닦아 말려 서랍 속 다른 터퍼웨어들과 섞어 넣었다.

바깥에는 비가 내리고 있었다. 잔디는 섹시한 형광빛을 뿜었고, 청회색 구름이 시애틀 위로 배처럼 늘어져 있었다. 구름을 뚫고 나온 빛이 토마스 킨케이드*의 빛처럼 잔디와 인도, 저 너머 길거리들을 비추고 있었다. 두 가지 기억이 불편하게 떠올랐다. 눈앞에 펼쳐진 아름다운 광경에도 주노는, 사실 그 풍경의 아름다움 때문에 시선을 외면해 버렸다.

심리치료사였던 주노는 뉴멕시코에는 드문 잔디밭을 좋아했다. 신참 노숙인 주노에게 워싱턴은 매혹적이었다. 어디건 초록물이 깊게 밴 부드러운 잔디가 있었다. 공원에서 잠을 잘 때면 늘 크레거의 스위스 칼을 옆에 두었다. 비록 부풀고 관절염 앓는 손에 쥐어진 그 작은 칼로 누군가를 찌른다는 생각이 웃기는 일이었지만, 그렇게 지니고 있으면 한결 기분이 나았다. 달리 갈 곳을 몰랐

---

* 현실적, 전원적, 목가적 주제의 그림을 그린 미국의 유명 화가.

고, 쫓아내려는 사람들은 항상 있었다. 공원이 유일하게 자신을 반겨주는 곳이었다. 그렇게 여름부터 가을까지 그 공원에서 지냈다. 그러나 가을의 워싱턴은 변하여, 그칠 줄 모르는 가랑비가 잠자리를 적셨고, 잔디를 적셨다. 밤마다 몸을 따뜻이 해보려 애쓰던 기억과 옷으로 축축하게 스며들던 습기를 떠올렸다. 그 몇 달 동안은 옷이 마를 날이 없었다. 죽을 정도로 몸이 아팠고 열이 너무 올라 정신이 혼미했다. 어떤 착한 사마리아인, 그 전날 똑같은 장소에서 주노를 봤던 조깅맨이 구급차를 불러주었다. 그 일 이후 주노는 한동안 파란 텐트를 가지고 다녔다.

주노는 학창 시절 그 방법론을 공부했던, 스키너*와 그의 실험실 쥐들에 대해 잘 알고 있었다. 젖은 잔디에 대한 그녀의 혐오는 바로 그 이론의 사실 여부를 확인시켜 주었다. 그것은 인간 사고 회로가 어떻게 작동하는지, 다시 말해 각각의 경험의 편린들이 어떻게 각각의 고통이나 환희로 연결되는지를 확인하는 연구였다. 오히려 주노는 그런 작용, 말하자면 자기가 한때 좋아했던 어떤 것이 부정적 사고와 연관 지어지는 게 슬펐다. 갑자기 그날처럼 온몸이 뜨거워져 그 열기로 잠에 빠져들었다.

눈을 감기 전에 마지막으로 본 것은 하나의 풀잎이었다. 초록이 너무 짙어 광채가 나는 그 풀잎에 주노는 온 정신을 쏟아 이를 악물고 집중했다. 풀잎에 미세한 빗방울이 촘촘하게 아롱거리고

---

* 버러스 프레드릭 스키너, 미국의 영문학자이자 행동주의 심리학자, 교육과 심리학에 많은 영향을 끼침.

있었다. 풀잎 모서리는 오래된 카빙 나이프처럼 날카로웠다. 더 가까이 들여다보니 아주 작은 털들이 몸부림치며 괴기스럽게 주노를 향해 조그만 팔을 뻗치고 있었다. '지금 네가 보고 있는 것은 실제가 아니야', '넌 지금 아플 뿐이지, 멍청한 바보가 아니야.' 그런 생각 끝에 눈을 몇 번 깜박거렸더니 시야가 맑아졌다. 제발 사물들을 올바른 각도에서 보라고 자신을 다그쳐야 했다. 잔디밭에 대하여 너무 많은 생각을 했을 뿐이었다. 그리고 병원에서 깨어났을 때 주노는 이제 잔디가 싫어졌음을 알았다. 그렇게 단순한 것이었다. 그렇지만 크롤 스페이스에는 풀이라고는 전혀 없었다. 오로지 흙뿐이었다. 흙. 흙, 흙. '이쯤 됐어. 따분한 일들 매듭짓고 이제 오두막으로 기어 가.'

'좀 더 있다 갈까?'라고 생각한 것은 책상 위에 절전 상태로 있는 가족 공용 컴퓨터를 보았을 때였다. 눈을 몇 번 깜박였을 뿐인데 관점이 회복되고 사물을 제대로 판단할 수 있게 되었다. 가만 생각해보니 그건 단순한 거였다. 열병에 걸린 주노의 머리가 추하다고 인식한 것, 그 끝에 두 개의 작은 물방울이 대롱거리는 1인치 길이의 풀잎, 바로 그것이었다.

'너는 네가 잔디밭에서 당했던 것과 똑같은 짓을 위니에게 하고 있잖아. 넌 위니를 그렇게 추한 적으로 만들고 있잖아.'

그랬다. 그 일이 주노가 하려던 일이었다. 그렇지만… 위니의 검색 기록을 조사해보지 않고 떠날 수는 없었다. 아마도 그게 어떤 해답을 던져줄지도 모를 일이었다.

지난 며칠간의 인터넷 검색 기록을 뒤졌다. 비건들을 위한 레시피, 유명 인사들에 관한 가십 등 일상의 허접한 것들이었다, 그리고…, 그게 있었다. 목요일 밤 11시 30분에 조슬린 러셀에 대한 검색 기록이었다. 그 시간이면 대개는 위니가 잠자리에 들고 몇 시간은 지났을 시간이었다. 봉투에서 확인한 게 너무도 찜찜한 나머지 결국은 컴퓨터를 검색하기까지 두어 시간을 잠 못 자게 만들었음이 분명했다. 물론 일방적 추측이었다.

위니는 자기가 보낸 우편물을 받았고, 나이젤이 잠자리에 든 시간에 인터넷에서 이 여인을 검색한 것이다. 자신이 깔아놓은 덫에 상황을 끼워맞추며 위니가 접속했을 컴퓨터의 최종 방문 웹사이트 링크를 클릭했다.

입고 있던 셔츠의 깃을 엄지와 중지로 비벼대며 기사를 읽었다. 뭔가를 대비하고 있었으나 그게 무엇인지는 확실치 않았다. 주노는 늘 자신의 육감과 직관을 자부해 왔다. 사람들을 대하며 느끼는 감정은 대개 맞아 떨어졌고, 가까이 들어갈수록 어떤 느낌이 강하게 다가오는 것을 느끼곤 했다. 화면에 올라온 기사를 하나도 빼먹지 않으려고 두 번이나 읽었다.

기사는 부랑아들의 텐트촌에 관한 이야기였다. 주노의 눈길이 한껏 펼쳐졌다. 오랜 기간은 아니었지만, 얼마간 니클즈빌이라는 시애틀의 이동식 텐트 자율 공동체에서 지낸 적이 있다. 쉼터의 침대 부족을 해결하기 위해 만들어진 임시 시설로 그럭저럭 지낼 만했다. 보라색 텐트는 시애틀의 제일감리교회에서 기증한 것으로 경비들이 돌아가며 느슨한 질서를 유지했다. 메타드린에 중독된 한

패거리의 악당들이 쿠데타를 일으켜 장악하기 전까지 몇 주를 그곳에서 기거했다. 엄마와 레이 찰스*의 노래를 빌자면, '당장 길을 나서, 잭(Hit the road, Jack)'이었다. 그렇게 주노는 당장 떠났다. 그러나 벤치를 찾거나 I-5번가를 따라 나무가 우거진 지역에 캠프를 차리는 사람들과 합류하는 것 중 하나를 선택해야 했다. 주노는 후자를 택했다.

'그런데 위니는 왜 노숙인 캠프에 관심을 가진 걸까?'

주노는 위니가 관심을 가질 만한 내용을 찾으려고 그 기사를 탐독했다. 기사에 따르면, 매년 수천 명의 십대 가출 소녀들이 실종되고, 가족들은 다시는 그들의 소식을 접하지 못한다는 내용이었다.

그리고 보았다. 당시 정신건강센터 일루미네이션즈의 직원이었던 위니 크라우치의 말을 인용한 기사였다.

이들 캠프에는 여러분이나 저처럼 아주 어리거나 젊은 여성들이 위생 시설이나 의료적 도움에 접근하지 못하며 하루 벌어 하루 먹고 살고 있습니다. 실제로 제가 상담하고 있던 젊은 여성 중 한 명은 임신 후 텐트에서 살다 사라져버렸습니다.

---

* 가수, 작사가이자 피아니스트이며 소울 음악의 대부.

22

위니

위니는 침대에 누워 그린레이크 공원 귀뚜라미들이 우는 소리를 듣다 잠에 빠져들었다. 별장 여행은 예상했던 대로 엉망이었다. 아니 예상보다 더 참담했다. 집에 가고 싶어 좀이 쑤셨다. 그런데 침대로 돌아온 지금도 지난 일 이후 쭉 그래왔듯, 참담한 기분은 가시지 않았다.

누군가 게임을 걸어오고 있었다. 어쨌거나 처음엔 자신이 알고 있는 바의 '불행한 편집증적 피해망상'이라 생각했다. 하지만 메모장 흔적 사건이나 도서관 책 대여 건, 오려 담은 기사들이 담긴 우편물 사건 등은 달리 해석할 방법이 없었다. 내밀한 마음 한켠에는 나이젤에게 그 일의 반밖에 털어놓지 않음으로써 지난 시절 어느 한 소녀를 확실한 악녀로 만들어버렸다는 사실이 마음에 걸렸다. 그렇게 만들어진 악녀는, 조슬린 러셀이었다.

조슬린 러셀이 마약 중독자여서 집과 가족을 떠나게 된 건 아니었다. 오히려 가족들이 그녀에게 저지른 행위의 결과가 그녀를 마약 중독의 길로 빠지게 만들었다. 조슬린은 18번째 생일을 석 달 앞두고 집에서 도망쳤다. 18살이 되기까지 석 달을 눈에 띄지 않게 숨어 지냈다. 18살이 되자 사회복지 서비스를 받으러 나섰다. 그녀에겐 조울증이 있어 약물 치료가 필요했다. 위니가 조슬린 케이스를 맡았을 때, 조슬린은 겨우 45kg밖에 나가지 않는 가냘픈 소녀였다. 귀에는 늘 초소형 이어폰을 끼고 다녔는데, 그녀가 주는 메시지는 명백했다. 도통 대화하려 들지 않았다. 위니 역시 억지로 대화를 밀어붙이지 않았다. 조슬린을 이해하지 못하는 세상에서 위니는 조슬린의 옹호자가 되기 위해 거기에 있었다. 조슬린의 팔에는 몇 년 동안의 고난을 말해주는 은밀한 자해흔이 있었다. 반항적이었고, 대화를 회피했으며, 신뢰성에 심각한 문제가 있는 현실 도피자였다. 정크 푸드, 특히 퍼니언즈와 파란 음료를 좋아했다. 위니는 스낵으로 신뢰의 여정을 개척하기 시작했다.

조슬린이 조금씩 말하기 시작했다. 제일 먼저 꺼낸 얘기는 자신의 가정에 관한 것이었다. 부모는 이혼했고 엄마는 연하의 남자와 재혼했다. 그러던 어느 날 계부가 자신을 추행했다고 했다.

"의붓아버지의 친구들도 그랬어요."

그녀가 시선을 바닥에 깔며 입을 열었다.

"나를 자기 친구들에게로 넘겼어요. 내가 막 우니까, 그 인간은 내가 원해서 그랬다는 듯 행동했어요."

조슬린은 레이더 안에 머물고자 했다. 의붓아버지에 대해 얘기할 때면, 그 눈에 서린 진정한 두려움을 보았다. 그녀의 집은 돈이 많았다고 했다. 그리고 그녀의 가족은 그 돈을 자신들이 원하는 것을 위해 쓰는 데 주저하지 않았다. 위니는 얼굴을 가린 무지개 커튼 같은 그녀의 머리 패션을 이해하게 되었다. 공간이 필요할 때면, 그 커튼 뒤로 숨었다. 그래서 위니는 더 많은 염색약, 분홍과 초록, 그리고 파란색을 사주었고, 조슬린은 그런 위니를 성실한 조언자로 받아들여 갔다. 위니는 그 소녀를 좋아했고, 그녀를 보호하려했다. 세상이 조슬린 같은 여성들에게 무슨 짓을 했는지 보았고, 그녀를 걱정해주었다.

그리고 얼마 후, 조슬린이 임신했다. 아기 아빠가 누구인지는 모른다고 했다. 그 즈음 마약 값을 대려고 텐트에서 성매매로 밤을 보냈었다고 했다.

조슬린은 그룹 모임에 오는 일이 거의 없었으며 무언가 필요할 때 찾아올 뿐이었다. 조슬린에게 아기 대신 자기 자신을 위한 지원 프로그램과 약물 중독 치료를 선택하라 제안하며 애원했지만, 조슬린은 계속 아기를 낳고 싶어 했다.

"내 아기예요. 낳을 거예요."

"조슬린, 너는 텐트에서 지내잖니. 텐트는 아기에게 집이 될 수 없어. 사회복지시설에서 네 아기를 데려갈 거야."

"안 돼요."

조슬린은 딱 잘라 말했다.

"절대 그럴 일 없을 거예요. 그 사람들과 사느니 텐트에서 사는 게 차라리 나아요."

아기를 낳아 기르는 일이 쉽지 않다는 사실을 더 힘주어 설득하자 조슬린은 도망쳐 버렸다. 그녀를 찾아 타코마까지 건너가 쉼터를 뒤지며 여러 가지 색깔로 머리를 물들인 임신한 노숙인 소녀를 탐문했다. 조슬린을 본 사람은 아무도 없었고, 위니의 죄책감은 삶에 새로운 여정을 예고하고 있었다.

눈을 비볐다. 잠을 자야 했다. 더 이상 생각을 펼칠 수 없었다. 침대에 누워 몸을 뒤척였다. 그날 밤 일을 어떻게 알 수 있었단 말인가? 자신이 저지른 그 일…. 그 텐트에 조슬린과 함께 있었던 사람은 위니뿐이었다.

전화는 한밤중에 걸려 왔었고, 저녁 8시 이후에는 대개 전화기 수신음을 무음으로 해놓았으므로 세상 모르게 잠에 빠져 있었다. 배뇨감에 잠을 깼을 때 부재 중 전화를 알리는 휴대폰 화면이 밝게 빛났다. 전화기를 들고 화장실 변기에 앉아 녹음된 음성 메시지를 틀었다. 조슬린의 목소리는 떨렸고, 배경으로 들리는 소음만큼이나 혼란스럽게 엉켜 있었다.

"저, 아기 낳았어요. 상태가 안 좋아요. 어떻게 할 수가 ⋯. 도와주신다 했잖아요. 라벤나 고가 근처 텐트예요. 부탁이에요⋯."

그리고 전화가 끊어졌다. 변기에 앉은 채 그 번호로 바로 발신을 눌렀으나, 발신음만⋯, 울리고, 울리고, 울릴 뿐이었다.

지금도 생생히 기억하는 것은 조슬린과 아기를 발견했을 때 그들이 처한 환경이었다. 쓰레기 더미, 메스꺼운 똥 냄새. 그 냄새가 너무 역겨워 위니는 두어 걸음 뒤로 물러나와 급하게 구역질을 뱉어내고, 신선한 공기를 호흡했다. 가방에 넣어간 생수로 입을 씻으며 마음을 가라앉힌 다음에야 텐트로 다시 걸어 들어갈 수 있었다. 조슬린은 아기를 따뜻하게 하기 위해 담요로 둥지를 만들어 자신의 몸과 개 사이에 끼워 품고 있었다. 조슬린의 개는 불길하게 위니를 노려보며 꼼짝하지 않았다.

조슬린의 얼굴은 창백하다 못해 눈과 턱을 따라 초록을 띠고 있었다. 올이 다 드러난 타월을 몸에 두르고 보따리 옆에 꼼짝 않고 누워 있었다. 역력한 죽음의 냄새에 위니의 시선이 급하게 아기를 찾았다.

아기가 우선이었다. 아기를 이렇게 끔찍한 환경에 있게 해서는 안 된다. 먼저 아기를 안전한 곳으로 옮겨야 했다. 조슬린 근처로 기어가면 아기에게 손이 닿을 수 있었다. 생각할 겨를 없이 무릎을 꿇고 인간과 동물의 배설물 위를 기었다. 손끝이 말라버린 토사물 위에 닿았다. 개는 누운 채 낑낑거리며 축 처진 한쪽 눈으로 위니를 보고만 있었다.

눈을 감고 내면의 소리에 집중하려 애썼다. 아기를 확인해야한다는 절박한 욕구와 상황의 긴박감, 분출하는 아드레날린이 망설임을 허락하지 않았다. 보이는 것, 만져지는 것, 그리고 뿜어져나오는 냄새에 반응할 짬이 없었다. 아기가 중요했다. 위니의 손이아기의 창백한 뺨에 닿자 아기가 움찔했고, 순간 형언할 수 없는희열을 느꼈다. 살아있다!

사내 아기는 몸집이 너무 작아 겨우 2kg 될까 말까 했다. 조슬린이 둘러 놓은 담요를 살살 벗겨 누에고치 같은 둥지에서 조심스레 들어올렸다. 아기는 지나치게 큰 신생아복을 입고 있었다. 불거져 나온 기저귀에 비해 비교적 깨끗했다. 위니는 아기를 들어올려재킷 안으로 발부터 집어넣어 작은 거북이 등딱지처럼 보일 때까지품어 안았다. 따뜻한 곳으로 옮길 때까지 이 정도면 될 것이다. 숨쉴 만한 공간을 남겨 놓고 재킷 지퍼를 올려 채웠다. 난생 처음 자기 젖가슴이 이 조그만 아이의 숨이 막힐 정도로 크지 않은 걸 다행이라 여겼다. 위니는 여전히 손과 무릎을 바닥에 짚은 채 아기가자고 있는 재킷 안을 들여다보느라 고개를 숙였다. 아기는 해먹 안에 누운 모양으로 웅크리고 있었지만 호흡이 깊지는 않았다. 위니는 살을 에는 겨울 공기를 꿀꺽 삼키며, 악취와 오물을 피해 황혼속으로 기어 나왔다.

혹독한 추위였다. 아기를 빨리 차로 데려가야 했으나 차는 거기에서 한참 떨어진 가파른 제방 위에 주차되어 있었다. 할 수 있는 선택은 오로지 서리 내린 풀밭을 두 손과 무릎으로 기어 오르는 것이었다. 위니는 기었다. 미끄러질까 봐 무서웠다. 한 손으로 가슴을 부여잡고 조심 조심 제방 꼭대기로 오르며 안개 속에 걸려 있는 조슬린의 텐트는 한 번도 내려다보지 않았다. 그리고 단 한 번도 조슬린을 생각하지 않았다. 꼭대기에 이르러 금속 난간에 다리를 걸치고 비스듬히 회전하여 아스팔트 위로 정확히 내려 섰다. 숨 돌릴 틈도 없이 위니는 아직도 새 차 냄새가 나는 산뜻한 흰색의 BMW를 향해 달렸다. 차는 한 무리의 집들 사이로 나 있는 작은 잔디밭을 따라 주차되어 있었다. 헉헉거리며 내뿜는 하얀 숨 뒤로 집들이 아늑하게 보였다. 앞 좌석으로 올라 급히 SUV를 몰아나오면서도 오로지 아기 외에는 아무 생각도 할 수 없었다.

그때 바로 앰뷸런스를 불렀더라면….

그러려고 했었다. 아기를 무사히 차에 태우자마자 그럴 생각도 했었다. 하지만 바로 그 지점에서 모든 게 잘못되어 버렸다.

그렇게….

23

주노

주 노는 셋톱박스를 고장내 버렸다. 그것은 대담한 계획이었다. 몸체에 연결된 모든 케이블을 뽑은 다음 머리 위로 들어올리고는 나이젤의 소굴 카펫 바닥으로 내던졌다. 한 번은 가볍게, 두 번째, 세 번째 던졌을 때 달그락거리는 소리가 들렸다. 그제서야 처음 있었던 그대로 다시 케이블들을 연결해 놓고 기다렸다. 나이젤은 자기 소굴에 들어가 아무 생각 없이 CNN을 틀어 놓거나 ESPN 스트리밍을 틀어 게임을 시청하곤 했다. 그의 셋톱박스를 조져 버린 건 그의 불안정한 정신 상태를 조지고자 한 것이었다. 그리고 그것은 바로 주노가 바라는 것이었다. 모두

다 안절부절못하고 있었다. 그 덕에 몇 가지 답을 얻을 수 있었다.

나이젤은 케이블 TV 업체와 이틀이나 실랑이를 벌였다. 위험을 무릅쓰고 그 모든 상황을 파악하기 위해 헴즈 코너에서 하룻밤을 보낸 주노에게 이번 만큼은 고래고래 소리지르는 나이젤의 노여움이 고마울 지경이었다. 아무렴. 그놈의 셋톱박스를 교체하는데 따로 돈을 지불할 필요는 없고 말고. 장비가 문제지 나이젤 당신이 잘못 다룬 건 아니야. 그러니, 누군가 와서 해결해 줘야 돼. 같은 말을 계속 강변하고 있잖아. 가장 빠른 시간이 언제라고? 안돼. 그럴 수는 없어. 이번 주말에 봐야 할 게임이 있는데 당신들 때문에 피해를 볼 수는 없는 노릇이잖아.

"정 그렇다면 목요일, 좋아요. 그리고 시간은요? 시간에 맞춰 집에 있어야 하니까요?"

"허참. 여덟 시간이나 비워 놓고 기다려야 한다는 얘기잖아요!"

주노는 낭패감에 젖은 나이젤의 목소리를 들을 수 있었다.

"알겠어요. 경보기를 꺼 놓고 뒷문도 잠그지 않고 놔둘 게요. 직원이 몇 시에 와서 몇 시에 떠나는지 알려주면 내가 와서 잠궈 놓을게요. 메모하고 있죠? 꼭 메모해 전달해 주세요."

목요일 아침, 주노는 새벽 5시쯤 되었을 거라고 짐작할 때까지 벽장에서 기다리고 있었다. 벽장에 들어오기 전에 밀크 초콜릿 한 갑과 오이스터 크래커 몇 개를 먹었는데 단것을 먹어 그런지 속이 편치 않았다. 그래도 주노는 기운 없는 것보다는 낫다고 생각했다.

회색 시호크스* 후드를 입은 주노는 모자를 뒤집어 쓰고 있었다. 그리고 아래는 나이젤이 기증하기로 한 청바지를 위니의 공예품 서랍에서 찾은 노끈으로 허리를 묶어 입고 있었다. 위니보다 일찍 출근하는 나이젤이 문간을 나설 때면 대개 6시쯤 되므로 미리 준비하고자 했다. 주노는 이 집에 처음 들어올 때 신었던 운동화를 챙겨 신고 있었다. 애초에 그 운동화가 자신을 이곳으로 데려왔으니 행운을 기원하며 그 운동화를 신은 것이다.

안정적이고 규칙적인 나이젤의 발자국 소리가 머리 위에 메아리쳤다. 코트와 의상들 밑에 웅크리고 앉아 숨을 쉬는데 옅은 오줌 냄새가 배어 들었다. 목구멍 안쪽에서 재채기 기운이 야단났는데 기침이 터져나오기 전에 꿀꺽 삼키느라 애를 썼다. 만약 기침이 터져나오기라도 하면…. 주노가 가장 두려워하는 상황 중 하나가 기침 때문에 들키는 일이었다. 허벅지가 타는 듯, 몇 주간 쓰지 않은 근육들은 제아무리 가벼운 몸이라지만 체중을 지탱하려 애를 쓰고 있었다. 나이젤의 발은 지금 계단 위에 있다. 곧 경보기를 끄고 가방을 꺼내려 벽장 문을 열 것이다. 헛기침 소리에 이어 경보를 해제하기 위해 비밀번호 누르는 소리가 희미하게 들렸다. 비밀번호는 0602, 샘의 생일이었다. 위니가 다코타에게 재차 알려주는 얘기를 엿들어 알아낸 거였다. 문이 열리고 닫혔다. 그리고 나이젤은 가고 없다. 나이젤은 오늘 운동 가방을 챙겨 가지 않았다. 그래서 기어 올라가기 전에 남겨진 나이젤의 가방을 살피다 지퍼를 열고 안을

---

* 시애틀 시호크스, 1976년 창단한 미국 워싱턴 주 시애틀의 프로 미식축구 팀.

들여다보았다. 주머니 안에 5달러 지폐 한 장이 꾸겨져 있었다. 지폐를 꺼내 무릎 위에 놓고 펴며 가방 속을 계속 탐색했다. 갈아 입을 옷과 작은 오드콜로뉴 병을 옆으로 밀었다. 가방 밑바닥에 알토이드 깡통이 있었는데 살짝 건드려 봤지만 박하사탕이 떼굴거리는 소리는 들리지 않았다. 깡통을 꺼내 뚜껑을 확 열었다. 사실 이럴 여유가 없었다. 샘이 곧 깨어날 시간이었다.

신용카드와 대충 500달러쯤 돼 보이는 20달러 지폐 다발, 그리고 알루미늄 호일에 싼 콘돔 1개를 내려다보는데 입안이 다 마를 지경이었다. 돈다발을 풀어 20달러 지폐 1장을 꺼내 아까의 5달러짜리와 함께 호주머니에 쑤셔 넣었다. 다음에 이어진 행위는 기이하다기보다 즐거움을 주는 일이었다. 핫도그 모양의 의상으로 기어들어갔다. 주노가 얼굴을 대어 문지르길 즐기는 의상이었다. 어느 날, 옷핀이 뺨을 찌르는 바람에 기겁한 적이 있었는데, 다시 안전한 곳에 꽂아 놓았다. 이제 몇 분 남지 않은 상황에서 주노는 그 핀을 다시 찾아 챙겼다. 샘은 화장실에 있었다. 통증을 달래준 아스피린 덕택에 움직임은 꽤 빨랐다. 주노는 핀으로 호일과 콘돔을 함께 찔러 끝까지 밀어 넣었다. 날카로운 옷핀 끝이 호일을 찌르고 들어가 미끈미끈한 고무의 얇은 막에 닿는 느낌이 좋았다. 그러고 나서 모든 것을 처음 상태로 돌려 놓았다. 숙달된 요령이었다. 주노는 샘이 변기를 누르기도 전에 현관 밖으로 빠져 나왔다. 그녀에겐 이제 여덟 시간의 여유가 있다.

오후 3시 30분, 주노는 1달러 숍에서 산 시리얼 한 봉지를 들고 호수 옆 벤치에 앉았다. 비닐 봉지를 열어 흙바닥 위로 시리얼 한 줌을 뿌렸더니 2초도 안 돼 가슴에 푸른 띠를 두른 비둘기 열두어 마리가 떼지어 둘러쌌다. 비둘기들은 호박색 눈으로 주노를 흘끗흘끗 곁눈질하며 시리얼을 쪼았다. 주노는 날개 달린 이 작은 쥐들을 별로 좋아하지 않았으나 이들은 언제나 제일 먼저 찾아왔다.

"거북이 세 마리가 자주 나와요."

깜짝 놀라 일어서던 주노가 들고 있던 백팩을 떨어뜨릴 뻔했다. 햇빛이 쨍, 하고 나타났다. 드문 순간이었다. 햇빛은 주노의 눈을 향해 바로 쏟아졌고 순간, 아무것도 볼 수 없었다. 그러나 주노는 그 목소리를 알고 있었다. 아주 잘 알고 있었다.

샘이 물가, 흙이 급하게 경사져 잠겨 있는 바로 그곳에 서 있었다. 아이는 초록색 후드 달린 옷에 빈티지 청바지를 입고 나이젤 것과 비슷한 백팩을 매고 있었다. 주노를 바라보고 있지는 않았다. 아이의 눈은 진흙에서 몇 피트 떨어진 곳에 핀 백합꽃 다발에 꽂혀 있었다. 주노는 대부분의 워싱턴 사람들이 그러듯 거북이들도 태양을 갈망하며 주로 쉬는 곳이라는 걸 알고 있었다.

"그래, 거북이들이 다른 때보다 일찍 들어갔구나."
"그 녀석들이 기다려주지 않아서 기분이 상했어요."

아이의 농담에 주노가 흘끗 미소로 되받았다. 주노는 마지막 남은 시리얼을 땅에다 흩뿌리고 손을 털었다.

"새들에게 무얼 주고 계신 거예요?"

"오래 되어 상한 시리얼이란다."

샘이 한 걸음 앞으로 다가서 새들이 그의 신발 주변을 빠르게 움직이는 동안 바닥을 살폈다. 반스. 주노는 알고 있었다. 아들들도 그 브랜드의 운동화를 신었었다. 까만 숄 같은 것을 목에 두른 비둘기가 샘이 닿지 않는 거리의 시리얼 조각 하나를 훔쳐 가려고 깡충거리는 동안 발가락 끝으로 바닥을 툭툭 차댔다.

"햄스터 먹이처럼 생겼네요. 안 드실 만하겠어요."

주노는 웃음이 나왔다.

"맞아, 정말 그래."

"아침 식사는 즐거워야 해요. 아침 식사가 즐겁지 않으면 하루 종일 안 좋거든요."

"와, 광고 카피 같은 말이네!"

주노가 감동한 듯 과장된 목소리로 말했다.

"나에게 어떤 시리얼을 팔고 싶은 거야?"

"당근, 후르트 룹스죠."

샘이 농담을 즐기는 듯 씩 웃더니 주노가 입은 셔츠에 시선을 두며 말을 이었다.

"어, 랜드맨 티셔츠다! 저도 똑같은 셔츠가 하나 있었는데."

"굿윌에서 얻었어."

주노가 어깨를 으쓱하며 말했다.

"먹을 건 줄 알고 받은 건데…."

샘이 주노의 말에 하도 깔깔대서 주노도 따라 웃었다.

샘이 농담 삼아 말했다.

"아마 제가 입었던 옷일 수도 있겠네요. 엄마는 내 물건을 모두 기부해버리거든요."

"음, 그렇다면, 지금 너한텐 아주 작겠네?"

주노는 말하면서도 기부 옷 봉투를 생각하며 뜨끔했다. 어깨를 으쓱하는 샘의 얼굴엔 여전히 미소가 남아 있었다.

"랜드맨은 비디오게임 주인공인데요, 사람이건 무엇이건 땅 위에 있는 모든 것으로 변신할 수 있어요. 그래서 그의 적인 고르그와 스폰이 랜드맨을 이기려면 화산이나 강 같은 곳에 가두어야 되거든요."

주노는 넋을 놓고 샘의 얘기를 들었다. 주노도 알고 있을 거라 여기는 샘의 얘기에 고개까지 끄덕여가며 귀기울였다. 주노는 끝없는 샘의 이야기를 이제 그만하자며 중단시킬 때까지 멀건 표정으로 음음, 고개까지 끄덕이며 듣는 모습을 상상했다. 아이들은 말을 쏟아내야 한다. 자신들이 경험한 것들을 자신들 안에서 비워낼 수 있게, 그래서 평탄하게 나아갈 수 있게 해야 한다. 그리고 더 중요한 것은 그들 말을 들어주고 다정하게 길잡이가 되어줄 누군가가 필요하다. 주노는 그렇게 하고 있었다. 샘의 말을 끝까지 들어주었다.

샘은 비디오게임 얘기를 열심히 끝내고, 백팩 끈에 팔을 넣어 앞으로 돌려 맸다. 샘의 손목엔 작은 문장이 새겨진 신축성 있는 팔찌가 있었다. 풀었다 당겼다 조정할 수 있는 가죽 끈을 맨 작은 개 한 마리가 "클리퍼!" 하고 부르는 소리에 돌아서기 전까지, 샘의 운동화에 코를 대고 킁킁거렸다. 샘이 개를 쓰다듬으려 몸을 아래로 굽혔으나 너무 늦었다. 개의 작은 뒷다리가 주인에게 돌아가려 바삐 움직이고 있었다.

"그나저나, 외삼촌이 내 비디오게임기를 망가뜨려 이제 더 이상 게임도 할 수 없게 되어 버렸어요."

주노의 귀가 쫑긋 섰다. 다코타를 말하는 것일까? 다코타가 마지막으로 이 집에서 지낼 때 그런 일은 없었다. 주노는 확신할 수 있었다.

"외삼촌이 어떻게 네 게임기를 망가뜨렸다니?"

주노가 물었다.

"삼촌은 알코올 중독자예요."

주노 역시 동의하며 생각했다. 예전 전문가의 안목으로 샘을 살폈었다. 샘은 작고 산만해보이는 아이였지만, 밖으로 벌어진 근육질 팔과 권투 선수처럼 단단해 보이는 턱을 가지고 있었다. 주노는 샘이 학교에서 그를 괴롭히는 친구들에 대해 부모에게 불평하는 얘기를 들어본 적이 없었지만, 실상 그런 건 아무 의미가 없었다. 어떤 아이들은 그런 문제들을 털어놓기도 하지만, 또 어떤 아이들은 혼자 속으로 억누르기도 하기 때문이다.

'샘, 너는 어떤 아이지? 괴롭히는 아이, 아니면 방관하는 아이?'

주노는 샘이 머리를 들어 위를 쳐다보다 갑자기 호수로 시선을 돌리는 모습을 지켜보았다. 샘의 시선이 몇 초간 두 명의 십대 아이들이 타고 있는 카약을 향하다 다시 주노에게 돌아왔다. 샘이 자기를 바라보는 시선이 문득 낯설게 느껴져 랜드맨 셔츠 안으로 땀이 맺혔다. 샘의 얼굴을 찬찬히 살폈으나 무슨 이유 때문인지는 확실히 감을 잡을 수 없었다. 아마 위니나 나이젤 때문에 그랬을 테지만, 이번에는 그 생각을 확인할 수 없었다. 샘이 재빨리 손을 움직여 주머니에서 핸드폰을 꺼내더니 화면을 들여다보며 물었다.

"멍멍이, 하실래요? 아, 아빠가 핫도그를 그렇게 부르거든요."

샘은 운동화 앞꿈치로 흙을 툭툭 차다 눈을 가늘게 뜨고 주노를 바라보았다.

"목요일마다 집에 가기 전에 핫도그 사 먹으려고 돈을 챙겨 오거든요. 그런데 오늘은 반에서 피자 파티를 하는 바람에 아직도 배가 안 꺼졌어요. 엄마가 보기 전에 핫도그 먹어야 되는데…."

샘의 말끝에 히죽, 웃음이 묻어났다.

"엄마가 건강충?"

주노는 위니가 '건강충'보다는 '간섭충'에 가깝다 생각했지만 샘은 고개를 끄덕였다. 샘에게는 특별한 경우가 아니면, 단것이나 탄수화물 가공식품, 탄산음료, 고기나 피자가 허용되지 않았다. 위니가 샘이 먹는 것을 열심히 통제하려 드는 만큼 샘은 엄마 말에 따르지 않음으로써 자신의 선택권을 똑같이 주장하려 했다. 누군가 항복할 때까지 싸움은 지속될 것이다. 주노는 앞에 있는 산만한 남자 아이의 표정에서 위니의 싸움이 길고 힘들 거라 생각했다.

대답을 기다릴 여유도 없이 샘은 가게로 달려가고 있었다. 주노는 그 가게에서 몇 번 사먹었던 적이 있었다. 달랑 섀시로 지붕을 덮은 조그만 가게로 시원한 음료를 팔고, 기름 범벅인 기계에서는 핫도그가 몇 시간이나 천천히 돌아가는 가게였다.

"이야, 총알같네."

몇 분 후 두 개의 종이 봉투를 양손에 하나씩 나눠 들고 온 샘에게 주노가 말했다. 앞으로 둘러 맨 거북이 등딱지 같은 샘의 백팩에 겨자 방울이 묻어 있었다. 주노는 샘을 쳐다볼 새 없이 핫도그로 식사를 했다. 얼굴을 들어 샘을 쳐다보았을 때, 샘은 벌써 다 먹어 치우고 아까 두 명의 아이들이 카약을 타던 호수를 물끄러미 바라보고 있었다. 주노가 준 시리얼을 먹이 삼던 새들은 새로 떨어진 빵 부스러기를 주워 먹으려고 샘의 발을 쪼아대고 있었다. 샘이 핫도그를 후다닥 먹어 치운 후 호수에 시선을 고정하는 바람에 주노는 샘이 핫도그를 맛있게 먹었는지 확인할 수 없었다. 이윽고 주노가 예의를 차렸다.

"고마워, 새뮤얼."

샘이 환한 미소를 띠며 주노에게 얼굴을 돌렸다. 그러다 갑자기 정색하며 얘기했다.

"부탁인데요, 샘이라 불러 주세요. 정식 이름은 별로예요."

주노는 자신이 요즘 젊은 감각에 미치지 못한다는 사실을 인정하면서도, 요즘 젊은이들 다수는 영국 귀족처럼 불리는 걸 좋아하지 않는다는 정도는 대충 알고 있었다.

"좋아, 샘."

주노가 천천히 말했다.

"그렇게 부르는 게 나도 더 좋은데."

샘이 히죽 웃고 나서 물었다.

"그런데 할머니는 여전히 노숙하시는 거예요?"

"응."

주노가 말했다.

"집이 없거든."

주노는 샘이 툭툭, 벽돌 담 차는 모습을 물끄러미 바라보았다. 갑자기 샘이 빙글 몸을 돌려 주노 옆에 앉았다. 샘의 행동에 아이다운 순진함이 묻어났다. 대부분의 사람들은 노숙인들을 꺼려 가까이 가려 하지도 않는다.

"왜 그런 거죠?"

"살다 보니 그리 돼 버렸어. 인생이 항상 바라는 대로 되는 것은 아니거든."

샘이 주노의 말을 곱씹어보는 듯하다 고개를 끄덕였다.

"시애틀에는 왜 오신 거예요?"

"시애틀 사람이 아니라는 걸 어떻게 알았어?"

"그냥요. 그런데 제가 알고 있는 사람들 거의가 시애틀 출신이 아니에요."

"그렇구나, 네 말이 맞아."

'그런데 흥미롭구나' 하는 말을 마음속으로 덧붙이면서 주노가 말했다.

"난 뉴멕시코에서 왔지. 늘 햇볕에 그을려 있었는데, 지금은…."

주노는 구름이 다시 해를 가린 하늘을 올려다 보았다. 샘이 웃으며 물었다.

"전에는 무슨 일을 하셨는데요?"

"샘, 넌 생각이 참 많구나."

"우리 아빠도 제게 그렇게 말해요."

샘이 그 말이 칭찬인 양 숫기 좋게 대거리했다.

"아빠는 생각이 많은 사람은 다른 사람들을 모두 바보로 만들어 버린대요."

"정말?"

주노는 샘에게서 눈을 뗄 수 없었다. 나이젤이 바로 그 말을 이 아이에게 하는 걸 들은 적 있었지만, 주노는 비로소 샘이 그 말을 어떻게 알아듣는지 확인할 수 있었다.

"나는 예전에 상담치료사였어. 아주 오래전에…."

주노는 샘의 반응을 가늠하면서 잠시 틈을 주었다. 샘이 관심을 보이며 어두운 시선을 주노 얼굴에 고정했다. '이 아이는 다른 방식으로 나를 살피고 있구나.' 주노는 아직 갈피를 잡을 수 없었다. 주노는 샘의 혀 끝에 뱅뱅 돌고 있을 질문들이 나오기를 기다렸다.

"왜 그만두신 거예요? 그 일을 그만두실 게 아니었는데…."

샘이 물고기처럼 뺨을 실룩이며 질문을 되뇌었다.

"그만두실 때 무슨 일 있었어요?"

샘이 고통을 들추어낸 듯, 주노의 신경이 거슬렸다. 결국 샘에게 거짓말을 할 수는 없는 노릇이었다. 샘의 말속엔 마치 주노의 속을 꿰뚫어보는 듯한 어떤 기운이 있었다. 주노는 호숫가에서 샘과 대화하는 동안 줄곧 그 기운을 느꼈었다. 그리고, 숨긴들 달라질 게 뭐 있다고…. 주노는 샘이 자신이 어떤 사람인지 속속들이 꿰뚫고 있으면서 전혀 개의치 않는 거라고 느껴졌다.

"슬픈 일이 있었어. 난 그렇게 끝내고 싶지 않았거든. 하지만 때로는 어쩔 도리 없을 때도 있단다."

주노의 말을 곱씹는 샘은 이마에 주름이 잡혔다.

"어쩔 수 없었던 일이었나 보네요?"

"그랬었다, 샘."

주노가 천천히 말했다.

"불행히도 자기 이야기를 제 뜻대로만 만들 수 있는 건 아니거든. 다른 사람이 끼어들어 다른 이야기로 끌고 갈 수도 있어."

"그런데 다른 사람이 그렇게 끌고 가도록 내버려두는 것도 바로 자신이잖아요."

"그렇기도 하고 안 그렇기도 해. 네가 어른이 되면 누구를 네 인생에 들어오게 할지는 네가 선택할 수 있어. 하지만 그 사람들이 일단 네 인생에 들어오면, 그들이 하는 일을 조종할 수는 없단다."

"아이들은 그런 선택조차 할 수 없어요."

샘의 말투가 억울해하거나 슬퍼하는 건 아니었다. 오히려 사실을 직시하는 담담한 말투여서 주노는 그 마음이 더 아련했다. 이 순간 샘은, 너무 여렸고 약했다. 세상에 많은 사람들이 각자 다른 곳을 가리키면, 네가 서 있는 자리가 어디인지 혼란스러울 수밖에…. 하느님 맙소사. 주노는 아들들을 몹시도 혼란스럽게 만들었다. 사람들은 젊은 시절 매우 어리석다. 대개 스스로를 너무 똑똑하다 자신하기 때문이다.

"얘야, 아까 하던 말 때문에 생각난 건데, 너에게 줄 게 있거든."

주노가 발 밑에 두었던 종이 봉투에 손을 뻗치며 말했다. 몸을 구부릴 때 입에서 끙, 신음이 샜으나 샘은 알아채지 못했다. 샘의 눈은 주노의 봉투에 꽂혀 있었고 얼굴에는 호기심이 가득했다. 샘이 좋아할까 궁금해 하면서 봉투에서 후르츠 룹스를 꺼내 건넸다. 하도 바보같은 선물이라 오히려 쑥스러울 지경이었다. 샘의 얼굴이 환하게 밝아졌다.

"와아, 이럴 수가! 지금까지 했던 얘기가 바로 이거였는데."

주노는 웃었다. 역설적이지도 우연도 아니었다. 그러나 주노는 샘이 후르츠 룹스를 좋아한다는 사실을 알고 있었다고 고백할 수는 없었다. 어떻게 샘이 그걸 좋아하는지 알고 있다 말할 수 있단 말인가?

"얘야, 이제 가야겠구나."

샘이 고개 돌려 자기 집을 바라보았다. 주노는 위니가 집에 올 시간이 되었으며, 샘이 호숫가를 돌아 엄마보다 빨리 집에 도착할 수 있는지 염려하는 모습을 마냥 지켜봤다. 샘의 코 언저리에 박힌, 계피가루를 뿌려놓은 듯한 주근깨를 보는 주노의 마음이 아련했다. 큰아들, 마커스는 주근깨가 많았다. 그 애를 본 지 너무 오래되어 벚꽃 피듯 해마다 봄만 되면 아직도 그 애 얼굴에 주근깨가 있을까 궁금했다. 샘이 후르츠 룹스에 손을 뻗었다. 샘이 무릎을 구부려 백팩 여는 모습을 주노는 흥미롭게 지켜봤다.

"주노 할머니, 고마워요!"

짜릿했다. 샘은 정말 좋은 아이였다.

주노는 자신의 판단이 맞았으면 했다. 샘은 위니와 나이젤의 아이가 아니다. 조슬린 러셀이라는 여자로부터 데려온 아이다. 조슬린은 어렸고 겁에 질려 가출했고, 원치 않게 임신했던 비극적 소녀였다. 그녀는 겁에 질렸었다. 그런데 그 말은 분명 어딘가에 샘의 친척, 말하자면 이모나 고모, 삼촌과 사촌들, 혹은 할머니 할아버지가 있다는 얘기이기도 했다. 주노는 자신이 할머니가 될 기회를 빼앗겼으며, 그것은 마음에 상처로 남았다. 그러니 이들이 샘에게 저지른 일은 상상도 할 수 없는 짓이었다.

주노는 마음 먹었다. 그 사람들, 러셀 가족을 찾아야 한다. 그리고 그들이 어떤 사람들인지 확인해야 한다.

샘과 우연히 마주치는 바람에 계획한 시간에 차질이 생겼다. 할 수 없이 주노는 그날 밤을 공원 서쪽에서 지냈다. 잠들기가 힘들 만큼 무섭기도 했으나 몸의 모든 관절이 쑤셔댔다. 그나마 날씨가 따뜻했고, 그녀의 벤치에서 털린 가의 집이 보여 위안 삼았다. 통증을 잠재우기 위해 가방에 들어 있는 뭐라도 찾아 먹을까 생각도 했지만, 공원의 밤을 경계해 그냥 버티기로 했다. 공포영화의 한 장면처럼 늙은 주정뱅이가 휘청휘청거리고 있었다. '빅'이라 불리는 남자였다. 기억컨대, 그 남자는 늘 화를 품고 있어 주노는 가능한 한 부딪치지 않으려 피해 다녔다. 그런 유형의 사람들 중 일부는 근처에 사람이 있건 말건 신경도 안 쓰지만, 빅과 같은 인간들은 일부러 다가가 불편하게 만들곤 한다. 인간들은 어디를 가나 똑같다. 시애틀 교외이건 감옥이건 빈민굴이건, 잘못 걸려 해꼬지 당할까 싶어 그런 존재를 두려워한다. 주노는 그러한 생각들이 사람들로

하여금 바보처럼 비이성적으로 행동하게 만든다고 생각했다.

족히 10m는 떨어진 곳에서 무언가를 호수로 던지면서 지르는 빅의 소리가 들렸다.

"빌어먹을, 하위!"

주노는 '어떻게 해야 여기를 평화롭고 조용한 곳으로 만들 수 있을까?' 생각했다. "하위!" 하는 괴로운 고함 소리가 또 한 번 울려 퍼졌다. 그러고 나서 조용해졌는데, 아마도 정맥에 무언가를 뿜어 넣었을 것이다. 주머니 속 알약을 만지작거리며 긴장을 풀었다. 이제 얼마간 평온하게 생각에 잠길 수 있었다. 위니와 나이젤, 그리고 샘의 침실을 생각하던 주노의 시선이 샘의 방 창문을 향했다.

이제 다음 날 아침 경보를 울리지 않고 집으로 들어가야 하는 문제가 남았다. 계획은 여분의 열쇠가 매달려 있는 고리에서 잠시 빌려온 열쇠를 이용해 부엌 문을 열고 들어가는 것이었다. 샘이 현관으로 나가는 시간에 정확히 맞춰 뒷문으로 걸어 들어가야 한다. 경보기를 울리지 않고 안으로 들어갈 수 있는 여유는 딱 3분이었다. 정확히 타이밍을 맞춰 움직여야 한다. '그래서 뭘 어쩐다고?' 주노는 생각했다.

'땅속 오두막으로 돌아가 두더지처럼 사는 거지 뭐.'

봄이 다가오면, 크라우치네 집을 떠나 공원으로 돌아갈 수도 있었다. 겨우내 쉼터가 되어 주었던 그 집은 제 할 일을 마칠 것이다. 크롤 스페이스가 없었다면 죽었을지도 모를 일이며, 최소한 지금에 비할 바 없이 건강이 악화되었을 것이다.

하지만 대상을 잘못 잡았다. 음침한 비밀을 간직한 가족이었다. '아니야.' 그녀는 자신을 꾸짖었다. 바로잡으려는 노력이 잘못은 아니잖아. 세상 모든 일에 이유가 있음을 믿지 않았던 주노는, 이제 운명은 스스로 개척해나가는 것이라 생각하며 자신에게 일어난 일로 하늘을 탓하지 않았다. 자신이 그 사실을 입증하는 살아 있는 증거였다. 하지만 샘을 이 난장판에 끌여들여는 안 된다. 게다가 주노는 크라우치 부부의 결혼생활이 파탄으로 향하고 있다고 짐작했다. 그들이 이혼하면 샘은 어디로 가야 한단 말인가? 그 아이의 인생은…. 그 아이는 다른 삶을 살 권리, 진짜 가족과 살 권리가 있다. 시계는 똑딱거리고 있었고, 주노는 샘이 괜찮은지 확인하고 싶었다. 주노에겐 샘이 가장 우선순위였다. 그들이 샘을 납치하는 바람에 샘이 이 일에 휘말린 것이다. 경찰 보고서를 읽었고, 피 묻은 작은 천 조각을 보았다. 아기가 납치된 것이다. 마치 자신이 자식들을 빼앗긴 것처럼. 주노는 자식들을 볼 권리도, 어떠한 법적 지위도 다 빼앗겨 버렸다. 크레거는 그렇게 가족의 삶에서 주노를 지워버렸다.

몸이 또 다른 종류의 통증으로 요동쳤다. 목구멍에서 그르릉, 고양이 울음같은 신음이 새었다.

'아들들, 아들들, 나의 아들들.'

데일과 마커스였다. 한 명은 운동선수였고, 한 명은 학생이었다. 자신이 그 아이들을 키웠다. 크레거가 오랜 시간 카지노에 붙들려 있는 동안, 자신이 그 애들을 키웠다. 오로지 어린 두 아이와 그들의 새엄마만 존재했었다. 다행히도 주노는 준비되어 있었다. 학생 대신 엄마가 되기 위해 박사 과정을 연기할 만큼 아이들을 사랑했다. 그의 어린 두 아들을 주노가 키워주었으면 하는 크레거의 기대를 억울해했던 적은 한 번도 없었다. 주노 자신이 정말 그 아이들을 돌보며 키우고 싶었다. 그런데 크레거가 그 아이들을 주노에게서 데려가 버렸다. 위니가 샘을 데려온 것처럼.

빅이 덤불 속에서 아프다고 소리를 질렀다. 정신이 산만해진 주노는 두 번이나 그 집을 맴도는 트럭을 눈치채지 못했고, 그 트럭이 오로라와 털린 가 모퉁이에서 공회전하고 있는 것도, 그리고 그 트럭 운전사가 위니 집 티 없이 깔끔한 잔디밭에 담배꽁초를 던지는 장면에도 주의를 기울일 수 없었다.

24

위니

위니는 침실 문간에 멈춰선 채 눈을 꿈벅이며 방을 둘러봤다. 모든 게 제자리를 지키고 있는 듯했다. 적어도 여기에서는…. 아마도 삶의 스트레스가 자신을 괴롭히고 있는 건지 몰랐다. 그래. 그래야만 했어. 결국, 이런 생각들이 몇 년간 가혹하게 쫓아다니며 마음을 괴롭히지 않았던가? 아마도 두려움으로 꽉 찼을 잠재의식이 자신의 삶에 여실히 드러나고 있었다. 위니는 분명 침실 창문에 어른거렸던 그림자를 생각하며 아직도 당혹스러움을 떨치지 못하고 있었다. 어쩌면 심리 치료를 다시 받아야 하는 건 아닐까. 위니의 그 시절은 이미 지나갔고, 그 마지막을 대신할 더 나은 존재를 창조한 위니는 자신의 일부를 깊이 묻어 버렸다. 심호흡을 하며 억지로 부정적인 생각을 비웠다.

'모든 게 다 잘되고 있어. 괜찮을 거야.'

다음 날 아침, 가운을 걸친 채 아래층으로 내려갔을 때 새뮤얼은 이미 부엌 식탁에 앉아 핸드폰을 보며 시리얼을 먹고 있었다. 아이의 모습은 볼 만했다. 머리 한쪽은 납작하고 다른 한쪽은 쭈뼛쭈뼛 뻗쳐 있었다. 새뮤얼의 모습은 지금 자신이 그리워하는, 뽀뽀 해달라며 달려와 안기던 그 아이로 보였다. 하지만 자기의 어린 아들이 있던 그 자리에 부글부글 끓어 오르는 사춘기 소년이 있다는 사실을 너무나 잘 알고 있었다. 그리고 그 소년은 엄마의 애정을 원하지 않았다.

싱크대로 가는 길에 무관심한 척 새뮤얼을 가볍게 지나치다 무지개색 동그란 시리얼이 우유에 둥둥 떠 있는 것을 보고, 이를 앙다물었다. 새뮤얼은 단것을 먹으면 안 된다는 걸 알고 있었다. 그러나 언쟁을 피하기 위해 아무 말 않고 넘어갔다. 오늘은 토요일이고, 주말을 최대한 만끽하고 싶었다.

냉장고를 열었다.

"점심 먹고 호수 주변 산책할래?"

새뮤얼의 거절을 기다리며 냉장고 손잡이를 꽉 잡았다.

엄마가 숨죽이고 기다리고 있다는 것을 모르는 새뮤얼이 핸드폰에서 시선을 떼고 올려다보더니 어깨를 으쓱하며 힘없이 답했다.

"그러죠 뭐."

마음이 놓였다. 조그만 승리. 그것은 자기를 상담했던 심리치료사가 집중하라고 권했던 작은 승리, 끊임없이 마음을 쪼아대는 거대하지만 흐릿한 문제가 아닌 바로 그 작은 성취였다. 위니는 애써 미소를 감추고 태연하게 프렌치 프레스로 커피를 내렸다.

그러나 그것도 잠깐, 새뮤얼은 부엌을 떠났다. 위니는 새뮤얼이 먹었던 그릇과 테이블 위에 튀어 있는 우유를 닦고 주방에 티끌하나 없을 때까지 닦고 닦았다. 언제나처럼 새뮤얼에게 무장해제당한 느낌이었다. 채 1분의 감흥을 만끽해볼 여지도 없이 새뮤얼은 도로 가져가 버렸다. 엄마가 되는 일은 여태까지의 일 중 가장 힘든 일이었고, 새뮤얼이 대학에 가기까진 5년이 남아 있었다.

나이젤은 종종 부모 된다는 것은 일종의 계약이라며 놀려대곤 했지만, 그것은 사실이었다. 깰 수 없는 계약이고 보상 없는, 가장 혹독한 계약이었다. 그럼에도 그것은 위니의 인생을 가장 강하게 밀어붙인 것이었고, 가장 증오하면서도 동시에 사랑했던 것이었다.

'아니야, 그건 틀렸어.'

엄마 되는 게 싫은 게 아니라 아이 키우는 일을 싫어했던 것이다. 집행자가 되어야 했고, 교사가 되어야 했으며, 대부분의 경우 악역을 맡아야 했다. 오늘 위니는 착한 역할로 자신들이 나누었던 끊을 수 없는 유대감을 아들에게 상기시켜줘야 했다. 지나가는 새뮤얼의 어린 시절을 최대한 활용하려 했다. 새뮤얼은 엄마의 손아귀에서 빠르게 빠져나가는 중이었다. 의젓해지고 있었으며 웃음은 느려졌다. 그리고 엄마와 아빠를 바라보는 시선에는 의구심이 가득했다. 위니는 이해가 안 되었다. 최근 들어 새뮤얼을 너무 응석받이로 키운 건 아닐까, 하는 생각도 했다. 그런 성격은 외동에게 흔히 나타나는 일이었다. 나이젤이 외동이었으므로 위니는 경험으로 이해하고 있었다. 그런 아이들의 마음속에는 매사 그들 마음대로 평온하게 이루어져야 한다는 의식이 새겨져 있다. 그들에겐 사랑해주는 부모 외에 다투고 경쟁해야 할 대상은 아무도 없다. 머리채를 잡아당기며 치고 받고 할 형제자매도 없고, 무언가를 함께 공유할 필요도 없다. 세상사 모두 제멋대로였다. 그나마도 드물게 일이 뜻대로 되지 않으면 토라져 시무룩해진다. 이 모든 일들이 아들에게 일어나고 있는 거다 다독였다. 그렇다면…. 글쎄, 그 대안에 대해서는 생각하고 싶지 않았다.

'새뮤얼이 뭘 안다고….'

닦아 말린 시리얼 대접을 의도치 않게 힘을 줘 세게 찬장에 집어 넣었다. 문이 쾅 닫히며 머그컵들이 딸그락거렸다. 문득 빼꼼히 열린 분리수거통 뚜껑을 받치고 있는 빈 후르츠 룹스 상자를 보고 죽은 듯 멈춰 섰다. 새뮤얼이 후르츠 룹스를? 어디에서 났지? 여태 자신의 생각에 정신이 팔려 자문해보지 않았던 의문이 떠올랐다. 지난 번 싸움 이후로 나이젤이 사줬을 리는 만무하고, 물론 자신이 사준 적도 없었다. 새뮤얼이 직접 사지 않은 한 있을 수 없는 일이었다. 먹는 것을 지나치게 통제하는 바람에 자기 용돈으로 사 먹은 걸까? 30분을 넘긴 적은 없지만 종종 위니나 나이젤이 집에 도착하기 전에 새뮤얼 혼자 있을 때가 있었다. 그 시간에 새뮤얼이 가게에 가서 그걸 사올 수 있었단 말이야? 위니는 시리얼 박스를 분리수거통 위에 올려 사진을 찍은 다음 나이젤에게 문자 메시지를 덧붙여 전송했다.

ㄴ 애가 이걸 어디서 났을까요?

돌아온 나이젤의 회답에 위니의 마음이 놓였다.

ㄴ 모르겠는데???

확인차 다시 보낸 문자에 나이젤은 머리를 긁적이는 이모티콘으로 답했다. 폰을 내려 놓았다. 계단만 뚫어지게 바라보며 무슨 말을 해야 할까 생각했다. 그냥 시리얼일 뿐, 어쩌면 스보미나 안젤로 같은 친구에게 받은 걸지도 모른다. 하지만 위니는 그 애들 엄마를 모두 알고 있었고, 그들은 모두 글루텐이 함유되지 않은 카시* 파였다. '그냥 시리얼일 뿐이야.' 이층으로 올라가며 위니는 단호하게 되뇌었다. 그런데 왜 하필이면 '그' 시리얼이란 말인가?

아니나 다를까, 점심 식사 후 호수 주변을 돌던 둘만의 산책은 지독히도 끔찍했다. 위니는 새뮤얼을 대화로 끌어들이려 했으나 요즘 들어 새뮤얼의 특기가 되어버린 냉담만 돌아올 뿐이었다.

전성기 시절, 위니는 어느 곳에서나 인기를 독차지했다. 여전히 성격에 배어 있는 자신감은 아들이 자신을 괄시할 때마다 상처를 입었다. 새뮤얼이 엄마와 거리를 두려고 앞서 걸어갈 때, 위니는 마

---

* 통곡물 시리얼과 식물성 식품을 제조하는 회사, 켈로그의 자회사.

침내 포기하며 주머니에서 핸드폰을 꺼냈다. 만다에게서 걸려 오던 전화가 끊기더니 문자가 대신 전송되었다. 시선의 반을 새뮤얼에게로 둔 채 문자 메시지를 읽어 내려갔다. 기분이 곤두박질쳤다. 나이젤의 예견이 옳았다. 만다는 다코타를 다시 받아들이는 부탁을 거부하고 있었다. 그녀의 다잡은 마음은 강철같이 확고했다.

회신 문자를 누르던 폰에 불쑥 전화 수신음이 울렸고 만다의 이름이 화면에 떴다.

"어머, 지금 자네한테 문자 보내는 중이었는데,"

앞서가던 새뮤얼이 토실토실한 불독을 쓰다듬으려고 몸을 굽히는 모습을 바라보며 위니가 말했다.

"다코타가 저를 협박하고 있어요."

평소에 겁 많고 소심하던 다코타의 아내 만다의 목소리에 화가 잔뜩 묻어났다.

"다코타가 저더러 당신은 용서를 모르는 사람이 아닌데, 누가 내 머릿속에 그런 생각을 강요한다잖아요. 그 사람이 들이미는 가스라이팅 수준이 이 정도라면 믿을 수 있겠어요?"

올케가 얼마나 초조하고 화가 나 서성거리는지 눈에 선했다. 만다가 전화할 때, 종종 그녀의 두 발이 그녀가 입고 있는 기다란 드레스 안에서 꼬이는 것을 본 적이 있었다. 만다는 그 드레스가 오순절 교육을 받을 때 입었던 기념품이라고 강조했었다.

"잠깐, 잠깐,"

위니가 말했다.

"어떻게 자네를 협박한다는 거야?"

"어떻게 생각해요, 형님? 저는 형님네 식구들이 그 사람을 얼마나 아끼고 사랑하는지 알아요. 하지만 그 인간은 한 번도 제대로 산 적 없어요. 누구도 그걸 인정하지 않잖아요."

"링컨! 네 형한테 가서 물어봐, 알겠어? 지금 당장 나가라고!"

갑자기 전화기 너머 만다가 자기의 아들들에게 소리치는 것을 들으며 위니가 긴 심호흡을 하고 답했다.

"인정할게."

위니는 다코타를 위해 변명해야 하는 상황이 짜증스러웠다. 지금 위니에겐 그게 아니더라도 걱정해야 할 문제들이 있었다.

"다코타에게 필요한 게 뭐라고 생각해?"

만다는 잠시 말이 없었다. 다시 말을 하기 시작했을 때는 훨씬 진정되어 있었다.

"사람들의 말소리가 들린대요. 조현병 증세 같아요, 형님."

새뮤얼은 불독을 지나쳐 식수대에서 오렌지색 반스 운동화 앞 끝으로 페달을 눌러 물을 마시고 있었다. 위니는 움찔했다. 새뮤얼의 행동은 엄마를 약 올리기 위한 고의였다. 그러더니 시선이 미치지 않는 곳으로 쏜살같이 뛰어가 버렸다. 아마도 자기에게 보낼 따가운 시선을 회피하려는 것이었다.

"다코타가 사람들의 말을 듣다니, 그게 무슨 뜻이야?"

"나도 모르겠어요. 직접 물어보세요. 형님에게 아무것도 말하지 않았다니 이상한 일이네요. 형님 집에서 유령을 보았다는 거예요. 우리 애들 근처엔 얼씬도 못하도록 할 거예요. 술과 마약에 쩌든 그 사람은 이제 시한폭탄이라구요."

새뮤얼은 오솔길을 혼자 걸어 올라가 이제 거리로 향하고 있었다. 위니는 그 애 혼자 길을 건너는 것을 원치 않았다.

"만다, 다코타가 우리 집에 와 있던 절반은 술에 취해 있었어. 팬티 바람으로 울면서 집안을 돌아다니기도 했어. 그 애가 뭘 봤다고 생각하는진 모르겠지만, 어쨌든 자네가 애들 근처에 얼씬하지 못하게 하는 건 잘하는 일이야. 다코타에게 전화해서 무슨 생각인지 내가 알아볼게. 약속할게."

"그 사람한테 전화할 필요 없어요."

만다가 냉담하게 말했다.

"난 이제 끝냈어요. 그 사람이 정신적으로 문제가 있다 해도 그 사람은 자기가 그럴 자격이 있다고 착각하는, 주정뱅이 나르시시스트일 뿐이라구요. 그리고 그 사람이 그렇게 된 건 형님네 가족 모두의 책임이기도 하구요."

"그 말은 억울하네. 자네도 알다시피, 아버지를 잃었을 때…."

"바로 그게 문제예요. 기가 막혀서. 형님, 형님은 다르다고 생각했어요. 그 사람은 자기 하고 싶은 게 무엇이건 저나 애들에게 다

해도 된다고 생각해요. 그러고 나서 자기 문제를 놓고 그냥 울기만 해요. 그러면 난 용서해야 하고…. 형님네 가족들이 항상 그래왔던 것처럼 말이에요. 그리고 형님은 그 사람이 가진 훨씬 더 큰 문제에 대해 알려 들지 않잖아요. 불편하니까 말이에요."

"만다, 자네가 나에게 전화한 거잖아…."

"그래요. 다코타가 형님 남편에게 앙심을 품고 있다고 경고해 드리는 거예요. 그럼…."

만다에게 항의하려고 입술을 달싹였으나 전화는 이미 끊겼다.

새뮤얼은 이제 보이지 않았다. 위니는 눈물을 꾹 참으며 전화를 주머니에 넣고 걸음을 재게 놀렸다. 도대체 무슨 말인가? 갈수록 태산이었다. 불길한 기운이 쌓이고 있었다.

현관문을 통과했을 때, 새뮤얼은 이미 자기 방에 들어가 있었다. 위니는 미끄러지듯 부엌에 들어가 앉아 두 손을 얼굴에 감싸고 무슨 일이 일어나고 있는 건지 이해해보려 애썼다. 먼저, 오려진 신문 기사 쪼가리들이 들어 있는 우편물이 있었다. 그 봉투는 그날 그 일을 제외하면 위니의 인생 중 최악의 날이었다. 그리고 도서 대출 사건. 위니는 아직도 그 일을 어떻게 해석해야 할지 몰랐다. 그리고 오늘은 후르츠 룹스였다. 새뮤얼은 전혀 모르는 일처럼 행동하고 있다.

25

주노

부 고는 짧았다.

테리 러셀의 딸이자 마크 고든의 의붓딸, 조슬린 러셀
2008년 2월 8일 돌연사. 장례식장, 오하이오 주 리마 제
일침례교회

'쌀쌀 맞은 부고군.' 그것은 사랑받는 딸의 부고는 아니었다.
주노는 수년간 자식들의 행동 때문에 심란해 하는 부모들을 만난
적이 있었다. 그 부모들은 어떻게 손대야 하는지 모르는 레시피의
재료마냥 자식들을 데리고 왔다. 부모 중 한쪽은 대개 좌불안석

화를 품고 있고, 다른 한쪽은 희망을 품고 있었다. 가족 안에서의 굿 캅, 배드 캅 같았다. 이게 뭡니까? 어떻게 하면 우리 가족이 잘 지낼 수 있을까요? 그러다 치료가 안 먹히면 제 자식을 가망 없는 문제아, 도저히 다가설 수 없는 아이로 치부하고 포기해버리는 부모를 숱하게 보아 왔다. 정서적 분리*는 사실 생존 기술이었다. 사람은 자신을 방어하려고 무의식적으로 감정을 잠재운다. 그런 의미에서 주노는 조슬린을 문제아였다고 생각했다. '돌연사', 부고에 선택된 단어에서 주노는 그것을 알 수 있었다.

마약 때문일 거야. 젊은 죽음은 늘 그로 인한 결과였다. '약물 과다 복용으로 갑자기 사망하였음'이라 쓰기엔 지나치게 솔직한 부고일 것이다.

부고에는 러셀 가족의 전화번호도 있었다. 번호를 손바닥에 적어 넣었다. 펜이 손바닥에 날카롭고 검은 선을 만들었다. 그러고 나서 부엌 한구석에 앉아 체스판 바닥을 응시하며 위니의 집 전화기 키패드를 누르고 기다렸다.

"여보세요."

위풍당당한 목소리의 여자였다. 그 목소리에서 그 여자의 수준과 찡그린 표정 모두를 감지할 수 있었다. 자기 몸 안에서 키워낸 아이보다 더 오래 살았다는 사실을 받아들이기 위해 자신의 실제를 가장해야 했던, 자식 잃은 한 여인이 거기에 있었다.

---

* 1. 어떤 감정이나 정서 수준을 타인과 맞추거나 연결시키지 못하는 현상. 2. 근심 걱정에 대처하기 위한 수단으로서의 긍정적 회피.

"안녕하세요, 러셀 여사님. 저는 주노 홀랜드라고 합니다. 죄송하지만, 조슬린에 대해 여쭤볼 게 있어서 전화드렸습니다."

긴 침묵이 이어졌다. 한동안 말이 없어 테리 러셀이 전화를 끊어버린 걸까 생각했다. 이윽고 전화기 너머 긴 한숨 소리가 들렸다. 주노는 바로 이야기를 밀고 나갔다.

"저는 은퇴한 전직 임상심리학자입니다, 러셀 부인. 조슬린이 어떻게 지내나 궁금해서…."

"그 아이는 죽었어요. 스무 살에요. 뭘 더 알고 싶은 거죠? 사람들이 왜 이렇게 자꾸 전화하는지 모르겠네요."

예상을 벗어난 대답에 잠깐 말문이 막혀 눈을 깜빡이며 정면 벽을 응시했다. 테리 러셀이 울음을 참는지 전화기 너머 무겁게 내쉬는 숨소리를 들을 수 있었다. 하지만 어떤 이유에선지 전화를 끊지는 않았다. 주노는 기회를 틈타 말을 붙였다.

"사람들이라고요? 무슨 말씀인지 모르겠군요. 조슬린이 죽었다니요. 몰랐습니다. 너무 죄송합니다, 러셀 부인."

전화기 너머 다시 침묵이 흘렀다. 머릿속이 빙빙 돌았다. '사람들….' 위니가 조슬린 엄마에게 전화했었다? 위니가 조슬린의 사망을 확인하고자 했었다면, 전화했다는 게 말이 안 되는 건 아니다.

"저기 있잖아요."

주노가 한 옥타브 목소리를 낮춰 말했다. 동정하면서도 절제된 목소리였다. 이런 목소리로 말할 때마다 그녀의 환자들은 마치 하느님의 복음이라도 듣는 듯 주노를 올려다보곤 했었다.

"저도 아들을 잃어 봐서 부인의 감정이 어떤지 잘 압니다. 저는 부인의 따님을 아주 좋아했어요. 저는 조슬린이 희망을 …."

주노의 말이 끊겼고, 테리 러셀이 받았다.

"우린 모두 그런 희망을 가졌었죠. 불행히도, 조슬린의 병이 너무 깊어 그런 변화를 시도할 기회조자 못 가졌지만요."

여전히 눈을 감고 있던 주노의 얼굴이 찌푸려졌다. 조슬린이 변화를 시도했었다고? 그녀가? 일루미네이션즈 정신건강센터의 기록에는 조슬린의 상담자로 위니 크라우치가 배정되어 있었다.

"성함을 다시 한 번 말씀해 주시겠어요?"

"네, 주노 홀랜드입니다, 러셀 부인. 워싱턴 시애틀에서 따님을 만났었습니다. 따님이 세상을 뜨기 전…."

주노는 거짓말을 했다.

"그래서요?"

테리가 조금은 성급하게 물었다.

"저는 일루미네이션즈에서 조슬린을 잠시 상담했어요. 그건 알고 계시죠?"

주노는 테리의 반응을 기다리지 않았고, 그럴 필요도 없었다.

"조슬린은 글을 아주 잘 썼어요. 그래서 제가 어머니를 알게 된 것이고요. 그룹 상담 시간에 조슬린이 부인에 대한 글과 시를 쓴 적이 있었죠."

주노는 조슬린이 알파벳이나 제대로 알고 있었는지, 또는 테리가 허튼소리 말라고 할지 어떤 짐작도 할 수 없었다. 잠시 숨을 고르며 살피는데 테리의 목소리가 보상으로 돌아왔다.

"한번은 조슬린이 단편소설 응모에서 입상한 적도 있어요. 학창 시절에…"

테리가 말했다. 상담 치료사로서 주노는 환자의 아쉬움에 천착하지 않고 그대로 흘려버리는 태도를 매우 싫어했지만, 지금의 대화는 테리를 치료하기 위한 통화가 아니었다. 주노는 자신의 의도를 계속 밀고 나갔다.

"러셀 부인, 고통스런 얘기를 꺼내 죄송합니다만, 얼마 전부터 제 머릿속을 떠나지 않는 의문이 있어서요. 조슬린이 혹시 부인께 임신 사실을 얘기한 적이 있었나요?"

테리 쪽에서 긴 침묵이 흘렀고, 그 침묵의 시간 동안 주노는 정수리 뒤쪽을 더듬어 기어오는 지독하고 고약한 통증을 느꼈다.

"네…"

테리가 확실치 않은 어투로 머뭇거리며 말했다.

"하지만 그 애는 약에 빠져 있었어요. 많은 것을 말했죠. 열네 살 때도 임신했다는 말을 한 적이 있었으니까요. 그때 그 애를 병원에 데리고 갔더니, 의사가 그 애의 처녀막은 아직 어떤 경험도 없이 멀쩡하다고 그러더군요…."

주노는 목구멍을 거칠게 긁었다. 이 얘기는 오늘 자신이 하고자 하는 주제가 아니었다. 자기의 죽은 딸을 거짓말쟁이 마약 중독자라고 이미 결정지어 버린 테리 러셀 여사에게 그 주제는 어떠한 영향도 미치지 못할 것이다.

"러셀 부인, 조슬린은 그 당시 자신의 상담사였던…, 위니 크라우치에게 그 얘기를 털어놓았었어요."

그 이름이 테리와 자신 사이의 공간을 가로지르며 떠다니고 있다고 생각하며 귀 뒤 반점을 찾아 차가운 손가락 끝으로 눌렀다.

"아니에요, 위니는 조슬린의 상담사가 아니었어요. 난 그 이름 알아요. 위니는 조슬린의 친구였어요. 조슬린이 제게 그렇게 말했어요. 위니가 자기를 도와주고 있다고. 내가 조슬린에게 마지막으로 말을 걸었을 때 그 이름을 분명하게 말했단 말이에요. 그래서 내가 '세상에, 누가 자기 딸 이름을 위니라고 지은 거니? 그리고 그 친구가 너를 도울 준비는 되어 있고?'라고 물었던 걸 분명 기억해요. 내가 그런 얘길하자 조슬린이 저를 비웃었던 것까지 분명히…."

테리 러셀의 말은 오싹함을 넘어 온 몸을 떨게 할 정도로 확신에 찼다. 그랬다. 위니는 조슬린이 친구로 생각할 만큼 충분한 신뢰를 얻었던 것이다. 그래서 조슬린의 엄마가 그 정도로 확신할 수 있었던 거다. 입이 바짝 마른 주노는 다음 말을 잇기 위해 혀를 빼

치아 사이로 이리저리 굴려야 했다.

"그 시점에 부인에게 전화해 임신했다고 말하던가요?"

"아뇨. 저는 조슬린에게 너를 도와줄 친구, 위니가 있는데 왜 우리한테 전화하냐고 했어요. 그랬더니 내 말을 들을 생각이 없었던 건지, 다시 꺼내고 싶지 않은 끔찍한 말을 퍼붓더니 전화를 끊어버렸어요. 그 다음 번 그 애 목소리를 들었을 땐, 약에 너무 취해 두 마디를 넘어서지 못할 정도였단 말이에요."

"조슬린이 임신했다고 얘기했던 해가 언제인지 기억하세요? 열네 살 때 말고, 두 번째 임신했을 때 말이에요."

"그런데, 왜 당신이 이걸 알고 싶어 하는지 이해가 안 되네요."

테리에게 밀리고 있었다. 조금 더 급하게 나아가야 했다.

"왜냐하면, 조슬린이 정말로 임신했었다고 생각하기 때문이죠."

테리 러셀은 전화기 저편에서 주노가 미친 건지, 아니면 믿을 만한 건지 판단하느라 가쁜 숨을 몰아 쉬고 있을 것이다.

"2007년 4월요."

마침내 테리가 말했다.

"돈 좀 달라고 전화했어요. 자기는 지금 오레곤 주에 살고 있으며 임신 8주 되었고, 시애틀로 돌아가고 싶다고 하더군요."

"그러고 나서 전화가 다시 왔었나요? 아기가 나오고 있다는 말을 들었거나."

테리는 말이 없었다. 잠시 후, 다시 말을 했을 때는 아까와는 다른, 그리 확신에 찬 목소리가 아니었다.

"그래요. 아마도 아기를 낳은 직후였던 것 같아요. 하지만 아기 소리가 들리지는 않길래, 그래 아기는 어디 있냐고 물었죠."

"뭐라고 하던가요?"

주노는 마음이 점점 조급해지는 걸 느끼며 물었다.

"조슬린은…, 위니가 아기를 훔쳐갔다고 했어요."

달아올랐다. 잠깐 눈을 감고 머리를 뒤로 젖혔다. 그리고 생각했다. '잠시 시간이 필요해.' 하지만 그럴 시간이 없었다. 전화기 너머 테리가 무슨 말이든 기다리고 있었다. 맞은편 위니의 사진이 들어 있는 액자에 비친 자신의 얼굴을 볼 수 있었다. 깊은 홈이 이마를 중간으로 가르고 있었다. 그것은 25살 되던 해 이후 계속 그곳에 있었다. 크레거는 그것을 '마리아나 해구'라 불렀다. '이 문제를 테리의 입장에서 접근해 봐.' 마음이 다그치고 있었다.

문득 부고에 쓴 단어가 떠올랐다. '돌연사.' 그것은 거짓이 아니라 다만 은폐의 단어였다. 테리는 자신이 세상에 내어놓은 존재에 실망하여 자신의 살과 피인 혈육에 마음을 내어주지 않았다. 그렇다면 테리에게 손자가 있을 수 있음을 알려주는 일이 진정 할 만한 일인가? 어쩌면…, 그랬다. 만약 샘이 조슬린의 아들이라면, 테리에게 말해주는 건 옳은 일일 것이다. 샘은 주노가 좋아하는 아이였고, 샘은 그의 진짜 가족을 알 자격이 있다.

"뭐라고요?"

주노의 격앙된 되물음에 테리가 대답했다.

"그 애는 매우 혼란스러웠던 젊은 여자애였어요. 너무 많은 것을 생각했단 말이죠."

"저도 두 아이를 직접 키웠답니다."

주노가 마침내 테리의 아픈 곳을 찌르며 말을 이었다.

"부인의 몫은 부인이 감당해야 하고, 할 수 있는 한 그들을 도와야 합니다. 부인의 도움을 받아들이거나 그렇지 않는 것은 그들이 판단할 몫이고요."

테리 러셀이 울기 시작했다. 처음에는 속으로 삼키며 참는 듯하더니 이윽고 울음을 터뜨렸다. 말을 제대로 잇지 못하며 전화기가 가장 친한 친구의 어깨라도 되는 양 수화기에 대고 흐느꼈다.

"너무 미안해요."

잠시 후 테리가 코를 훌쩍이며 말했다. 코 막힌 소리에 섞인 그녀의 말에 애초의 꼿꼿한 태도는 엿볼 수 없었다.

"슬픔을 멈출 수가 없어요. 하지만 댁도 제 심정을 잘 알 거라 생각합니다, 그렇죠?"

주노는 제아무리 좋은 날에도 말도 안 되는 슬픔의 기운은 스멀스멀 스며든다는 사실을 잘 알고 있었다. 언제고 슬픔은 제멋대로 드나들어 안전한 날은 한 날, 한 시도 없다.

"그럼요. 하지만 나아갈수록 희망에 찬 새로운 것들을 찾을 수
도 있을 겁니다, 테리…."

주노는 상대의 양해 없이 이름으로 바꿔 부르고 있었다.

"부인의 이메일 주소를 알려 주실 수 있나요? 부인도 알아야
할 게 있거든요."

26

주노

테리와의 전화를 끊고 곧바로 컴퓨터를 향해 바삐 움직
였다. 의자에 앉아 키보드로 몸을 돌리는 주노의 입
이 작은 꽃봉오리처럼 오므라들었다. 마우스를 열심히 굴리면서도
마음은 여태 조슬린 러셀과 소원했던 엄마와의 대화에 가 있었다.

테리는 딸 조슬린의 죽음에 대해 명확히 아는 것도 아니었지만,
주노의 존재 또한 낯설었던 것이다. 테리가 할 수 있는 만큼의 말
을 많이 털어 놓았다는 사실에 놀랐다. 그 때문에 딸에 대해 털어
놓는 테리의 태도가 마치 남 얘기하듯 느껴졌던 걸까? 이번엔 '시
애틀 리마, 실종, 사망, 십대'라고 입력하자 세 페이지의 검색 결과

가 떴다. 첫 페이지로 충분했다. 〈시애틀 타임즈〉에 실린 짤막한 기사였다.

2008년 2월 10일 워싱턴 타코마의 소각장 옆 쓰레기 매립지에서 신원 미상의 여성이 사망한 채 발견되었다. 16세에서 25세 사이로 보이는 키 167cm 몸무게 52kg의 여성으로, 염색한 머리는 퇴색되어 있었다. 검정 비키니 팬티에 오른쪽 손에 반지 한 개를 끼고 있었다. 여성의 근긴장(筋緊張)은 그리 나쁘지 않은 상태였으며, 생존 시 치아 관리는 잘 되어 있었다. 사망 추정일은 2월 8일이었다.

조슬린 로즈 러셀은 2005년 오하이오주 리마의 자택에서 실종되었다고 기록되어 있는데, 엄마와 싸운 후 가출한 시점이었다. 이것이 온라인에서 얻은 정보였다. 지인에 따르면, 조슬린은 캘리포니아로 차를 얻어 타고 간 이후 본 적도 들은 적도 없다고 했다.

주노는 새로 확인한 정보와 씨름하며 뒤로 물러나 앉았다.

그러니까 오하이오에서 도망쳐 나와 1년 뒤인 2006년에 워싱턴에 온 이 십대 가출 소녀는 위니 크라우치의 관리와 보호 아래 들어가게 된 것이다. 2007년에 아기를 갖게 되었고, 2008년에 사망한 채 발견되었다. 확신컨대, 주노는 위니가 이 여자애에게 모성애를 느꼈을 거라 생각했다. 그런데 우선, 조슬린은 왜 가출했을까? 주노는 테리 러셀의 목소리에 묻어 났던 냉담한 무관심을 생각했다. '부인하는 엄마들', 주노는 심리치료사 시절에 의뢰인의 엄마들을 곧잘 이렇게 지칭하곤 했었다. 우울하고 약에 취한 자식들을 고쳐보겠다고 상담실로 끌고 온 여자들 말이다. 이런 엄마들은 실제 치료에 관련된 어떠한 일도 관여하지 않으려 했다. 사실에 대한 강한 혐오 때문이었다.

"하나 같이 강하게 사실을 부인하지."

주노는 다 알고 있다며 슬픈 미소를 짓는 비서 네이빈에게 파일을 건네주며 그렇게 말하곤 했었다. 그러나 테리가 비록 주노의 환자 엄마들처럼 부인하는 엄마라 할지라도, 손자가 있다는 것을 알 권리는 얼마든지 있다.

'그리고 샘도 할머니에 대하여 알 권리가 얼마든지 있지.'

주노의 생각은 확고했다.

조슬린은 엄마 테리에게 위니를 친구라고 표현했다. 그것은 그 여자애가 위니를 신뢰했음을 뜻한다. 사회복지사들은 종종 환자들에게 친구로 느껴질 때가 많고, 그래서 그 선들이 흐려지기 쉽다. 15년 전, 대학원을 막 마친 위니는 젊고 에너지가 넘쳤다. 그때 사진들이 방마다 벽마다 걸려 있었는데, 위니는 여러 주요 행사나 업적마다 포즈를 취하고 있었다. 고등학교 졸업식, 대학 졸업식, 약혼식, 결혼식, 대학원 졸업식, 그리고…. 주노는 위니가 되어 상상했다. 다음은 아기를 가질 차례이다. 주노 생각에 순서 있는 삶의 방식을 좋아했던 위니는 어느 순간 때가 되었다고 생각해 나이젤에게 접근했을 것이다. 그러나 상황이 꼬여버렸다. 위니가 임신이 안 되는 것이었다. 자격을 갖춘, 자의식 강한 위니. 그녀는 그렇게 원해도 임신을 할 수 없었는데, 정작 임신을 원치 않았던 십대 노숙 소녀 조슬린의 임신 사실을 알았을 때, 몹시 화가 났을 것이다. 위니를 향한 역한 혐오감이 일었다. 위니가 조슬린으로부터 원하는 것을 얻을 수 있도록 도와준 나이젤 역시 마찬가지였다.

지메일 계정을 새로 하나 만들었다. 적당한 아이디를 짜내느라 잠깐 시간이 걸렸다. 그렇게 'Hum123@gmail.com'이라는 이메일 아이디를 새로 만들어 계정 오픈을 확인하는 메시지를 클릭했다.

"자전거 타는 거 같네."

혼잣말하며 생각했다. 지난 시절, 주노는 실제로 컴퓨터 한 대는 집에, 한 대는 직장에, 또 한 대는 늘 가방에 넣고 다녔었다. 매끈한 은색 노트북. 이런 생각에 실없이 웃는데 갑자기 매스꺼움이 밀려들었다. 키보드를 두드려 글자를 입력했다.

안녕하세요, 테리.

오늘 전화로 통화했었죠. 제 전화 받아주셔서 고마웠습니다. 제 전화로 부인께서 큰 정신적 타격을 받았으리라고 생각합니다. 전화로 조슬린에 대해 여쭀을 때, 2007년 말에 조슬린이 아기를 낳았다는 얘기를 들었다 하셨잖아요. 그 상황에 대해 조사하다 2007년 12월에 어떤 노숙 여인이 신고한 경찰 보고서를 우연히 보게 되었는데, 그 여인의 주장에 의하면 자기 아기가 유괴당했다는 것입니다.

주노가 어떤 조사를 한 것은 아니었다. 위니의 보관함에서 피 묻은 헝겊 조각과 함께 나온 두 건의 경찰 보고서 사본을 본 게 전부였다. 한 건은 2007년 12월에 익명의 노숙 여인이 자기의 갓난

아기를 유괴당했다는 신고에 대한 보고서였다. 그 보고서는 모랄레스 경사가 작성한 것으로, 이 여인은 술과 마약, 아마 둘 다 한 것으로 보였다고 적혀 있었다. 그리고 또 하나의 보고서는 2008년 2월에 발견된 젊은 여성의 시신에 관한 것이었다. 보고서에 언급된 여성도 그리고 신고를 한 노숙 여성도 모두 이름은 기재되어 있지 않았다. 그러나 경험상 알고 있는 한 가지는 대개의 노숙인들의 이름은 일반인들에게 알려지지 않는다는 사실이다. 그래서 경찰들은 이름 대신 마약 중독이나 그들과 관련된 범죄 용어로 특징지어 묘사하곤 한다. 그래서 보고서에 이름이 없었음에도 이 여인을 조슬린이라고 확신했다. 정리하자면, 하나의 보고서는 자신의 갓난아기가 유괴되었다고 주장하는 조슬린의 진술이고, 또 하나의 보고서는 그 조슬린이 사망한 채 발견되었다는 보고서였다. 위니가 조슬린의 죽음에도 관계되었을까? 보관함에 들어 있던 피 묻은 헝겊은 그것을 알려주는 힌트일까? 주노의 손가락이 다시 키보드 위를 떠다니기 시작했다.

그 여성은 경찰에게 이름을 말하진 않았지만 보고서에 나와 있는 사건 번호를 부인께 보내드렸으니 직접 확인하실 수 있을 거예요. 러셀 부인, 이게 저와의 마지막 연락이 될지도 모르겠습니다. 그래서 마지막으로 한 가지 말씀 드릴게요. 경찰 보고서를 확인하면 그 여인이 불분명한 말투로 어찌할 줄 몰라 했으며, 팔에는 상습 마약 투입으로 인한 주사 자국이 보인다고 기재되어 있더군요. 그 여성은 방금 자기가 출산한 아기를 누군가 훔쳐갔다고 주장하는 한

편, 병원에 데려가 진찰받게 하려는 경찰관의 요청을 거부했어요. 경찰관이 강제로 그녀를 도와주려 한 것인지는 모르겠으나, 그녀가 거부하며 완강하게 거리로 뛰쳐나가는 바람에 지나던 차에 치일 뻔하기도 했다는군요. 보고서를 작성한 그 경찰, 모랄레스 경사는 보고서에서 그 여성의 바지에 묻어 있는 피를 보았는데, 그 피가 무엇 때문에 묻었는지는 확인하지 못했다고 기록했어요. 그 여성이 이름은 물론 주소도 알려주지 않았을 뿐더러 병원에 가는 것조차 완강히 거부했기 때문에 더 이상의 조치를 취할 수 없었다는 거죠. 그러나 부인께서 한번 조사해보셔야 할 사항이 있어요. 보고서에 따르면 그 여성에게 문신이 있었다고 언급되어 있는데, 조슬린이 혹시 문신을 했었는지 모르겠어요. 보고서 마지막 줄에 문신에 대해 짧게 묘사한 내용이 있을 거예요. 그 문신이 부인 따님의 것이라는 게 확인될 경우를 위해 주소를 하나 보내드립니다.

주노는 잠시 멈추고, 다음 부분을 어떻게 이어가야 할지 생각하며 무릎에 손을 얹었다. 다음에 알려주려고 하는 내용이 어쩌면 가장 중요한 것이었다. 이윽고 작심한 듯 문장을 마무리했다.

부인의 손자가 그 집에 있어요.

주노는 굳이 자기 이름을 넣지 않고 전송 키를 눌렀다. 다 되었다. 이제 기다리는 일만 남았다. 테리를 기다리는 일. 속죄를 기다리는 일. 그리고…, 죽음을 기다리는 일.

27

위니

위니는 일루미네이션즈 정신건강센터 마지막 근무일에 자신을 대신할 사람에게 배정될 업무용 핸드폰과 노트북을 반납해야 했다. 그 두 가지 물건과 사원증, 뱃지, 출입카드를 박스에 넣어 상관의 책상 위에 놓았을 때 느꼈던 안도감을 기억했다. 이제 더 이상 과거의 것들에 얽매이지 않을 것이다. 마지막으로 그 건물을 걸어 나오면서 2월의 매서운 바람이 허파를 채울 때 위니는 자유를 느꼈다. 그것이야말로 자기를 상담했던 심리치료사가 깨닫게 만들어 준 바로 그것, 트라우마의 끝에는 새로운 시작의 길이 있다는 것이었다.

어떤 새로운 것도 받을 자격이 없다고 느끼고 있던 바로 그때, 희망은 잃어버린 세월을 한꺼번에 보상하듯 임신 테스트 결과 양성으로 찾아왔다. 희망을 가졌던 그 모든 세월 동안 맛봐야 했던 슬픔에도 불구하고, 절대 포기할 수 없었던 여섯 번의 임신과 유산. 병적이라 할지언정, 심지어 유산 당시 입었던 옷들을 몰래 보관까지 했다.

새로 태어난 기분이었고, 애타게 간구해온 대로 하느님으로부터 용서받은 기분이었다. 사실 자신은 그렇게 악한 사람이 아니었다. 잘못된 결정을 내려버린 착한 사람이었다. 그리고 남은 생을 자신의 아기로 시작해 지난날 잘못된 그 결정을 속죄하며 살기로 작정했다. 남자건 여자건, 태어나는 아기가 모든 생명체를 자각하며 부드럽고 둥글게 자라게 할 것이다. 그렇게 자신이 저지른 일을 바로잡을 것이다. 배려심 많고 지각 있는 훌륭한 아이로 키울 것이다. 그래서 오로지 아기를 돌보기 위해 일을 그만두었다. 위니는 아기가 유치원에 다니기 시작해서야 비로소 일을 재개했다.

새뮤얼은 십대 아이들 누구나 부모에게 반항하는 그런 단계에 이제 막 들어선 것이다. 지난 6개월 동안 몇 번이고 혼자 이런 생각을 되뇌었다. 솔직히 말해, 지금 다시 아기를 갖고 싶다는 욕망은, 새뮤얼이 자신의 관심과 통제로부터 벗어나려 하기 때문임을 부인할 수 없다. 펑크난 구멍을 채우고, 엄마로서 보다 더 잘할 수 있다는 생각이었다. 하지만 그것은 스스로에게 되뇌는 뻔뻔한 변명일 뿐, 열 명의 아기를 더 낳을 수 있을지언정 한 명의 아기는, 여전히 위니의 심장에 새겨질 것이다.

'네가 죽였잖아.'

위니는 자책하며 괴로워했다. 그리고 위니는 그날을 결코, 절대로 잊지 못할 것이다.

하늘이 어둠에서 깨어나고 있을 때, 위니는 집으로 걸어 들어갔다. 어떻게 자기 차로 다시 돌아갔는지, 어떻게 집으로 운전하고 왔는지조차 기억 나지 않았다. 그리고 이제 부엌 싱크대 수도꼭지를 더듬거려 머리를 박은 채 벌컥벌컥 물을 마셔대며 스스로를 다독거리고 있었다.

'이건 현실이 아니야, 그저 나쁜 꿈일 뿐이야.'

괴이한 소음이 귓가에 웅웅 맴돌더니 찌르륵, 소리에 묻혔다. 전화, 어디선가 전화벨 소리가 울렸다. 자기 전화라는 걸 알고 있었다. 하지만 전화기를 찾아 들 수도, 화면을 들여다볼 수도 없었다. 거기에서 보게 될 이름을 너무나도 잘 알기 때문이었다. 싱크대 위로 흘러내리는 물만 멍하니 바라보았다. 부엌에 들어온 나이젤의 목소리가 뒤에서 들렸다. 나이젤의 목소리가 끔찍한 그 소음을 압도했다. 귓가를 맴돌던 웅웅거리는 무시무시한 소음.

"무슨 일이야, 도대체. 무슨 일이냐고?"

나이젤이 여러 번 되풀이해 물었다. 위니는 감이 안 잡혔다.

'이건 꿈이야. 아냐, 현실이야.'

소음은 자기 안에서 나온 것이었다. 위니는 자기가 울고 있다는 것을, 길 잃은 고양이처럼 가냘프게 울고 있었다는 사실을 이제야 깨달았다.

"무슨 일이냐니까?"

나이젤이 거칠게 물었다.

추리닝 상의 가슴을 내려다보았다. 비어 있었다. 그 작은 몸을 가슴에서 떼어내 자기 차 조수석에 내려 놓았던 것이다.

"위니!"

나이젤은 아예 고함지르며 위니의 어깨를 흔들었다. 나이젤의 손이 위니의 얼굴을 때렸다. 아내를 악몽에서 빠져나오게 하는 데 충분하리만큼 강했다. 악몽에서 깨어난 위니가 나이젤에게 사실을 말했다. 나이젤은 고함을 멈추고 눈을 크게 뜨고 말없이 위니를 쏘아보았다. 나이젤이 그렇게 무서워 보인 적은 없었다.

"너무 추웠어요, 나이젤. 아기가 힘들어 했어요…. 난 다만 아기를 돕고 싶었을 뿐이었다고요."

몸을 하도 심하게 떨어 이가 서로 부딪쳐 딱딱거렸다. 나이젤은 위니에게서 한 발자국 물러섰다.

"여기저기 쓰레기가 있었어요. 아기를 안으려고 기어서…."
"위니! 위니!."

나이젤이 숨을 멈추고 위니의 말을 잘랐다.

"아기가 죽었어? 아기가 죽었냐고?"

뱃속 깊이에서 분출된 요란하고 추악한 울부짖음으로 나이젤의 물음에 대답했다. 나이젤은 울부짖음을 멈추지 않는 아내의 얼굴을 가슴으로 끌어당겨 양팔로 꽉 안았다.

"자동차…, 자동차가 블랙 아이스 위를…. 아기는…, 내 추리닝 상의 안에…."

위니가 가슴 위 그 자리를 두 손으로 꽉 움켜쥐었다. 아직도 가슴에 닿아 있던 아기의 온기가 느껴졌다. 그 조그맣고 연약한 몸이 가슴에 안겨 있었다.

"난 그렇게…, 아기를 따뜻하게 보호하려 했어요. 아기를 병원으로…. 차가 미끄러져 가드레일을…."

운전대에 부딪쳐 생긴 이마 위 선으로 손가락 세 개를 올렸다. 피가 흘렀지만 많은 양은 아니었다.

"아기가 충격으로…. 아니, 내가 질식시킨 건지도…!"

위니의 목소리는 히스테리했다. 나이젤이 눈을 크게 뜬 채, 위니의 손가락 사이로 얼굴을 움켜쥐고 꼬집으며 살폈다.

"아기가 죽었다고요. 오, 제발. 하느님!"

위니는 자기 얼굴을 잡아 뜯었다. 손톱이 벗겨지고 있었다.

"위니!"

나이젤이 하도 세게 잡아 흔들어 머리가 뒤로 젖혀졌다.

"아기 데려오는 걸 본 사람이 있어?"

위니가 입술을 굳게 다물고 머리를 흔들었다.

"아뇨, 조스…. 그 여자애는 혼자 있었어요."

"사고 현장을 본 사람은?"

나이젤의 손가락이 팔을 파고들자 위니가 꺅, 비명을 질렀다.

"아무도… 못 봤어요."

위니는 흐느껴 울었다.

"그걸 어떻게 알아?"

나이젤이 인형처럼 마구 흔들어대는 동안 위니는 이가 부딪쳐 딱딱, 거리는 소리를 들었다.

"눈이 내리고 있었어요! 도로 위에는 아무도 없었다고요."

위니는 자기를 붙잡고 있는 나이젤에게서 몸을 빼내려 뒷걸음 질쳤으나, 나이젤은 놓아주려 하지 않았다.

"차 시동이 그대로 켜져 있어 운전하고 집으로 온 것 같아요."

"어디 있어? 아기는, 어디 있냐고?"

"차 안에…."

얼굴로 손을 뻗자 나이젤이 역겨운 듯 주춤 뒤로 물러섰다.

"제발. 당신이 아기를 묻어줘요. 그 여자애가 텐트 안에서 아기를 낳았어요. 그 애는 마약 중독자란 말이에요!"

위니가 마지막 말을 나이젤에게 질러댔고, 위니의 침이 나이젤의 얼굴에 튀었다. 나이젤이 못 믿겠다는 듯 빤히 쳐다보았다.

"그래서, 그렇게 하면 저지른 일이 무마되는 거야? 젠장!"

나이젤이 머리를 쥐어뜯으며 흔들거렸다.

"우리가 결정할 일이 아니야. 올바른 방법을 찾아야 해, 관계자에게 알려야 돼."

위니는 나이젤이 얼마나 힘들게 숨을 쉬고 있는지 느낄 수 있었다. 그의 가슴에서 쿵쾅거리는 소리가 위니의 귀에도 들리는 듯했다. 나이젤은 겁에 질려 있었다.

"안 돼요! 나이젤, 안 돼요. 나를 체포할 거예요…. 난 직장을 잃게 될 거예요. 그렇게 할 수 없어요, 제발."

공포에 질려 나이젤 가슴을 파고들었다. 나이젤이 자수를 권유하리라고는 결코 생각지 못했다. 감옥에 있는 자신을 상상하며 울부짖었다. 나이젤은 위니의 두 손목을 움켜쥐고 놓지 않았다. 위니는 빠져나가고 싶어 몸을 흔들어대면서도 한편으론, 히스테리가 지나갈 때까지 나이젤에게 잡혀 있길 원했다.

"그만 해, 그만!"

나이젤이 명령조로 말했다. 남편이 또 자기를 때릴 거라 생각했으나 나이젤은 그러지 않았다.

"당신이 죽인 거라고, 위니. 당신이 그걸 훔쳤으니 그 후로 일어난 일은 당신 책임이야."

"그게 아니에요, 나이젤. 사내아기란 말이에요."

"아기였었지!"

나이젤이 너무 크게 고함치는 바람에 놀라 뒷걸음질치다 냉장고에 부딪쳤다. 나이젤이 긴 숨을 내뱉었다.

"다른 누군가의 사내아기. 언젠가 아기를 찾으러 다시 올지도 모르는 누군가의 아기."

잠시 침묵하던 나이젤의 시선이 위니 목의 움푹 패인 곳으로 떨어졌다. 나이젤은 아내를 쳐다보려 하지 않았다. 나이젤이 거부하고 있다는 느낌을 알아 챈 위니가 훌쩍거렸다.

"나이젤, 제발. 미안해요."

나이젤이 위니 쪽으로 급하게 돌아서는 바람에 무서워 두 손으로 얼굴을 덮었다.

"미안하다고? 당신은 오늘 밤 아기를 죽였어! 그 어리석음 때문에. 당신은 어느 것 하나 만족할 줄 모르는 사람이잖아!"

그 말과 동시에 나이젤의 주먹이 위니 머리 옆의 벽을 때리더니, 또 한 번의 날카로운 잽을 벽으로 날렸다. 위니가 비명을 지르며 벽을 타고 미끄러져 내리면서 눈을 감은 채 정신 없이 팔만 흔들어댔다. 나이젤의 눈에서 타오르는 증오심을 보았으며, 그 증오심이 너무 커 다시는 예전으로 돌아갈 수 없을지 모른다는 생각이 위니의 머리를 스쳤다.

"제발!"

위니가 나이젤의 셔츠 밑단을 움켜쥐었지만, 나이젤은 그 손을 냉정하게 털어내며 뒤로 물러섰다. 위니가 넋을 잃고 입만 벌렸다 닫았다 하며 나이젤을 올려다보았다. 정작 위니의 입에선 어떤 말도 나오지 않았다. 좋았건 나빴건.

나이젤은 그 일을 잊은 걸까?

"도와줘요, 나이젤. 사랑해요. 제발 나 좀 도와줘요…."

28

위니

나이젤은 조깅하러 나갔고, 현관 벨이 울린 건 그가 나간 몇 분 뒤였다. 벨이 울렸을 때 위니는 부엌을 정돈하며 마지막 빵 부스러기를 손바닥에 떠 싱크대로 털어넣는 중이었다. 손바닥을 비비고 문을 향하며 새뮤얼이 숙제를 다했는지 궁금하여 계단 이층을 흘끗거렸다. 새뮤얼에게 간식을 가져다 줘야지. 집을 나서던 나이젤은 입술에 넉넉하게 키스하고 물러나며 말했다.

"얼굴 찡그리고 있네, 날씬이."

"그래요? 어떻게 찡그렸다는 거예요?"

나이젤은 다 안다는 듯 씩 웃었다. 위니는 그가 무슨 말을 하고 있는지 벌써 알아차렸다. 일이 썩 잘 되어가고 있지는 않았으나, 관계는 한층 나아져 있었다. 나이젤이 손을 뻗칠 때 위니는 몸을 빼지 않았다. 그리고 나이젤은 덜시와 떨어지기 위해 다니던 직장을 그만두었으므로 이제는 오로지 결혼생활을 되살리기 위해 노력하기만 하면 되었다. 항상 그래왔듯 위니는 낙관적이었다. 나이젤이 한 번 더 키스하며, 위니의 오른쪽 가슴을 꽉 쥐더니 "이따가…" 했다. 그리고 그가 이따가 그 일을 하려고 일찍 집에 오라는 기대로 약간 달떠 있었다. 그런데 무슨 일로 갑자기 돌아와 초인종을 누르는 걸까? 열쇠는 안 가져갔나? 위니는 그때까지도 핸드폰을 확인하려는 생각은 전혀 못하고 있었다. 나이젤이 전화를 걸었었는지도 모르겠네.

평소처럼 굳이 문에 난 구멍으로 확인하려 들지 않았다. 나이젤이 또 무슨 웃기는 농담을 할지 미소 지으며 문을 열었다.

처음에 위니는 무언가를 팔러 온 여자라 생각했다. 나이가 지긋해 60대는 넘어 보였고, 비싼 미용실에서 했음직한 헤어 스타일이었다. 여자가 굳은 표정으로 쳐다보았다. 위니는 마음속 뾰로통한 눈으로 마주했다. 이전에 위니는 '잡상인 금지' 팻말을 문에 걸어놓으려 했었다. 속내를 애써 드러내지 않으며 짐짓 고개를 꼿꼿이 세워 여인을 응시했다. 자기의 헤어 스타일 역시 뒤지지 않을 미용실에서 한 것이었다.

"어쩐 일로…?"

의례적이고 사무적인 말투였다.

"나는, 테리라고 해요,"

테리라고 소개한 여인은 위니를 살피는 듯 고개를 좌우로 갸웃거렸다. 훑어보는 모양새가 사뭇 감정을 거슬리게 하더니 위니의 세계엔 들어맞지 않는 말들을 빠르게 쏟아냈다. 주노 홀랜드라는 심리치료사가 이 집 주소를 알려 주었다. 내 손자가 어디 갔는지 당신은 알고 있죠? 등등. 분명히 고통에 겨워 보이는 할머니와 함께하려고 위니는 현관 앞으로 한 발 나가 행여 잃어버린 아이가 눈에 띄는지 거리를 위아래로 훑었다. 아직 완전히 해가 진 건 아니어서 길 건너 공원에 있는 몇 명의 조그만 아이들을 알아볼 수는 있었다. 엄마로서 위니는 진심으로 이 여인을 걱정했다. 위니도 그린 레이크 공원에서 새뮤얼을 잃어버린 적이 한 번 있었는데, 그날은 평생 최악의 날이었다.

"손자를 잃어버리셨어요? 경찰에 신고는 하셨나요?"

그러나 여인은 위니 너머 집안을 들여다보며, 벽에 걸린 가족 사진들을 뚫어져라 쳐다봤다. 여인의 시선은 새뮤얼 사진에 빤히 꽂혀 있었다.

"부인의 손자는…."

위니가 다시 말했다. 위니는 그 여인의 이마에 손가락을 튕겨서라도 정신차리게 하고 싶은 충동을 느꼈다.

"전화 빌려 드려요?"

그 여인, 테리는 고개를 꼬아 어깨 너머로 공원을 흘깃 바라보더니 위아래로 고개를 한 번 끄덕였다. 강직해 보이는 나이 지긋한 여인이었다. 집 안으로 안내하면서 단추 달린 셔츠 아래로 여인의 단단한 근육이 느껴졌다. 마치 요가나 필라테스, 테니스 강사 같은 근육이었다. 위니는 테리의 목에 감긴 에르메스 스카프도 알아보았다. 부유한 집 어린 손자를 잃어버렸구나, 생각하며 여인을 거실 의자에 앉혔다.

"금방 올게요."

핸드폰을 챙기러 곧장 부엌으로 향한 위니는 우선 물 한 병을 꺼내 손에 들었다. 핸드폰을 찾아 들고 거실 모퉁이를 돌았을 때, 테리는 의자에 앉아 있지 않았다. 위니에게 등을 보인 채 3학년 때 찍은 학급 사진 액자 속 새뮤얼을 들여다보고 있었다. 위니를 향해 돌아서면서도 여인의 시선이 위니의 핸드폰을 향하지는 않았다.

"여기 있어요."

위니는 화면을 활성화시키고 키패드에 911을 누를 수 있도록 채비하여 핸드폰을 내밀었다.

"아주머니…."

위니는 여자들에게 '아주머니'라 부르는 걸 싫어했다. 특히 그녀 엄마의 연령대 여자들에 대해서는 더 그랬다.

"아, 죄송해요, 테리."

"당신 아들…, 몇 살이죠?"

"무슨 말씀이신지?"

반문하는 위니의 등골을 타고 조그만 손가락들이 더듬거리는 듯했다. 경계의 손가락들이었다. 핸드폰 건네던 손을 빼며 한 발짝 뒤로 물러섰다.

"내 이름은, 테리 러셀이어요."

테리 러셀. 그 이름이 위니의 머릿속에 커다란 징소리로 울렸다.

"부인의 손자가 없어졌다 하셨잖아요. 그런데 어쩌라는 거죠?"

전화기를 꽉 쥐었다. 여기서는 자신이 주도권을 갖고 있으므로 경찰을 부를 수도 있었다.

"말해보세요."

위니를 향해 몸을 돌린 테리 러셀의 얼굴에 비친 싸늘한 미소가 담청색 눈과 잘 어울렸다. 여자는 검정 키튼 힐을 신고 있었다. 문득 프라다 키튼 힐을 신고 손주와 함께 공원을 걸을 사람은 없을 거라는 생각이 들었다.

"부인께서 무슨 말씀을 하고 계신지 도무지 모르겠어요. 지금 내 집에서 나가지 않는다면 경찰을 부를 거예요."

이 말에 테리가 웃음 지으며 위니의 거실 의자에 다시 앉았다.

"그렇게 해야 될 걸요,"

테리가 다리를 꼬며 말했다. 밤새 진을 치고 있을 자세였다.

"경찰에게 조슬린 러셀의 엄마가 여기 와 있다고 해요. 그리고 그 엄마는 저 아이의 DNA 감식을 원한다고 말이에요!"

여인의 손가락이 사진 속 새뮤얼을 가리켰다. 등줄기를 더듬던 손가락들이 열로 변해 가슴속에서 폭발했다. 말을 꺼내는 위니의 입이 더듬거렸다.

"조, 조스…."

테리는 의기양양했다.

"조, 슬, 린,"

딸의 이름을 음절 하나 하나 또렷하게 발음하는 여인의 눈길이 비난이라는 송곳으로 위니 얼굴을 후벼댔다.

"내 딸이죠."

뭘 어찌해야 할지 감 잡을 수 없었다. 죽은 소녀의 오래된 이름을 들으며 마비되었고, 회반죽으로 변했을 얼굴로 테리 러셀을 응시할 수밖에 없었다. 이 여인이 어떻게 자신을 찾아올 수 있단 말인가? 지금 이 밤에 벌어지고 있는 일들은 영화에서나 있을 법한 장면일 것이다. 황당하게 실수를 저지르는 바보 같은 주인공을 향해 스크린 밖에서 "안 돼!" 소리치는, 그런 상황이었다.

여기는 위니 자신이 터잡은, 자기 집인데도 뒷걸음질치고 있었고, 그리고 그러한 위니의 반응은 테리에게 무언의 죄책감을 확신시켜주기에 충분했다. 테리가 말했다.

"난, 다 알고 있어요. 당신이 무슨 짓을 했는지 다 안다고요."

"당신이었군요! 당신이 그런 기사들을 보냈고 내 도서관 카드로 대출도 하고⋯, 그렇게 스토킹하다니!"

위니는 너무 화난 나머지 고개를 가로저으며 벌린 입을 다물지 못했다. 그 탓에 테리의 얼굴에 스치고 지나간 혼란스러운 표정을 잡을 수 없었다.

"당신은 미쳤어요! 난 당신 딸에게 아무 짓도 안 했어요. 제발 여기서 나가세요!"

위니는 현관을 향해 급히 걸어가며 새뮤얼이 듣거나 나이젤이 돌아오기 전에 반드시 이 미친 여자를 내쫓아야 한다고 생각했다. 문을 확 당겨 열고, 어서 나가라고 강요하듯 테리를 쏘아보며 두려움이 드러나지 않게 애썼다. 위니는 사람들을 통제해야 할 때 듣지 않고는 도저히 배길 수 없는 당당한 자신감을 내비쳐야 한다는 걸 경험으로 터득해 있었다.

테리가 나갈 생각은 분명 아니면서도 현관문으로 얼굴을 돌리는 것과 동시에 새뮤얼 방문이 열리는 소리가 똑똑히 들렸다. 테리가 위니의 얼굴을 똑바로 쏘아보며 말했다.

"당신이 일루미네이션즈에서 일했었다는 사실을 알아요. 아마도 조슬린이 치료받던 시설이었겠죠."

위니의 가슴은 아까부터 쿵쾅거리고 있었다. 위니나 테리, 누가 경찰을 불러도 질문들은 있을 것이다. 물론, 증거는 아무것도 없었다. 아무것도. 그렇지 않은가?

"조슬린이 아이가 유괴당했다고 신고한 보고서가 있어요."

테리가 그 말을 꺼냈을 때 지진이 일어난 것처럼 시야가 흔들렸다. 테리를 내쫓으려고 문을 쥐고 서 있지 않았다면 쓰러졌을지도 몰랐다.

경찰 보고서. 보고서엔 그 여성의 이름이 기재되어 있지 않았으므로 아무도 누군지는 알 수 없었다. 그 여성의 이름은 제인 도우*였다. 조슬린은 위니가 전화를 받지 않자 어찌어찌 위니의 집 전화번호를 찾아내 자동 응답기에 메시지를 남겼었다. 위니의 귀엔 아직도 그 젊은 여자의 목소리가 남아 있었다. 무엇인가를 삼켰거나 담배 연기를 마신 후의 가라앉은 목소리였다. 조슬린은 위니의 이름을 부르면서 "우니이이…" 했다.

"누가 내 아기를 데려갔어요, 내 아기를요. 전화 좀 해주세요. 이젠 핸드폰도 없어 공중전화로 거는 거예요. 경찰에 신고했는데, 그놈의 경찰들이 나 같은 건 안중에도 없는 거예요. 절대로 없죠! 모랄레스 경사야, 뒈져 버려라!"

조슬린은 마치 그 경찰관이 자기 앞에 있는 듯, 마지막 음절에 힘을 줘 소리쳤다.

"경찰들은 내가 취했다고 생각했어요. 내 말을 들으려고도 하

---

* 특히 법정에서, 여자의 이름을 모르거나 비밀로 할 경우에 쓰는 가명.

지 않았단 말이에요!"

그리고 전화가 끊겼다. 위니는 메시지를 한 번 더 재생하다 지워버렸다. 한 시간이 채 지나기도 전에, 통신사에 연락해 집 전화를 끊어 버리고, 이제 유물이 되어버린 무선전화기는 자선단체 굿윌에 보낼 물건 더미에 집어넣었다. 위니는 갖고 있던 핸드폰 번호마저 변경했다. 새로운 번호는 전혀 등록된 적이 없었다는 사실도 재차 확인했다. 집전화는 그녀가 두려움에서 벗어나 일상으로 돌아온 한참 후에 다시 개설했다. 나이젤은 그럴 거면서 왜 애초에 전화를 없앴는지 물었다.

"글쎄? 왜 그랬는지 기억이 없네요."

그 후 몇 주 동안, 위니는 혹시 조슬린에 대한 이야기가 있을까 싶어 온라인 기사들을 샅샅이 훑었으나, 막상 무엇을 어떻게 검색해야 할지 감 잡을 수 없었다. 젊은 여자? 노숙 여인? 매춘부? 이 모든 이들이 위니의 담당이었으나, 조슬린은 그들과는 다른 데가 있었다. 매우 취약하면서도 호감이 가는, 그런 아가씨였다. 온라인에서는 입력한 검색어에 대한 기사를 찾을 수 없었으며, 실종된 유아에 대한 기사 역시 찾을 수 없었다. 아무도 그 존재를 알 수 없었던 아이의 흔적은 그저 그렇게 사라지고 없었다. 위니는 그렇게 그냥 내버려둘 수도 있었지만, 어느 날 문득 조슬린의 이후 행방이 궁금해 결국 자신이 할 수 있는 유일한 일, 나이젤에게 도움을 청하고 말았다.

"당신은 왜 그 일을 그냥 내버려두지 못하는 거야?"

"당신은 알고 싶지 않아요? 그래야 우리가…."

"위니, 무슨 말을 하는 거야?"

나이젤의 얼굴에 혐오의 표정이 역력했다.

"우리가 빠져나갈 수 있게 거짓말을 더 잘 준비하잔 말이지?"

나이젤의 말은 위니의 화를 몹시도 돋구었다. 마치 위니가 감옥이라도 가길 바라는 듯 느껴졌다.

"글쎄…. 그래요, 나이젤!"

위니가 톡 쏘아붙였다.

"난 감옥에 가기 싫단 말예요. 내가 감옥에 가면 좋겠어요?"

그러면서 멜론 크기만큼 부른 배 위에 두 손을 얹었다. 나이젤이 항복했다. 나이젤은 혼자서 아기를 키울 생각은 애당초 없었다. 둘이 함께 내린 결정은, 결국 나이젤이 쉘리의 남편 마이크를 찾아가는 것이었다. 마이크는 나이젤을 정말 좋아할 뿐 아니라 '여자보다 친구가 우선'이라는 신조를 가진 사람이었다. 나이젤이 경찰 동서인 마이크에게 누군가의 정보나 경찰 기록을 파헤쳐 달라고 부탁한다면, 마이크는 흔쾌히 해줄 사람이었다. 그리고 나이젤이 그것을 비밀로 해달라 부탁하면, 마이크는 또 그렇게 할 것이다. 나이젤이 마이크에게 맥주를 많이 사줄수록 그는 더 잘할 것이다.

"무슨 말씀을 하고 계신지 통 모르겠네요."

위니는 싸움을 걸기 위해 집 문턱에 나타난 이 여인을 심한 경멸과 더불어 뭉게뭉게 퍼져 나오는 두려움을 감추느라 단호한 어조로 말했다.

"물론 이해 안 되겠죠."

테리는 쓴 웃음을 지었다.

"하지만 꼭 알아야겠다면 바로 여기서 보여주죠."

테리는 핸드백에서 옆으로 접은 종이 한 장을 꺼내 위니에게 내밀었다. 겁에 질린 위니가 하얀 사각형 종이를 뚫어지게 내려다보았다. 그걸 집을 생각은 아예 없었다. 여인의 얼굴을 향한 시선을 거두지 않은 채 고개를 저었다. 읽어볼 필요가 없었다. 무엇이라고 써 있는지 정확히 알고 있기 때문이다. 이 여자가 어떻게 이것을 얻었을까? 위니는 테리가 말도 안 되는 소리를 지껄이며 즐기는 걸 원치 않았다.

'그런데 위니, 이게 말이 안 되는 소리는 아니잖아?'

속삭임이 위니의 마음 깊은 곳에서 들려오고 있었다. 위니가 다시 재촉하며 말했다.

"지금 당장 나가 주세요."

20초 내로 이 여인이 집에서 나가지 않으면 강제로 내쫓을 생각이었다. 그러나 테리 러셀에게서 분별력이란 실타래는 이미 풀어지고 있는 듯 보였다. 위니는 그런 표정을 많이 보았었다. 거울 속에서… 아랫배가 철렁 가라앉는 걸 느끼며 테리 러셀을 그리 쉽게 쫓아내지 못하리라는 걸 직감했다. 위니의 눈이 불안정하게 떨리는 모습을 보던 테리가 윗 입술을 악물고 말했다.

"내 딸의 아이가 어디 있지? 조슬린 아들이 어디 있냐고!"

위니는 입이 바짝 말라 말을 하고 싶어도 한마디도 할 수 없었다. 이 여자가 지금 말하고 있는 것, 그러니까 위니는 이 여자가 지금 무엇을 생각하는지, 지금껏 벌어진 일을 정리하는 중이었다. 내 아들이 이층에서 숙제하는 동안, 웬 낯선 여자가 내 집에 들어와 큰소리로 무엇을 탓하고 있다. 새뮤얼. 테리는 도대체 새뮤얼을 어떻게 생각하고 있단 말이야…

"당신이 내 딸의 아이를 데려갔잖아!"

테리 러셀의 목소리는 높지 않았으나 너무 냉담해 위니의 귀에 차갑게 꽂혔다.

"그 애는…, 조슬린의 아들이 아니야!"

위니가 숨을 헐떡이며 발악했다.

"이 미친 할망구, 당신은 미쳤어. 내 집에서 당장 나가!"

위니는 자신의 남자 친구와 몰래 잠자리를 가졌던 가장 친했던 친구를 나쁜 년이라 불렀던 18살 이후 단 한 번도 다른 사람을 그렇게 막되게 부른 적이 없었다. 키튼 힐을 신고 돌아다니는 테리 러셀을 막아야겠다는 독기가 위니의 입에서 뿜어져 나온 것이다. 그런데 예상과 달리 괴이하게…, 테리의 시선이 위니를 비껴 열린 현관문 밖을 향해 오른쪽으로 휙 돌았다. 그리고 왜 이 노파의 눈이 깜박거리고 흰자위가 점점 커지는 거지, 라며 생각하던 그 짧은 순간, 충격적으로 벌어진 테리의 입에서 크르륵, 소리가 새어 나왔다.

그리고 일이 벌어졌다. 장면은 바뀌었고, 악당들은 새로운 질서를 이끌었다. 채 10초가 안 되는 짧은 시간이었으나, 위니에겐 몹시도 고통스럽고 끔찍하게 지나갔다.

어떤 소리, 위니의 목덜미를 서늘케 치켜 세우는 축축한 후두음의 신음소리가 먼저 들어왔고, 뒤에 무언가를 질질 끄는 듯, 힘들게 흐느적거리는 남편의 느린 걸음이 눈에 들어왔다. 위니는 나이젤의 이마와 코, 그리고 어깨가 차례차례 심하게 흔들리며, 열린 문을 지나 얼어붙은 테리를 응시하며 힘겹게 들어오는 것을 보았다.

나이젤의 걸음걸이는 마치 좀비 같았다. 위니가 맨 처음 알아본 것은 조깅하러 간다며 입었던 남편의 흰색 티셔츠가 더 이상 흰 색이 아니라는 것이었다. 쇄골 가까이, 바로 그의 어깨 아래로 붉은 꽃잎이 벌어지기 시작했고, 가운데 검붉은 색이 가장자리로 퍼지며 밝은 진홍색으로 물들고 있었다. 남편이 곧장 테리 러셀의 품에 떨어지기까지 위니는, 남편이 다쳤다, 아주 심하게, 그런 생각 이상의 무엇을 할 만한 여지가 없었다. 나이젤의 체중이 노파의 몸을 밀치며 현관 바닥으로 무너지는 것과 동시에 위니는 나이젤에게 몸을 날렸다. 나이젤과 테리의 다리가 뒤엉켜 쓰러졌다. 위니가 채 잡기도 전에 나이젤의 몸뚱이가 테리 러셀에게서 떨어져 나가며 바닥에 둥을 대고 헐떡거렸다.

위니가 안간힘을 쓰며 문밖으로 고개 돌리려 버둥거리는 나이젤 옆으로 쓰러졌다.

"다코타…."

나이젤이 입을 달싹이며 무슨 말인가 꺼냈으나 알아들을 수 없었다. 탄탄한 바닥재 위로 깨진 와인병처럼 붉은 피가 흘렀다. 공포에 질려 벌어진 입을 다물지 못하고 있는 위니에게 벌떡 일어나 벽장문에 등을 기대선 테리를 돌아볼 정신은 없었다.

한 손엔 총, 다른 손엔 칼을 들고 현관을 걸어 들어오는 동생과 그의 셔츠에 묻은 피를 본 건 바로 그때였다.

29

위니

"**다**코타…, 세상에. 구급차 불러!"

손이 미끈거렸고, 그것이 무슨 색깔인지 생각하고 싶지 않았다. 그 색깔이 위니의 눈을 너무도, 너무도 고통스럽게 하고 있었다. 위니는 나이젤의 어깨에서 쏟아져 나오는 굵은 핏줄기를 어떻게든 막아보려 기를 썼다.

바로 1초 전만 해도 손에 들고 있던 전화기는 도대체 어디로 간 거야? 위니는 전화를 마룻바닥에 떨어뜨렸는지 기억해내려 애쓰며 바닥을 훑었다. 나이젤의 입에서 신음이 샜고, 눈꺼풀 작은 틈새로 흰자위가 출렁였다. 출혈을 멈추게 해야 해. 위니는 입고 있던 스웨터를 찢어 공처럼 뭉쳐 나이젤의 어깨에 대고 눌렀다. 크림색 스웨터 뭉치가 스폰지처럼 피를 빨아들이는 모습을 본 위니가 소리를 질렀다. 맙소사, 이러다 죽겠어요! 그 끔찍한 여자, 테리 러셀이 천천히 일어나 벽장문을 지렛대 삼아 벽을 타고 천천히 일어서고 있었다. 여자의 키튼 힐 한 짝이 나이젤 머리 옆에 내동댕이쳐져 있었다.

"다코타!"

위니가 다시 소리쳤다. 테리를 보고 격분한 위니의 고함이 목구멍에서 버걱거리며 튀었다.

"당신, 나가! 여기서 당장 나가!"

그리고 남동생을 향해 소리질렀다.

"다코타, 너 취했어? 내 목소리 들려? 나이젤이 다쳤단 말야!"

"저 남자는 알고 있어."

테리 러셀이 말했다. 여자의 목소리는 거의 메말라 있었다.

"저 사람이 벌인 짓이라고."

테리의 목소리가 다코타의 시선을 끌었다. 다코타가 별 관심 없는 시선으로 테리를 훑는 동안, 위니는 몸을 조이는 실체적 공포에 휩싸이고 있었다. 위니의 시선이 다코타의 손에 축 늘어진 칼에 붙들렸고, 몸은 불안하게 떨었다. 위니의 손을 붙잡아 쥐어짜던 나이젤의 팔에서 놀랄 만큼 빠르게 힘이 빠져나가고 있었다. 나이젤의 얼굴은 이미 잿빛으로 변해 있었다. 그것이 더욱 위니를 두려움으로 몰아넣었다. 무언가 정말 잘못된 상황에 처하지 않는 한 사람의 얼굴빛은 변하지 않는다. 눈을 뜨고 다코타를 노려보는 나이젤의 입이 공포로 부풀었다.

바로 앞에서 죽어가는 사람이 남편이 아니었다면, 위니는 보다 차분히 벌어진 상황의 파편들을 연결할 수 있었을 것이다. 테리 러셀은 무슨 일이 일어나고 있는지 정확하게 파악하고 있었으며, 그렇기에 문을 향해 돌진할 수 없었다. 그녀를 공포로 몰아 넣은 그 대상이 문을 가로막고 있었고, 공포의 대상은 다코타였다. 위니가 테리를 흘끗 돌아봤다. 순간 방을 훑던 노파의 눈에 한 줄기 희망의 빛이 반짝였고, 노파의 손은 위니의 집을 노크할 때 팔에 단정하게 끼어 있던 그 핸드백 위에 내려 앉고 있었다.

다코타는 매형이 피를 쏟으며 바닥에 누워 있는 모습을 TV 시청하듯 무표정하게 바라보다 벨트에 찬 권총집에 칼을 쑤셔 넣었다. 그 권총집은 다코타가 사냥할 때 사용하던 것으로, 바로 위니가 사준 것이었다. 다코타가 술이나 마약에 취해 넋을 잃었다고 생각한 위니가 고함으로 깨우려 할 때였다. 위니는 실제로 총을 보았고, '다코타가 나이젤에게 앙심을 품고 있다'던 만다의 말이 순간 떠올랐다.

"다코타, 뭐 하는 짓이야!"

다코타는 위니 말을 무시했다. 사실 그는 애초부터 위니를 완전히 무시하고 있었고, 오히려 총을 쥔 팔을 들어올리며 나이젤을 향해 한 걸음 내딛었다.

"다코타!"

위니의 외침은 날카로웠지만, 그 외침에 호응하는 유일한 표시는 다코타의 머리가 위니 쪽으로 멈칫 흔들린 것뿐이었다.

나이젤을 내려다보는 위니는 나이젤을 이대로 두는 게 무서웠고, 그를 움직이게 하는 건 더 두려웠다. 그런데 '내 전화기가 나이젤 몸 아래 깔려 있다면…' 진정하고 정신을 차려야 했다. 이층에서 숙제하고 있을 새뮤얼을 생각했다. 그 아이의 방문 열리는 소리를 들었었나? 착각이었나? 위니는 아이가 제발 방에서 꼼짝 않고 있기를 빌었다. 위니는 새뮤얼이 다코타의 목소리를 들었다면, 자기 방에서 나오지는 않을 거라 생각했다. 하지만 다코타는 아직까지 아무 말도 않고 있었고, 그래서 더 괴이한 공포를 자아냈다.

엉거주춤 일어서려는데 갑자기 무언가가 쾅, 하고 등을 치는 압력에 다시 무너졌다. 무릎에서 통증이 폭발했고, 두 손바닥은 피를 흘리는 나이젤의 어깨를 아슬아슬 비껴 짚으며 앞으로 고꾸라졌다. 두려움에 젖은 위니의 시선이 어깨 너머 다코타로 돌았다. 자신을 밀어뜨려 넘어뜨린 장본인, 다코타는 누나를 쳐다보지 않았다. 그의 눈은 지금의 상황에 도대체 어울리지 않는 여인, 테리 러셀을 향해 있었다. 다시 일어서보려 했으나 결과는 마찬가지였다. 다코타가 묵직한 손을 위니의 어깨 위에 얹고 등을 밀어버리는 바람에 무릎을 꿇고 주저앉을 수밖에 없었다. 간신히 나이젤의 다리를 가로질러 몇 걸음 기어 겨우 남동생으로부터 멀어질 수 있었다.

"도대체 왜 이러는 거야!"

위니는 숨도 제대로 쉴 수 없이 뒷걸음질로 바닥을 쓸며 다코타로부터 밀어지고자 했다. 다코타의 유일한 움직임은 총구를 들어 올려 탕, 탕, 나이젤의 가슴을 향해 두 발의 총을 쏜 것이었다. 비명조차 지를 수 없었다. 먹먹했다. 게다가 이게 꿈이라면 비명이 무슨 소용이란 말인가?

테리 러셀이 비명을 질렀다. 깊지만 연약한 노파의 비명은 멀리 퍼져 나가지 못했다. 나이젤의 몸은 두 번째 총알이 명중되었을 때 한 번 풀석거릴 뿐이었다. 총알이 뚫고 들어간 나이젤의 가슴 위로 희미한 연기가 소용돌이치는 듯했다. 총소리가 너무 커 위니의 시야가 흔들렸고, 공기가 가라앉았을 때 남편은 죽어 있었다. 다코타가 밀쳐 넘겨졌을 때 전해진 무릎 통증이 위니가 꾸던 꿈의 세계를 깨워 현실로 돌려세웠다. 나이젤의 몸 아래로 붉은 게 꾸역꾸역 흘러 내렸다. 그의 셔츠는 흰색이었잖아, 그렇지 않나? 나이젤의 피를 향해 손을 뻗었다. 그 감각이 따뜻하다면…, 이건 꿈이 아니다. 벌어진 입에서 터진 위니의 비명 소리가 집 안을 갈랐다. 그 순간 머리에 충격적인 고통이 폭발했고, 모든 것은 캄캄하게 변했다.

눈꺼풀이 살포시 벌어졌다. 눈을 떴을 때 제일 먼저 찾아든 건 인생 최악의 고통이었다. 누군가가 정수리를 파헤쳐 뜨거운 석탄을 집어넣은 듯 머리가 고통스러웠다. 힘겹게 일어나 앉았다. 시야가 희미하게 밝아진 눈에 제일 먼저 들어온 것은 맞은편 푸른색 침실 바닥에 앉아 있는 테리 러셀이었다. 별채였다. 지금 꿈을 꾸고 있는 게 아니었으며, 현실은 나이젤이 죽었다는 걸 의미했다.

몸의 중심부에서 하체로 통증이 이어졌다. 고통스런 비명을 입 밖으로 뱉어내려 했으나, 재갈 물린 입에서 흐느낌만 새었다. 손은 등뒤에서 테이프로 칭칭 감겨 있었고, 눈물 때문에 제대로 앞을 볼 수도 없었다. 위니의 눈이 테리 러셀을 비껴 다른 것을 찾느라 집 중하며 애쓰고 있었다. 이번에도 좌절감에 신음하며, 시야를 회복 하기 위해 눈물을 털어내느라 눈꺼풀만 맹렬히 깜박였다. 새뮤얼 은? 극심한 공포가 두 다리를 일으켜 세웠다. 다행히 발은 묶여 있 지 않았다. 문을 향해 가는 위니의 몸이 불안정하게 비틀거렸다. 뒤 로 묶인 손으로는 도어 손잡이를 잡을 수가 없다. 의심의 여지 없 이 문은 밖에서 잠겨 있을 것이다. 나이젤은 별채를 세 놓을 경우 에 대비해 별채를 가르는 문에 견고한 자물통을 달자고 우겼었다. 집 안채 쪽으로 맹꽁이 자물쇠를 달아 세입자가 들어오지 못하게 하자는 생각이었다. 별채 한쪽에 붙은 작은 부엌과 화장실 문을 살폈다. 잠궈 놓은 문의 뒤편은 나이젤의 소굴이다. 나이젤이 그토 록 좋아하던, 말도 안 되게 비싼 러브삭 소파가 떠올랐다. 남편을 생각하며 위니는 몸을 앞으로 숙이며 코로 가쁜 숨을 들이마셨다.

'정신 차리자. 새뮤얼은…, 새뮤얼, 새뮤얼. 정신 차리자.'

방의 구조를 머릿속에 그려보려 하는데, 찌를 듯한 통증이 눈 을 파고 들었다.

이 방은 추가로 만든 것이다. 남편 주장대로 별도의 출입문을 만들었다. 그 문은 집 뒤 골목으로 통한다. 위니의 눈이 그 문으로 바삐 움직였고, 그 순간 테리 러셀의 고개도 그 방향으로 홱 돌았다. 지금 당장은 이 끔찍한 여자에 대해 생각하고 싶지 않았다. 남동생은 나이젤에게 달려들어 무자비하게 살해했다. 그리고 이제 위니 자신은 새뮤얼에게 가야 했다. 거리로 나갈 수만 있다면 이웃들에게 도움을 청할 수 있을 것이다. 그러나 다코타가 두 손을 뒤로 돌려 테이프로 감아 놓았으므로 어림도 없었다. 어떻게 저 문을 열지? 창밖은 어두웠고, 위니는 몇 시인지, 얼마 동안 의식을 잃었는지 짐작도 할 수 없었다. 행여 길 가던 사람이 들을 새라 머리로 유리창을 두드릴 수도 있다. 그러나 그럴 기회가 있을까? 다코타가 아직도 이 집에 있다면, 위니가 하는 행동을 보고 들을 것이다. 그러다 잘못되기라도 하면, 그때는 새뮤얼을 도와줄 수도 없다.

테리는 앞뒤로 몸을 흔들며 눈알을 이리저리 굴리고 있었다. 남동생은 테리의 스카프로 그녀의 입에 재갈을 물려 놓았다. 노파의 머리카락 일부가 재갈 속으로 말려 들어가 있었다. 테리는 도움될 만한 어떤 행동도 하지 않고, 겁에 질린 눈으로 위니를 쏘아볼 뿐이었다. 위니는 묶인 손을 풀어보려 버둥거렸다. 그러나 채 2분도 안 돼 다코타가 아직도 총을 쥔 채 방으로 걸어 들어왔다. 위니는 다코타가 혹시 새뮤얼을 데리고 있나 목을 길게 빼 살피며 재갈 물린 입으로 다코타에게 말하려 애썼다.

"새뮤얼은 어디 있니. 새뮤얼은 어디 있냐고?"

하지만 그녀의 말은 의미 없는 소리가 되어 "와자조우…와자조우…"라고 할 뿐이었다. 위니의 시야가 눈물로 다시 흐려졌다. 슬픔과 공포가 번갈아 밀려들었다. 눈을 감으면, 나이젤이 총에 맞아 풀썩거리며 죽는 모습이 재생되어 위니는 허리를 굽혔다.

다코타가 위니의 어깨를 움켜쥐고 침대 위로 내동댕이쳤다. 등으로 넘어지면서 다리가 위로 들렸다. 다코타가 기대하던 움직임이었다. 그는 위니가 앉은 자세를 고치려 몸부림쳐 보기도 전에 두 발목을 감았다. 다코타를 이해시켜보려 재갈 물린 입으로 소리를 지르고 또 질렀지만 말이 되어 나오지 않았고 목구멍은 불에 댄 듯 뜨겁게 아팠다. 하지만 남동생은 여전히 마네킹처럼 무표정한 얼굴이었다.

30

주노

다코타가 나이젤 크라우치를 총으로 쐈을 때, 주노는 벽장 속 헴즈 코너에 있었다. 총이 발사되었을 때, 주노의 입에서도 소리가 샜으나, 바깥의 후두음 비명에 묻혔다. 그리고 나서 바깥에서 들려 오던 비명이 갑자기 멈췄다. 몸이 바닥에 쓰러질 때 나는 쿵, 소리에 또 한 번 바지를 적셨다.

테리 러셀은 한 가족의 비극에 우연히 관여하고 눈앞에서 한 남자가 살해되는 장면을 본 여자치고는 꽤 의연했다. 어쩌면 다코타가 테리도 쐈을까? 주노는 두 발의 총성과 한 번의 비명을 들었다. 벽장문 안쪽에서 거친 숨소리를 들을 수는 있었으나, 누구의 숨소리인지 구분할 수 없었다.

테리의 목소리가 처음 들렸을 때 주노는 벽장문 쪽으로 다가가 붙었다. 테리 러셀이 나타나주기를 기다렸다. 정말로 기대했다. 하지만 나이젤이 비틀거리며 들어왔고, 잠시 후 다코타가 그 뒤를 쫓아 들어온 것을 알았을 땐 충격이었다. 나이젤이 조깅을 끝내고 돌아왔을 때 집에서 다투는 두 여자를 보게 되리라. 그렇게 곤란해 하는 장면을 주노는 기대했던 것이었다. 그런데 지금, 나이젤이 죽었다. 아마도⋯. 그리고 그건 애초에 바라던 바가 아니었다.

주노는 트랩도어로 손을 뻗었다. 크롤 스페이스로 기어 내려가 이 일이 끝날 때까지 몸을 숨길 것이다. 이웃들은 분명 무엇인가를 보거나 무슨 소리를 들었을 것이다. 곧 경찰들이 들이닥칠 것이다. 그러나 주노가 트랩도어를 들어올리기도 전에 다급한 목소리가 들렸다. 테리 러셀이었다. 그녀가 살아 있다! 그녀는 애원하고 있었다. 다코타가 다음 차례로 자신에게 총을 겨눈 듯, 애원하는 테리의 목소리가 다급했다. 주노는 카펫에 머리를 파묻었다. 지난 번 사고쳤을 때의 냄새가 아직도 희미하게 남은 그 카펫이었다.

"나는 테리 러셀이라고 해요. 난 손자 때문에 여기 온 거란 말이에요. 돈도 있어요. 내 신용카드 전부 가져가도 돼요. 여기⋯."

테리가 핸드백을 다코타에게 건네고 있음이 분명했다.

"제발 받으세요. 핸드백 안쪽에 현금 500달러가 있어요. 그리고 내 카⋯. 무슨 짓이예요? 안 돼요!"

둘이 서로 버둥거리며 몸싸움을 했다. 아마도 팔꿈치나 무릎이 벽장 문에 쾅, 쾅 부딪치는 소리, 쨍그랑 소리와 함께 유리가 바닥에 떨어져 와르르 깨지는 소리가 들렸다. 주노는 더 깊숙이 기어들어갔다. 심장이 쿵쿵거려 숨이 막혀 눈을 감았다. 위니가 무슨 말인가를 다코타에게 계속 반복하고 있었다.

"무슨 짓이야. 다코타, 무슨 짓이야…!"

자기도 모르게 튀어나올 수도 있는 소리를 양손으로 틀어막으며 생각했다.

'도대체 어쩌자는 거야? 다코타가 미쳤어.'

행여라도 어떤 소리가 새어 존재를 들킬까봐 겁이 난 주노는 벽장을 기어, 최대한 안쪽 깊숙한 벽에 몸을 밀착시켰다. 옷자락이 그녀의 얼굴을 쓸었다. 어쩌다 문이라도 열릴까 봐 최대한 몸을 숨겼다. 나타나야 할 시점까지 사라져 있어야 할 생존의 문제였다.

또다시 테리의 애원을 들은 주노는 다코타가 그 노파를 휘어잡고 있는 게 분명하다고 생각했다.

"제발 부탁이에요. 살려주세요."

다코타는 테리를 질질 끌고 갔다. 들리는 소리로 보아 다코타는 나이젤의 소굴에 달린 문 뒤로 이어진 별채로 이동하는 듯했다. 주노는 어중간하게 요동치는 관절통을 느끼며 은신처에서 조용히 빠져나왔다. 벽장문을 열었을 때, 제일 먼저 보인 건 피가 흥건한 바닥에 반듯이 누워 있는 나이젤이었다. 위니는 나이젤 옆 바닥에 널부러져 있었다. 주노는 다코타가 곧 돌아오리라 짐작했다. 모퉁이를 돌아 쏜살같이 계단을 뛰어올랐고, 몸에서 흘러 넘치는 극심한 공포의 냄새를 맡을 수 있었다.

'이것이 포식자에 쫓기는 동물들이 느끼는 감정일 거야.'

계단이 휘어지는 지점에 이르렀을 즈음, 다리의 통증이 심하게 솟구쳐 소리 없이 입을 크게 벌렸다. 오늘 약을 먹어야 했다. 통증을 잠재울 그 훌륭한 알약 한 개. 주노를 발견한 다코타의 외마디 외침을 들은 건 바로 그때였다. 주노는 다루기 힘든 몸을 끌고 이미 계단이 휘어지는 중간의 난간까지 이른 상태라 들킬 것이라고는 생각하지 않았던 것이다.

"너!"

주노가 마침내 코너를 돌아 다코타의 시야를 벗어났을 즈음 다코타의 목소리가 들렸다.

"내가 미친 게 아니라고 했지, 만다. 이 집에 유령이 있다고!"

예상과 달리 다코타는 주노를 쫓지 않았다. 다코타의 작업화 소리를 예상하며 계단에 귀를 기울였으나, 들리는 소리는 헉헉대는 자신의 숨소리뿐이었다.

'어쩌면 나중에 처치하려는 모양이군.'

그리고 샘의 방으로 달려가며 생각했다.

'아니면, 나를 진짜 유령으로 생각하는 건지도…'

방이 비어 있는지 확인하기 위해 문을 확 열었다. 어쩌면 샘이 숨어 있기를 기대하며 방 안으로 들어섰으나 아이는 없었다.

'하느님, 감사합니다. 신이시여, 감사합니다.'

열려 있는 창문이 눈에 들어왔다. 샘은 집을 빠져 나간 것이다. 그 애가 경찰을 부를 것이다. 한없는 안도에 빠져 있을 때 층계를 뛰어오르는 다코타의 작업화 소리가 들렸다. 작업화 소리가 무겁게 바닥에 울렸다. 주노는 어디로 숨을지 알고 있었다. 언제든 숨을 데는 있었다. 그녀는 다코타가 층계의 굽이 도는 지점을 돌기 전에 재빨리 샘의 방을 빠져나왔다.

다코타가 이 방 저 방 성급히 뛰어다니는 소리가 들렸다. 아래층에 두 여자가 있는 것을 감안하면, 그에게도 시간이 그리 많지는 않을 것이다. 다코타가 방들을 제대로 살피는 것 같지는 않았다. 위니가 새 수건을 넣어두는 세면대 밑 캐비닛에 들어가 앉았다. 다코타가 욕실로 들어오는 소리가 들렸다. 대리석 바닥 위에서 그의 신발이 끽끽, 소리를 냈다. 주노는 너무 떨려 이가 딱딱 마주치는 소리를 다코타가 들을 수도 있을 거라 생각했다. 그러나 잠시 후 욕실을 나가 아래층으로 내려가는 발자국 소리가 들렸다.

그랬다. 다코타는 전에 한 번 주노를 본 적이 있었다. 주노가 자신의 부주의를 인정하고 싶지는 않겠지만, 다코타는 분명 그녀를 봤던 것이다. 다코타는 술에 취해 주방에서 나오고 있었고, 그 사이 주노는 발끝을 들고 욕실에서 나오고 있었다. 다코타가 정확히 무엇을 보았는지 주노로서는 알 수 없지만, 어두웠고 다코타가 자기 뒤에 무언가 있다고 느끼며 몸을 돌리는 동시에 주노는 쏜살같이 달아났다. 그때 주노는 겁에 질려 욕실 벽장으로 기어 들면서 다시는 크롤 스페이스로 가지 못하리라 확신했었다. 그런데 다코타는 주노의 그 작은 은신처까지 쫓아오지 않았다.

주노는 딱딱한 금속 장난감 같은 캐비닛 문을 밀어 열었다. 욕실 매트 위에 선 채, 이곳 어딘가에서 해결책을 찾으려는 양 이리저리 눈을 굴렸다. 테리 러셀이 이 집에 오게 된 것은 모두 자기 탓이었다. 테리 머릿속에 손자가 유괴범의 집에서 함께 살고 있다고 각인시킨 탓이다. 그리고 크라우치네 집 주소까지 알려주었다. 테라가 여기에서 죽게 된다면, 그것은 오로지 자기 탓이었다.

"오, 세상에…."

나직이 중얼거렸다. 욕실 카펫 위에 서서 양손으로 귀를 덮고 눈을 질끈 감은 채 앞뒤로 몸을 흔들거렸다. 공황 발작이 오고 있었다. 예전에도 이런 적이 있었는데, 퇴행적 회귀 현상이었다. 감옥에 있는 동안 불안 발작을 다스리려 이 방법에 의지했는데, 구석진 자리를 찾아 종교 체험하는 사람 마냥 몸을 앞뒤로 흔들었다. 이런 모습의 주노를 보고 감방 사람들은 성모 마리아라 불렀다. 그래도 개의치 않았다. 미친 성모 마리아가 되었을 땐 그 여자들의 무슨 말, 어떤 모습도 들리거나 보이지 않기 때문이었다. 하지만 이번엔 손가락질하는 사람도 없을 뿐더러 홀로였다. 그런데 몇 년 전에 벌였던, 자신의 가족을 찢어 발긴 그 짓, 다른 삶에 지나치게 끼어들어 한걸음 한걸음 들어가 선을 넘어버린, 그 짓을 다시 벌이고 있었다. 도대체 무엇 때문에? 크레거는 주노가 심리학을 택한 이유를 다른 사람들 생활에 몹시 관여하고픈 욕망 때문이라 힐난한 적 있었다. 그랬다. 실제 그랬다. 어린 시절부터 엄마 미용실에서 여자들이 재잘거리는 온갖 불화와 가식을 엿듣고, 밤마다 잠자리에서 그 이야기들을 되살리곤 했었다. 달라 웨스라는 여자는 다섯 번째 아이를 가졌는데 임신을 원치 않았다. 고등학교 축구 코치 때문에 남편을 버린 사라 오닐, 그 다음에…, 패티와 폴 목사의 이야기들이었다.

그러나 아니다. 지금은 자기 잘못이 아니었다. 위니가 누군가의 아기를 훔쳐 자기 아이로 키웠다. 우연히 그 정보를 입수하게 되었고 정상인이라면 누구나 옳다고 믿는 일을 하듯 그렇게 행동했을 뿐이다. 테리에게 한 행동 역시 마찬가지였다. 관계자에게 신고하지 않고 크라우치네 집을 직접 찾은 선택은 테리, 바로 그녀의 몫이었다. 일이 그렇게 된 것이다.

눈을 뜨고 두 손을 옆구리로 내렸다. 이 집을 나가야 했다. 몹시도 불쾌한 이 사람들로부터 도망쳐야 했다. 이제 더 이상 감옥에 있는 것도 아니고, 이 집에 머물 이유도 없다. 세 발자국 떼었을 때 샘의 방 열린 창문이 생각났다. 계단으로 경계의 시선을 던지며 다시 샘의 방으로 슬며시 들어갔다. 샘이 탈출하기 전에 무슨 생각을 했는지, 어떤 흔적이라도 찾을까 싶어 아이의 책상을 훑었다. 배낭이 없었다. 서랍장을 열어 보았다. 샘은 늘 지폐를 돌돌 말아 고무줄로 묶어 거기에 보관했다. 샘이 현금을 숨겨두는 방법을 처음 알게 되었을 때가 떠올랐다.

테리 러셀이 위니에게 하는 말을 샘이 엿들었다면 어떤 생각을 할까? 다코타가 이 집에 도착하기 전에 샘이 집을 나간 걸까? 도움을 구하러 뛰쳐 나간 게 아니라 아예 도망쳐버린 거라면. 온갖 생각에 숨이 거칠어졌다. 샘이 돌돌 말아 숨겨둔 돈이 있어야 할 자리에 없었다. 그 생각을 하는 주노의 심장이 정말로 쿵쾅거리며 방망이질쳤다. 가버렸다. 주노는 위니에게 일어난 일은 자신이 알 바 아니라고 생각했다. 그리고 테리 러셀에게 일어난 일도 관심 없었다. 누구 편을 들 것인지는 이미 오래전에 결정되어 있었다. 자신에게 중요한 사람은 오로지 샘이었다. 주노의 발이 움직이기 시작했다. 처음에는 끄는 듯하더니 걷다가 뛰었다.

31

위니

다코타가 위니의 발목을 묶어 마룻바닥에 단단히 앉혀 놓고 테리를 향해 돌아섰다. 위니는 다코타의 뒤통수를 노려보며 동생이 어떻게 이 지경에 이른 것인지, 그리고 하룻밤 새 상황이 이렇게도 전개될 수 있는 건지 이해할 수 없었다. 그러나 밤은 아직 지나지 않았다. 다코타가 테리 앞에 무릎을 구부리고 있어 테리의 겁에 질린 얼굴이 시야에 들어오지는 않았다. 식구들은 모두 다코타에게 문제가 있다는 사실을 알고 있었다. 만다가 그 문제가 얼마나 심각해질지 몇 년에 걸쳐 경고했으나, 가족들 누구 하나 만다의 말을 새겨 듣지 않고, 오히려 만다에게 문제가 있어 그 모양이라고 치부해 버렸다. 무릎을 펴고 일어서는 다코타의 손에 꽃무늬 스카프가 매달려 있었다. 테리는 입술을 핥으며 궁지에 몰린 사냥감처럼 고개를 세워 다코타를 노려보고 있었다.

"도대체 누가 당신 손자라는 거야?"

다코타가 물었다. 그의 목소리는 낮잠에서 막 깨어난 사람처럼 거칠게 잠겨 있었다. 위니는 다코타가 이 집에 머물려고 왔던 첫날 밤을 떠올렸지만, 소파에 앉아 어린애처럼 흐느끼던 그 모습이 그려지지 않았다. 어떻게 상상할 수 있단 말인가? 이제 그때 그의 모습은 흔적도 찾을 수 없었다. 위니는 애써 그의 말에 귀 기울이기를 포기했다.

"새뮤얼이에요."

다코타의 물음에 답하는 테리의 눈에 주저함이 없었다.

젖가슴과 이마에 땀이 맺혔다. 다코타가 혀를 세게 차며, 고개를 돌려 어깨 너머 위니에게 시선을 던졌다. 그런 다코타의 시선이 불쾌했다. 어쩌면 그것은 인식하지 못했던 동생의 부재에 대한 두려움일지도 몰랐다.

"새뮤얼이라고?"

다코타가 되물었다. 그의 목소리엔 테리가 이 방에서 가장 정신 나간 사람일 거라는 경멸의 비웃음이 들어 있었다.

"저 여자가 다른 여인의 아기를 훔쳐 자기 아이로 만들었어요."

테리가 말했다.

"가서 물어보세요."

재갈 속에서 소리치는 위니의 분노가 악마의 울음처럼 새나왔다. 테리와 다코타가 동시에 위니를 쳐다보았다. 위니를 쳐다보는 다코타의 얼굴엔 아무런 감정도 실려 있지 않았다.

"윈, 그게 정말이야? 다른 사람의 아기를 훔쳤다고!"

위니는 목구멍에 불이 날 정도로 재갈 물린 입으로 고함쳤으나, 다코타는 별 볼 일 없다는 듯 시선을 거뒀다. 그는 완전히 테리에게 몰입하고 있었다.

"윈이라면 할 만한 짓이네. 어렸을 때 기억나? 네가 이웃집 강아지를 훔쳤던 일 말이야."

위니는 하도 기가 막혀 다코타를 노려보았다. 그 일은 25년도 더 된 일이었다. 그 이야기는 위니 남매들이 돌아가며 해왔던 얘기로, 이야기하는 사람마다 위니를 무자비한 소시오패스로 만들곤 했다. 그때 자기는 그냥 꼬마였으며, 자기에게 다가오려고 울타리 옆을 총총 뛰어다니는 강아지가 있어 집으로 데리고 온 것뿐이었다. 물론 실수가 맞았다. 다코타는 지금 진심으로 하는 얘기가 아니다. 그럴 리가 없다. 다코타에게 소리치려 했으나 제대로 말이 되어 나오지 않았다.

"그 애는 여기 없어,"

다코타가 여전히 테리를 바라보며 말했다.

"좋아. 그 애가 여기 있고, 그 일이 위니가 할 만한 짓이라 하자. 무슨 근거로 당신의 그런 황당한 이야기를 믿어야 하는 거지?"

다코타의 목소리는 마치 잘못을 저지른 아이에게 타이르는 어른 같았다. 다코타의 말을 듣는 동안 목덜미에서 머리털이 쭈뼛 섰다. '전혀' 다코타의 말처럼 들리지 않았기 때문이다.

다코타의 어깨 너머 테리의 눈이 째깍거리는 메트로놈처럼 이리저리 흔들리고 있었다. 위니는 테리가 무슨 계략을 짜내는 거라 짐작했다. 위니가 눈을 두 번 깜박이기도 전에 테리는 이미 그 계략을 풀어놓고 있었다.

"저 여자 임신한 거 본 적 있어요? 당신의 누나 말이에요."

위니는 몸이 얼어붙었다. 테리는 지어낸 이야기를 숨도 쉬기 어려울 정도로 연이어 쏟아부으며 헐떡거렸다.

"저 여자는 아기를 몹시 원했죠. 그렇죠? 자기 연배의 다른 여자들은 모두 아기를 갖고 있는데, 그게 샘이 났겠죠."

다코타가 갑자기 테리 러셀 위로 상체를 벌떡 일으키더니 심한 경련이 이는 듯 목을 이리저리 돌렸다. 테리의 말을 곱씹으며 잠시 생각하던 다코타가 입을 열었다.

"당신 말을 듣고 보니…"

위니의 얼굴에 서서히 눈물이 흐르는 동안, 테리의 얼굴은 희망에서 승리감으로 도취되고 있었다. 재갈 물린 입으로 고함치는 바람에 위니는 목이 거칠어졌고, 가슴은 고통으로 미어졌다. 테리는 다코타에게 또렷하고 어쩌면 차분한 목소리로 이야기를 풀어갔다. 딸이 나쁜 무리에 연루되었으며, 그 무리들이 결국은 딸을 오하이오의 에크론에서 워싱턴의 잔디밭으로 쫓아내 버렸다. 그리고 테리 본인은 정신이 나간 채 딸을 매우 걱정하는 엄마로 둔갑해 있었다. 사랑하는 딸 조슬린은 임신한 데다, 가난에 찌들어 시애틀로 흘러들어 오게 되었다. 그리고 그때 위니가 끼어들었다.

위니는 고개를 가눌 기운조차 없어 구부정하니 벽에 기대 얼굴을 가랑이 사이로 내려뜨렸다. 테리 러셀이 자기의 이름을 말할 때도, 위니는 굳이 얼굴을 들려 하지 않았다. 테리는 자기가 알게 된 단편을 끌어모아 유리한 스토리를 만들어 낸 것이다. 물론 그녀 나름 조사했던 사실의 단편들도 한몫했다.

"당신 누나는 조슬린이 보호가 필요할 때 일루미네이션즈 정신 건강센터에서 일했었죠."

테리가 말을 이었다.

"그 기관의 주임 의사와 얘기했는데, 당신 누나가 조슬린의 담당 상담사였다고 확인해주었어요. 사실, 당신 누나가 그곳을 그만두고 나서…."

테리가 잠시 말을 끊었다.

"조슬린은 윈프레드(위니의 정식 이름) 크라우치의 연락처를 알려고 일루미네이션즈에 몇 번이나 연락했었어요. 심지어 그곳 접수 담당자에게 위니가 자기 아기를 훔쳐갔다는 말까지 했어요."

위니는 과연 저 말을 믿는지 궁금한 눈으로 동생의 뒤통수를 쳐다보았다. 6개월 전만 같더라도 위니는 동생에 관한 궁금증에 대한 답을 바로 알았을 것이다. 위니는 남동생에 대하여 모든 것을 알고 있다 생각했다. 그러나 지금은 동생에 대해 알고 싶은 것, 알아도 불편하지 않을 것들만 알고 있었다.

테리 러셀은 다코타에게 자기 핸드백에 들어 있는 경찰 보고서를 확인해 보라 요구했다. 다코타는 손에 여전히 총을 늘어뜨린 채 테리의 백을 열어 그녀의 운전면허증을 한 번 살피고 나서 경찰 보고서를 훑었다.

"본인이 누구라고 한 건 맞네."

위니를 향해 조롱하듯 다코타가 눈썹을 치켜세우며 말했다. 위니는 눈을 깜빡이는 것 외엔 아무것도 할 수 없었다. 목이 너무 말랐다. 나이젤이 저 문을 통해 걸어 들어왔으면 하고 생각했다. 나이젤이라면 이 상황에서 무조건 자신을 도왔을 것이다. 하지만 남동생이 나이젤을 살해했다. 죽인 것이다. 살인이라는 단어가 다른 세상의 언어처럼 느껴졌다. 자신이 사랑하는 누군가가 살해당할까 봐 걱정한 적은 없었고, 그럴 필요도 없었다.

위니는 냉혹한 미소로 쳐다보는 테리의 시선을 마주했다. 그 미소는 결투의 도전장이었다. 조슬린은 의붓아버지가 자신을 성추행했고, 엄마는 모르는 척하는 편을 택했다고 말한 적 있었다. 테리 러셀을 보며 위니는 조슬린의 말이 사실일까 궁금했다. 그리고 테리는 어떻게 위니를 찾았을까? 주노 홀랜드는 누구란 말인가? 남편 나이젤이 바람피운 또 다른 여자였을까? 덜시 터커 한 명으로는 성에 차지 않아서…. 위니의 마음에 맥락 없는 분노가 차올랐다. 나이젤이 어떤 여자에게 둘만의 비밀을 털어 놓고, 그 여자가 이 여인을 위니의 집 문 앞으로 보낸 것이라면….

"당신 손자는 죽었단 말이에요!"

위니가 재갈 문 입으로 힘껏 소리 질렀으나 다코타나 테리가 그녀의 말을 알아들을 수는 없었다. 테리가 다시 입맛을 다시며 다코타에게 최면이라도 걸 듯 시선을 고정시켰다.

"내 손자만 데리고 가겠어요. 무슨 일이 있었는지는 아무한테도 말하지 않을 거예요. 그저 내 손자만 있으면 돼요. 부탁이에요."

그녀의 말을 곱씹던 다코타가 갑자기 웃기 시작했다. 테리의 얼굴에 드러난 경악스런 표정은 협상이 여태껏 잘 먹혀들고 있다는 생각의 징표였다.

"내 손자를 해치지는 않겠죠? 그냥 어린애일 뿐이잖아요."

위니는 필사적으로 그 둘 사이를 노려보았다. 테리는 다코타의 계획이 무엇이건 간에 자기 손자를 구하려 애쓰고 있었다. 그러나 새뮤얼을 유괴하지 않고는 구할 방법은 없다. 그 여자의 믿음은 전속력으로 달려드는 자동차에 부딪치기 전에 번개에 맞아 죽을 확률을 믿는 것이나 마찬가지다.

"그 애는 여기 없어,"

다코타가 말했다. 새뮤얼은 겁에 질려 어딘가에 숨어 있는 것이 분명했다. '새뮤엘이 집을 빠져 나갈 수 있었을까? 창문 밖으로 뛰어내린 걸까?'

"그렇지. 그냥 어린애일 뿐이지."

고개를 천천히 끄덕이며 되받는 다코타의 목소리는 대본을 읽는 듯 밋밋하게 어떤 감정도 실려 있지 않았다.

"내 자식들에게 신경쓰는 사람은 아무도 없지. 아무도 그 애들이 아버지가 있는지 없는지조차 상관 안 하지."

위니는 테리의 눈이 경계심으로 빠르게 깜빡이는 것을 보았고, 다코타는 어깨를 흔들며 울고 있었다. 위니는 다코타가 그렇게 생각하는 게 당연하다고 느꼈다. 그래서 소리 없이 동생에게 정신을 차리라고 재촉했다. '넌 지금 그 애들의 아버지가 될 수 있어. 그렇고 말고. 지금 당장 가야 돼. 그리고….'

"나이젤이….."

다코타가 숨을 가쁘게 내쉬며 말을 이었다.

"나에게서 내 가족을 데려가 버렸어."

테리를 향했던 몸을 빙그르 돌린 다코타가 위니에게 다가왔다. 그 표정이 너무도 확고해 위니는 바로 지금 여기에서 자기를 죽일 것이라 짐작했다. 다코타가 무릎을 구부려 위니 바로 앞에 앉았다.

"만다는 나를 다시 받아주지 않을 것이고, 나이젤은 누나마저 내게 등돌리게 만들었어."

다코타가 마지막 말을 뱉으며 몸을 들이대는 바람에 위니의 몸이 움찔했다. 그러나 다코타는 위니를 때리진 않았다. 위니를 어떻게 해야 할지 아직 결정 못 한 듯 빤히 쳐다보다 입을 열었다.

"누나는 이제 내 가족이 아냐. 누나가 그 돼지놈 편을 드는 순간부터 가족인 걸 포기했단 말이지. 그렇게 혈육을 내쫓아 버렸지."

다코타의 말이 축축하게 젖어 마치 물을 머금고 말하고 있다고 착각할 정도였다. 위니의 입에서 신음이 흘렀다. 지난 몇 년간 정신적 고통에 시달리는 사람들을 돌봐 왔었기에 다코타의 이야기가 무슨 의미를 담고 있는지 단박에 알 수 있었다.

다시 일어나 창문으로 향하는 다코타는 위니나 테리, 누구에게도 눈길을 주지 않았다. 어둠속을 응시하며 머리를 갸우뚱거리다 느닷없이 몸을 돌렸다. 왜, 또는 어떻게 그랬는지는 중요하지 않았다. 이제 위니의 남동생은 나이젤을 죽인 것과 같이 위니와 테리를 죽일 것이다. 다코타는 자신의 오물 같은 삶에 대한 비난을 누군가에게 퍼부어야 했다. 그리고 이혼 소송을 하고 있는 만다와도….

"누나, 무슨 변명할 말이라도 있어?"

위니는 대답하지 않았다. 재갈 때문에 말도 나오지 않았다.

다코타는 자기가 선 자리를 잊은 듯 균형을 잃고 짧은 시간 비틀거리다 테리 러셀을 향해 성큼 다가서며 총을 들어올렸다.

"빵, 빵." 다코타가 입으로 먼저 쏘더니, 곧바로 손가락을 당겼다. 나이젤에게 그랬던 것처럼 두 발이었다. 위니는 비명을 질렀다. 너무 울어 이젠 숨조차 쉴 수 없었다. 정신 나간 듯 흔들어대는 얼굴에 눈물이 날렸다. 다코타가 테리 러셀의 쓰러진 몸뚱이를 넋이 나간 듯 뚫어지게 보는 동안 위니는 구토가 치밀었다.

위니의 입에서 다시 신음이 새었다. 남동생의 분노에 희생되어 죽는 게 아니라 자기 안에서 쏟아진 토사물에 숨 막혀 죽을 것 같았다. 카펫 위로 쓰러지는 위니를 다코타가 돌아보았다. 영겁 같은 시간을 위니를 지켜보던 다코타가 무릎을 꿇더니 위니 입의 재갈을 확 풀었다. 위니가 몸을 옆으로 굴러 숨가쁘게 신선한 공기를 들이마셨다. 심한 토사물 악취에 다른 냄새가 배겨 들었다. 피비린 내였다. 로르샤흐 테스트*처럼 벽에 흩뿌려진 피가 보였고 그 아래 테리가 쓰러져 있었다.

"그러고 보니, 누나 임신한 건 못 봤던 것 같은데."

오싹한 기운이 벌레처럼 위니의 팔다리를 스쳐 지나갔다.

"난…, 우린, 아무에게도 말 안 했어. 기억나? 몇 번 유산을 거치고 나서, 우리는 마지막 석달 남을 때까지 비밀로 했어. 그리고 그때 너는 타코마에 살고 있었잖아. 그러니 만날 수도 없었잖아."

---

* 스위스의 정신과 의사 헤르만 로르샤흐가 1921년에 개발한 성격 검사 방법. 좌우 대칭의 잉크 얼룩이 있는 10장의 카드로 심리학자들이 환자의 인성적 특징과 감정적 기능을 검사하는 데 사용한다.

위니의 목소리가 자갈을 밟듯 삐걱댔다. 낼 수 있는 목소리가 얼마나 남았는지도 짐작할 수 없었다. 그리고 애원했다.

'하느님, 제발. 다코타가 진실을 받아들이게 해 주소서.'

다코타는 위니 말이 전적으로 틀렸다는 듯 고개를 가로저었다.

"누난 베이비 샤워*조차 하지 않았잖아. 그거 이상하지 않아? 임신 9개월의 만삭이던 만다가 운전대를 잡을 수 없어 내가 누나가 있던 병원에 데려다 준 적이 있었다고. 그런데 누나는 임신이나 출산 흔적도 없는 날씬한 차림새로 거기에 있었다고."

다코타가 칙칙한 미소를 띠었다.

"만다는 심지어 내 귀에 대고 막 출산한 사람치고 얼마나 보기 좋은지 모르겠다고 속삭이기까지 했다고."

위니는 무릎을 꿇은 채 균형을 잡았다. 침방울이 턱으로 흘러내렸지만 닦을 생각조차 못했다. 쌍둥이 남동생이 총을 들고 있었다. 그리고 생각이 뚜렷하지 않았다. 위니는 일이 어떻게 이 지경까지 오게 되었는지 이해해보려 애썼다.

"지금 이건 네가 아니야."

공포에 잠긴 목에서 기침이 터지며 위니가 힘겹게 말을 이었다.

"지금 너는 내 동생, 다코타가 아니야. 다코타, 제발…."

---

* 출산을 앞둔 임산부에게 아기용 선물을 주는 파티.

32

주노

주노는 나이젤 위로 몸을 숙였다. 맹수의 발톱이 꼬집어 뜯는 듯 강한 허리 통증이 이번엔 느껴지지 않았다. 처음이었다. 뻣뻣해진 손가락을 나이젤의 조깅 반바지 주머니 속으로 찔러 넣었다. 이어폰밖에 없었다. 나이젤이 핸드폰을 밖에서 떨어뜨렸거나 다코타가 위니의 핸드폰과 함께 가져가 버린 건지도 모른다. 다코타의 정신이 나가 버린 것처럼 위니의 전화기도 없어졌다. 주노는 별채에서 나는 비명소리를 들었다. 이제 주노의 주변에 나이젤의 피가 흘러 웅덩이를 이루고 있었다. 시야가 푸딩처럼 흔들리며, 주노는 자기도 쓰러질 거라는 생각이 들었다. 벽에 걸린 크라우치 가족사진이 쏘아보고 있었다. 생존 본능이 솟았다.

'천천히 그러나 침착해야 돼.'

현관을 향해 한 걸음 내딛었다. 샘은 안전하게 피했을 것이다. 어쩌면 집안에 있는 것이 더 안전할지도 모를 일이었다. 어쨌건 지금 자신이 걱정하는 유일한 사람은 샘이었다. 자기 때문에 테리가 이 집에 오지 않았더라면….

'주노, 이제 결정해야 돼. 영웅이 될 것인지, 아니면 너의 은신처로 다시 기어 돌아갈 건지 말이야.'

손가락은 벌써 귀 뒤의 반점을 만지작거리고 있었다.

지금 당장 문밖으로 나가 이 위험한 상황에서 벗어날 수도 있다. 주노는 누워 있는 나이젤의 위를 조심스레 넘었다. 테리 러셀의 목소리가 들릴지도 모른다고 생각했지만, 알 바 아니었다. 지나가는 차에서 틀어 놓았을 랩이 쩅쩅 다가오다 멀어졌다. 조금만 나가면 바깥이다. 몇 걸음만 움직이면 시원한 밤공기를 마실 수 있다. 그러나 위니는? 이런저런 생각을 몰아내며 주변을 재게 훑었다.

적당한 시간에 여성 쉼터에 들어가 간이침대 하나를 차지하면 아마도 내일쯤 편안하게 누운 채 뉴스에서 확인할 수도 있을 것이다. 자신이 그 현장에 있었다는 사실은 아무도 모를 것이다. 뉴스거리는 주노에 관한 일도 아닐 뿐더러 감옥에 갈 일은 더더욱 없다. 감옥에 대한 상상만으로도 공포가 팔다리를 스멀스멀 타고 지나갔다. 어차피 죽을 일이지만 감방 동료가 잠자리 위 침대에서 자위를 하는, 망할 놈의 콘크리트 블록 감옥에서 영혼을 포기하는 일은 이제 없을 것이다. 주노의 손이 현관문 빗장에 닿았다.

다시 총성이 들렸다. 공포로 시야가 흐렸으나 본능이 몸을 재우쳤다. 잽싸게 몸을 놀려야 했다. 그러자니 극도의 통증을 감수해야 했다. 경보 시스템의 키패드가 바로 앞에 있었다. 급하게 서두르는 바람에 떨리는 손가락이 긴급 버튼을 눌러 버렸다. 째지는 듯한 경보음이 온 집안에 비명처럼 울려퍼졌다. 위험을 무릅쓰고 빗장을 만지작거리다 고개를 외로 꼬아 흘끗 뒤돌아보았다. 다코타가 부엌에서 자기 쪽으로 어슬렁 다가오고 있었다. 주노는 이제 손에 주의를 집중하여 빗장을 홱 잡아 돌렸다. 문이 열리고 시원한 바람이 얼굴을 핥고 벌어진 입안을 채웠다. 콘크리트가 끝나는 지점까지 내질러 마침내 잔디를 밟을 수 있었고, 이어서 거리의 인도가 바로 앞에 있었다. 거리는 캄캄했고 인적은 없었다.

관절의 통증도 아랑곳없이 주노는 달렸다. 아들들과 공원에서 뛰었던 이후로 이렇게 다리를 빨리 움직인 적은 기억에 없었다. 그러나 안도의 순간은 딱 거기까지였다. 더 이상 나아갈 수 없었다. 우악스러운 손이 등을 홱 잡는가 싶더니 뒤로 낚아챘다. 채 인도에 도달하기 직전이었다. 머릿속에 경보음이 울부짖었고, 팔다리는 행사를 광고하는 풍선맨처럼 제멋대로 파닥거렸다. 그리고 다코타의 억센 힘은 주노를 다시 집안으로 끌고 들어갔다.

주노가 하복부 깊숙이 잠겨 있던 소리를 겨우 뱉어낼 수 있을 때쯤 다코타는 문을 닫고 경보를 해제하고 있었다. 물론 그도 비빌번호를 알고 있었다. 다코타가 이 집에서 살았던 적이 하루이틀은 아니었다. 다코타가 주노를 내동댕이쳤다. 어깨뼈가 벽장문에 부딪쳤다. 숨이 끊어질 듯한 통증에도 주노는 소리를 지를 수 없었다. 다코타는 주노를 던져버린 게 실수인 듯, 다시 주노를 향해 손을 뻗었다. 그러나 그 사이를 가로질러 누워 있던 나이젤의 몸에 걸려 크게 앞으로 엎어졌다. 주노에겐 마지막으로 선택할 수 있는 짧은 순간이었다. 다시 현관으로 나가는 것은 안 될 일이었다. 두 발자국도 못 가 붙잡힐 것이다. 부엌 건너편 별채로 뛴다 한들 빗장 걸린 문이 가로막고 있고, 그 너머 골목으로 이어진 문은 자물쇠로 잠겨 있다. 게다가 별채로 들어간들 죽어 있는 두 여자 외에 무엇을 찾을 수 있단 말인가?

다코타가 일어서기 전에 잽싸게 계단을 올라갔다. 쫓아오는 다코타의 발자국 소리는 들리지 않았다. 잘된 일이었다. 어쨌거나 당장은 시간을 번 셈이다. 계단을 확인하고 새뮤얼의 방 창문으로 달릴 때, 다코타가 내지르는 소리가 들렸다. 신선한 공기를 원하는 폐가 관절 못지 않게 죽을 듯 아파왔다. 다코타가 주노 뒤를 따라 올라오지 않았다는 건, 아마 두 여자 중 한 명은 살아 있음을 의미할 것이다. 그리고 그 한 명은 위니임에 틀림없을 것이다. 으스스하게 흐르는 적막을 털어내며 샘의 방에 다다랐다.

손이 제멋대로 귀 뒤 반점에 닿았으나 몸과 더불어 덜덜 떠는 손을 다시 밑으로 내렸다. 이제 다코타는 여기로 올라올 것이다. 어쩌면 이미 계단을 올라오고 있을지도 모른다. 주노는 샘이 내려간 지 20분도 안 되었을 창문을 흘끗 보았다. 여기서 뛰어내린다면 목이 부러질 것이다.

'적어도 다코타가 내 목을 부러뜨리는 건 아니잖아. 죽을 때 죽더라도 내 뜻대로 죽어야 하지 않겠는가?'

하지만 곧바로 생각을 고쳐 먹었다. 새뮤얼, 샘은 오늘 저녁에 나이젤을 잃었다. 그리고 아직 그 사실을 모를 수도 있다. 엄마마저 잃어 버리는 상황이 내 책임이라는 걸 뻔히 알면서 죽음을 맞겠다고? 주노는 창문을, 틀림없이 자신의 목숨을 구해줄 수도 있는, 그 창문을 다시 보지 않았다. 창문을 일부러 활짝 열어 놓은 후 위니의 침실에 딸린 세면대 밑으로 돌아와 몸을 숨겼다.

나이젤은 세면도구 대부분을 아래층 화장실로 가지고 내려온 후 여태 이층으로 갖다놓지 않았었다. 그래서 탱글탱글한 공 모양으로 몸을 웅크려 들어 앉을 공간이 확보되었다. 그렇게 세면대 아래 캐비닛 속에 웅크려 숨 죽이고 있던 동안, 다코타가 다가와 서성이는 소리가 들리더니 획, 하는 소리에 이어 딸깍, 창문을 닫아거는 소리가 들렸다. 다코타는 샘의 방과 욕실, 벽장을 재빨리 훑는 듯하더니 아래층으로 발걸음을 옮겼다. 아래층에서 시끄러운 소음이 들렸다. 어딘가의 문이 쾅 닫히는 소리였다. 총성이 또 들릴까 조마조마했지만 다시 들리지는 않았다. 다코타가 집 안을 뒤지면서 내었을 쨍그랑, 쾅쾅, 소리가 좀 멀어진 듯하자 캐비닛 문을 슬며시 밀어 열고 주변을 살폈다.

다코타가 위니를 죽이지 못하게 막아야 한다. 위니가 아무리 샘의 생모가 아니라 해도 샘에게는 엄마로 남을 유일한 가족이었다. 애초에 끼어든 자신이 잘못이었다. 일을 그르친 게 자신이었으므로 이젠 자기가 바로 잡아야 했다. 주노는 지난 시절의 품위와 현재의 고통에 찬 슬픔으로 자기 존재를 드러냈다. 주저하지 않았다. 마음속에 대강의 계획을 세우고 계단을 향해 걸었다.

다코타는 아래층에서 무슨 공격에라도 대비하듯 바리케이드를 쳐놓고 있었다. 주노가 계단 아래 다다랐을 때는 문 앞에 거실 의자를 밀어 놓은 후 다시 경보장치를 작동시켜 빨간 불빛이 눈처럼 이글거리고 있었다. 다코타는 이 집에서 아무도 못 나가게 하고 싶은 것이다. 그런데 그는 지금 어디에 있는 걸까?

주노는 샘이 이 집에 없는 것을 백 번 감사하며 구석에 몸을 숨기고 주방으로 향했다. 흑백 체스판 마루를 살금살금 걸을 때, 별채에서 위니의 날카로운 후두음이 주노의 귀에 박혔다.

"지금 무슨 짓을 하고 있는 거야? 여자를 죽였잖아, 다코타!"

주노가 싱크대에 다다랐을 때, 위니와 다코타가 격하게 다투는 소리가 들렸다. 주노는 서랍을 확 잡아당겨 열고 손을 뻗어 원하던 물건을 집었다. 주노가 그 물건을 바지 뒤에 쑤셔넣는데, 상처난 동물처럼 울부짖는 다코타의 고함이 들렸다.

"누나가, 나를…, 물어뜯어!"

믿기 힘든 상황이었다. 그 와중에도 주노는 다코타의 말이 '내가 누나 남편을 죽여주었는데, 어떻게 누나가 감히 나를 물어뜯을 수 있어?'라고 들려 어처구니없었다. 더욱 터무니없는 상황은 이웃들 그 누구도 경찰을 부르지 않았다는 사실이다. 어떻게 이럴 수 있지? 네빈스는 어디 간 거야? 쿵, 쿵 소리가 심하게 들려 주노는 그 소리를 향해 뛰며 생각했다. 다코타가 분명 위니를 쏠 것이다. 다코타는 자신을 다시 받아주지 않아 자존심에 상처를 입힌 만다를 해꼬지하는 정도로 끝내려는 게 아니었다. 가족들이 자기를 우선순위에 놓고 생각하지 않으면 어떤 일이 벌어지는지 확실히 보여주고자 하는 것이었다. 주노는 더 나아가 그 이상의 일이 벌어지리라 예감했다. 모든 일이 마무리되면, 다코타는 스스로 목숨을 끊을 것이다. 이제 주노는 다코타가 이 일을 세심하게 계획했다고 확신하고 있었다. 이제와 생각해보면, 사실 주노는 다코타의 트럭이 집 주변을 맴도는 것을 보았지만, 주의 깊게 판단하지 않았었다. 그리고 다코타는 끝장을 보여주기 위해서라도 자신에게 상처 입힌 모든 사람을 해치워 버려야 했다.

주노는 목적지인 벽난로로 향하면서, 비록 박탈당하기는 했지만 과거 심리치료사의 자격으로 분석해 최종 결론 내린, '체념적 평온'을 느꼈다. 위니의 화려한 장식물들은 대략 2~3kg 무게는 되어 보였다. 진열된 흉상들과 주노가 싫어하는 다비드상은 꽤나 비싸 보였고 또 주노에겐 무거웠다. 그 오렌지색 흉상은 한가운데 있었다. 주노에게 늘 조와 그의 오렌지 주스를 떠올리게 하는 흉상이었다. 주노는 나이젤 소굴의 열린 문을 잽싸게 지나 그 오렌지 흉상의 목을 움켜쥐었다. 그 방 건너 별채에서는 다코타가 쌍둥이 누나를 일으켜 세우고 있었다. 위니의 뒷모습이 잠깐 스치고 벽난로가 정면으로 보였다. 다코타가 자기를 보았는지 아닌지 확신이 안 섰다. 오렌지색 다비드상의 무게가 무릎을 압박했다. 주노는 무릎을 똑바로 펴 나이젤의 소굴, 열린 문 뒤로 몸을 숨겼다. 눈을 감고 말없이 기도했다. 가슴이 하도 세차게 방망이질해 아프게 느껴질 지경이었다.

다코타가 위니의 머리에 총을 겨눠 앞세우고 천천히 걸어나왔다. 위니의 두 손은 묶여 있었고 입에는 재갈이 다시 물려져 있었다. 다코타가 문지방을 넘어 주노의 시야에 들어온 순간 다코타에겐 이미 늦은 때였다. 열린 문 뒤에 숨어 있던 주노가 다코타의 등 뒤에 버텨 서 있었다. 주노가 앞으로 튀어나오며 야구 방망이 휘두르듯 포물선을 그리며 다비드상을 휘둘렀다. 쾅, 하는 둔탁한 소리와 동시에 다코타의 머리가 앞으로 꺾였다. 타격감이 주는 충격과 팔이 터질 것 같은 통증으로 주노는 다비드상을 떨어뜨렸다. 다코타는 의식이 거의 없는 위니를 놓치고 휘청휘청 앞으로 한두 걸음 떼다 무릎을 굽혔다. 바닥에 널부러진 위니는 카펫에 얼굴을 박은 상태 그대로 움직임이 없었다. 주노는 위니가 기절한 건지, 아니면 죽은 척하는 건지 알 수 없었다. 두 가지 상황 모두 위니에겐 나쁘지 않은 일이었다. 주노는 무릎을 꿇은 채 아파 으르렁거리는 다코타의 흉측하게 찡그린 얼굴을 노려보았다. 하지만 다코타의 다음 행동을 기다릴 여지는 없었다. 다시 뛰었다.

양팔을 가슴에 모으고 마지막 남은 아드레날린을 다리에 쏟아 부었다. 현관에 이르렀을 때, 다코타가 도어 손잡이 아래로 밀어놓은 무거운 의자가 보였다. 이제 주노가 그 의자를 옮길 시간이 된 것이다. 만약 지금 뒤돌아 주방으로 달리면, 다코타와 정면으로 부덮칠 게 뻔했다. 간신히 현관 빗장을 푸는데 다코타의 고함이 복도에 울려 퍼졌다. 의자를 옮기지 않고선 문을 열 수 없으며, 게다가 세상에, 의자와 도어 사이에 나이젤이 누워 있었다. 다코타는 보이는 것처럼 어수룩한 인간이 아니었다. 주노는 문을 열려고 애쓰기를 포기하고 급하게 방향을 틀어 벽장문을 열고 들어가 닫았다. 벽장 바닥의 트랩도어를 아프지 않은 손으로 끌어올렸다. 다코타가 금방이라도 자신을 찾아낼 거라는 두려움이 집중력을 흩트려 트랩도어를 잡아당기는 순간에 맞춰 얼굴을 비키지 못했다. 트랩도어 모서리가 왼쪽 눈 위를 세게 때리고 팔꿈치를 썰어낼 듯 스쳤다. 따갑고 쓰라린 통증 뒤에 흐르는 따뜻한 무엇이 느껴졌다. 시야가 맑아지기를 기다릴 새 없이 주노는 굴속으로 미끄러져 들어갔다. 벽장 문이 열린 것도 동시였다.

주노는 기회 있을 때마다 늘 이 집을 떠났어야 했다고 생각했다. 이제 벗어나기는커녕 그 지랄맞은 속으로 더 깊숙이 들어가고 있었다. 하지만 이게 바로 자신의 인생 스토리인 걸… 가석방 중 또 하나의 감옥이었다.

'그래도 여기, 크롤 스페이스는 안전할 거야.' 속으로 되뇌었다. 자신은 이 공간을 잘 알고 있고, 상대는 와본 적이 없다. 그러니 아무리 몸이 통증으로 아우성친들 다코타보다는 유리할 것이다.

두 손과 무릎으로 기었다. 등도 필요 없었다. 하지만 다코타는 다를 것이다. 한바탕 욕설과 함께 마룻바닥을 쾅쾅 차는 소리가 들렸다. 다코타는 덩치가 커 굼뜰 것이다. 하지만 총이 있었다. 손이 흙과 돌멩이 위를 쓸며 기어가는 동안 여전히 두 손이 묶인 채 얼굴을 마룻바닥에 박고 주노의 존재는 전혀 알지도 못한 채, 남동생에게 무슨 일이 일어난 건지 혼란에 빠져 있을 위니를 생각했다. 그 여자는 죽는 날까지 전혀 알 수 없을 것이다. 그리고 샘을 위해서라도 위니의 죽음이 먼 훗날의 일이 될 수 있게 최선을 다할 것이다. 새뮤얼 생각을 했다. 샘, 그리고 샘과 나눴던 짧은 대화를 떠올렸다. 샘과의 대화는 주노에게 많은 의미를 찾게 했다. 그리고 나이젤…. 그는 죽었다. 깨진 유리 조각 하나가 손바닥을 저몄다. 주노는 그 유리 조각이 다코타를 찌르길 바라며 치우지 않고 그대로 두었다. 이 공간에서 무엇을 깨뜨렸던 기억은 없었다. 그렇다면, 그 유리 조각이 줄곧 여기에 있었단 말인가? 눈썹 위 상처로 흐르는 피를 닦으려 하지도 않았다. 이제 한쪽 눈은 완전히 안 보였고 손은 따끔거렸다.

그때 탕, 하는 소리와 함께 무언가가 어깨를 짓눌렀다. 얼굴이 바닥에 처박히고 코로 흙이 들어왔다. 숨을 헐떡였다. 다행히도 총알은 아니었고 돌멩이인 듯 싶었다. 총알이 땅에 박히며 그 파편이 날아온 것이리라. '다코타가 나를 쏘았어?' 믿기지 않았다.

'저 어리버리 멍청이가 나를 쐈어.' 그러나 그 어리버리 멍청이는 여전히 뒤를 쫓고 있었다. 다코타의 투덜대는 소리와 땅바닥을 찰싹찰싹 치는 소리가 들렸다. 주노는 여태껏 좀처럼 가까이 가지 않았던 흙더미를 향해 더 빨리 기었다. 크롤 스페이스의 끝은 여전히 그녀를 움츠러들게 했다. 무언가가 뒤통수를 치는 게 느껴졌으나 멈추지 않았다. 이윽고 억센 힘이 발목을 잡더니 뒤로 낚아챘다. 울퉁불퉁한 바닥을 따라 끌려가는 주노의 티셔츠가 위로 말리고 날카로운 것이 가슴에 박혔다. 주노는 비명과 고함을 섞어 지르며 발길질을 했다. 땅에 발톱을 박아 밀며 다코타로부터 멀어지려 애썼다. 퍼부어대는 다코타의 욕설을 뒤로하고 주노는 다시 몇 발자국 앞서 빠르게 기었다. 흙더미가 크롤 스페이스 천장까지 선반처럼 솟아 오른 곳을 배로 밀며 어깨와 엉덩이를 춤추듯 움직여 지나야 했다. 다코다가 여기를 지나 쫓아올 수는 없을 거야. 흙더미 정상에 기어 오른 주노는 몸을 굴러 경사면을 내려갔다. 피 묻은 얼굴 위로 흙이 가면처럼 덮였다. 더 이상 구를 필요는 없었다. 경사면 바닥에 멈춘 주노는 엎드려 흙을 뱉어냈다. 꼼짝 않고 누워 다코타의 투덜대는 소리가 얼마나 떨어져 있는지 귀기울이다 갑자기 소리쳤다.

"넌 정말 느림보구나! 그러니 네 마누라가 너를 버리고 떠났지."

반응이 왔다.

"누구냐 넌? 이 망할 놈의 여편네."

욕설 소리는 컸지만, 두려움으로 떨리는 것을 느낄 수 있었다. 남자들은 겁이 나면 늘 욕을 해댔다.

"어쩔건대, 다코타? 네 쌍둥이 누나를 죽이고 너도 죽을 거지?"

공포의 침묵이 흘렀고, 침묵 속에서 다코타가 맹렬히 내쉬는 숨소리를 들을 수 있었다. 이제 다코타는 조금 더 빠르게 이동하고 있었다. 적어도 당분간이라도 살고자 한다면, 다시 움직여야 한다.

배를 깔고 엎드려 팔꿈치로 몸을 당기며 앞으로 나아갔다. 그리고 그곳에 거의 이르렀다. 작은 묘지. 주노는 이곳까지 딱 한 번 왔었다. 그 한 번만으로도 충분했다. 거기서 무얼 했는지는 기억이 안 났다. 따분함 때문이었을까. 하지만 여기서 분명 동물의 유해를 발견했었다. 널려진 것들은 조그만 뼛조각에 불과했지만 그것만으로도 소름이 끼쳐 두 번 다시 오고 싶지 않았던 곳이다. 흙이 내려 앉아 유해 더미 주변에 원을 그려 놓았으나 다코타는 알지 못할 것이다. 이제 다코타는 거의 다 올라오고 있었다. 그가 방금 주노가 굴러 내려온 골짜기를 들여다볼 수도 있겠지만, 어둠속에 있는 주노를 쉽게 보진 못할 것이다. 주노는 생각했다. '그래도 여전히 총을 쏠 거야.'

일단 발이 안전한 곳으로 닿은 걸 확인한 주노는 주머니에 손을 넣어 싱크대 서랍에서 챙겨온 그것을 꺼냈다. 그리고 조용히 앞을 향해 움직이기 시작했다. 다코타가 흙더미 선반에 거의 올라왔을 때 주노는 그 흙더미 아래 모퉁이를 돌았다. 다코타가 있으리라 짐작한 곳에 주노는 없었다. 다코타가 자신을 찾으려면 몸을 돌려야 했다. 상대를 찾지 못해 툴툴거리는 사이에 총을 쥔 다코타의 오른손이 땅바닥을 누르고 있었다. 다코타가 바로 몸을 돌리면 자기를 볼 수도 있다. 지금 행동을 취하지 않는다면, 테리 러셀처럼 제정신이 아닌 분노에 찬 인간의 손에 죽을 수 있다. 주노는 그런 상황이 싫었다.

주저하지 않았다. 앞으로 달려들어 주방 서랍에서 챙겨 온 테이저건을 다코타 목에 대고 쐈다. 두 개의 전기 침이 다코타의 맥박이 뛰는 부위 피부를 관통해 전압을 실어 나르자 다코타가 경련을 일으켰다. 주노가 제때 몸을 움직이기엔 공간이 너무 작았다. 다코타의 왼팔이 밖으로 휘돌았고, 그 팔이 주노의 머리에 닿자 눈에 불꽃이 튀었다. 주노는 몸을 바로 잡았다. 시야가 흔들렸다. 주노는 총을 찾아 미친 듯 흙을 긁으며 더듬었다. 예전에 테이저건을 한 번 써본 적이 있어 다음에 어떤 일이 일어날지 잘 알고 있었다. 다코타는 건강했다. 바로 회복될 것이다. 살고자 한다면 5초 내에 총을 찾아 다코타를 쏘아야 한다. 다코타가 고래고래 소리 지르며 주노를 향해 달려들었으나, 주노는 뒤로 물러서지 않았다. 그 와중에도 주노의 손가락은 미친 듯 원을 그리며 흙을 쓸어내고 있었다. 손가락 끝에 차가운 금속 감촉이 느껴지자 잠시 안도감이 스며들었다. 주노가 총을 제대로 잡기도 전에, 다코타가 주노의 팔을 움켜쥐고 와락 끌어당겼다. 주노의 몸이 고통스럽게 질질 끌렸다. 다코타가 주노의 팔을 붙잡고 급하게 일어서는 순간, 끔찍한 균열 소리와 함께 그의 머리가 크롤 스페이스의 천장을 박았다. 순간 주노의 팔을 잡고 있던 다코타의 손아귀에서 힘이 빠져나갔다. 주노는 굴렀다. 할 수 있는 유일한 행동이었다. 예전에 악어들이 그런 몸짓으로 먹잇감을 제압하는 것을 본 적이 있었다. 머릿속에 밀려오는 극강의 공포가 다코타의 고통에 찬 비명 소리마저 삼키고 있었다. 오른손가락에 다시 금속성 감촉이 느껴졌다. 손가락으로 그 감촉을 감아 쥐고 가슴으로 잽싸게 끌어 당겼다. 몸을 굴려 겨누기에 충분한 시간이었다. 그리고 주노는, 방아쇠를 당겼다.

33

위니

위니는 사이렌 소리를 들으며 깨어났다. 처음 생각한 것은 새뮤얼이었다. 새뮤얼이 어디 있었지? 아, 그 아기는 크롤 스페이스에 묻혀 있다! 벌떡 일어났다. 방은 그대로였지만 머리는 제정신이 아니었다. 아니야. 새뮤얼은 살아 있어. 그 아이는 크롤 스페이스에 묻혀 있는 아기가 아니야. 새뮤얼은 내가 낳은, 내 아이야. 위니는 두 손바닥을 눈에 대고 눌렀다. 고통이 눈 뒤쪽을 관통해 두개골 바닥으로 떨어졌다. 그리고 깨달았다. 지금 손이 자유롭다. 어렴풋이 기억이 떠올랐다. 자신은 여전히 재갈이 물린 채 바닥에 엎어져 있었고, 장식품 하나가 산산이 부서져 오렌지색 파편들이 귤껍질처럼 카펫을 얼룩덜룩 어지럽혔다. 그리고 나서 옷에 묻은 피가 보였다. 그 마지막 몇 시간의 기억이 준 충격으로 질식할 듯했다.

다코타가 나이젤에게 총을 쏘았다. 나이젤은 죽었다. 위니는 머리를 갉아먹는 고통에 눈을 감으며 몸을 일으켰다. 끊어진 테이프 조각들이 옷에 붙어 있어 털어냈다. 다코타가 테이프를 끊고 풀어준 것인가? 똑바로 설 수 있게 되자, 위니는 별채 안이 똑똑히 보일 때까지 머뭇머뭇 몇 걸음 나아갔다. 테리 러셀은 위니의 상상이 만들어낸 인물이 아니었다. 이 노인은 등을 위니에게 돌려 옆으로 누워 있었다. 위니의 목 깊숙한 곳에서 피와 쓸개즙 맛이 배긴 진득한 신음이 흘러 나왔다. 동생은 어디에 있으며, 다코타 그 녀석은 왜 이런 짓을 벌인 거야? 메스꺼움이 치밀어 위니는 몸을 웅크렸다. 다코타가 손에 감긴 테이프를 풀어준 걸까? 아니, 토한다고 웅크릴 시간조차 없었다. 몸을 똑바로 일으켜 세우고 비틀거리며 앞으로 나아가기 시작했다. 새뮤얼을 찾아야 했다. 자신에게 기적처럼 찾아온 아기, '나의 아기'였다. 조슬린의 아기가 아니었다. 위니는 자신이 저지른 일 때문에 엄마 될 자격이 없다고 생각하면서도, 성경 속 한나처럼 아기를 갖게 해달라 하느님에게 기도하고 또 기도했었다. 그리고 끔찍한 그 일이 일어난 밤이 지나고 얼마 후 임신했다. 그 순간 하느님이 자신을 용서하여 아기를 맡긴 것이라 생각했다. 위니는 조슬린 러셀에게 끔찍한 짓을 저질렀으며, 너무 비겁해서 자신이 저지른 일에 대해 책임 지지 못했다. 현관에 다다른 위니는 나이젤을 넘어가며 쳐다보지 않으려 애썼다. 지금은 조슬린을 생각하고 싶지도 않았다. 현관은 활짝 열려 있었고, 가구들이 여기저기 흩어져 누군가 급하게 차고 나간 듯 한쪽으로 밀쳐져 있었다. 사이렌 소리가 차갑고 신선한 바람과 함께 광풍처럼 집안으로 밀려들었다. 위니는 숨을 헐떡이며 문턱을 넘었고, 마침내 사방에서 도움을 주러 온 사람들을 향해 팔을 들어 올렸다. 네빈스는 양팔을 옆구리에 축 늘어뜨린 채 붉으락푸르락한 얼굴로 서 있었다. 위니는 시선을 비껴 무기를 든 경찰들이 잔디 위로 달려오는 모습을 바라보았다.

"제발, 제발 우리 아들 좀 도와주세요! 부탁이에요!"

경찰들이 진정하라며 크게 외쳐도 계속 소리를 질러댔다. 경찰관들이 열린 현관으로 떼를 지어 들어와 지나칠 때, 고개를 돌려 집을 돌아보았다. 경찰들이 집안에서 다코타를 찾아낼까? 아니면 미리 도망이라도 친 걸까?

의료진들이 자신을 구급차에 태우려 할 때까지 사람들의 웅웅거리는 소리가 이어지고 여러 얼굴들이 들락날락했다. 위니가 새뮤얼의 이름을 부르며 소리 지르자 의료진 중 머리를 바싹 자른 백발의 흑인 여성이 위니에게 엄한 표정과 거부할 수 없는 말투로 몸부림치지 말라 명령했다.

"당신이 죽으면 그 누구의 엄마도 될 수 없어요. 이제 내 말 알아듣겠어요?"

위니는 그 여인이 혈압 측정 띠를 팔에 두르는 모습을 가만히 지켜볼 수밖에 없었다.

"세상에. 이제야 내 말을 알아듣는군. 뇌진탕이에요. 그래서 병원으로 데려가는 중입니다. 그러니 절대 나를 때리거나 하지 마세요. 내 얼굴에 찰싹찰싹대서 화가 났어요. 난 지금 당신을 도와주려는 건데 말이에요."

"우리 아들…."

"네, 새뮤얼. 알고 있어요. 10분 동안 그 이름을 그렇게 소리쳐 불렀으니까요. 경찰들이 지금 그 애를 찾고 있어요. 아마 집에서 빠져나갔나 봐요. 지금 우리가 할 수 있는 거라곤 그 새뮤엘 엄마를 돌봐주는 거예요. 뒤로 누우세요."

열린 창문을 떠올리며 위니는 그녀가 시키는 대로 했다. 그래. 샘은 아마 다코타에게 붙잡히기 전에 집을 도망쳐 나갔을 거야.

위니가 다시 깨었을 때, 천 개쯤은 될 것 같은 전선을 몸에 꽂은 채 병원에 누워 있었다. 위니는 바로 깨달았다. 늘 우선으로 생각했으면서도 이번만큼 절절했던 순간은 없었다. 위니의 눈이 아들에 대해 얘기해줄 사람을 찾았으나, 방은 텅 비어 있었다.

"여기요…."

위니가 말했다.

"여기요…. 사람이 있다구요."

잠시 후 간호사가 들어와 미소 짓더니 벽 위의 버튼을 눌렀다.

"윌리스 선생님 불러주세요. 환자가 깨어났어요."

'환자라니.' 위니는 생각했다. 환자는 바로 자신을 가리키는 것이었다. 그리고 간호사는 위니의 이름과 병실 호수를 말할 필요도 없었다. 그것이 무엇을 의미하는지 두려워 눈을 감았다. 간호사가 플라스틱 컵을 들어 위니의 입술 사이에 빨대를 끼웠다.

"조금이라도 마셔보세요. 목구멍이 엉망일 거예요."

위니는 몇 모금 홀짝거리다 입을 열어 질문 공세를 펴기 시작했다. 하지만 간호사는 그녀의 말을 잘랐다.

"윌리스 선생님이 곧 오실 거예요. 목을 아꼈다 선생님 오시면 그때 여쭤보세요."

간호사의 말이 불친절하거나 하지는 않았으므로, 위니는 그녀 말이 맞을 거라 생각했다. 힘들여 말을 꺼내려고만 해도 목구멍이 타는 듯 아팠다. 얼마 후 의사 가운을 입은 사람이 들어왔다. 아주 젊었으며 연한 적갈색 머리칼이 어울리는 의사였다. 그의 태도에 수줍음과 겸손이 엿보였다.

"크라우치 부인."

의사가 침대 옆에 서서 얘기를 꺼냈다.

"깨어나신 걸 보니 너무 다행스럽군요. 부인께서는 꽤 심한 뇌진탕을 일으키셨거든요."

위니는 눈을 감고 마음속으로 의사의 말을 모아 정리했다. 모든 것을 이해하기에는 오랜 시간에 걸렸다.

"얼마나…?"

"11일 동안입니다."

의사가 말하면서 고개를 옆으로 갸웃거렸고, 어떤 이유에서인지 그 몸짓이 위니를 울렸다.

"제 아들은요? 아들은 어디 있나요?"

위니는 질문을 마치자마자 기침을 하기 시작했고, 닥터 윌리스의 말을 들을 수 있게 진정되기까지 몇 분이 걸렸다.

"아드님은 잘 있어요. 이모와 함께 있습니다."

안도감이 한 차례 지나갔고, 위니는 일어나 앉으려 했다. 매달린 줄들이 홱 흔들리고 기계에서 삑삑 신호음이 울려댔다. 의사가 지켜보는 가운데 간호사가 옆에서 위니의 등을 부드럽게 밀었다.

"부인이 병원으로 실려오고 몇 시간 후 경찰이 그린레이크 공원에서 아드님을 찾았어요. 아드님은 집에서 일어나는 일을 이해할 수 없었던 거죠. 그래서 생각한 것은 도망가는 것이었어요."

의사가 잠시 말을 멈췄고, 그 무게감이 위니의 직감을 강타했다. 세상에, 아빠가 삼촌에게 살해되었다는 것을 샘은 그때서야 알게 된 것이다. 닥터 윌리스는 위니 얼굴을 살피며 상황을 생각하고 받아들일 시간을 주었다.

"부인과 얘기하고 싶어 하는 형사가 여기 와 있어요. 내키지 않으시면 만나실 필요는 없으나, 형사들이 로비를 왔다갔다 하는 게 우리 간호사들을 신경 쓰이게 하네요. 그 사람들과 얘기해보시겠습니까, 크라우치 부인?"

위니는 주저 없이 고개를 끄덕였다. 경찰들과의 대화를 통해 새뮤얼의 상황을 더 알고 싶었다. 경찰은 자신을 레이 애보트 형사라고 소개했다. 의자를 위니 침대로 끌고 와 위니의 상태를 물어보는 형사의 얼굴에 진심으로 동정하는 표정이 드러났다.

"아들이 걱정돼요. 무슨 일이 일어난 건지 혼란스러워요."

형사는 모두 이해한다는 듯 고개를 끄덕이고 울기 시작한 위니에게 티슈 상자를 건넸다.

"부인의 올케 아만다 스트롭의 말에 따르면, 부인의 동생 다코타와 남편분은 꽤 오랫동안 서로 문제가 있었다는군요."

형사는 말을 잠깐 멈췄고, 위니는 혼란함에 고개를 흔들었다.

"문제라고요? 남편이 제 동생을 썩 좋아하지는 않았어요. 다코타가…, 엉뚱한 데는 있었지만 나이젤은 동생의 아내가 동생을 내쫓았을 때 우리 집에서 지내게 해주었다고요."

"크라우치 부인, 우리에겐 그 이상의 심각한 문제가 있었다고 생각할 만한 이유가 있어요. 남편분과 동생의 관계는 최근 몇 달 동안 계속 악화되었던 것 같아요."

"왜 그런 말씀을 하시는지 이해가 안 되네요. 어쨌든 나이젤은 죽었고, 다코타가 그를 죽였죠. 내 두 눈으로 직접 보았단 말예요."

"동생과 나이젤은 집에서 얼마 떨어지지 않은, 그러니까 바로

길 건너 공원에서 말다툼을 했어요. 목격자에 따르면, 한 남자가 길을 건너 부인 집 방향으로 뛰어가고, 그리고 바로 다른 남자가 그 뒤를 쫓는 것을 보았답니다. 동생이 나이젤의 여기를 칼로…."

형사는 자기 가슴의 한 지점을 가리켰고, 위니는 지혈하려고 누른 손가락 사이로 흘려 내리던 피를 기억했다. 형사가 조용하고 사무적인 어조로 남편의 살해에 대해 얘기하는 동안 위니는 손에 묻었던 피의 기억과 그 순간에 빠져들었다.

"다코타는 부인과 테리 러셀이라는 여자 두 사람 모두 묶어놓았지요. 테리 러셀 여사는 손이 묶인 채 머리에 맞은 총상으로 사망한 채 발견되었고요. 부인 집 별채에서 말이죠. 경찰이 현장에 도착했을 때, 부인은 집에서 뛰어나오고 있었고. 보안업체의 경보 기록에서 우리가 도착하기 직전 누군가 집안에서 경보기를 해제시킨 게 확인되었어요."

형사는 말을 이어가면서 위니의 얼굴을 주의깊게 살폈다. 위니는 자신이 느끼는 감정을 감추지 못했다.

"동생이 도망가기 전에 경보를 해제한 게 틀림없어요. 문은 활짝 열려 있었어요. 손에 감은 테이프를 끊고 나를 풀어준 게 분명해요."

위니는 숨을 쉴 수 없었다. 기억들이 새로운 고통을 불러왔기 때문이었다. 위니는 도움을 청하느라 형사의 얼굴을 살피며 목을 긁었다. 무슨 일이 있었던 거지? 다코타가 자기를 죽이려던 생각을 막판에 바꿨단 말인가? 아니면 자기나 샘을 해치려는 의도는 전혀 없이 오로지 나이젤만 해치려 했던 건지도 모른다.

"나가주세요."

간호사가 위니를 한 번 쳐다보더니, 애보트 형사에게 경멸의 표정을 드러내 보였다. 애보트는 무슨 말인가 꺼내려 했으나 마음을 고쳐먹으면서 방을 나가기 전에 위니를 흘끗 보았다. 위니는 호흡을 붙들지 못하고 간호사에게 보란 듯 두 손으로 허공을 저었다.

"환자가 지금 공황 발작을 일으키고 있어요."

누군가 그렇게 말하는 것을 들었고 몇 명의 사람들이 더 들어왔고, 그러고 나서 아무것도 느낄 수 없었다. 위니가 다시 깨어났을 때, 형사가 앉았던 그 의자에 언니가 앉아 있었다.

"쉘리 언니."

위니가 일어나 앉으려 버둥대며 말했다.

"새뮤얼은 어때요?"

쉘리는 마지막으로 봤을 때보다 10년은 더 늙어보였다. 입은 보기 흉하게 휘어져 있었고 기운 없이 초췌해 보였다.

"새뮤얼은 오히려 네 걱정을 한단다. 네가 생각하는 것보다 더 잘 지내고 있어."

위니는 안심이 되어 다시 베개에 머리를 뉘었다. 묻고 싶은 질문이 열 가지도 넘게 머릿속에 차 있었지만, 기억이 안개처럼 흐려

정리할 수 없었다.

"다코타가…."

쉘리의 초췌한 이목구비가 씰룩거리더니 축 처진 입이 열리며 나머지 이야기를 풀어냈다. 위니는 언니가 중간중간 흐느끼면서 꺼낸 이야기들을 종합하려 애썼다.

"잠깐. 경찰이 다코타를 잡지 못했다는 거야, 언니?"

위니는 속이 거꾸로 뒤집어지는 기분을 느꼈다.

"못 잡았어, 못 잡았다고."

쉘리가 몹시 흥분하며 말을 이었다.

"걔는 그 여자를 죽이고, 그러고 나서…. 달아났어."

"어디로 달아났다는 거야? 걔가 나를 풀어준 거 맞아?"

위니는 이제 울기 시작했다.

"그놈이 나이젤을 죽였어. 언니, 그 자식 어디 있어?"

쉘리가 일어나 침대 가장자리에 앉더니 위니의 손을 감싸 쥐었다. 그렇게 한동안 손을 잡고 마냥 울다 쉘리가 말했다.

"후우, 경찰도 모른데. 그들이 도착했을 때 다코타는 이미 사라지고 없었고, 급하게 튀어나갔는지 현관문이 활짝 열려 있었대."

"하지만 이웃 사람들이…. 네빈스는 틀림없이 봤을 텐데."

"네 이웃들…."

위니는 쉘리의 '이웃'이란 말에 혐오감이 묻어나는 걸 느꼈다.

"나이젤과 러셀이라는 여자를 죽인 총소리를 듣긴 들었지. 처음에 네빈스는 애들이 공원에서 폭죽놀이 하는 줄 알았대. 경찰을 불렀는데 내 생각엔 소음 때문에 불평하려 했던 것 같아. 그러고 나서 그 인간은 자기 하던 일을 계속하러 갔다는 거야."

위니는 언니의 말을 들으며 그야말로 네빈스다운 행동이라 생각했다. 시끄럽고 독선적이며 참견하기 좋아하는 사람이었다. 쉘리는 네빈스가 애초에 자세한 상황을 알아보려 하지 않았다는 사실이 못마땅했다. 그녀라면 먼저 알아보려 했을 것이다.

"분명히, 네빈스는 20분쯤 후 또 총소리를 들었을 거야. 그제서야 무슨 일인지 알아보려 집을 나와 공원 쪽으로 걸어갔대. 그 인간은 거기에 족히 5분은 서 있다 집으로 가려고 돌아섰다는 거야."

나중에 생각난 듯 쉘리는 덧붙여 말했다.

"그리고 그때 너의 집 현관문이 열려 있는 게 보여서 두 번째로 경찰에 전화를 했다는 거지."

"또 다른 총소리는 뭐야?"

위니가 물었다. 그러나 쉘리는 고개를 저었다.

"경찰도 몰라. 또 다른 무슨 일이 있었던 것 같은데…"

이번엔 쉘리가 위니의 시선을 비끼며 얘기했다.

"피 묻은 곳에 또 다른 발자국들이 있었단다."

쉘리가 손등으로 코를 문지르며 시트를 내려다보았다.

"나이젤 발자국도 그 여자, 테리 발자국도 아니라는데…."

쉘리가 위니를 힐끗 보았다.

"조그만 발자국이래."

"아이 발자국이라고? 그게 무슨 말이야?"

"샘 발자국은 아니었어. 그 애의 몸이나 옷에 핏자국은 전혀 없었으니까."

쉘리가 재빨리 말을 이었다.

"그것 때문에 형사가 여기 와서 너와 얘기하고 싶어 했던 거야."

"발자국에 관해서 말야?"

위니는 머리가 아주 혼란스러웠다. 그 발자국들, 도무지 이해할 수 없는 일이었다. 그나저나 경찰이 위니와 조슬린 러셀과의 연관성에 대해 조사를 확대하기까지 얼마나 걸릴까?

"언니, 도대체 무슨 말을 하는 건지 이해가 안 가."

"얘야, 나도 그렇단다. 러셀이란 여자의 가족을 경찰이 조사했는데, 그 여자가 워싱턴까지 와서 무얼 하고 있었던 건지 알 수 없다는 거야. 위니, 그 여자는 오하이오에서 왔대나 봐."

위니가 언니에게 몸을 기울이는데 언니의 눈이 너무 충혈돼 있어 위니는 움칫했다.

"그 여자가 왜 너희 집에 온 거니?"

언니 입김에서 커피 냄새가 흘렀다. 위니는 갑자기 환기가 잘 안 된다고 생각하며 눈을 감았다. 아들은 안전했다. 안전했어.

다시 눈을 떴을 때, 쉘리가 뚫어지게 쳐다보고 있었다. 위니는 그 상황이 참으로 짜증스러웠다. 그 여자에 대한 이야기라면 그게 어떤 것이건, 듣고 싶지 않았다. 쌍둥이 남동생이 남편을 죽였고, 어디론가 도피해 잡히지도 않고 있다. 위니는 싸울 각오를 했다. 테리 러셀 같은 미치광이 때문에 새뮤얼을 잃는 일은 없을 것이다.

"그 러셀이란 여자, 백 안에 뭐가 잔뜩 있었는데, 서류랑 이메일 이었어. 신원 미상 여자에 관한 경찰 조사 보고서도 있었다는데…"

쉘리가 문 쪽을 흘긋 쳐다보았고, 위니는 조바심을 소리질러 외치고 싶었다.

"그 이메일을 너에게 말하지 않을 수 없구나. 누군가가 그 여자 에게 보낸 건데 샘에 관한 내용이었어."

위니는 어지러움을 느꼈다. 침대 난간을 꽉 붙잡고 언니를 노 려보았다. 쉘리가 원하는 방향대로 반응할 기력이 없었다.

"그게 뭔데…?"

"그게…, 샘이 자기의 죽은 딸의 아들이라는 거야. 그리고 네가 자기 딸에게서 아기를 훔쳐갔다는…"

굳이 충격을 가장할 필요는 없었다. 이미 위니의 얼굴에 드러난 공포심은 쉘리마저 오싹하게 만들었다.

"경찰은 그 여자가 샘을 유괴하려 한 거라 생각해."

위니가 물어볼 말을 머릿속에서 정리하고 있을 때 누군가 병실로 들어왔다. 위니는 머리가 맑지 않았다. 나중에 이 말을 다시 떠올릴 필요가 있었다.

"그 이메일은 누가 보낸 거래?"

위니가 물었다. 쉘리가 고개를 가로저었지만 표정에 깃든 의혹의 시선을 감추지는 못했다.

"마이크가 말해준 것밖에 없어."

위니는 형부인 마이크 스톨워트를 딱히 좋아하지는 않았다. 그러나 마이크는 그 사실을 잘 모른다. 위니는 과거 몇 년에 걸쳐 형부에게 몇 가지 부탁을 한 적이 있었는데, 그는 위니의 부탁을 가족 누구에게도 얘기하지 않았을 정도로 처신을 잘했다. 이번에는 위니 외에 여러 사람이 연관된 일이므로 당연히 마이크는 사람들에게 모두 얘기할 것이다. 언니는 위니의 앞선 질문을 무시했다.

"그 여자는 결혼했대? 남편은?"

"기혼녀야. 마이크가 경찰에게 말한 바로는 그 여자는 자기 딸이 죽은 후 때때로 우울증에 빠지기도 했고, 심지어 영매까지 접촉했다는 거야."

쉘리는 분위기를 가라앉히기 위해 잠시 말을 끊었다.

"그 여자의 딸은 노숙으로 전전했는데, 딸에게서 마지막으로 연락을 받은 건 2007년 딸이 임신해 시애틀에 있었다는 거야."

위니는 천천히 고개를 끄덕였으나, 깍지 낀 손은 떨고 있었다.

"그런데 어떻게 샘이 자기 딸의 아이라고 생각한 거야? 샘은 2008년에 태어났잖아."

쉘리가 어깨를 으쓱했다.

"테리가 여기 나타났을 때는 그 사실을 몰랐던 게 분명해."

"그래서? 새뮤얼이 설마 내가 자기 엄마라는 사실을 의심하는 거는 아니지, 그렇지?"

"물론이지."

쉘리가 재우쳐 묻는 위니의 물음에 답하고 말을 이었다.

"경찰들이 그러는데, 테리가 하필 다코타가 일을 저지른 그날 찾아간 건 정말 끔찍한 우연이었다는구나."

위니는 머리를 세차게 흔들었다. 다코타에 대한 얘기는 더 이상 듣고 싶지 않았다.

"아무튼."

쉘리가 조용히 말했다.

"경찰이 조사하고 있어. 자기들이 해야 할 일을 하는 거겠지."

위니는 언니 쉘리의 말이 무얼 의미하는지 알고 싶지 않았다. 모두들 테리 러셀이 관련되었다는 사실을 충분히 알게 되었다. 위니는 나중에 다시 생각하자 하며 만다 이야기로 주제를 돌렸다. 위니가 다코타의 아내를 언급하자 쉘리의 얼굴이 일그러졌다.

"만다는 우릴 탓하고 있어. 우리 모두의 책임이라고,"

쉘리가 위니를 흘끗 보더니 덧붙였다.

"다코타가 늘 정신적 문제가 있었는데, 그걸 알면서도 우리들이 방치하는 바람에 그렇게 되었다는 거야."

쉘리의 말에 경멸이 묻어났다. 그리고 위니는 얇은 시트가 너무 더워 소리 지르고 싶은 것을 참느라 눈을 질끈 감고 있어야 했다.

"만다를 만나기 전까지 다코타는 정상이었어. 만다야말로 그 애를 그렇게 만든…."

"맙소사, 그만해, 언니. 내가 그 현장에 있었다고. 만다 말이 맞아. 전적으로 우리 탓은 아닐지 몰라도 우린 그동안 눈앞에 드러난 사실들을 무시했던 거라고. 내가 다코타한테 마리화나까지 샀단 말이야, 제발."

그 말에 쉘리가 고개를 쳐들었다.

"마라화나가 살인자를 만들지는 않아."

쉘리의 말은 단호했다.

"아니지. 그렇진 않지만, 그 녀석이 자기 마누라와 자식들에게 모든 것을 숨겼다는 사실, 나이젤을 쏘고 나도 죽이려 했다는 사실, 이 모든 것이 걔가 제정신이 아니라는 빌어먹을 사실을 말해주는 거라고!"

"그만해."

쉘리가 신경질적으로 주변을 흘끗거리며 쉬쉬, 했다.

"경찰이 그 녀석을 찾아낼 거야. 잡히면, 네 동생은 평생 감옥에서 썩게 될 거라고. 이제 알겠니? 너의 쌍둥이 동생이 말이야."

위니는 딱 벌린 입으로 언니를 바라볼 수밖에 없었다. 지금 이 순간 다코타를 불쌍히 여겨 용서해주라고 요구하는 거야, 나에게?

"내 남편을 죽인 대가로 감옥 가는 건 마땅한 일이라구요!"

언니는 위니가 늘 존중해 마지않던 그 고고한 자세로 자리에서 일어섰지만, 지금은 위니의 마음을 격분으로 몰아 넣고 있었다.

"걔는 우리 가족이야. 동생을 미워할 수 없는 나를 이해해 줘."

"언니가 이런 상황이었다면 언니도 걔를 미워했을 거야. 돌아가 언니. 혼자 있고 싶어."

"위니, 넌 늘 가족 중에서 가장 위선적이었어."

쉘리가 문으로 향하며 말했다.

"샘이 그러는데 네 남편이 너 몰래 늘 술병을 감춰두었다더라? 그래도 난 너처럼 그리 성급하게 비난하지는 않을 거야."

위니는 혐오감이 드러난 얼굴로 언니를 보며 눈만 깜빡거렸다. 정말 잭 대니얼즈 한 병과 살인을 비교하는 거야? 굳이 따져 물을 생각조차 없었다. 자리를 뜨던 쉘리가 마지막 한방을 날렸다.

"엄마 가슴은 얼마나 미어터질까. 남편 먼저 보내고, 이제 아들마저 사라져 버렸으니."

사흘 후, 위니는 퇴원했다. 시어머니 낸시가 위니와 샘을 태우고 그녀가 살고 있는 타운하우스로 데려갔다. 그곳에서 위니와 샘은 마땅한 터를 찾을 때까지 머물 예정이었다. 샘, 이제는 샘으로 불러달라며 단호하게 요구했던 아들은 위니 옆에 붙어 있었다. 낸시 할머니는 벌써 손자 샘을 심리치료사에게 의뢰해놓은 터라 위니는 마음이 놓였다. 위니는 자신과 아들을 위해 어떤 결정을 내려야 할지 아직 감을 잡지 못했다. 그래서 당분간 샘과 함께 시어머니 집 남는 방에 신세 지기로 했다. 매주 애보트 형사가 찾아와 어떻게 지내는지 살피며, 사건 수사 정보를 알려주었다. 사건 후 6주가 지났음에도 경찰은 아직 다코타를 찾지 못하고 있었다. 그의 트럭은 몇 블록 떨어진 곳에 문도 안 잠긴 채 주차되어 있었고, 운전석 박스 안에는 지갑마저 그대로 있었다고 했다. 위니는 늘 쌍둥이 동생과 연결되어 있다고 느꼈었지만, 지금 그런 느낌은 전혀 없었다. 다코타가 바로 저 밖에 있다 하더라도 그가 저지른 끔찍한 일은 둘 사이의 연결을 차단했을 것이다. 조슬린이야말로 결국은 위니 자신과 연결되어 애보트 형사를 지금 이렇게 찾아오게 만들지 않았는가.

"조슬린은 부인의 환자였죠. 그래서 테리 러셀이 자기 딸의 죽음을 부인 탓으로 돌리려고 작정한 게 아닐까 해요. 자기 입장에서만 생각해 지나치게 성급했던 거죠. 이메일을 받은 지 채 한 시간도 안 돼 워싱턴행 비행기를 예약했더군요."

"누가 이메일을 보낸 거죠? 다코타가 그랬을까요?"

위니는 애보트 형사가 자기의 물음에 대답도 하기 전에 깨달았다. 다코타는 그 정도의 책략을 짤 정도로 계획적인 인간이 아니다. 늘 충동적이고 분노에 차 있었다. 게다가, 어떻게 조슬린에 대해 알 수 있단 말인가? 그리고 그날 별채에서 테리가 그 얘기를 줄줄이 읊어댈 때, 다코타의 얼굴에 뜬금없다는 표정이 역력했었다.

"다코타가 총을 들고 부인 집으로 들어오기 전에 나이젤과 말다툼했던 사실을 아셨나요?"

위니는 고개를 저었다. 애보트 형사는 남편과 남동생 둘 다 미워하게 만들 무슨 얘기를 꺼내려 했고, 위니는 그 시간이 빨리 지나갔으면 했다.

"부인의 사촌, 앰버가 다코타에게 나이젤이 부인을 속이고 있다고 말했어요. 앰버와 나눈 이야기 기억하세요?"

위니가 고개를 끄덕이며 답했다.

"네. 하지만 앰버가 다코타에게 말했다는 얘기는 처음 듣네요."
"동생이 주차장에서 그 일로 나이젤을 협박했던 것 같아요. 두 사람이 서로 밀치며 다투는 걸 주차장 경비원이 떼어놓았답니다."
"말도 안 돼요. 그런 일 있었으면 나이젤이 말했을 거예요."

위니는 형사의 얼굴에 드러난 표정이 싫었다.

"좋습니다…."

위니가 조심스럽게 물었다.

"지금 무슨 말씀을 하시는 거예요? 그러니까 제 남편이 바람을 피워 다코타가 우리 집까지 찾아와 남편을 죽였다는 말씀인가요? 그러면 왜 나까지 묶어놓고 죽이려 한 거죠?"

"우리 생각엔 다코타가 누나를 대신해 일을 저질렀는데, 정작 당사자는 고마워하긴커녕…."

"이것 보세요!"

형사가 손을 들어 위니의 말을 제지하며 말을 이었다.

"잠깐만요. 다코타에겐 부인이 자기와 나이젤이 다퉜던 사실을 알고 모르고가 중요했던 게 아니었어요. 나름 의협심에 누나 일에 용감히 나선 건데, 정작 부인은 고마워하지 않으셨던 거죠."

"아뇨. 전 그리 생각하지 않아요."

위니는 갈매기가 난간에 앉았다 날아간 창문 밖을 내다보았다.

"동생이 조현병 증세를 일으켰던 사실을 알고 계셨나요?"

"아뇨! 어쨌거나 전 그 사실을 믿고 싶지 않아요."

위니는 소름이 끼쳤다. 만다는 진실을 알리고자 했었다. 만다는 다코타에게 더 큰일이 일어나고 있다는 사실을 알았지만, 가족 누구도 그녀의 말에 귀기울이려 하지 않았던 것이다. 형사가 들고 있던 크림색 폴더에서 한 장의 서류를 꺼내 들었다.

"다코타가 예전에 친구가 자기 여자 친구를 함부로 건드렸다며 축구 경기 중 깨진 유리 조각을 목에 갖다낸 적 있었죠."

"잠시만요, 형사님. 그건 벌써 몇 년 전 일이었어요. 네, 네. 동생이 정신적으로 문제가 있다는 건 알겠어요. 형사님과 말다툼하려는 건 아니에요. 전 그저 내 아들이 안전할지, 그리고 다코타가 우리를 쫓아오는 건 아닌지, 그걸 알고 싶을 뿐이란 말이에요."

"우리도 다코타를 찾기 위해 적극적으로 뛰고 있습니다. 하지만 우린 아직 이 사건 관련 두 건의 문제를 조사하는 중입니다. 테리 러셀이 받은 이메일은 부인 집 IP에서 발송된 것이고, 또 한 건은 부인 집 전화로 테리 러셀에게 걸었던 통화 기록입니다."

"애보트 형사님, 외람되지만 그 여자를 우리 집으로 오게 한 과정에 나이젤이 개입되어 있다는 가정에 대해서라면 더는 드릴 말씀이 없네요. 사망한 남편이 답할 수는 없는 노릇이니까요."

위니는 애보트 형사 입가에 피어올라 눈가까지는 닿지 않은 짧은 미소를 보았다. 애보트 형사가 심장소리라도 들은 것일까?

"한 가지 더 있어요, 크라우치 부인. 이 말씀을 끝으로 더 이상 부인을 귀찮게 하지 않겠습니다."

위니는 형사의 단정을 의심했지만 그의 말을 기다리면서 짐짓 다행스런 표정을 꾸미려 애썼다.

"남편이 쓰러진 곳 핏자국에 남은 세 번째 발자국 말입니다."

"아, 또 그 말씀? 지금 심각하게 물어보는 건가요? 제가 그 현장에 있었단 말이에요. 처음부터 끝까지. 다른 사람은 더 없었어요. 방구석에서 작은 발자국 하나 찾아내곤 이제 와 내 미치광이 동생에게 어린 공범이라도 있다고 생각하는 거예요?"

"그렇지만 부인은 사건이 벌어지던 시간 내내 의식이 있었던 건 아니었죠, 그렇죠?"

형사는 무슨 버튼이라도 누르듯 자기 이마 한가운데를 손가락 끝으로 눌렀다. 위니는 자신의 머릿속 소음을 드러내지 않으려고 할 수 있는 한 가만히 앉아 있었다.

"알겠습니다…, 알겠어요."

말을 이어가는 형사의 눈이 끊임없이 위니를 분석하고 있었다.

"좋아요, 어떻게 해야 하는지는 아시죠?"

"잘 알고 있습니다. 뭔가 생각나는 게 있으면 연락드리죠. 문이 어디 있는지는 아시죠?"

형사가 떠난 후, 위니는 차를 끓여 호수가 보이는 창가 안락의 자에 앉았다. 샘은 학교에 갔고, 시어머니 낸시는 며칠 전에 복직해 출근했다. 위니는 생각했다. 지금은 바쁘게 살아가는 게 최선의 평안을 찾는 길이다. 직장에서는 휴가를 일주일 더 연장해주었는데, 때때로 오늘처럼 불편한 상황과 마주하게 되었다. 생각할 시간이 너무 많았고, 애보트의 방문으로 마음은 심란했다. 위니는 샘이 슬픔을 헤쳐나갈 수 있게 이끌어주는 한편, 자신의 슬픔을 어루만지는 데도 애쓰고 있었다. 처음 몇 주 동안 그날 밤 순간순간을 분석하는 일은 위니를 거의 미칠 지경으로 몰아넣었다. 그리고 지금 자신이 하는 모든 일은 사치라고 느껴졌다.

위니는 작은 발자국을 다시 떠올렸다. 곰곰 생각해보면, 그날 집안에서 다른 목소리, 어쩌면 여자 목소리 같은 게 들린 듯도 했다. 하지만 상황은 혼란스러웠고, 동생이 누군가의 뒤를 쫓던 장면이 떠돌아 다니는 위니의 의식에 간간이 끼어들었다. 조슬린이 귀신이 되어 자기를 도와주러 왔다는, 말도 안 되는 생각까지 했지만, 자신이 저지른 일 때문에 조슬린은 죽어서라도 절대 자기를 도우려 하지 않을 것이다. 위니는 조슬린에게 이제 편히 쉬라고 기원했다. 그것만이 그녀가 할 수 있는 유일한 일인 듯했다.

지난 주에 위니는 털린 가 집을 부동산 중개소에 내놓았다. 이미 한 건의 제의가 들어와 있었다. 그 집을 처분해 경제적 이득을 얻으려는 것은 아니었다. 그린레이크 공원에 시세 이하의 집을 파는 건 그리 어려운 일이 아니라 하더라도, 그 집에서 일어난 끔찍한 사건을 누군가에게 설득해 거래를 성사시키는 일은 쉽지 않았다. 집이 처분되는 즉시 샘을 데리고 포틀랜드로 이사할 계획이었다. 그것은 치유를 위한 신선한 선택이었다. 그 일 이후 가족 누구와도 대화를 나누지 않았다. 가족들은 분명 다코타를 그 지경으로 몰고 간 게 만다와 위니라고 생각할 것이다. 그들은 함부로 나이젤을 비난하지는 않았다. 죽은 자는 자기 변호를 할 수 없기 때문이었다.

테리 러셀 생각만 하면, 집으로 찾아오게 만든 그 정보를 나이젤이 왜 이메일로 보냈는지, 결코 이해할 수 없었다. 나이젤이 어떻게? 그날 밤 자신은 나이젤 허리에 매달려 하염없이 울었고, 나이젤은 그런 나를 도왔다. 나이젤은 아기의 시신을 차에서 꺼내 아무도 찾지 못할 곳에 묻었다. 그리고 약속해 주었다.

"아무도 아기를 찾지 못할 거야. 안전한 곳에 묻어 주었어."

나이젤은 샤워를 시켜주고 욕실에서 피묻은 옷을 주섬주섬 챙겨 처리한 후 수면제 한 알과 물 한 잔을 들고 왔었다. 정작 자신은 거의 정신분열에 빠져 나이젤이 옷을 입히고 침대에 눕히는 동안 아무것도 할 수 없었다. 이렇게 도와준 나이젤이 어떻게 테리를 집 문턱까지 찾아오게 할 수 있었으며, 게다가 어떻게 흔적조차 남기지 않을 수 있었을까? 다른 가능성은 없을까? 이메일은 분명 자신의 집 IP에서 발송되었다고 애보트가 말하지 않았던가.

아기가 죽은 다음 날 아침, 잠에서 깨어 아래층으로 내려갔을 때, 샤워 후 말쑥한 차림새로 부엌에 앉아 커피를 마시던 나이젤을 보았었다. 그때 나이젤이 고개 들어 자신을 쳐다보던 그 시선은 그전과는 다른, 무언가 사라져 버린 그런 시선이었다. 그날 그 일이 자신과 나이젤의 인생을 망쳐버렸다는 생각은 했었다. 하지만 그리 오랜 세월 두 사람 모두의 죄를 물어 마침내 한순간에 무너뜨려 버릴 정도였던가?

위니는 벌어진 모든 일이 너무 혼란스러운 나머지 자신을 설득해 14년 전의 범죄를 고백할 뻔했다. 결국, 위니는 이제 그 조그만 사내 아이를 도와줄 수는 없었지만, 아들 곁에서 아들을 돌볼 수는 있다고 정리했다. 그리고 한동안 품던 생각을 최종적으로 정리했다.

'죽은 자들은 죽은 자들이 상대하게 내버려 두자.'

에필로그

냄새를 맡은 것은 새집으로 들어와 산 지 한 달쯤 지나서였다. 냄새는 끔찍하고, 눅눅했으며, 썩고 있었다. 그 냄새를 처음 맡았을 때 조지는 킁킁거리며 두 손과 무릎으로 기다시피 온 부엌을 뒤졌다. 냉장고 뒤에 분명 죽은 쥐의 시체가 있을 거라 확신했다. 그러나 원인은 찾을 수 없었고, 죽음의 냄새는 계속 스며들었다.

"동물 사체 냄새예요. 이 집 안에 있는 거야⋯."

"맙소사, 혹시 벽 속에 아기 시체라도 있으면 어떡해요?"

조지의 아내 넬리는 매사에 부정적인 사람이라 그랬을 테지만, 조지는 밤에 능글 맞은 교활한 동물이 출몰했을 때, 이상한 소리

를 들었었다. '어쩌면 넬리 말이 맞을지도 몰라.'

냄새는 1층에서 더 심했다. 조지는 꽤 큰 동물일 거라 생각했다. 싱크대 서랍에 들어 있던 두툼한 쓰레기 봉지를 한 손 가득 꺼내 들었다. 입과 코를 덮을 마스크가 있으면 했다. 냄새가 정확히 어디에서 새 나오는지는 모르지만 가까이 다가가면 더 심해질 것이다. 마스크 공급이 턱 없이 부족해 몇몇 바이러스 감염자들은 지랄맞게 팬티를 뒤집어써 항의하기도 했다. 조지는 이층 아내의 액세서리 서랍에서 반다나*를 찾아 코와 입 주위를 둘러맨 후 정원 일을 할 때 끼는 장갑을 끼고 아래층 현관으로 내려갔다.

크롤 스페이스로 들어가는 입구는 현관문을 바라볼 때 왼편 벽장에 있었다. 조지는 그 입구를 찾기까지 세밀하게 수색해야 했지만, 오래된 집에는 크롤 스페이스 같은 공간이 있다는 것쯤은 익히 알고 있었다. 벽장 문을 홱 열고 바닥을 꼼꼼히 살폈다. 카펫이 깔려 있었다. 새것처럼 보였다. 카펫 전체를 뒤집어 들어내야 할지도 몰랐다. 무릎을 꿇어 카펫의 솔기를 뒤져 마침내 찾아냈다. 직사각형 카펫 밑에 트랩도어가 있었다. 조지는 임시변통으로 코와 입을 덮은 반다나를 목 뒤에서 더 조여 묶었다. 그럼 그렇지. 냄새는 거기서 새 나왔다. 트랩도어는 아마 그가 예전에 본 적이 있었던, 그 망할 놈의 원목일 것이다. 하지만 문은 의외로 쉽게 들어 올려졌다. 문을 들어올리자마자 지독한 냄새를 실은 한 줄기 바람이 훅 올라와 구역질을 일으켰지만 마음을 다잡았다. '기왕에 시작한 일,

---

* 보호 또는 장식 용도로 머리나 목에 둘러 착용하는 삼각 또는 사각형 모양의 얇은 천.

돌이키기엔 너무 멀리 왔어.'

조지는 손전등을 구멍 속으로 내리 비추며 어둠 속에서 뭔가 튀어나와 자기 얼굴을 먹어버리지 않길 하느님께 빌었다. 생쥐 새끼들일 거야. 아니, 더 큰 놈들, 아마도 주머니쥐 새끼들일지도 모르지. 손전등 빛줄기가 어둠속에서 빠르게 오락가락 움직였지만 분명한 움직임은 보이지 않았다. 밑바닥은 그렇게 멀지 않았다. 몸을 낮추고 곧장 내려가 웅크려 앉았다. 내려와서 보니 흙바닥의 어느 부분은 평평하지 않고 울퉁불퉁해서 롤러코스터처럼 오르락내리락하는, 동굴 속 같이 느껴졌다. 조지는 닥치는 대로 방향을 선택해 수색에 들어갔다.

이 공간은 그의 기분을 지랄맞게 몰아갔다. 저편 구석에 예상하는 것들이 더미로 쌓여 있는 게 보이자 조지는 겨우겨우 기어 조금씩 나아갔다. 지독한 악취가 더 강해졌다. '도대체 어떻게…?'

아주, 아주, 불쾌한 기분이 들기 시작했다. 뒷목 머리털이 쭈뼛쭈뼛거렸다. 한쪽 구석에는 깡통, 가방, 비닐들이 널려 있고 플라스틱 갤런 병들이 한쪽 벽에 가지런히 기대어 있었다. 분리 수거통 하나를 다 채우고도 넘칠 정도의 쓰레기였다. 정신 없이 땅바닥을 뒤지기 시작했고, 간혹 아까 먹었던 점심이 비위를 치고 올라오는 듯, 멈추어 꿱꿱 대다 수색을 이어 나갔다. 냄새는 쓰레기 더미로 다가갈수록 심해졌고 손에는 축축하고 끈적거리는 것들이 걸렸다. 그때쯤 손바닥 아래 굴러다니던 조그만 돌멩이들이 무릎을 긁어 피가 났다.

이 집을 자기에게 판 부동산 중개인은 뉴욕 출신의 융통성 없는 사람이었는데, 전 주인에 대해 들려준 얘기가 있었다. 조지는 여자들의 수다나 험담에 관심이 없었으나, 아내는 혹하고 달라붙어 궁금한 질문을 열 가지도 더 했다. 전 주인들은 이곳 사람이 아니었나? 안전하지 않을 수도 있지 않나? 이 거리에는 몇 세대가 살고 있나? 등등의 질문으로 꽉 막힌 뉴욕 출신 중개인의 진을 빼어놓았다. 덕분에 조지는 수고로움을 덜 수는 있었다. 중개인의 이름은 앰버라고 했다. 그녀 말에 따르면, 먼저 주인은 가족에게 비극적인 사건이 벌어진 후 포틀랜드로 이사갔다고 했다. 그런데 조지가 기억해내려 하는 또 다른 무엇이 있었다. 그때는 뚜렷하게 느껴질 정도로 중요한 무엇인데, 지금은 기억이 떠오르지 않았다.

무엇인가 무릎 위 부드러운 살점을 날카롭게 찌르며 베어들어간 순간 조지는 악, 비명을 질렀다. 유리였다. 그 유리 조각을 뽑아 옆으로 집어던졌다. 너무 나아가고 있었다. 분명 돌아가야 했다. 돌아가! 이 집의 남자 주인과 어떤 여자가 죽었다고 했다. 그 사건이 이 집에서 벌어졌었다. 처남에게 살해당했고, 그후 처남은 사라졌다. 조지는 그 사건을 뉴스에서 보았지만, 다른 사람들의 흥미진진한 삶의 이야기는 아내의 전공 분야였다. 빌어먹을…. 이제 무언가를 보게 되어 비로소 조지는 그 사건을 떠올릴 수 있었다. 추리닝 바지, 머리카락…. 조지는 숨을 헐떡이며 그 더러운 바닥으로 머리를 떨어뜨렸다. 셔츠 사이로 땀이 났고 그 악취의 끝에 자신에게서 올라오는 고약한 냄새도 섞여 있었다. 입에 가느다란 침 줄기가 매달려 바닥의 흙으로 흔들거렸다. 아내의 반다나는 도대체 언제 풀려서 어디로 가버린 거지? 다시 눈을 들어 천천히 살폈다. 보는 게 꺼려졌지만, 또한 보지 않을 수도 없었다.

두 개의 발이 있었다. 아이의 발처럼 조그만 발이었다. 조지는 알아야 했다. 지금 여기서 그냥 돌아가려고 이렇게 고생한 것은 아니었다. 조지는 얼굴을 볼 수 있게 시체 주위를 기어 돌았다. 시체 근처의 땅이 위로 불뚝 솟아 있어 시체가 마치 요람에 안긴 듯 보였다. 조지는 손전등을 이 사이에 꽉 물고, 흙바닥에 배를 깔고 위로 기어올라야 했다. 머리에 비니가 푹 씌워져 있었으나, 흔들리는 손전등 불빛이 얼룩덜룩한 잿빛 얼굴에 붙어 있는 길고 흰 머리가닥을 비췄다. 어린아이가 아니었다. 그 반대였다. 손전등 노란 불빛에 비친 여자의 얼굴은 어쩌면 평화로워 보이기도 했다. 왜 그런 생각이 든 것일까? 크롤 스페이스에 누군가 죽어 있다. 크롤 스페이스에서 그리 평화로운 죽음이 있을 수는 없을 텐데…. 그런 생각의 끝에 조지의 입이 딱 벌어지는 순간, 손전등이 시체를 감싸 안은 요람으로 굴러 떨어졌다. 손전등 없이는 돌아갈 수도 없었다. 조지는 아무것도 건드리지 않으려고, 특히 시체를 건드리지 않도록 조심하면서 전등 빛을 향해 손을 뻗었다. 손전등을 집어드는데 흙속에서 무엇인가 솟아 올랐다.

조지는 그것을 집어들었다. 섬뜩하다 생각하면서도 멈출 수는 없었다. 손가락으로 집어든 그것은 분필 조각처럼 조그마했다. 숨을 헐떡거리며 얼굴 가까이 들어올렸다. 엉덩이 골로 땀이 흘렀다. 뼈였다. 조지는 그것이 아주 작은 동물의 엉덩이 뼈라고 확신했다. 제기랄! 손을 털어 그것을 떨어뜨렸다. 사람의 뼈라 생각하다 재빨리 생각을 고쳐 먹었다. '사람은 아니다.'

사람일 리 없었다. 그렇게 믿기엔 너무나 작았다. 트랩도어로 돌아가는 긴 길을 기어가는 동안에도 충격은 여전했다. 아내에게 뭐라고 말해야 할 것인가? 비록 소름 끼치는 역사가 있다 해도 이 집은 자신과 아내에게는 새로운 출발이라는 의미를 지닌 곳이었다. 하지만 이 사실을 아내가 알면….

'이게 도대체 무슨 일이란 말이야?' 이런저런 생각에 휩싸여 트랩도어 입구에 거의 이르렀을 때, 뭐라도 튀어나올까 여전히 겁이 나 다시 손전등을 앞뒤로 비췄다. 그리고 불빛이 다른 무엇인가를 비추었다. 그와 동시에 조지는 펄쩍뛰었고, 그 바람에 들보에 머리를 부딪치며 엉덩방아를 찧었다. 여전히 손전등은 손에 들려 있다. 숨을 헐떡이며 손전등으로 다시 어둠 위를 훑었다.

'이미 시체 한 구를 봤잖아, 이 바보야.' 그러나 조지는 지금 저 안에 두 구의 시체가 있음을 확신하면서도, 또 다른 시체는 확인하고 싶지 않았다. 차라리 구역질을 밖으로 뱉어내고 싶었다.

또 다른 시체가 있었다. 트랩도어에서 1.5m밖에 되지 않은 곳에, 부풀어 눅눅해진 양배추처럼 쓰레기 사이에 누워 있었다. 들어올 때 어떻게 그것을 못 보고 지나쳤단 말인가? 비명을 질렀다. 벌어진 입으로 흙먼지가 밀려들어 기침을 뱉어내며 울었다. 제기랄…, 다죽어가는 너구리 소리가 입에서 새고 있었다. 누군가 죽은 남자의 몸을 장식해 놓은 듯, 무덤처럼 시체 주변이 쓰레기로 둘러 있었다. 시체의 두 발 근처에 무슨 문장이 쓰여 있는 골판지가 팻말처럼 박혀 있었다. 그리고 젤리처럼 흐물어진 두 개의 기괴한 입술 사이에 뭔가 끼워져 있었다.

앞으로 몇 년간 악몽으로 되살아날 그 입을 향해 손전등을 비췄다. 금속성 권총 손잡이였다. 시체 입에 권총이 거꾸로 쑤셔져 있었다. 시체 한쪽 눈이 조지를 노려보고 있었다. 조지의 눈길이 골판지 팻말에 꽂혔다. 술 취해 휘갈긴 듯한 글씨가 비스듬히 드러나 있었다. 공포 속에서도 조지는 궁금했다. 이 자가 도대체 무슨 짓을 했길래 목구멍에 총구를 거꾸로 박은 채 썩어가는 건지, 총구를 시체의 입에 쑤셔박을 정도로 분노에 찬 사람은 누구인지. 이 시체가 사라진 살인자임을 나중에 알게 될 조지는, 그 무서운 얼굴을 마지막으로 번쩍 비춰 훑고 트랩도어로 몸을 옮겼다. 그 누구, 아마도 공간 저 끝 요람에서 산화되어 가고 있는 그 사람이 팻말에 적어 남겼을 것이다.

죄송해요. 제가 잘못했습니다.

전 그저 옳은 일을 하고자 했을 뿐이었습니다.

〈끝〉